그 여름으로

데려다줘

줄리안 맥클린
장편소설

한지희 옮김

These
Tangled
Vines

그 여름으로

데려다줘

해피북스
투유

피오나

2017. 플로리다

전화벨이 울려 꿈에서 깼다. 하지만 렘수면에 깊이 빠져있었는지 울려대는 벨 소리를 꿈속의 상황이라 생각하고 애써 무시했다. 결국 벨이 네 번 이상 울린 후에야 눈을 떴다.

몸을 돌린 나는 협탁 위로 팔을 내던지듯 뻗어 전화기 수신 버튼을 눌렀다.

"여보세요?"

이탈리아 억양이 짙게 밴 여성의 목소리가 대답했다.

"안녕하세요. 저는 피오나 벨을 찾고 있어요. 혹시 이 번호가 맞을까요?"

나는 어렴풋이 느껴지는 여명 속에서 눈을 몇 차례 깜박이고 팔꿈치로 몸을 지탱했다. 게슴츠레 실눈을 뜨고 시계를 보니 오전 7시도 채 되지 않았다.

"네. 제가 피오나인데요."

"아, 잘됐네요. 저는 세리나 모라티라고 합니다. 여기는 이탈리아 피렌체예요. 알려드릴 게 있어서 연락드렸어요. 안타까운 소식입니다."

나는 침대 등받이에 몸을 기대고 손바닥으로 이마를 누르며 눈을 감았다. 이탈리아에서 누군가 내게 전화를 걸 이유는 단 하나, 아버지 일이다. 내 친아버지. 태어나서 단 한번도 만나본 적 없는 사람.

"무슨 일인가요?"

나는 몽롱한 정신을 차리려고 애쓰며 물었다. 전화기 너머로 긴 정적이 흘렀다.

"정말 죄송합니다. 그곳이 몇 시인지 지금 알았거든요. 시차를 생각하지 못했네요. 혹시 제가 깨운 건가요?"

굵직한 빗방울이 창문을 두드렸다. 비 때문인지, 바람 때문인지 흔들리는 야자나무 잎사귀들이 유리창을 때리는 소리도 들렸다.

"괜찮아요. 어차피 일어날 때도 됐고요. 무슨 일 때문인가요?"

여자는 목청을 가다듬었다.

"이런 말씀 드리기 송구하지만 피오나 씨의 아버지, 안톤 클라크 씨가 어젯밤에 돌아가셨어요."

스피커 너머 여자의 말이 곧장 귀에 박혔지만 머리로 이해하기까지는 시간이 걸렸다. 갑작스러운 소식에 어떻게 반응해야 할지 도무지 알 수가 없었다.

"정말 유감입니다."

여자는 마치 이탈리아에 살았던 낯선 사람이 내 생물학적 아버지라는 사실을 세상 모두가 알고 있다는 듯, 거리낌 없이 말했다. 실상은 우리 아빠를 포함하여 그 일의 전말에 대해 알고 있는 사람은 없었다. 적어도 대서양이 가른 이쪽, 북미에서는. 내 출생의 비밀은 엄마가 뇌출혈로 돌아가시기 몇 시간 전, 마지막으로 남긴 이별 선물이었다. 그 점에 있어서는 아직 엄마를 완전하게 용서하지 못했다.

나는 몸을 조금 더 세우고 앉아 지금 상황에 어울릴 만한 말을 쥐어 짜내기 시작했다. 적절한 대답을 하고 싶었다. 하지만 감정의 소용돌이에 휘말린 지금은 쉽지 않았다. 물론 누군가의 죽음은 끔찍한 일이다. 그건 안타깝게 생각한다. 하지만 안톤 클라크라는 남자는 내게 완벽한 타인이다. 31년 전 부모님이 맞닥뜨렸던, 토스카나에서의 비극적인 여름. 그 당시 그가 엄마를 임신시켰다는 사실을 제외하면 나는 그 사람에 관해 아는 게 없다.

엄마와 그 남자, 둘 사이에 무슨 일이 있었는지는 더더욱 모른다. 죽음을 목전에 두고 있었던 엄마는 내게 던진 폭탄 같은 소식에 대해 자세히 설명할 수 있는 상황이 아니었다. 그게 약기운이 올라서든, 말하기 싫어서든.

"아빠한테는 절대 말하지 마. 네 아빠는 너를 친자식으로 알고 있으니까. 진실을 말하는 건 그에게 사형 선고를 내리는 거나 마찬가지야."

엄마는 말했다.

그랬다. 엄마는 생부의 이름과 사는 곳을 제외하고 그 어떤 것도 내게 알려주지 않았다. 게다가 당시 열여덟 살이었던 내게서 침묵하겠다는 다짐까지 받아냈다. 만약 내가 출생에 관해 공공연한 의문을 품거나 실수로 말을 흘려 아빠가 잘못되기라도 한다면, 아빠의 죽음은 전부 내 탓이라고, 엄마는 그렇게 아빠의 안위를 명분 삼아 나를 설득했다.

지난 12년 동안 나는 비밀을 잘 지켰다. 진실은 아빠를 죽게 할 거라는 엄마의 말을 곧이곧대로 믿었기 때문이다. 그리고 여전히 그렇게 믿고 있다. 아빠의 건강 상태를 고려하면 평범한 하루하루도 우리에게는 도전이자 축복이었으니 별도리가 없었다. 그래서 나는 의식 한편에 깊고 어두운 구덩이를 파고 비밀을 묻어버렸다. 엄마가 털어놓은 건 진실이 아니라고, 그저 지독한 악몽 중 하나라고 치부하며 머릿속에서 몰아내려고 애쓰며 살았다.

하지만 지금, 이탈리아에서 어떤 여자가 전화를 걸어왔다. 그녀는 내가 모르는 어떠한 상황을 잘 알고 있었다.

"어떻게 된 거죠?"

"급성 심장 마비였어요. 구급 대원들이 도착하기도 전에 사망하셨어요. 손을 쓸 수도 없었죠. 그래도 오랫동안 고통받은 게 아니라는 사실이 위안이 되었으면 해요. 사시던 집에서 돌아가셨고 사망 당시에 혼자는 아니었어요."

여자는 설명했다. 나는 어수선한 마음으로 침을 삼켰다.

"그렇군요."

그가 살았던 집. 그 말을 듣자 불현듯 그의 존재가 현실로 와 닿았다. 물리적 실체를 가진 사람. 하지만 지금, 그는 세상을 떠났다. 아무런 예고도 없이. 그는 더 이상 이 땅에 존재하지 않는다. 땅속으로 내려갈 것이다. 땅에 묻힐 것이다. 비유가 아니다. 내 의식 구덩이에서뿐만 아니라 실제로도 묻혀버릴 것이다. 이제 나는 그를 볼 수 없게 되어버렸다.

"음, 그래도 고통스럽지 않았을 거라고 하시니…… 다행이네요."

부자연스러운 정적이 뒤따랐다. 내면에서 아무런 슬픔도 일지 않아 민망한 기분이 들었다. 하지만 내가 무엇을 느낄 수 있었겠는가? 그를 볼 수 없겠구나, 이제 정말 늦어버렸구나, 하는 생각에서 비롯한 당혹감과 그의 죽음에 관한 약간 불편한 호기심, 이 두 가지가 내가 느끼는 전부였다. 나는 그가 어떻게 생겼는지조차 모른다. 장례식을 하려나?

그때 문득 깨달았다. 생부가 내 존재를 알고 있었다는 사실을. 나한테까지 부고가 전달될 만큼 내가 중요하게 여겨졌을지도 모른다는 것을 말이다. 지금껏 나는 엄마의 비밀이 그에게도 똑같이 적용됐을 거라고 생각했다.

"유감이네요."

내가 말했다. 정적을 메꾸려면 무슨 말이라도 해야만 했다.

"지금 전화 거시는 분은 혹시 어떤 관계가……."

나는 그다음 말을 겨우 목구멍 밖으로 내뱉을 수 있었다.

"저희 아버지와는 어떻게 아는 사이인가요?"

"아, 죄송해요. 제 소개를 먼저 해야 했는데 말이에요. 저는 도나텔로와 코스타의 법률 사무소에서 일해요. 이탈리아에 있는 안톤 클라크 씨의 법률팀이고요. 그래서 연락드렸어요."

그녀의 말에 나는 조금 더 정신이 들어 몸을 곧추세우고 앉았다.

"당신 아버지께서 유언장에 당신을 올렸어요. 상속인으로요. 따라서 몇 가지 서류에 서명하셔야 합니다."

그녀가 설명했다.

"잠깐만요……. 그분이 뭘 했다고요?"

심장이 덜컥 내려앉았다.

"장례식은 월요일이에요. 유언장은 화요일, 유족들이 모인 자리에서 공식적으로 발표될 거고요. 피오나, 시간이 촉박하다는 건 알지만 비행기 편을 준비할 수 있겠어요?"

살면서 한번도 알고 싶지 않았던 남자의 가족을 만나기 위해 유럽 땅을 밟게 될지도 모른다. 거기까지 생각이 미치자 급작스럽게 열이 올라 온몸이 뜨거워졌다.

그가 내 앞으로 남긴 게 무엇이든 받고 싶지 않았다. 돌아가시던 날, 엄마는 이 남자 때문에 수치심을 마주해야만 했다. 임종을 앞두고 간신히 진실을 토해내던 엄마에게서 나는 그 거북한 감정들을 읽어냈다. 둘 사이에 있었던 일이 무엇이든 분명 엄마에게 유쾌한 기억은 아니었을 게 분명했다.

어디 그뿐인가. 이 모든 걸 아빠에게 대체 어떻게 설명할 수 있겠는가? 나를 키워준 사랑하는 아빠를 10년 넘게 속여왔다는 사실을 어찌 감히 털어놓을 수 있겠느냐는 말이다. 내가 친자식이 아니라는 것을, 그런 어마어마한 비밀을 나 혼자 간직했다는 사실을 알게 된다면 아빠는 고통을 견디지 못할 것이다. 아빠는 이미 충분한 상실을 겪었다.

나는 매트리스 위에서 자세를 바꾸며 마른침을 삼켰다.

"음……. 저도 잘 모르겠어요……. 혹시 제가 직접 가야만 할까요? 그러니까 제 말은 꽤 먼 곳이기도 하고요. 솔직히 말씀드리면 그분이랑은 조금도 가깝게 지내지……."

다시 한번, 아버지라는 단어가 목구멍에 걸려서 잽싸게 말을 돌렸다.

"모라티 씨, 상황을 얼마나 알고 계시는지 모르겠지만 저는 클라크 씨를 한번도 만난 적이 없습니다. 그분 역시 제 존재를 모를 거라고 생각했고요. 지금껏 한번도 저한테 연락하거나 하지 않았으니까요. 그래서 지금 너무 얼떨떨해요. 그분 가족들과도 전혀 모르는 사이라서 제가 그곳에 가면 어색할 거예요. 게다가 저는 아빠와 멀리 떨어져 있을 수가 없어요. 아빠한테는 제가 필요하거든요. 혹시 이메일이나 팩스로 처리하면 안 될까요?"

모라티는 잠깐 말이 없었다.

"그쪽이 클라크 씨 삶의 일부가 아니었다는 건 저도 알고 있어요. 하지만 유언장에 남긴 그의 지시 사항이 너무나도 명확합니다. 에둘러 말하지 않을게요. 피오나 씨, 그는 당신에게 재산을 좀 남겼어요. 그러니까 직접 오셔서 확인하고 서명하신 후에 그걸 어떻게 할지 결정하셔야 할 것 같아요."

"재산이라니……."

어안이 벙벙했다. 당황한 내 눈썹이 저절로 찌푸려졌다.

"이탈리아에요? 정확히 얼마나요? 그러니까 제 말은, 그게 얼마만큼의 가치가 있나요?"

나는 도리질을 치며 눈을 감았다.

"맙소사. 죄송해요. 분명 재산에 욕심내는 걸로 들렸을 것 같네요. 놀라서 그랬어요. 뜻밖이기도 하고요."

"아니에요. 사과하실 필요 없어요. 당연히 많이 놀라셨을 거예요. 상속받게 될 유산에 대해서 더 말씀드리고 싶지만 저도 알려드린 것 외에는 잘 몰라요. 이게 조금 복잡해요. 당신 아버지는 영국인이라 영국법에 준하여 작성한 유언장을 가지고 계셨거든요. 내일 변호사가 서류를 가지고 이쪽으로 올 거예요. 저는 구체적인 사안을 조율할 수 있게 당사자들을 한곳에 모이게 하는 중개인일 뿐이에요."

모라티가 말했다.

영국인이었어? 내 상상 속의 그는 늘 이탈리아인이었다.

주먹으로 이마를 지그시 눌렀다. 차근차근 생각해 보자. 지금 막 이탈리아에 있는 재산을 상속받게 될 것이라는 이야기를 들었다. 사실상 낯선 사람으로부터의 상속이나 다름없다. 물려받을 유산의 값어치는 모르지만 그걸 고사한다면 바보라는 것쯤은 안다. 아빠의 간병에 들어가는 비용은 실로 막대했으며 우리에게 돈이 필요하다는 사실은 자명했다.

그게 우리가 처한 현실이었다. 당장 이탈리아행 비행기표를 끊고 회사에 휴가를 낸 다음 아빠에게 이 모든 걸 어떻게 설명할 것인지, 묘안을 짜내야만 했다.

"좋아요. 가능하면 오늘 출발하는 비행기를 탈게요. 정확히 어디로 가면 될까요? 어느 도시로 가면 되죠?"

내가 말했다. 수화기 너머로 서류를 뒤적이는 소리가 들렸다.

"피렌체로 오시면 돼요. 피렌체 공항으로 운전기사를 보낼게요. 그가 피렌체에서 몬테풀치아노까지 데리고 와줄 거예요. 몇 가지 정보와 연락처를 보내드리려고 하는데 이메일 주소 알려주시겠어요? 그리고 서류에 기재할 핸드폰 번호도요."

"네."

내 연락처를 받은 모라티는 곧 메시지를 보내겠다고 했다.

통화를 끝낸 다음 나는 침대에 앉아 벽에 걸린 내 그림들을 바라보았다. 그중에서도 1년 전, 제이미와 헤어지기 직전에 그린 그림을 한동안 뚫어지게 응시했다. 그러자 거센 폭풍이 휘몰아치는 바다를 마주하면서 높고 가파른 암석 해안의 가장자리에 서 있는 듯한 기분이 들었다. 돌연 뼛속까지 한기가 스며들면서 몸이 떨렸다.

내 생물학적 아버지는 세상을 떠났고 어떤 이유에서인지 내가 유산 상속자에 포함되었다.

비행기 편을 검색하기 전에 커피가 절실했기에 그림을 외면

하고 이불을 한쪽으로 젖혔다. 침대에서 일어나 가운을 걸쳤을 때 지붕 처마 사이로 들어오는 바람이, 짐승이 울부짖는 것 같은 스산한 소리를 냈다. 슬픔이 어두운 구름 떼처럼 나를 덮어 버렸다.

그는 내 진짜 아버지가 아니다. 나는 애써 되뇌었다. 피와 DNA를 물려줬다고 해서 진정한 부모라고 할 수 있을까? 나는 그 남자와 유대감이 없다. 정상적인 가족이라면 응당 있어야 할 사랑이나 헌신, 희생 등도 전무하다. 모라티는 통화 중에 이렇게 말했다.

"유언장은 화요일, 유족들이 모인 자리에서 공식적으로 발표할 거예요."

유족. 거기에는 나도 포함된다. 하지만 나는 그 자리에 참석할 사람들을 모른다. 그의 또 다른 자식들일까? 내 형제자매들? 그의 아내? 그의 형제자매들? 사촌들? 나와 같은 처지의 또 다른 사생아가 참석하지 않는 이상 나는 혼자 이방인처럼 겉돌게 될 것이다. 만약 다른 사생아가 있다면 우리끼리는 뭔가 통하는 게 있을지도 모르겠다. 하지만 알 길이 없다. 지금 나는 아무것도 모른다.

～

"일요일인데도 일찍 일어났네."

부엌에 들어가자 도티가 말했다. 도티는 아빠의 간병을 위해

14

수년간 함께하고 있는 야간 근무 간호사다. 나는 항상 생기가 넘치는 그녀를 좋아한다. 머리카락을 분홍색과 보라색으로 알록달록 물들인 그녀는 일하는 내내 노래를 흥얼거렸고, 아빠와 시시덕거리며 농담을 주고받았다. 그 덕에 아빠는 몸 상태가 좋지 않은 날에도 웃을 수 있었다. 우리를 거쳐간 간병인들은 모두 훌륭했지만 도티를 제외하고는 기껏해야 1년, 혹은 2년 정도 버텼다. 놀랄만한 일은 아니다. 사지 마비 환자를 돌보는 건 결코 쉬운 일이 아니니까.

"네. 전화벨 소리 들렸어요?"

내가 물었다.

"들었지. 내가 받으려고 했는데 먼저 받더라고. 누가 일요일 아침 7시부터 전화한 거야?"

어쩐 일인지 나는 재빠른 임기응변으로 상황을 모면할 수 있었다.

"회사 상사요. 그보다 아빠는 좀 어때요? 어젯밤에는 잘 주무셨어요?"

지난 며칠간 아빠는 경미한 흉부 감염으로 힘든 밤들을 보내야 했다.

"갓난아이처럼 잘 주무셨어."

"잘됐네요. 오늘 영화 보는 날이잖아요."

내가 대답했다. 영화와 연극을 좋아하는 아빠에게 가끔의 외출은 중요했다. 주말 간병인인 제리는 일주일에 한 번씩 아빠를 영화관에 데려갔다. 그때마다 나는 차고 안에 만든 임시 스튜디오로 향할 기회를 거머쥐었다. 그곳에서 그림을 그리는 게 내 유일한, 그리고 진정한 탈출구였다.

그나마 다행인 건 아빠가 손목과 손을 부분적으로 쓸 수 있다는 점이었다. 아빠는 우리를 거쳐간 간호사들과 함께 손목 근육의 강도를 계속 유지하려고 수년간 노력해 왔다. 컴퓨터와 음성 인식 소프트웨어를 이용해 글을 쓸 수 있었던 것도 그 덕이다. 한때 스릴러 소설계의 유명 작가였던 아빠는 지금까지 세 권의 책을 출간했고 최근에는 척수 연구 재단을 위해 기사를 썼다. 1996년, 엄마와 아빠는 재단의 선봉에 서서 척수 연구 기금을 모금하기도 했었다. 약간의 단편소설들을 제외하면 아빠가 마지막으로 소설을 쓴 지도 수년이 지났다. 나는 아빠가 소설에 모든 에너지를 쏟았다고 생각했지만 책은 기대만큼 팔리지 않았다. 제법 반응이 좋았던 첫 번째 책에 비해 두 번째, 세 번째 책은 출판사에 실망을 안겨주었다.

아빠는 글을 쓰는 것 말고는 할 수 있는 일이 없다고 생각하는 사람이었다. 그러니 당시 아빠가 겪었을 괴로움은 상상 그 이상이었을 것이라고, 나는 어렴풋이 추측만 할 뿐이다.

아빠는 내가 아는 그 누구보다 용감한 사람이기도 했다. 아빠의 척수 사고는 내가 태어나기도 전에 발생했다. 그래서 나한테는 아빠가 걸을 수 있었던 사람, 혼자 힘으로 움직일 수 있었던 사람이라는 당연한 사실에 대한 개념조차 없었다. 아빠는 세상 무엇보다 나를 사랑하고 아낀다. 그게 아빠에 관한 내 인식의 전부였다. 다른 아이들의 아빠와 비교해도 부족하다고 느껴본 적이 없었다. 우리의 상황이 이례적이라는 건 알았지만 나는 한 번도 박탈감을 느끼지 않았다. 거기에는 수많은 이유가 있었다.

일례로 아빠는 어린 나를 무릎 위에 앉힌 채 전동 휠체어를 타고 집 안 구석구석을 거침없이 누볐다. 내 입에서 웃음 섞인 비명이 터져 나올 때까지 빙글빙글 원을 돌기도 했다. 휠체어는 버튼을 누르면 움직이기 시작했고 아빠는 조이스틱으로 방향을 조종했다. 꼬맹이였던 내게 조이스틱 면허증을 하사하기도 했다. 그러면 나는 곧장 테이블로 돌진해 램프를 쓰러뜨리기도, 쌓아 올린 책을 넘어뜨리기도 했다. 그렇게 우리는 집 안을 아수라장으로 만들었다.

'아뿔싸'는 그 당시, 아빠가 하루에도 수십 번은 내뱉던 말이다. 우리는 그 말이 엄마의 심기를 건드린다는 것을 잘 알고 있었다. 그때는 전업 간병인을 고용하기 전이었으니 우리의 합작품을 치워야 하는 건 온전히 엄마의 몫이었다. 그리고 그녀가 해왔던 아빠의 뒷바라지는 이제 고스란히 내 몫이 되었다. 열여덟 살까지 나는 우리가 지구상에서 가장 끈끈한 가족이라고 믿었다. 매일매일 직면해야 했던 숱한 어려움도 우리는 이겨냈으니까. 아빠한테는 치명적일 수 있는 별별 감염에 맞서 병원을 들락날락하던 때에는 더더욱 그랬다. 당시의 아빠는 아주 약했고 지금도 그렇다.

하지만 예기치 못한 뇌출혈로 엄마가 돌아가셨고 그때부터 나는 아빠에게 비밀이 생겼다. 나는 그제야 사람들이 겉으로 보이는 것과 다르다는 것을 알게 되었다. 늘 내게 진실했던 아빠를 제외하고. 엄마가 돌아가신 후 내 유일한 바람은 아빠를 행복하고 건강하게 지키는 것이었다. 나는 아빠까지 잃을 수 없었다. 고로 엄마의 비밀은 잘 묻어두어야만 한다.

"그 전화 말이에요……."

나는 도티에게 말을 건넸다. 도티는 나를 위해 토스터에 빵을 넣던 중이었다.

"상사가 원하는 게 도대체 뭐야? 분명 중요한 일이겠지만 말이야."

그녀가 물었다.

"맞아요. 이번 주에 런던에서 열리는 영업 회의에 자기 대신 참석해 줄 수 있냐고 물어봐서요. 상사가 프레젠테이션할 예정이었는데 갑자기 위경련이 왔대요. 그래서 제가 대신해 주기를 바라더라고요."

도티는 나를 바라보았다.

"진짜야? 런던에 간다고? 영국에? 여왕이 사는 그곳?"

나는 웃음을 터뜨렸다.

"네. 거기요. 오늘 밤이나 내일 새벽에 비행기를 타야 할 것 같아요."

"그러겠다고 했어?"

"당연하죠. 어떤 바보가 런던으로 가는 공짜 여행을 마다하겠어요?"

처음에는 조금 더 진실에 가깝게, 이탈리아에서 회의가 열린다고 둘러댈 생각이었다. 하지만 아빠 앞에서 이탈리아를 언급하려니 덜컥 겁이 났다. 이탈리아는 아빠가 사고를 당한 곳이었으니까. 그 사고가 뼛속 깊이 트라우마로 남았을 아빠는 이탈리아를 입에 올리는 것만으로도, 혹은 내가 그곳에 간다는 사실을 떠올리는 것만으로도 불안할 것이다. 런던은 토스카나가 가져올 골칫거리를 피할 수 있는, 훨씬 매력적인 가짜 대안이었다.

"제가 없어도 두 분 괜찮으시겠어요?"

나는 도티에게서 등을 돌린 채 토스터를 바라보며 물었다.

"그럼, 당연하지. 아주 좋은 기회잖아. 혹시 여행 가방 안에 내가 숨어 들어갈 공간이 있으려나? 아주 조그맣게 몸을 웅크릴 자신은 있는데."

나는 빵이 튀어나오기를 기다리며 미소를 지었다.

"같이 가면 재미있을 것 같아요."

"피오나가 거기 가는 거, 아버지도 좋아할 거야."

"그랬으면 좋겠어요."

나는 구워진 빵에 버터를 바르면서 말했다.

"아빠를 두고 가는 게 마음에 걸리거든요."

도티가 단호하게 말했다.

"그런 말 하지 마, 피오나. 그런 죄책감은 넣어둬. 양심의 가책을 느껴야 할 사람은 네가 아니라 네 아버지야. 매 순간 그를 돌봐야 한다는 의무감을 지운 당사자니까. 작년에 네가 집에서 나갔을 때도 우리는 잘 지냈어. 그때 아버지도 피오나 덕분에 행복해했었던 거 기억하지?"

나는 냉장고 안에서 딸기잼을 꺼낸 다음 식탁으로 가 도티

옆에 앉았다.

"네. 아빠도 행복해했었죠. 어느 정도는요. 하지만 알고 계시잖아요. 아빠가 제이미를 진심으로 좋아한 적이 없다는 사실을요."

"그렇지 않아. 나는 네 아버지에게 피오나도 자신의 삶을 살아야 한다고 했어. 그렇게 하려면 피오나를 보내주어야 한다고 말이야. 약간의 설득은 필요했지만 결국 내 말에 동의했지."

그녀가 대답했다.

"고맙습니다."

나는 그녀에게 따뜻한 감사의 미소를 지어 보였다.

"비록 잘되지는 않았지만요."

도티는 차를 한 모금 들이켰다.

"그러게. 잘되지 않아서 유감이야."

"네. 잘됐더라면 좋았을 텐데 말이에요. 하지만 제이미는 너무…… 어떻게 말해야 할지 모르겠는데…… 제 눈에는 너무 속물같이 보였어요. 그나마 결혼식 전에 깨달은 게 천만다행이죠. 지금 와서 이혼 전문 변호사에게 돈을 써야 했다면 얼마나 끔찍했을까요."

제이미와 나 사이에서 주된 갈등의 원인은 돈이었다. 그는 내가 경제적으로 아빠를 돕는 상황을 못마땅해했다. 하지만 나한테 다른 선택지는 없었다. 살림은 늘 빠듯했다. 엄마의 생명 보험 수익금은 거의 바닥났고 아빠의 소설은 전부 절판된 상태였다. 인세 역시 수년 전에 끊겼다. 소액의 장애 보험금과 정부 보조금을 받기는 했지만 세 명의 전업 간병인과 새 승합차, 작년에 구매한 휠체어 비용까지 감당하기엔 역부족이었다.

제이미는 돈을 모아 집을 사고 싶어 했다. 좋은 차도 사고 싶어 했다. 하지만 나는 수입의 일부를 아빠에게 써야 했기에 저축이라는 건 그림의 떡이었다. 우리는 서로의 소비 형태를 두고 끝날 것 같지 않은 논쟁을 벌였다. 자신이냐, 아빠냐, 마침내 그는 둘 중 하나를 선택하라는 최후통첩을 보내왔다. 제이미에 대한 실망감은 이루 말할 수가 없었다. 당연히 내 선택은 아빠였다.

그리고 이번에는…… 이탈리아고.

나는 가야만 한다. 아무것도 모르는 생부로부터 물려받을 게 무엇인지 알아야만 한다. 김칫국부터 마시는 꼴일 수도 있지만 만약 내 앞으로 남겨진 재산의 가치가 상당하다면? 우리 삶은 송두리째 달라질 수도 있다.

"그래도 제이미가 잘생기기는 했지. 그를 보고 어떤 여자가 반하지 않을 수 있겠어. 섹시한 파란색 눈동자 하며."

토스트를 먹던 나는 다시 웃음을 터뜨렸다.

"맞아요. 그랬죠. 하지만…… 외모가 다는 아니니까요."

나는 아침 식사를 끝내고 식기세척기에 접시를 넣었다.

"비행기표를 찾아봐야겠어요."

도티도 자리에서 일어났고 우리는 서로를 끌어안았다.

"선생님이 안 계셨다면 저는 아무것도 못 했을 거예요."

내가 말했다. 그녀는 내 얼굴을 양손으로 감쌌다.

"네 아버지는 복도 많아. 너 같은 딸을 두었으니까. 피오나, 너는 네 아빠의 전부야."

도티의 말에 돌연 감정이 북받쳤다. 요즘 들어 이런 식으로 감정이 끓어오르는 일이 잦았다. 제이미와 헤어지고 집으로 다시 들어온 이후부터 그랬다. 내가 바라는 건 아빠의 행복과 안녕이 전부였지만 늘 쉽지만은 않았다. 아빠의 상태가 좋지 않은 날에는 주위의 모두가 긍정적인 태도를 보여주는 것이 무엇보다 중요했다. 아빠의 기운을 북돋기 위해 애쓰는 일에는 부담이 뒤따랐다. 그 때문에 잠깐이라도 일상에서 벗어나 혼자만의 시간을 갖기를 고대하고 있었던 것도 사실이다.

"공항 가기 전에 뵙지 못할 수도 있어요. 좋은 한 주 보내시고 아빠도 잘 부탁드려요."

나는 도티에게 말했다.

"그럼, 그럼. 런던에 도착하면 여왕에게 안부 전해줘."

"그럴게요."

도망칠 준비를 하고 있다는 것을 숨기느라 진땀을 뺀 나는 방으로 돌아와 노트북을 켰다. 여행 사이트를 샅샅이 뒤져 가장 저렴한, 프랑크푸르트 경유 항공편을 찾았다. 항공사로부터 확인 메시지를 받자마자 모라티에게 정보를 보냈고 그녀는 토스카나에 도착해서 어떻게 하면 되는지, 자세한 설명이 포함된 답장을 바로 보내왔다.

피오나

플로리다에서 피렌체로의 여정은 예기치 못한 시련이었다. 하지만 누구를 탓하랴. 그 끔찍한 스케줄은 온전히 내 선택이었다. 여행 경험이 적었던 나는 뉴욕과 프랑크푸르트, 두 번을 경유하는 항공편을 골랐고 가는 데만 스물여섯 시간을 써야 했다.

대서양을 가로지르는 비행기 안에서 잠들 수 있겠거니 생각했다. 멍청한 생각이었다. 내 자리는 비행기의 뒤편, 통로에서 두 번째 자리이면서 화장실 근처 이코노미석이었다. 소음은 밤에도 끊임없이 이어졌다. 식사 쟁반이 치워지자마자 꾸벅꾸벅 졸기 시작한 옆 좌석 여자가 부러웠다. 그녀는 수면제를 먹었다. 현명하기도 해라. 나는 어째서 수면제 생각을 못 한 걸까. 그 여자는 비행 내내 코를 골았고 나는 이따금 쪽잠을 잔 게 전부였다. 프랑크푸르트에 착륙할 즈음에는 거의 좀비 아포칼립스의 일원이 된 것 같았다. 왜 밤새 비행해 새벽이나 아침에 도착하는 비행기를 '레드 아이 플라이트'라고 하는지 알게 되었다.

고난은 거기서 끝이 아니었다. 피렌체로 날아가기 전, 프랑크푸르트에서 여덟 시간의 경유를 이어가야 했다. 결국 날이 어두워진 다음에야 피렌체에 도착할 수 있었다. 피렌체에 도착한 후에도 거북이처럼 느릿느릿 움직이는 입국 심사대 줄에서 한 시간을 더 기다려야 했다. 그때쯤 나는 미국 드라마인 워킹데드의 좀비 중 하나로 거듭나 있었다. 이를 닦고 열 시간에서 열두 시간가량 늘어지게 잘 수 있는 곳을 간절히 찾고 싶었다.

이탈리아인 직원이 여권에 도장을 찍고 통과해도 된다는 의미로 손을 흔들었다. 기내용 여행 가방을 끌고 수하물 컨베이어벨트를 지나는 와중에도 눈으로는 쉴 새 없이 내 이름이 적힌 종이를 들고 있을 운전기사를 찾았다. 하지만 입국장에 그런 사람은 없었다. 심장이 철렁했다. 이 밤중에, 이탈리아어도 모르는 채로 피렌체에서 몬테풀치아노까지 가는 방법을 알아낼 만한 정신적, 감정적인 에너지는 남아있지 않았다.

나는 한숨을 내쉬고 모라티가 보낸 이메일에 연락할 번호가 들어있기를 바라며 전화기를 꺼냈다. 당장 생각나는 거라고는 숙박시설이 갖추어진 안톤 클라크의 와이너리에서 머물게 될 거라는 내용뿐이었다. 아무리 기억을 더듬어도 와이너리 이름은 기억나지 않았다. 받은 메일함 목록을 훑어 내리고 있을 때 누군가 내 어깨를 두드렸다.

"*실례합니다. 벨 씨 되시나요?*"

몸을 돌리자 40대 정도로 보이는 이탈리아 남자가 서 있었다.

남자는 헐렁한 청바지와 체크무늬 셔츠 차림이었고 얼굴은 볕에 그을려 있었다.

"네. 마르코 씨세요?"

"네."

마르코는 내 이름이 적힌 종이를 들어 보였다.

"제가 그쪽의 운전기사입니다. 이탈리아에 오신 걸 환영해요."

"고맙습니다."

그는 손을 뻗어 내 여행 가방을 들었다.

"여기서는 '그라치에grazie'라고 말해요. 그럼 저는 '프레고prego'라고 말할 거고요. '천만에요'라는 뜻이죠."

"저의 첫 이탈리아어 수업이네요. 고맙습니다."

나는 그를 따라잡느라 빠른 걸음을 유지하면서 상냥하게 대답했다.

"아니, '그라치에'라고 말해야겠네요."

마르코가 활짝 웃었다.

"잘하셨어요. *아주 좋아요.*"

나는 그를 따라 터미널을 나와 길가에 주차된 검은색 벤츠 세단으로 향했다. 그가 뒷좌석 문을 열어주었다. 출발하자마자 뒷좌석에 누워 잠들어버리면 마르코는 나를 몰상식한 사람이라고 여기려나? 생각하면서 가죽 시트에 올라탔다.

마르코는 지체 없이 트렁크를 닫고 운전석으로 들어가 시동을 걸었다.

"비행은 어땠어요?"

그가 룸미러를 통해 나를 힐끔 바라보며 물었다.

"지치고 지루했어요. 따뜻한 침대에 누울 수만 있다면 더 바랄 게 없겠어요."

"그러실 거예요. 여기서 한 시간 반 정도 걸릴 테니 편하게 계세요."

"그래야 할 것 같아요."

나는 창밖으로 고개를 돌렸다.

"밖이 어두워서 아쉬워요. 피렌체의 모습을 보고 싶었거든요."

"아름다운 도시죠. 관광객들로 넘쳐나기는 하지만요."

그가 대답했다. 우리는 공항에서 출발한 트램과 나란히 환하게 밝혀진 거리를 달렸다. 마르코가 오른쪽을 가리켰다.

"저쪽을 봐요. 이제 곧 두오모가 보일 거예요."

"두오모가 뭐예요?"

내가 물었다.

"산타 마리아 델 피오레 대성당이요. 돔에 불이 들어와 있어요. 보이세요?"

나는 몸을 세우고 앉아 저 멀리 보이는 역사적 도시 경관을 눈에 담았다.

"아, 보여요. 아름다워요. 한번 검색해 봐야겠어요. 여기 있는 동안 갈 기회가 생길 수도 있으니까요."

"타워에 올라갈 수도 있어요. 하지만 줄 서는 게…… 오래 걸릴 테니 예약하고 가면 좋아요."

"알려주셔서 고맙습니다. 아니, 그라치에."

나는 웃으며 말했다.

얼마 지나지 않아 차는 고속도로에 들어섰고 마르코는 가속 페달을 밟기 시작했다. 드디어 잠들 수 있겠구나, 생각하며 창문에 이마를 기댔을 때 마르코가 나직이 말했다.

"닮았네요."

다시 한번, 우리의 눈이 룸미러의 조그만 공간 안에서 마주쳤다.

"뭐라고 하셨어요?"

"그분과 닮았어요."

마르코는 우수에 젖은 표정으로 말했다.

"당신 아버지요."

나는 약간 몸을 세워 앉았다.

"그분과 알고 지내셨나요?"

나는 마르코가 그저 공항 리무진 운전기사라고 생각했다.

"*네.* 저는 클라크 씨의 운전기사로 6년간 일했거든요."

나는 그대로 얼어붙었다. 귀에서는 여전히 비행기 이착륙 소음이 울리는 것 같았다. 아니, 어쩌면 다른 소리였는지도 모른다. 갑작스러운 깨달음의 소리. 어딘가에 존재하는 석상 정도였던 아버지라는 사람에게도 가까운 이들과 함께하는 풍요로운 삶이 있었다는 새삼스러운 깨달음. 그와 함께 일했던, 그를 아꼈던 이들이 있었다는 깨달음.

당연히 그의 주변에도 사람이 있었을 것이다. 모라티의 이메일 덕에 그에게 아내와 두 명의 자식이 있다는 것은 알고 있었다. 그에 관해 추호도 알고 싶지 않다고 여겨왔던 나는 경악할 정도로 순식간에 이메일 속 정보를 스캔했다. 지금껏 내 생물학적 아버지는 그다지 인간적인 사람이 아니라고 간주했었다. 악인이라는 말을 들었을 때 자동으로 연상되는 원초적인 악당의 모습을 떠올렸다. 그래야 마음이 편했다. 그를 알고 싶지도, 신경 쓰고 싶지도 않았다.

알고 싶다는 마음이 만나고 싶다는 욕망으로 연결되지는 않을까 싶어 두려웠던 것 같다. 그랬다면 호기심을 채우려고 이탈리아 여행길에 올랐을 테니까. 나를 키워준 아빠를 생각하면 차마 그럴 수 없었다. 아빠를 저버린다는 끔찍한 기분을 감당할 수는 없었다.

"그분과 같이 일하신 건 어땠어요?"

가까스로 호기심의 사슬을 끊어내며 마르코에게 물었다. 이탈리아에서 지낼 시간은 고작 일주일이다. 차라리 항복해 버리는 편이 나을지도 모른다.

마르코는 웃음을 터뜨렸다.

"제 생각에는 누구도 당신 아버지와 일하는 것을 좋아하지 않았을 거예요. 그분은…… 영어로 이걸 뭐라고 말하죠? *독재자? 권력자?*"

"폭군이요?"

내가 거들었다.

"네, 그거요!"

그 말에 묘한 안도감이 들었다. 실제로도 끔찍한 사람이었던 걸까? 그렇다면 앞으로 내가 겪을 후회를 조금 가볍게 받아들일 수 있을 것 같았다. 그를 직접 만나지 않아 다행이라고 생각할 수도 있다.

"정말이에요."

마르코는 다시 웃었다.

"그래도 우리는 그분을 아꼈어요. 클라크 씨를 위해서라면 뭐든 했고요. 왜 그런지는 모르겠지만요."

나는 고개를 갸우뚱했다.

"'우리'가 누구죠?"

마르코는 어깨를 으쓱했다.

"우리 전부요. 그분께는 무언가가 있었는데…… 그런 걸 뭐라고 하더라?"

마르코는 손을 움직이며 말했다.

"힘이요. 상대방의 마음을 사로잡고 무엇이든 하게 만드는 그런 힘."

안톤이 살아있을 때 이곳에 왔었더라면 무슨 일이 벌어졌을까, 상상하면서 나는 다시 창밖을 내다보았다. 사람들을 휘어잡았다는 그 매력을 직접 봤다면 꽤 재미있지 않았을까. 어쨌거나 그는 남편을 진심으로 사랑했던 우리 엄마를 유혹해 불륜을 저지르게 만든 장본인이다. 솔직히 말하면 유혹이라는 게 적절한 단어인지 모르겠다. 어쩌면 로맨틱한 상황이 아니었을 수도 있다. 엄마가 거부할 수 없는 상황이었을지도 모른다. 모든 걸 털어놓던 순간, 엄마 얼굴에 드리워진 극심한 고통으로 미루어봤을 때, 그럴 가능성이 농후했다.

생각이 거기까지 미치자 속이 메스꺼워졌다. 12년간 잘 묻어 둔 궁금증들이 용솟음을 치며 뿜어져 나오고 있었다. 어서 빨리 몬테풀치아노에 닿기를 바랐다.

～

마르코는 노련한 운전기사였지만 속도광이기도 했다.

"이 길이 아주 익숙하신 것 같아요."

쪽잠에서 깬 나는 머리카락을 손가락으로 빗어내리고 주변 환경을 둘러보며 말했다. 우리는 빠른 속도로 인적 없는, 어둡고 구불구불한 시골길을 달리는 중이었다.

"네. 평생 여기서 살았거든요."

바깥 풍경을 더 보고 싶었지만 좁은 길 양쪽에서 우리를 향해 다가오는 무성한 나뭇잎들 말고는 밖이 잘 보이지 않았다.

"안개가 짙네요."

내가 말했다. 그 순간 마르코가 굽은 모퉁이를 빠르게 돌았고 나는 왼쪽으로 넘어질 뻔했다.

"토스카나에서 안개는 일상이에요. 구불구불한 언덕과 계곡이 많아서 안개가 스며들기 딱 좋거든요. 이제 거의 다 왔어요. 여기서부터는 금방이에요."

나는 어제 바른 마스카라 얼룩을 닦아내기 위해 가방에서 손가락 패드를 꺼내 눈밑을 문질렀다. 이곳 시간으로 밤 10시였다.

얼른 도착해 푹신한 침대에 누울 수 있기만을 바랐다. 아니, 딱딱한 침대라도 상관없었다. 어디든 누울 수 있기만 하면 된다.

브레이크를 밟기 시작한 마르코는 '마우리치오 와인'이라고 적힌 거대한 팻말이 있는 곳에서 자갈길로 방향을 틀었다. 구불구불한 숲길을 지나 가파른 언덕을 오르자, 거대한 벽돌 기둥 사이에 있는 육중한 철문이 보였다. 철문 앞에 다다른 마르코는 순간적으로 브레이크 페달을 밟았고 그 바람에 나는 자리에서 튀어 올랐다. 차를 멈춘 마르코가 콘솔 박스에서 키를 꺼내 버튼을 누르자 정문이 서서히 열렸다. 경첩은 기름칠 좀 해달라고 시위라도 하는 것처럼 삐걱거렸다. 그는 중세 시대 느낌의 커다란 석조 건물 앞, 자갈이 깔린 주차장에 차를 세웠다.

이 모든 게 안톤의 소유였을까?

"도착했어요."

마르코는 시동을 끄고 안전띠를 풀었다. 그러고는 급하게 차에서 나가더니 나를 위해 뒷좌석 문을 열어주었다.

차에서 내려 땅에 발을 딛자 축축한 흙에서 올라오는 자연의 냄새가 코에 닿았다. 소금기를 머금은 짙은 안개와 한기가 청재킷 안으로 슬그머니 스며들었다. 마르코는 내 여행 가방을 들고 앞장서서 걸어갔다. 나는 그를 따라 접수처 구역으로 갔다. 데스크에 있던 젊은 이탈리아 여성이 우리를 맞아주었다.

"벨 씨 맞으시죠?"

그녀는 물었다.

"네, 맞아요."

"저는 안나라고 해요. 만나서 반갑습니다."

그녀는 카운터 아래로 몸을 숙여 카드키를 집었다. 내가 재빨리 신용카드를 꺼내자 안나는 손을 들어 제지했다.

"아니에요. 그러실 필요 없어요. 방은 맨 꼭대기 층 7번을 사용하시면 되고요. 계단으로 올라가셔서 왼쪽으로 가시면 됩니다. 아침 식사는 8시 반부터 10시 반까지 저쪽에 있는 식당에서 제공될 거예요. 와이파이 비밀번호는 방에 있는 바구니 안 카드에 적혀있어요."

"정말 감사합니다, 안나 씨."

나는 카드키를 받았다. 놀랍게도 마르코는 이미 내 여행 가방을 들고 낡은 검정 대리석 계단을 오르는 중이었다.

두툼한 석고 보드 벽체와 천장에 노출된 육중한 들보, 건물에서 고릿적 분위기가 물씬 풍겼다. 나는 잠깐 멈추어 서서 계단 벽에 걸린 유명인들의 사진을 바라보았다. 조지 부시, 톰 행크스, 오드리 헵번이 방문했었다. 토끼 굴을 들어가던 앨리스가 이런 기분이었을까.

마르코는 4층에 있는, 어두운 마호가니 문 앞으로 나를 안내했다. 나는 카드키를 리더기에 꽂고 문을 열었다. 불을 켜자, 고급 호텔에서나 볼 수 있을법한 커다란 스위트룸이 나를 맞이했다. 고풍스러운 가구와 벨벳 커튼이 달린 창문, 고급스러운 하얀 천이 깔린 킹사이즈 침대가 눈에 들어왔다. 기쁨의 눈물이 흐른대도 이상하지 않을 정도로 감격스러웠다.

마르코는 문 안쪽에 여행 가방을 내려놓고 욕실 스위치를 컸다.

"편하게 쉬세요. 여기가 이곳에서 가장 좋은 방이에요."

"너무 멋져요."

나는 검은색과 흰색 타일로 꾸며진 거대한 욕실을 들여다보았다. 깊고 커다란 욕조, 유리문이 달린 샤워부스, 그리고 호기심을 불러일으키는 비데까지.

문 앞으로 간 마르코는 셔츠 주머니에서 명함을 꺼냈다.

"어디든 가고 싶으시다면 여기, 제 연락처예요. 분명 몬테풀치아노를 둘러보고 싶으실 거예요. 마을 안으로는 차가 들어갈 수 없지만, 광장에 내려드릴 수 있어요. 거기서부터는 걸어서 돌아다니면 돼요. 몬테풀치아노에는 좋은 가죽 제품을 파는 멋진 가게들이 많아요. 식당도 몇 군데 추천해 드릴게요. 그리고 내일은 가족들을 만나게 될 거예요."

그의 입에서 튀어나온 가족이라는 말에, 돌연 모든 신경이 곤두섰다. 무슨 일이 일어날지 조금도 예상할 수가 없었다. 갑자기 영화 〈대부〉가 머릿속에서 재생됐다.

나는 나가려고 몸을 돌리는 마르코에게 질문했다.

"잠깐만요. 뭐 좀 여쭈어봐도 될까요? 혹시 제가 여기 있는 게 사람들을 불편하게 만들지는 않을까요? 그러니까 제 말은, 그분한테는 아내와 자식들이 있잖아요. 그들도 제가 누구인지 알고 있나요? 그들도 제 존재를 알고 살아왔을까요?"

마르코는 내 얼굴을 물끄러미 바라보았다. 그의 표정에서 감지한 동정의 빛을 어떻게 해석하면 좋을까.

"그들에게는 충격적인 소식이었어요."

마침내 그가 털어놓았다.

"지금까지는 모르고 있었던 거예요?"

"네. 몰랐죠."

나는 한숨을 내쉬었다.

"그렇군요. 다들 화가 났나요? 벌써 가시방석에 앉아있는 기분이네요."

마르코는 목덜미를 문지르며 아랫입술을 깨물었다.

"그렇지 않을 거라고 장담할 수는 없어요. 하지만 유언 내용에 따라 달라질 거예요."

"그 유언장 말인데요……."

나는 잠시 말을 멈추었다.

"혹시 유언 내용에 관해서 알고 계세요?"

그는 고개를 흔들었다.

"그건 아무도 몰라요. 하지만 지난 며칠간 많은 이야기가 오갔어요. 클라크 씨가 상당한 자산가였던 만큼 사람들의 기대치도 높고요."

피곤에 절여진 불쌍한 내 뇌는 어떤 반응도 하지 못한 채로 고장 나버렸다. 지금 머무는 숙소와 와이너리의 소유주가 안톤이었다는 사실을 알게 된 지 48시간도 채 지나지 않았다. 정확히, 그는 얼마나 부자였던 걸까? 마르코는 다시 나가려고 했다.

"잠시만요."

나는 그의 소매를 붙잡았다.

"변호사가 유언장을 발표하는 자리에 누가 나오는지 아세요? 그의 다른 자식들도 참석할 텐데 그들의 이름은 뭐예요?"

"슬로운, 그리고 코너요. 코너가 둘째예요. 코너는 혼자, 슬로운은 두 아이와 함께 왔어요. 슬로운의 남편은 미국에 있고요."

마르코가 대답했다.

머릿속은 지금 얻은 정보를 저장하느라 애를 쓰는 중이었다. 슬로운과 코너는 나한테 이복형제, 아이들은 이복 조카들이다. 외동딸로 자란 나로서는 상상하기 어려운 것들이다.

"클라크 씨의 전 부인도 있을 거예요. 윌슨 부인이요. 부인 역시 장례식에 오셨거든요."

마르코가 덧붙였다.

"그들은 이혼한 거예요? 언제요?"

내 물음에 그는 어깨를 으쓱해 보였다.

"정확히는 몰라요. 제가 일을 시작하기 전에 둘은 이미 헤어진 상태였어요. 아이들이 아주 어렸을 때 헤어졌으니까요. 저도 윌슨 부인을 장례식장에서 처음 봤어요. 마리아는 저보다 많이 알고 있을 거예요."

"마리아가 누구예요?"

"빌라 가정부요. 수년 전, 클라크 씨가 와이너리를 사들일 당시에 마리아의 시아버지인 도메니코 과르디니가 포도밭 관리인으로 일했거든요. 지금은 그녀의 남편 빈센트가 포도밭을 관리해요."

"그렇군요. 빌라는 어디에 있나요? 변호사들이 오기로 한 내일 아침, 마리아라는 분도 그곳에 오실까요?"

"네. 마리아도 같이 있을 거예요. 빌라는 언덕 꼭대기, 가로수가 끝나는 지점에 있어요. 여기서 걸어갈 수 있고요. 하지만 벨씨, 우선 눈을 붙이는 게 좋겠어요. 여기까지 오느라 힘들었잖아요. 걱정은 그만하고요."

"고맙습니다. 그리고 그냥 피오나라고 불러주세요."

내 제안에 고개를 끄덕인 마르코는 처리해야 할 일이 수십가지는 남은 사람처럼 서둘러 나갔다. 그는 아주 효율적으로 시간을 쓰는 남자인 것 같았다.

그가 나간 후, 나는 커다란 침대를 바라보며 한숨을 뱉었다. 급격히 차오르는 피로감에, 여행 가방을 열고 눈 깜짝할 새 잠옷으로 갈아입었다.

~

핸드폰 알람이 울려 앓는 소리가 절로 나왔다. 조금 더 눈을 붙이려고 푹신한 베개 너머를 더듬어 알람을 다시 설정했다. 이전에 경험하지 못한 새로운 불구덩이에 뛰어든 기분이었다. 온몸이 납덩이처럼 무거웠다. 텔러해시는 지금 몇 시인지 시차를 계산해 보려고 했다. 새벽 2시인가?

곧바로 나는 다시 깊은 잠에 빠져들었다. 얼마 지나지 않아 핸드폰의 굉음이 또 한번 나를 깨우는 바람에 더 이상 자는 건 불가능했지만. 억지로라도 일어나야 한다는 생각에 찌뿌둥한 몸을 움직였다. 아침 식사를 놓치고 싶지 않기도 했지만, 그보다 변호사들이 도착하기 전에 빌라로 가는 길을 알아내고 싶었다.

몽롱한 상태로 비틀거리며 나무 바닥을 가로질러 창문으로 갔다. 유리창 너머에서 쏟아져 들어올 햇빛을 기대하며 두툼한 벨벳 커튼을 열어젖혔지만, 참나무 덧문이 빛을 완전히 차단하고 있었다. 걸쇠를 풀고 한쪽 덧문을 당기자 눈앞에 펼쳐지는 풍광에 나도 모르게 탄성이 새어 나왔다. 내가 보고 있는 게 정녕 그림이 아니란 말인가?

졸음으로 반쯤 덮인 눈꺼풀을 가볍게 들어 올리는 순간, 녹음이 우거진 초록색 산꼭대기 위로 우뚝 솟은 중세 마을과 성이 시야에 들어왔다. 새파란 하늘을 배경으로 삼은 석조 건축물과 탑은 그 자체로 한 폭의 풍경화였다. 지면의 자욱한 안개는 하얀 띠를 이루며 올리브 나무 숲과 포도밭을 살포시 가로질렀다. 그때 언덕 꼭대기 어딘가의 대성당에서 종소리가 울리기 시작했다. 종소리와 함께 창문 아래, 수영장 근처의 커다란 사이프러스 나무에서 한 무리의 제비 떼가 푸드덕 날아올랐다.

수려한 경관에 말문이 막혀 한동안 그렇게 서있었다. 유명인들이 여기 머물렀던 이유가 납득이 갔다. 이건 억만금짜리 전망이다. 마치 신데렐라 영화의 실제 촬영지에서 눈을 뜬 기분이었다.

눈을 감고 9월의 신선한 공기, 풀과 이슬 내음을 한껏 들이마시며 일주일간의 완전한 자유를 만끽해야 한다고 되뇌었다. 집에 두고 온 아빠 걱정은 하지 않을 참이다. 도티가 알아서 잘 챙기고 있을 테니. 내게 일주일의 휴가 정도는 누릴 자격이 충분하다고 했던 그녀의 말을 기억하자.

마을에 울리던 종소리가 멈추었다. 그 고요 속에서 들리는 건 숲을 스치는 산들바람의 잔잔한 속삭임뿐이었다. 나는 여전히 눈을 감은 채 청량한 공기를 재차 들이마셨다. 그러고는 애써 떨어지지 않는 발길을 돌려 화장실로 향했다.

잠시 후, 샤워를 마친 나는 식당이 있는 아래층으로 내려갔다. 식당에는 페이스트리, 요거트, 시리얼, 달걀, 얇게 썬 고기와 치즈가 올라간 접시가 뷔페식으로 차려져 있었다. 식탁은 서른 명은 족히 앉을 수 있을 정도로 커다랗고 길쭉했다. 상판은 하얀색 식탁보와 싱그러운 꽃으로 장식되어 있었다. 식기가 놓인 보조 식탁에서 접시를 집어 들자, 주방에 있던 젊은 여성이 내게 다가왔다.

"커피 드릴까요?"

"네. 감사합니다. 아메리카노 있으면 그걸로 부탁드려요."

내가 말했다. 그녀는 웃으며 고개를 끄덕이고는 주방으로 돌아갔다. 나는 접시를 채워 젊은 커플의 맞은편에 앉았다.

"안녕하세요."

직원이 커피를 들고 돌아와 내 앞에 내려놓았을 때, 나는 커플에게 인사를 건넸다.

"좋은 아침이에요."

앞에 앉은 젊은 여자가 대답했다. 억양으로 짐작하건대 미국 남부 출신인 것 같았다.

"카푸치노 드셔보셨어요?"

그녀가 물었다.

"정말 맛있거든요."

"아직요. 내일 마셔볼게요."

우리는 이런저런 잡담을 나누었다. 신혼여행을 즐기는 중인 그들은 베네치아에 도착하면 개인 돛단배로 지중해를 항해할 계획이라고 했다.

그들이 떠난 후, 나이 지긋한 커플이 들어와 카푸치노를 주문하고 달걀, 토스트, 얇게 썬 고기를 접시에 담았다. 나는 그들과도 수다를 떨었다. 최근 은퇴한 그들은 매일 오후, 토스카나에 있는 와이너리들을 하나씩 돌아보는 중이라고 했다. 매일 다른 와이너리를 둘러본 후에 지금 이곳에서만 2주째 머물고 있다고도 했다.

"우리는 몬테풀치아노가 좋아요. 이곳의 와인은⋯⋯."

남자는 감탄스럽다는 듯 손키스를 해 보였다.

"한마디로 최고예요."

"저는 와인을 잘 몰라서요."

나는 수줍게 말하고 고개를 숙인 채 요거트를 휘휘 저었다.

"저는 항상 같은 브랜드만 사요. 캘리포니아 메를로를 주로 마시는데 제가 감당할 수 있는 가격 중에 그나마 품질이 좋은 걸 고르게 되더라고."

그들은 웃음을 터뜨린 후 공감한다는 듯 고개를 끄덕였다.

"전통적인 방법으로 만드는 구세계 와인의 본고장에 왔으니

시도해 봐요. 좋아하게 될 거예요. 여기에는 아주 특별한 맛이 있거든요."

"와인만 특별한 게 아니에요. 유럽은 특별한 매력이 있는 곳이니까요."

아내는 웃으며 말하고 남편을 바라보았다. 그들은 정말이지 행복해 보였다.

"두 분은 결혼하신 지 얼마나 되셨어요?"

내가 물었다.

"40년이 다 됐네요."

남자가 대답했다.

"서로가 있어 좋으시겠어요."

나는 커피를 한 모금 들이마신 후 컵을 손바닥으로 감쌌다.

"이게 정말 필요했어요. 아직 시차 적응이 안 돼서 피곤하더라고요."

"곧 괜찮아질 거예요."

여자가 말했다. 그녀는 말을 잠깐 멈추었다가 다시 물었다.

"혼자 여행 중이에요?"

"네. 엄밀히 말하자면 '여행'은 아니지만요. 장례식 때문에 온 거예요."

"아, 유감이에요. 어제 다들 교회에 가는 걸 봤어요. 고인의 명복을 빕니다."

"고맙습니다."

혹시 그들이 나와 가족들의 관계를 궁금해하지는 않을까 하는 생각이 들어, 요거트를 다 먹자마자 잽싸게 주제를 바꾸었다.

"돌아가기 전에 몇 시간 정도 피렌체를 좀 돌아보고 싶은데요. 혹시 가보셨어요?"

내가 말했다.

"그럼요. 꼭 둘러보세요. 피렌체에서 가장 규모가 큰 피티 궁전은 꼭 한번 가볼 만한 곳이에요. 정원이 아주 멋지거든요. 그리고 아르노 강에 있는 베키오 다리도 건너가 봐요. 다리 위에 상점들이 늘어서 있어요. 일몰은 또 어찌나 아름다운지, 그림이 따로 없어요. 당연히 다비드 조각상도 놓치면 안 돼요. 그걸 보지 않으면 피렌체를 관광했다고 볼 수 없죠."

그녀의 말에 나는 웃음을 터뜨렸다.

"네. 꼭 갈게요."

아침 식사를 마치고 방으로 돌아와 양치질을 한 다음, 다시 데스크로 내려갔다. 데스크에는 어젯밤 체크인을 도와주었던 직원인 안나가 있었다. 나는 그녀에게 빌라로 가는 길을 물었다.

안나는 카운터 뒤에서 알록달록한 지도를 꺼내더니 빨간 펜으로 건물에 원을 그렸다.

"여기가 숙소예요. 주차장이 있는 앞문으로 나가신 후에 오른쪽으로 꺾으세요. 그다음 이 숙소 건물과 새로 지은 와이너리 건물 사이로 난 자갈길을 올라가세요. 정상에 도착하면 조그만 성당이 하나 보일 거예요. 성당을 끼고 다시 오른쪽으로 돌아 가로수 길을 따라 올라가시면 묘지가 나오는데요. 묘지를 지나면 커다란 철문이 보여요. 여기, 철문을 열 수 있는 스마트 키를 드릴 테니 이곳에서 지내시는 동안 가지고 계세요. 언제든 왔다 갔다 하실 수 있게요. 철문에서 2분만 더 걸어가면 빌라가 나와요. 지금은 위에 가족들이 있어서 문이 열려있을 거예요. 만약 잠겨있다면 벨을 누르시면 됩니다. 마리아가 각별하게 챙겨드릴 거예요."

나는 안나에게 고맙다고 말하고 밖으로 나왔다. 주차장을 가로지르자 광활한 들판, 숲, 나란히 정돈된 계단식 포도밭이 내려다보였다. 동쪽에는 어두운 소나무 숲이, 그 옆으로는 올리브 나무 숲이 있었다. 햇빛을 받은 올리브 나무의 옅은 잎사귀들이 희미한 은빛으로 일렁였다.

그 자리에 조금 더 머물고 싶었지만 변호사들이 곧 빌라에 도착할 것이라 생각하니 마음이 초조해지기 시작했다. 나는 현실을 직시하고 있었다. 가족들이 나를 반길 거라는 터무니없는 기대 따위는 접어둔 상태다. 그들에게 나는 철저히 외부인이자 사생아다. 그들에게 나는 자신들이 받아야 할 유산의 일부를 손에 넣으려고 나타난, 집안의 수치심 같은 존재였다. 물론 나는 유산을 받을 자격이 없었다. 지금껏 나를 태어나게 만든 아버지라는 사람이나 그의 가족들을 만나는 일에는 관심조차 없었으니까.

내가 지금 이곳에 있다는 사실이 아직도 믿기지 않았다. 안톤은 대체 왜, 나를 상속인에 포함한 걸까?

빌라로 향하는 가파른 자갈길을 천천히 올라가는 동안 내면 깊숙한 곳에서부터 두려움이 피어올랐다. 믿음직스러운 친구를 데려왔더라면 그의 가족들을 혼자서 감당하지 않아도 됐을까. 하지만 나는 엄마의 비밀을 누구와도 공유한 적이 없다. 이건 결국 혼자서 오롯이 짊어져야 할 짐이었다.

성당을 지나 계속 걸었더니 작은 마을이 나왔다. 언덕 중간쯤에 자리 잡은 중세 시대 느낌의 마을이었다. 마을을 지나 푸르른 나무들이 우뚝 늘어선, 곧은 흙길로 방향을 틀었다. 가로수의 끄트머리에 있는 철문 앞에 도착해 스마트 키 버튼을 누르자 문이 천천히 열렸다. 철문을 통과해 몇 걸음 내디뎠을 때, 완만한 경사 너머로 거대한 석조 빌라가 보였다.

눈앞의 광경에 호흡이 가빠지기 시작했다. 나는 그 자리에 멈추어 서서 르네상스 양식으로 지어진 크림색 대저택을 가만히 바라보았다. 여섯 개의 기둥을 갖춘 팔라디오 스타일 현관, 건물 전체를 둘러싼 거대한 석조 테라스. 저택의 왼쪽에는 전형적인 이탈리아식 정원이, 오른쪽에는 테니스 코트가 있었다.

갑자기 잔뜩 주눅이 들면서 심장이 고동치기 시작했다. 모라티가 보낸 이메일을 읽고, 안톤이 와이너리의 주인이라는 건 알고 있었으나 이 정도일 줄은 꿈에도 몰랐다. 마르코 역시 그가 부자라고 말했지만 정확히 얼마만큼의 자산가인지, 나한테 남긴 건 무엇인지, 남긴 이유는 무엇인지 당최 알 수가 없었다. 다른 자식들과 나란히, 나를 상속인 명단에 올린 그의 속셈은 무엇이었을까? 그 결정의 속사정을 아는 사람이 있기는 한 걸까?

나는 숨을 깊게 들이마신 다음, 결연하게 걷기 시작했다. 발에 닿은 하얀 자갈들이 우두둑 소리를 냈다. 돌계단을 오르자 널찍한 테라스와 육중한 중세 시대의 현관문이 보였다. 오른쪽 벽에 달린 초인종을 누르자 벨 소리와 함께 곧 문이 열렸다.

희끗희끗한 머리를 느슨하게 위로 올린, 나이 지긋한 이탈리아 여성이 미소로 나를 반겼다.

"안녕하세요. 피오나, 맞죠?"

"네."

나는 그녀의 따뜻한 환대에 고마운 마음으로 대답했다. 긴장감이 다소 누그러졌다. 적어도 당장은.

"저는 가정부 마리아 과르디니예요."

그녀는 문을 활짝 열었다.

"자, 어서 들어오세요."

나는 문턱을 건너 테라코타 타일 바닥 위로 발을 디뎠다. 중앙현관에는 환하게 불이 밝혀져 있었다. 중앙에 자리 잡은 둥그런 테이블에는 싱그러운 꽃들이 가득 담긴 꽃병이, 그 위에는 화려한 대형 샹들리에가 달려있었다. 중앙현관은 커다란 응접실로 이어졌다. 응접실에 일렬로 놓인 프랑스풍 여닫이문들은 전부 활짝 열려있었고 뒤편의 테라스로 연결되었다.

"비행은 어땠어요?"

마리아가 물었다.

"길고 지루했어요. 아침에 일어나기 힘들 정도였으니까요."

"당연히 그랬을 거예요. 뭐 좀 드릴까요? 카푸치노나 에스프레소, 어때요?"

"괜찮아요. 조금 전에 아침 먹을 때 마셨거든요."

그녀는 나를 빤히 바라보았다. 세상에 그녀의 시선과 나만 존재하는 것처럼 어색한 기분이 들었다.

"마르코 말이 맞네요. 그를 닮았어요. 젊은 시절의 그랑 똑같아요."

그녀가 말했다. 나는 침을 꿀꺽 삼켰다.

"제가요?"

"네."

마리아는 시계를 확인했다.

"변호사들이 도착하기까지 20분쯤 남았으니, 그사이에 우리가 친해지면 되겠어요. 자, 거실로 갈까요?"

"네. 고맙습니다."

그녀는 나를 빌라 뒤편의 탁 트인 공간으로 안내했다. 거실 바닥에는 러그들이, 러그 위에는 안락해 보이는 소파 몇 개와 의자들이 놓여있었다. 거실 한쪽 끝에는 그랜드 피아노가, 각 벽면에는 박물관에나 있을법한 유화들이 걸려있었다. 나는 마리아를 따라 큼지막한 석조 벽난로 앞에 있는 소파로 갔다.

"궁금한 게 무척이나 많을 거예요."

그녀는 말했다.

"네. 맞아요."

"우리도 그래요."

그녀가 대답했다. 긴장해서일까. 뱃속이 요동쳤다. 나는 초조한 마음으로 목청을 가다듬었다.

"마리아, 솔직하게 말씀드리면 너무 당황스러워요. 어디까지 알고 계시는지 모르겠지만 클라크 씨와 저는 남남처럼 살아왔어요. 엄마도 돌아가시기 직전에서야 처음으로 그분 이야기를 꺼냈고 엄마가 돌아가신 지 이미 10년도 훌쩍 넘었어요. 그때 엄마가 알려준 정보도 거의 없어요. 심지어 저희 아빠도 제가 친자식이 아니라는 사실을 몰라요. 보시다시피 상황이 꽤 복잡해요."

"어머나, 세상에."

마리아의 눈에 혼란스러운 기색이 역력했다.

"당신 어머니와 안톤과의 관계를 전혀 몰랐던 거예요?"

죽음을 목전에 두고 사실을 고백하던 때, 엄마는 얼굴에 드리워진 수치심, 절망감을 보여주지 않으려고 나를 외면했었다. 그게 내가 기억하는 전부다.

"둘 사이에 실제로 로맨틱한 감정이 있었는지도 의문이에요. 이곳에서 여름을 보냈던 31년 전에도 저희 부모님은 행복한 결혼 생활 중이었거든요. 그래서 저는 안톤이 제 친아버지라는 사실도 몰랐어요. 적어도 엄마가 돌아가시기 전까지는요. 엄마한테는 이유가 있었던 것 같아요. 제게 진실을 알려야만 했던 이유요⋯⋯. 혹시 나중에 생길지도 모르는 의학적인 문제 같은 걸 염두에 두어서 그랬을까요? 그것 말고는 떠오르는 이유가 없거든요. 그때 엄마는 진실이 아빠를 힘들게 할 거라면서, 비밀로 해달라고 애원했어요. 아빠는 사지 마비 환자라 충분히 힘든 상태거든요."

"맙소사."

나는 바닥으로 시선을 내렸다.

"죄송해요. 제가 너무 횡설수설 늘어놓은 것 같아요."

"전혀 그렇지 않아요."

나는 숨을 깊게 들이마셨다.

"그냥 이 모든 게 혼란스러워요. 궁금한 것도 많고요."

마리아는 뒤로 기대앉았다.

"저라도 답을 알면 좋겠지만 당신 못지않게 저희도 깜짝 놀랐어요. 런던에 있는 안톤의 법률팀으로부터 또 다른 자식이 있다는 이야기를 들은 게 불과 며칠 전이거든요. 최근 갱신한 유언장을 가지고 오늘 아침 오기로 한 그 법률팀이요."

나는 갑자기 생겨난 의문에, 얼굴을 찡그렸다.

"유언장을 갱신했다는, 그 최근이 언제죠?"

"2년 전이요. 2015년."

시기를 가늠해 보았다.

"혹시 그때가 그분이 자신에게 심장 질환이 있다는 것을 알게 된 때였나요?"

그녀는 애석한 표정으로 고개를 저었다.

"제가 알기로 안톤은 전혀 몰랐어요. 겉으로는 꽤 건강해 보이기도 했고요."

그때 집 안 어딘가에서 문이 쾅 닫히는 소리가 났다. 또각또각, 빠르게 계단을 내려오는 하이힐 소리가 이어졌다. 나는 소리가 나는 쪽으로 고개를 돌렸고 마리아는 자신의 관자놀이를 문질렀다.

"이런, 젠장. 골치 아픈 일이 생기겠네요. 미리 사과할게요."

훤칠한 키에 길고 검은 머리카락, 상아색 피부, 빨갛고 두툼한 입술을 가진 아름다운 이탈리아 여성이 거실에 불쑥 나타났다. 검은색 아르마니 바지 정장 차림의 그녀는 이탈리아어로 소리를 지르기 시작했다. 여자는 프렌치 네일아트를 받은 양손으로 과장된 제스처를 보이며 불만을 속사포처럼 쏟아 냈다. 나는 한 마디도 알아들을 수 없었지만, 변호사들의 방문에 관한 이야기인 것 같았다.

마리아는 그녀를 진정시키려는 듯 손을 내밀고 이탈리아어로 천천히 말하기 시작했다. 내가 할 수 있는 일은 없었다. 그저 앉아서 지켜보는 게 다였다.

이번에는 다른 여자가 거실에 난입했다. 60대 초반 정도로 보이는 금발 머리의 여자는 정말이지 완벽한 모습이었다. 몇 차례 성형 수술을 받은 게 분명해 보였다.

"저 여자가 여기서 안 나가겠다잖아!"

금발의 여자가 고함을 질렀다.

"여기는 내 집이기도 하니까 떠날 이유가 없어요!"

이탈리아 여자가 응수했다.

"아니지. 당신은 단순히 손님으로 있었던 거야. 이제 더 이상 여기서 환영받지 못해."

격앙된 음조의 이탈리아어로 소리 지르는 젊은 여자를 보고, 상대는 넌더리를 내며 항복의 의미로 두 손을 올렸다. 그러더니 개입을 바라듯 마리아를 바라보았다. 마리아의 입에서 상황을 정리할 만한 말이 나오는 걸 기대하는 것 같았다.

"두 분 다 진정하세요. 누가 남고 누가 떠날지는 우리끼리 결정할 수 있는 문제가 아니에요. 변호사들 이야기를 들어보고 결정해야죠."

"들었죠? 내가 그럴 거라고 했잖아요!"

이탈리아 여자가 발끈하며 말했다.

"유언장에 그쪽에 대해서는 일언반구도 없을걸. 안톤은 유언장을 2년 전에 작성했거든. 그때는 너랑 만나기도 전이었어."

금발 여자가 말했다.

이탈리아 여자는 손가락을 세 번 튕겨 '딱딱딱' 소리를 냈다.

"지금 당신은 모든 걸 알고 있다고 생각하죠? 천만에. 당신은 아무것도 몰라요. 안톤은 나를 사랑했어요. 그가 그렇게 말했거든. 당신은 그가 죽기 전에 무슨 생각을 했는지도 몰라요. 아마 유언 내용을 추가했을 거예요. 문서 같은 게 따로 있을 거라고요. 그런 쪽은 내가 잘 모르지만, 안톤은 분명 그랬을 거예요."

"아니. 너는 아무것도 몰라. 너는 머리가 텅텅 빈 여자거든."

"당신은 오만한 속물이야! 당신이 여기 온 이유는 그저 돈 때문이잖아! 당신은 그를 신경도 안 썼어! 만약 그 남자가 조금이라도 신경 쓰였다면 그가 죽기 전에 보러 왔겠지만 그러지 않았잖아. 말년에 그를 보살펴 준 사람은 누구일까?"

마리아는 일어서서 마치 오케스트라 지휘자처럼 두 팔을 넓게 펼쳤다.

"조용히들 좀 해요. 그 얘기는 나중에 하자고요. 먼저, 피오나를 소개할게요. 피오나는 지금 막 도착했어요."

그들은 입을 다물었다. 두 사람의 이글거리는 시선이 내게 꽂혔다.

젊은 이탈리아 여자는 내가 잠재적 위험이라도 된다는 듯 의심 가득한 눈초리로 나를 내려다보았다.

"이 사람이 그 여자라고요?"

나는 미소를 지으려고 애쓰며 자리에서 일어났다.

"안녕하세요……."

"이쪽은 케이트 윌슨이에요."

마리아가 금발 머리 여성을 가리키며 내게 말했다.

"안톤의 전 부인이고 캘리포니아에서 오셨어요. 이쪽은 소피아 로마노이고……."

마리아는 적당한 단어를 찾아내려고 노력했다.

"안톤의 친구죠."

"우리 관계는 친구 이상이었어요."

소피아가 대답했다. 예상과 다르게 그녀는 분노를 표출하지 않고 미소를 지으며 내게 손을 내밀었다.

"만나서 반가워요, 피오나. 그 사람과 많이 닮았군요. 특히 그 눈이 정말 비슷해요."

"다들 그렇게 말씀하시네요."

소피아와 악수를 나눈 후, 나는 윌슨 부인에게도 손을 내밀었다.

"솔직히 말할게요. 앞으로 꽤 불편해질 거예요. 그쪽이 그의 친딸이 아니라는 의심이 넘쳐났었는데 직접 얼굴을 보니까 어쩔 수 없이 받아들여야 할 것 같아서요."

틀림없는 경고였다. 그녀의 발언에 마리아는 어색한 웃음을 뱉었다.

윌슨 부인의 아름다운 녹색 눈이 내 머리서부터 발끝까지 훑어 내려왔다. 분명 나의 변변찮음을 구석구석 찾아내는 중일 터였다. 무엇보다 내 옷차림이 거슬렸을 것이다. 나는 스키니 진과 얇은 민소매 셔츠, 검은색 카디건을 입고 있었다. 카디건은 폴리에스터와 스판덱스가 혼용된 재질로, 월마트에서 아주 저렴한 가격에 구매했다.

"이것 때문에 먼 길을 왔겠네요."

윌슨 부인은 비난 서린 어투로 말했다.

"부인도 먼 길을 오셨잖아요. 마리아에게 듣기로는 캘리포니아에 살고 계신다면서요?"

"맞아요."

호기심이 생겼는지 그녀의 아치형 눈썹이 한데 모였다.

"그쪽은 어디서……?

"플로리다의 탤러해시요."

그녀는 내 손을 놓고 뒤로 한 발짝 물러섰다.

"플로리다에는 아직 한번도 안 가봤어요."

"멋진 곳이에요. 기회가 되면 꼭 가보세요."

윌슨 부인은 가볍게 웃었다.

소피아는 거실을 벗어나 발을 쿵쿵 구르며 다시 계단을 올라갔다. 윌슨 부인은 마리아 쪽으로 몸을 돌렸다.

"저 여자는 회의에 참석할 수 없죠?"

"네. 명단에 없어요."

마리아가 대답했다.

"잘됐네. 저 여자를 아예 배제할 수 있게 마리아가 내 편에서 나를 좀 도와줘야겠어요. 안톤이 죽기 전에 뭔가 멍청한 짓을 한 게 아니라면 말이에요. 그랬다고 해도 대단히 놀라운 일은 아니지만."

그녀는 다시 한번 나를 힐끗 바라보더니 거실을 떠났다. 마리아는 의자에 푹 주저앉았다.

"미안해요. 사과할게요."

나도 의자에 앉았다.

"마리아 잘못이 아니잖아요. 그런데 소피아라는 분은 누구세요……?"

나는 텅 빈 입구를 손가락으로 가리키며 말했다.

"네. 안톤의 정부였죠. 처음 있는 일도 아니에요. 다만 안톤의 마지막을 함께한 여자니까 운이 좋았다고 할 수 있겠네요. 그렇다고 해도 그가 소피아 앞으로 무언가를 남겼을 것 같지는 않아요. 안톤은 바보가 아니거든요. 안톤이 살아있는 동안 소피아는 이미 많은 걸 받았어요. 소문에 따르면 로마에 있는 아파트 1년 월세와 맞먹는 금액의 목걸이를 받았다던데요. 물론 그의 고약한 성미를 받아주고 비위를 맞추어 준 점에 대한 보상은 있어야 한다고 생각해요. 누가 봐도 헌신적이었으니까요. 그래도……."

마리아는 못마땅한 표정으로 고개를 저었다.

"그 동기가 영 의심스러워요. 무슨 뜻인지 알 거예요. 어쨌거
나 안톤은 나이가 많았고 소피아는 보셨다시피, 뭐 그렇죠."

"돈 때문에 소피아가 의도적으로 곁에 있었다는 말씀이세요?"

"그럴 가능성이 커요."

아직은 추측도, 섣부른 판단도 하고 싶지 않았다. 나는 무릎
위에 올린 두 손을 내려다보았다.

"전 부인이라는 분은 저를 별로 좋아하지 않는 것 같아요."

마리아는 무시하라는 듯 손을 내저었다.

"케이트는 신경 쓸 필요 없어요. 이미 세 번째 결혼 생활 중이
에요. 게다가 두 번째 남편은 안톤보다도 부자였는걸요. 그러니
까 그녀는 불평할 게 하나도 없어요."

"혹시 자식들은 어떨까요?"

나는 꽤 단도직입적인 질문을 던졌다.

"그 사람들도 저를 싫어하겠죠?"

"그럴 거예요. 하지만 그 사람들의 생각은 중요하지 않아요.
유언장은 바꿀 수 없으니까요. 당신 몫으로 남겨진 것이 무엇이
든 그냥 가지고 떠나면 돼요."

마리아가 나를 바라보며 대답했다. 나는 마리아의 돌직구에
놀라 눈을 끔벅거렸다.

"조언 감사합니다."

마리아는 무력감이 담긴 한숨을 내뱉었다.

"그렇지 않으면 당신한테는 기회가 없을 거예요. 이 가족들
은 삶을 주어진 것 이상으로 어렵고 복잡하게 만드는 재주가 있

거든요. 모든 게 전쟁이에요."

"저는 그런 건 아무것도 몰라요."

"당연히 그럴 거예요."

마리아는 귀걸이를 만지작거리며 잠시 나를 살펴보았다.

"오늘 무슨 일이 생기든 간에 너무 마음 쓰지는 말아요. 아버지에게 다른 자식이 있었다는 이야기를 받아들이는 건 누구에게나 어려운 일이니까요. 한편으로는 그 사람들이 그렇게 충격을 받는 게 어처구니가 없기도 해요. 30년 전에 엄마를 따라 미국으로 건너갔거든요. 안톤이 수도승도 아니고, 당연히 그의 삶에도 여자들이 많을 수 있죠."

그 말에 마음 한구석이 쓰라렸다. 엄마를 그저 그의 많고 많은 정부 중 한 명이었다고 여기고 싶지도 않았을뿐더러 이 남자의 장례식 다음날 그런 찝찝한 생각에 잠겨있고 싶지도 않았다. 하지만 의심은 스멀스멀 피어올랐다.

나는 다시 앞으로 몸을 기울였다.

"마르코 말로는 지금 남편분과 함께 관리하시는 포도밭을 예전에는 시아버지이신 도메니코가 관리하셨다고요. 어쩌면 남편분 부모님께서는 안톤과 저희 엄마 사이에 무슨 일이 있었는지 알고 계시지 않을까요?"

"시부모님이 뭔가 알고 계셨을 수는 있어요. 하지만 지금은 두 분 다 돌아가셨어요. 빈센트와 제가 포도밭을 인수하러 이곳에 온 건 1988년이에요. 그쪽 어머니가 여기 계셨던 게 언제였죠?"

"1986년, 여름이요."

질문에서 답을 얻게 될 기미가 보이지 않아 나는 방향을 틀었다.

"마르코가 일하기 전에 일했던 안톤의 운전기사는요? 그분은 지금 어디 계실까요?"

"그 사람 이름은 고든 누치예요. 안톤과는 수년을 함께 했고요. 제가 일을 시작하기 전부터 빌라에서 살았으니 뭔가 알고 있을 수도 있겠네요. 그렇지만 그분 역시 오래전에 돌아가셨어요. 그래서 마르코를 고용한 거예요."

나는 더 질문하고 싶었지만 이내 초인종이 울렸다.

"변호사들이 왔나 봐요."

마리아는 의자에서 일어났다.

"제가 나가볼 테니 그냥 여기 있어요."

거실을 나가는 마리아를 바라보고 있자니, 앞으로 닥쳐올 일이 머릿속에 그려져 당장이라도 속이 뒤집힐 것만 같았다. 자기 아버지 유언장에 상속자의 한 사람으로 올라간 나를 증오하고 있을 게 뻔한 이복형제들과의 첫 만남. 그럼에도 불구하고 나는 안톤이 나한테 남긴 게 대체 무엇인지, 얼마만큼의 가치가 있는지 알고 싶었다. 지금까지 확인한 그의 부동산으로 넘겨짚어 보건대 어쩌면 상당한 가치가 있을지도 모른다. 아니면 말고. 어느 쪽이든 이 모임이 빨리 끝나기를 바랐다.

슬로운

변호사들이 오기 전, 슬로운은 토스카나의 경치에 대해 다시 생각하게 되었다. 따분하게 여겼던 이곳을 다시 생각하게 된 건 언덕 꼭대기에서 들려오는 장엄한 종소리 때문일지도 모른다. 혹은 교통체증으로 꽉 막힌 로스앤젤레스에서의 해로운 배기가스 대신 맡을 수 있는 상쾌한 공기 때문일 수도 있고.

"얘들아, 와서 이것 좀 봐."

슬로운은 멀찌감치 뒤에서 따라오고 있던 아이들, 클로이와 에번을 불렀다. 각각 일곱 살, 열 살인 아이들은 핸드폰을 보느라 고개도 들지 않았다.

"에번! 클로이!"

그녀는 소리쳤다.

"왜?"

에번 역시 소리치며 대답했다.

"날씨가 이렇게 좋은데, 핸드폰만 보니? 와서 엄마가 뭘 찾았는지 좀 봐."

클로이는 불만 가득한 표정으로 줄지어 있는 토마토 숲을 지나 에번을 따라왔다. 아이들은 슬로운이 가리키는 흙 쪽으로 가까이 다가갔다.

"봐봐. 도마뱀이야."

"완전 멋지다."

에번이 말했다. 도마뱀은 나뭇잎 아래서 재빠르게 움직이더니 곧 사라져 버렸다.

"한 마리 잡아도 돼?"

그가 물었다.

"글쎄, 잡아봐. 네 동작이 그만큼 빠르다면 말이야. 나중에 양동이를 들고 다시 나오자. 하지만 잡더라도 관찰이 끝난 후에는 다시 놓아줘야 해. 알겠지?"

"집 안으로 데려가면 안 돼?"

대답 대신 에번이 물었다.

"엄마, 절대 안 돼!"

클로이가 외쳤다.

"클로이 말이 맞아. 부엌에 도마뱀이 돌아다니는 걸 보면 마리아가 좋아하지 않을 거야."

"내 방 침대 밑에 숨겨둘게."

에번이 약속했다.

"생각해 보자."

슬로운은 에번의 어깨를 손으로 쥐며 말했다. 아이들의 시선이 다시 핸드폰으로 돌아가자 그녀는 짙은 한숨을 내쉬었다.

슬로운은 토마토 나무에서 올리브 나무로 아이들을 이끌고 있었지만 좀처럼 혼자서 걷고 있다는 기분을 지울 수가 없었다. 최근 들어 그녀의 삶은 계속 그런 식이었다.

그때 언덕 꼭대기를 가로지르는 상쾌한 미풍처럼 어떤 기억이 살랑살랑 불어왔다. 그 바람은 순식간에 슬로운을 어린 시절로 데려다주었다. 서늘하고 퀴퀴한 와인 저장고에서 코너, 사촌 루스와 함께 자유로이 숨바꼭질하던 그 시절로. 숙성 중인 와인이 담긴 거대한 오크통 사이를 신나게 비집고 즐기던 그 시간들로.

때때로 와인 작업을 돕기도 했다. 초록이 무성한 7월이 되면 포도나무를 가지치기하고, 밭의 잡초를 뽑는 식이었다. 마리아는 언제나 슬로운의 관심을 끌만한 것들을 부엌에 두었다. 슬로운은 빵을 반죽하기도, 의자 위에 올라서서 커다란 냄비 안의 내용물을 저어대기도, 자두잼을 병에 옮겨 담기도 했다. 그녀가 간직한 기억에는 애정이 듬뿍 묻어있었다. 예기치 못하게 튀어나온 회한이 그녀의 마음을 뒤숭숭하게 만들기 전까지는 말이다.

사실 아버지의 장례식은 그녀의 예상보다 힘들었다. 향수 어린 추억이 불러일으킨 깊은 우울함이 장례식 내내 그녀를 덮쳤다. 지난 몇 년간, 둘 사이에는 대화가 거의 없었을뿐더러 아이들이 태어나기도 전에 와이너리로의 발길을 끊었다. 그래서 우울한 감정이 들 거라고는 생각지도 못했다.

여행길에 오를 때마다 슬로운은 아이들을 데리고 친자매나 다름없는 사촌, 루스를 만나러 런던에 갔다. 루스에게도 두 명의 자녀가 있었는데, 다행히 에반과 클로이는 그들과 노는 것을 좋아했다. 그래서 슬로운은 이번 장례식이 마지막 이탈리아 방문이 될 거라고 생각했다. 과거를 묻고 이탈리아와도 작별한 뒤 앞으로 나아갈 참이었다. 하지만 이곳을 다시 마주하자, 모든 게 쉽고 단순했던 시절이 새록새록 떠올랐다.

흔히 과거로 돌아가는 건 불가능하다고들 말한다. 대체 왜 불가능하다는 걸까?

그녀는 여전히 익숙한 주변을 둘러보며 답답한 마음에 의문을 품었다. 그녀의 기억 속 유년 시절이 바로 이 자리에 있었기에 더 답답했다.

당연하게도 과거의 일부는 영원히 사라져 버렸다. 최근 몇 년 동안 아버지와 멀어졌던 그녀는 이제 다시 그를 볼 수 없게 되었다. 만약 아버지가 살아있었다면 상황을 제자리로 돌릴 방법이 있었을까. 아버지와 다시 가까워질 방법이 있었을까. 아마 그렇지 않았을 것이다. 그런 장면은 좀처럼 상상하기 어려웠다.

그녀가 고작 다섯 살, 코너가 세 살이었을 때 부모님은 별거를 시작했고 아버지가 저지른 불륜 때문에 이혼 과정은 넌더리가 날 정도로 추악했다. 그래서 어머니는 아이들을 데리고, 아이들이 태어난 이탈리아를 떠나 자기 가족들이 있는 캘리포니아로 돌아갔다. 양육 합의서에는 슬로운과 코너가 매년 여름

4주와 크리스마스 1주를 몬테풀치아노에서 보낸다는 내용이 명시되어 있었다. 어렸을 때, 그들은 그 한 달간의 모험을 신나게 즐겼다. 흙이 잔뜩 낀 손톱으로 농장에서 허드렛일을 거들기도, 닭들을 뒤쫓기도 했다.

하지만 10대에 접어들면서부터 이탈리아 방문을 두고 언쟁이 불거졌다. 그들은 로스앤젤레스에 남아 친구들과 놀고 싶어 했고 독불장군이었던 아버지는 조금도 물러서지 않았다. 그는 아이들이 열여덟 살이 될 때까지, 매년 여름 이탈리아에 올 것을 강요했다. 마침내 열여덟 살이 되던 해 그는 약간 누그러진 태도로 아이들에게 선택권을 주었다.

슬로운과 코너가 로스앤젤레스를 택한 건 불 보듯 뻔한 일이었다. 으레 그랬듯 그들의 어머니는 아이들 편을 들었다. 유럽 여행을 가더라도 그들은 런던에 있는 집으로 갔다. 그곳에서 루스와 시간을 보내고, 파티에 참석하기도 했다. 해가 갈수록 아버지와 만나는 횟수는 점점 줄었고 1년에 한 번, 아이들의 생일에 아버지가 안부 전화를 걸었다. 그게 다였다.

호박벌 한 마리가 그녀 곁을 스쳐 날아갔다. 슬로운은 아이들을 돌아보았다. 아이들은 여전히 핸드폰에서 눈을 떼지 못하고 있었다. 아이들이 주변 환경에 흥미를 갖길 바랐던 그녀는 절망 섞인 무거운 한숨을 내쉬었다.

다시 한번 회한의 물결이 그녀를 덮쳤다. 그녀와 코너가 이곳에 왔던 여름, 아버지의 심정이 바로 이랬을까. 로스앤젤레스로 돌아가고 싶다며 투덜거렸을 때 아버지도 이런 기분이었을까?

슬로운의 한쪽 시야에 무언가 움직이는 모습이 들어왔다. 그녀는 눈으로 쏟아지는 아침 햇살을 손으로 가리며 몸을 돌렸다. 남동생 코너가 파란색 면바지 주머니에 손을 넣은 채 그녀 쪽으로 빠르게 걸어오고 있었다. 그는 흰 셔츠의 소매를 팔꿈치까지 걷어 올렸고 미러 선글라스를 끼고 있었다. 선글라스 렌즈에서 눈이 부실 정도로 강렬한 빛이 반사됐다.

"계속 찾았잖아."

그는 빠르게 날아오는 잠자리의 동선을 피하느라 몸을 숙이며 말했다.

"대체 여기 나와서 뭐 하는 거야?"

"애들한테 정원 좀 보여주려고."

설명을 들은 코너가 아이들을 힐끗 돌아보았다.

"애들이 참 좋아하겠다. 여기까지 와서 손가락으로 스마트폰만 만지는 애들이잖아. 누나가 아주 잘 키웠어. 축하해."

"좀, 닥쳐."

슬로운이 말했다. 코너는 핸드폰을 꺼내 시간을 확인했다.

"10시 다 됐어. 곧 변호사들이 올 텐데 누나는 밭에서 한가하게 농부 놀이나 하고 있잖아."

"그만 좀 하라고."

그녀는 코너에게서 고개를 돌려버렸다. 코너에게 속마음을 털어놓기라도 한다면, 늘 그랬듯 그는 그녀의 추억을 한낱 농담거리로 소비할 게 뻔했다. 지금은 찬란했던 회상에 찬물을 끼얹을 동생을 견딜 자신이 없었다.

"이건 아이들한테 좋은 일이야. 아이들한테는 다른 문화를 경험할 기회가 필요해."

그녀의 말이 끝나자마자 코너는 조롱하듯 웃음을 터뜨렸다.

"아, 제발 좀. 여기가 문화적으로 뒤떨어진 곳도 아니고. 아빠는 골드 롤렉스를 차고 땅에 묻혔어. 몰라?"

"몰랐지만 네가 그런 식으로 말하는 건 놀랍지도 않다."

그는 다시 핸드폰을 확인했다.

"심각해질 필요 없어. 쉽게 생각해. 우리는 돈만 챙겨서 떠나면 된다고."

그녀는 신발 앞코로 풀을 걷어차고는 올리브 나무 아래, 벤치에 앉아있는 두 아이를 힐끗 돌아보았다. 아이들의 손은 여전히 스마트폰 위에 있었다. 그들의 손가락은 늘 거기서 움직였다.

"네 생각에는 내가 애들한테 전자 기기를 너무 오래 쓰게 하는 것 같아?"

슬로운이 물었다. 코너 역시 아이들이 있는 쪽을 힐끗 보았다.

"맙소사. 설마 그런 부류의 엄마가 되려는 건 아니겠지? 시골살이라도 하려고? 그다음은? 홈스쿨링이라도 할 생각이야?"

"당연히 아니지. 그냥 요즘 애들이 어떻게 자랄지 걱정돼서 그래. 쟤들 좀 봐. 서로 대화도 거의 안 해. 클로이가 나중에 아이를 낳으면 어떻게 될 것 같아? 아기는 안중에도 없겠지. 길거리에서 유모차를 밀고 가면서도 핸드폰만 들여다볼걸? 말을 배우는 건 어떻고? 자기 엄마가 늘 옆에 있지도 않은데 아기가 무슨 수로 말을 배울 수 있겠어? 놀이터 벤치에 앉은 클로이가 핸드폰 영상에 푹 빠져있는 동안 누군가 아기를 납치할 수도 있어. 클로이는 한참 후에나 애가 없어진 걸 알아차리겠지."

그녀가 대답했다.

"도대체 누나는 뭐가 문제야? 클로이는 고작 일곱 살이라고."

코너가 말했다.

"알고 있어. 하지만 클로이 좀 봐. 이미 중독됐잖아. 둘 다 중독됐지. 앨런은 애들이 클 때까지 핸드폰을 주지 않으려고 했었는데 나는 안 된다고 할 수가 없었어. 애들 친구들은 전부 가지고 있었으니까. 지금 와서 보니 앨런 말이 맞는 것 같다. 저게 애들 뇌를 좀먹을 거야. 10대가 되면 더 힘들어지겠지."

"내 말 들어봐."

코너는 그녀의 어깨에 팔을 두르고 다정하게 말했다.

"누나는 정말 좋은 엄마야. 항상 아이들을 걱정하잖아."

"너도 애가 생기면 그렇게 돼."

그는 두 손을 허공으로 올렸다.

"큰일 날 소리. 나는 애를 가질 생각이 눈곱만큼도 없어."

"아, 맞다. 내가 깜박했네. 아이를 가지려면 누군가를 조건 없이, 헌신적으로 사랑하는 게 먼저인데 말이야."

슬로운이 비아냥대자 코너는 그녀 앞에서 손가락을 좌우로 흔들었다.

"아니. 나는 아빠의 전철을 그대로 밟을 생각이야. 사생아도 몇 명 낳지 뭐. 심지어 죽을 때까지 걔들을 만나볼 필요도 없어."

슬로운은 나뭇가지 위에 손을 얹은 채 얼굴을 찌푸렸다.

"피오나라는 사람 말고도 더 있을 것 같아?"

"또 모르지. 아빠는 걸어다니는 비밀 상자였어."

코너가 대답했다. 한동안 둘은 올리브 나무 그늘에서 말없이 서있었다. 슬로운은 입고 있던 블레이저 재킷을 벗으며 물었다.

"그 여자 봤어?"

"아니. 데스크 직원 말로는 어젯밤에 체크인했대. 7호실로 줬나 봐. 4층 말이야."

"그래?"

슬로운은 재킷을 팔에 걸쳤다.

"그나저나 아빠가 그 여자 앞으로 남긴 게 뭘까? 변호사 말로는 부동산 중 하나라던데."

코너는 천천히 잔디 위를 서성였다.

"나도 몰라. 최근에 아빠가 뭘 사들였는지도 모르고. 아빠는 매번 여기저기서 포도밭을 사들였잖아. 그게 어디든 말이야. 아마 그 여자 앞으로 작은 부동산을 남겼을지도 몰라. 녹색 문이 달린 작고 귀여운 노란 집 같은 거 말이야. 아니면 아빠가 자기 정부를 위해서 샀던 아파트를 그녀 앞으로 남겼을 수도 있고. 그것도 아니라면 런던에 있는 부동산 중 하나일 수도 있겠지."

슬로운은 얼굴을 찡그렸다.

"아니야. 런던 집은 아닐 거야. 설마 아빠가 거길 넘겼을 거라고 생각해?"

코너는 어깨를 으쓱해 보였다.

"모르겠어. 아빠가 영국에서 유언장을 다시 썼잖아. 어쩌면 그게 이유였는지도 모르지."

놀란 슬로운의 입이 살짝 벌어졌다.

"그렇게 되면 우리가 런던에 갈 때 머물 곳이 없어지잖아. 루스는 런던 외곽 지역에 살고 있으니까. 나는 메이블 고모 집에서는 잠깐도 있을 수 없어. 그건 내 눈에 흙이 들어가도 안 돼. 아빠도 분명 알고 있었을 거야."

코너는 선글라스를 빼서 렌즈를 닦았다.

"메이블 고모 집에 필요한 게 뭔지 알아?"

"뭔데?"

그는 선글라스를 다시 쓰고 눈을 찡그린 채 하늘을 올려다보았다.

"건물 철거용 쇳덩이."

코너의 말에 슬로운은 낄낄거렸지만, 한편으로는 약간 죄책감이 들었다.

"그것만큼은 나도 동의해. 적어도 고모 집 부엌에서 촌스러운 1980년대 분위기는 철거해 버릴 수 있을 테니까."

코너는 잔디를 내려다보았다.

"아무리 그래도 좀 심했나? 불쌍한 메이블 고모는 케케묵은 그 쓰레기장을 아끼잖아."

"어떤 사람들은 답이 없지. 도와줄 길도 없고."

클로이가 큰 소리로 웃음을 터뜨리더니 에번에게 다가가 자신의 핸드폰을 보여주었다. 에번은 슬쩍 시선만 줄 뿐, 아무런 반응도 보이지 않고 다시 자신의 화면으로 고개를 돌렸다.

"봐봐. 얼마나 귀여워? 애들이 뭔가를 공유하고 있잖아. 이제 알겠지? 쟤들은 아웃사이더가 아니야."

코너가 말했다.

"너는 참 졸렬해. 스컹크처럼."

"아니지. 그건 구린내가 난다는 의미니까. 알다시피 오늘 나한테서 좋은 향기가 나잖아."

"그래? 뭘 뿌렸는데? 막대한 유산이라는 이름의 향수?"

코를 손목에 대고 킁킁거리던 코너가 손목을 내밀자, 슬로운 역시 코를 킁킁거렸다.

"냄새 좋잖아. 안정할 건 인정해."

"그래. 좋네."

슬로운은 푸르른 하늘 아래, 위엄 있게 우뚝 선 빌라를 한동안 응시했다. 코너는 마음에 걸리는 게 있다는 표정으로 그녀를 바라보다가 그녀의 얼굴 앞에 대고 손가락을 튕겨 소리를 냈다.

"자자, 여기 주목, 누나. 설마 괜한 감상에 빠져서 쓸데없는 말을 하려는 건 아니지?"

코너가 자신을 예민하게 주시하고 있음을 알아차린 슬로운은 그의 질문에 대답하는 대신 역으로 물었다.

"와이너리 매각하는 거? 내가 마음이 바뀌었을까 봐?"

"누나!"

슬로운이 태연하게 돌아보았다.

"왜?"

"지금 그 표정 불안한데. 영 마음에 안 들어."

"뭐가?"

코너가 경고를 보내듯 가자미눈을 하자 슬로운은 한숨을 쉬며 꼬리를 내렸다.

"우리가 한 결정이 맞는 걸까? 만약 실수하는 거라면? 부동산 중개업자한테 연락하기 전에 한 번 더 생각해 봐야 할지도 몰라."

"아니. 그럴 일은 절대 없어. 누나 지금 제정신이야?"

그녀는 어깨를 으쓱했다.

"잘 모르겠어……. 우리 어릴 때 여기서 꽤 재미있는 시간을 보냈잖아. 안 그래? 아빠가 너한테 트랙터를 몰아도 된다고 해서 그걸 타고 포도밭을 돌기도 했었고. 기억나지? 그리고 마리아는…… 우리에게 늘 잘해줬어. 몇 년 만에 만나서 너무 반가워. 좋아 보이기도 하고, 그렇지? 살은 조금 붙었지만 멋지게 나이 들어가는 것 같아."

코너는 슬로운의 어깨에 손을 올렸다. 그리고 힘을 주어 어깨를 움켜쥐었다.

"장례식 직후라 감정이 올라와서 그럴 거야. 시간이 지나면 괜찮아질걸."

"그럴까?"

그녀는 올리브 나뭇가지에 낮게 매달린 부드러운 잎사귀를 만지며 눈썹을 들어 올렸다.

"그냥 와이너리 팔지 말고 우리가 같이 운영하는 건 어때? 생각해 봐. 여기는 이미 모든 게 잘 관리되고 있잖아. 자동화된 기계나 마찬가지라고. 아빠의 운전기사, 이름이 뭐였더라? 아무튼 그 사람이 그랬어. 아빠가 없어도 이곳은 평소와 다름없이 잘 돌아갈 거라고 말이야. 그 사람들은 이미 모든 걸 완벽하게 운영하고 있어. 여기를 팔지 않으면 우리가 원할 때, 언제든 올 수 있잖아. 우리 아이들이 로스앤젤레스를 벗어나서 농작물 재배라든지, 와인 제조라든지, 이탈리아 요리 같은 걸 배울 수도 있고 말이야. 애들한테는 정말 재미있는 체험이 될 거야."

"나한테 자식이 없다는 사실을 자꾸 잊어버리나 본데, 누나가 원하는 게 재미라면 여기를 팔아서 생기는 돈으로 클로이와 에번한테 테마파크를 사주는 건 어때? 집에서 훨씬 가깝고 시차 적응 따위는 할 필요도 없잖아."

코너가 말했다. 슬로운은 경멸하는 눈초리로 남동생을 바라보았다.

"나는 아이들에게 테마파크를 사주고 싶은 게 아니야."

"그래? 그럼 취미용 농장이나 작은 동물들이 있는 동물원을 사주든지. 힘들게 운영하거나 관리할 필요 없는 그런 거 말이야. 제발 바보처럼 굴지 마. 누나도 일하는 거 싫어하잖아."

"나도 잘 모르겠어. 아빠가 평생을 바쳐 일군 걸 고작 돈 때문에 팔아버린다는 게 좀 찝찝하거든. 한편으로는 우리가 어릴 때 그랬던 것처럼 클로이와 에번이 방학 때마다 여기 오면 좋을 것 같다는 생각도 들어."

"누나, 우리 여기 오는 거 싫어했잖아."

"10대였을 때만 그랬지."

"솔직해지자고. 마지막으로 자진해서 온 게 언제야? 아, 맞다. 한 번도 없지. 아빠는 언제든 오라고 했지만 우리는 아예 안 왔으니까."

"그건 아빠가 엄마한테 한 짓 때문에 아빠한테 화가 나서 그랬던 거고. 이제 여기 아빠는 없잖아."

"이야! 너무 냉정하다. 살짝 감동할 뻔했는데 재를 뿌리네."

코너가 웃음을 터뜨렸다.

"내 말은 그런 뜻이 아니야."

그녀는 양손으로 얼굴을 감싸며 말했다.

"내가 하고 싶은 말은…… 결국 곪아 터질 때까지, 상황을 방치했던 게 후회된다는 거야. 아빠는 돌아가셨고 이제 우리는 그걸 바로잡을 기회가 없잖아. 중요한 건 그게 아니지만."

그녀는 손을 내렸다.

"그럼 중요한 게 뭔데?"

"우리가 이걸 성급하게 팔아버려서는 안 된다고 생각해. 만약 네가 무조건 팔 생각이라면……."

그녀는 잠깐 말을 멈추더니 팔짱을 꼈다.

"나랑 싸워야 할지도 몰라. 와이너리는 우리 가족 소유로 남아있는 게 맞아."

코너는 경악하며 고개를 뒤로 젖혔다.

"와. 단호하네. 연장자의 특권 같은 거야?"

"그렇게 생각하든지."

그는 고개를 삐딱하게 기울이며 말했다.

"누나는 아빠가 우리한테 유산을 동등하게 나누어 주었을 거라고 가정하는 것 같은데 말이야. 와이너리는 내 앞으로, 벨그라비아 집은 누나 앞으로 남겼을지도 몰라."

슬로운은 히죽대며 빈정거리는 동생의 얼굴을 한 대 때려주고 싶었다. 어릴 때 그가 머리카락을 잡아당기면 그녀는 소리를 질렀고 누군가 와서 떼어놓을 때까지 둘은 치고받고 싸웠다. 그녀는 그때처럼 주먹을 날리고 싶은 충동을 애써 삭였다.

슬로운은 시계를 확인했다.

"이제 들어가야겠다."

"좋아. 우리가 가지고 있는 패를 현금으로 바꿀 시간이야."

슬로운은 집 안으로 들어가려고 아이들을 불렀다. 그러나 집으로 향하는 내내 완만한 언덕과 골짜기, 뒤쪽 테라스에 있는 고대 돌 장식에서 눈을 떼지 못했다.

지금까지는 이것들의 진가를 알아채지 못했었다. 어렸을 때는 관심도 없었거니와 감사함은 고사하고 당연하게 받아들였다. 그뿐이던가. 와인 사업으로 벌어들이는 연간 수입을 헤아려 볼 생각조차 안 했다. 이곳의 와인 중 일부가 로스앤젤레스의 레스토랑에서 600달러에 판매된다는 건 알고 있었고 그 사실을 늘 자랑스럽게 여기기는 했지만. 앨런 역시 동료들과 사업상 만찬을 가질 때마다 그 이야기를 꺼냈다. 마우리치오 와인이 장인어른의 소유라는 이야기.

어쩌면 와이너리를 계속 가지고 있는 것이 재정적인 면에서 더 유리할지도 모른다. 장기적인 안목으로 보면 그럴 것이다.

나이가 들수록 지혜가 쌓인다. 그런 말을 한 고대 철학자가 누구였더라. 문득 궁금해진 그녀는 인터넷에 검색을 해봐야겠다고 생각했다.

피오나

마리아가 거실로 돌아왔을 때, 나는 소파 뒤쪽 테이블에 전시된 흑백사진들을 보고 있었다. 아이들이 찍힌 사진을 보는 순간 그들이 내 이복형제, 슬로운과 코너의 어릴 적 모습임을 알아차렸다. 그들은 나란히 늘어선 포도나무 앞에서 햇빛을 등진 채 웃으며 포즈를 취하고 있었다. 안톤이 찍었을까. 다른 사진 속의 사람들은 짐작조차 어려운 낯선 사람들로, 대부분 1970년대에 찍힌 것 같았다.

"피오나, 이제 같이 갈까요?"

문간에 있던 마리아가 긴장한 듯 두 손을 비비며 말했다. 나는 불안한 마음으로 그녀를 따라 작은 안뜰로 이어지는 문을 나왔다. 안뜰을 건너간 우리는 맞은편 문을 통해 동쪽 정원이 내려다보이는 커다란 응접실로 들어갔다. 응접실의 한쪽 끝에 자리한 타원형 테이블에는 이미 사람들이 모여있었다. 실내에 무거운 적막이 감돌았다.

모두의 시선이 내게로 쏠린 탓에 나는 굳어버렸다. 마리아는 태연하게 테이블로 다가가 빈 의자 두 개를 끌어당겼다.

"여러분, 이쪽은 피오나 벨이에요. 피오나, 제 옆에 앉아요."

마리아가 나를 소개하는 동안에도 나는 제자리에 꼼짝 않고 서있었다.

"이쪽은 안톤의 아들, 코너예요."

내 이복형제, 코너는 의자 위에 축 늘어져 있었다. 지루한 표정으로 고개를 젖혀 천장을 응시하고 있던 그는 자신의 이름이 언급되자 고개를 들어 나에게 거수경례를 해보였다. 그러고는 다시 천장으로 시선을 돌렸다.

마리아는 코너 옆에 앉아있는 매력적인 검은 머리 여성을 향해 손짓하며 말을 이었다.

"이쪽은 슬로운이에요. 안톤의 딸이죠."

"안녕하세요."

슬로운은 턱을 살짝 들어 올리며 말했다. 그녀는 날카로운 눈빛으로 나를 유심히 살폈다.

"윌슨 부인은 이미 만났죠. 여기는 런던에서 오신 안톤의 여동생 메이블이고요."

마리아가 말했다. 메이블은 나이 지긋한 여성으로 휠체어에 앉아있었다.

"옆에는 그녀의 딸 루스예요."

"피오나, 만나서 반가워요."

루스가 상냥하게 말했다.

"저도 만나서 반갑습니다."

내가 대답했다. 루스는 자신의 어머니에게 다가가 귀에 대고 큰 소리로 말했다.

"엄마, 삼촌이랑 꼭 닮았다!"

메이블이 얼굴을 찡그렸다.

"그렇게 크게 말할 필요 없어!"

"이분들은 변호사예요. 존 웨인라이트, 그리고 카렌 밀러."

마리아가 말했다.

"피오나, 만나서 반가워요. 앉으세요. 그럼 시작하겠습니다."

웨인라이트가 말했다.

"고맙습니다."

나는 마리아 옆에 앉았다. 변호사들은 앞쪽에 있던 서류를 가지런히 정리한 후 핸드폰을 무음으로 바꾸었다. 내게 고정된 독기 어린 시선들이 느껴져 심장이 콩닥거리기 시작했다.

"자, 그럼 시작할까요? 먼저 여러분의 상심에 깊은 애도를 표합니다. 고인을 알고 지낸 사람이라면 전부 고인을 그리워할 거예요."

웨인라이트가 말했다.

"대단히 감상적이네요. 아름다워요. 아주 감사합니다. 코끝이 찡할 정도네요."

코너가 말하자 슬로운은 그의 어깨를 툭 쳤다. 테이블에 둘러 앉은 모두가 느끼는 불편함이 내게 전해졌다. 갑작스럽게 코너가 끼어드는 바람에 변호사들도 당황한 눈치였다.

웨인라이트는 목청을 가다듬고 말을 이어 나갔다.

"클라크 씨의 유언장은 2015년 12월 7일, 런던의 펜처치 거리에 있는 저희 변호사 사무실에서 클라크 씨의 입회 아래 작성되었습니다."

그는 페이지를 넘겼다.

"자, 런던의 부동산부터 시작하겠습니다. 첼시에 있는 집과 현금 300만 파운드는 메이블 앞으로 남겼습니다."

루스는 자기 어머니의 손을 꽉 쥐었다.

"봐, 엄마. 다 잘될 거야."

"벨그라비아 이튼 광장에 있는 집은 슬로운과 코너가 공동으로 소유하게 됩니다."

"아, 정말 다행이다."

슬로운은 고개를 숙여 쿵 소리가 날 정도로 테이블에 이마를 찧으며 말했다.

"봤지? 아빠는 누나가 그 집을 얼마나 좋아했는지 알고 있었던 거야."

"그런 것 같다."

그녀는 다시 똑바로 앉으면서 대답했다. 그러고는 나를 날카롭게 쏘아보았다.

웨인라이트는 마리아 쪽으로 몸을 돌렸다.

"이제 이곳 토스카나의 재산에 대해 말씀드릴게요. 마리아 과르디니, 당신 앞으로는 6헥타르의 땅과 20만 유로, 그리고 지금 거주하고 계신 집을 남겼습니다."

마리아가 휘둥그레진 눈으로 그를 바라보았다.

"세상에나!"

"정말이에요? 지금 농담하시는 거죠. 마리아, 잘됐네요. 축하해요."

코너는 깜짝 놀란 것 같았지만 이내 흥미롭다는 표정으로 말했다. 슬로운은 머리카락 한 가닥을 귀 뒤로 넘기며 말했다.

"잘됐어요, 마리아. 충분히 받을 자격이 있어요."

마리아는 루스가 건넨 티슈로 눈가에 맺힌 눈물을 닦아냈다.

"슬로운, 그리고 코너 앞으로는 영국의 투자 포트폴리오를 제외하고도 각각 300만 파운드씩 남겼습니다."

웨인라이트가 말했다.

"좋았어."

코너는 양팔을 테이블에 올리고 손을 포개면서 말했다.

"윌슨 부인께는 이탈리아의 화가, 카라바조의 그림을 남겼습니다. 메인 거실 벽난로 위에 걸려있었죠."

케이트는 씁쓸하게 웃었다.

"이혼할 때 내가 그 그림을 달라고 사정했었지. 그는 단칼에 거절했지만 말이야."

"엄마, 불평할 필요 없어. 결국 엄마 손에 들어왔잖아."

코너가 말했다. 그녀는 뒤로 기대며 팔짱을 꼈다.

"음, 지금이라도 내 손에 들어와서 좋기는 하네. 경매에 올리라고 제안한 적도 있었거든. 내가 낙찰받으려고."

웨인라이트는 다시 페이지를 넘겼다.

"이제 마우리치오 와인 사업으로 넘어가겠습니다. 와이너리를 비롯해 와이너리의 모든 상품, 건물과 장비, 토스카나 내 900헥타르의 땅과 와이너리에서 보유 중인 모든 현금은 전부 피오나 벨 앞으로 남겼습니다."

화기애애하던 공간에 일순간 정적이 감돌았다. 지금 그가 뭐라고 한 거지? 내 입안은 바싹 말라가기 시작했다.

"뭐라고요?"

코너가 소리쳤다.

웨인라이트가 파일 더미에서 종이 한 장을 들어 뒤집는 모습이 슬로모션으로 보였다. 내 눈에는 그 종이가 꼭 공중에 뜬 나뭇잎 같았다. 코너는 벌떡 일어서더니 양쪽 손바닥을 머리 위로 올렸다.

"아무래도 내가 지금 잘못 들은 것 같은데요."

변호사는 방금 했던 말을 되풀이했고 모두의 시선은 계속 나를 향해있었다.

"그럴 리가 없어요. 대체 왜 아빠가 모든 걸 저 여자한테 남기겠어요?"

슬로운 역시 납득이 가지 않는다는 듯 말했다. 나는 찍소리도 내지 못하고 미동도 없이 앉아있었다. 코너는 당장이라도 내게 달려들 것만 같은 눈빛으로 나를 노려보았다.

"당신, 도대체 뭔 짓을 한 거야?"

"그게 무슨 말씀이세요?"

여전히 영문을 모르는 내가 어리둥절한 상태로 물었다. 뭔가 착오가 있는 게 틀림없다. 그 사람이 나한테 모든 걸 남겼을 리가 없으니까.

"내 말 들었잖아. 무슨 짓을 한 거냐고."

코너가 거듭 물었다.

"저는 아무것도 안 했어요."

무심결에 방어적인 말이 튀어나왔다. 그는 다시 변호사들에게로 주의를 돌렸다.

"뭔가 잘못된 게 분명해요."

"유감스럽지만 서류에는 이상 없습니다. 클라크 씨는 원하는 바를 명확하게 말씀하셨어요."

웨인라이트가 대답했다.

"누구랑 있었는데요? 당신이랑? 아빠가 결정을 내릴 때 그쪽이 같이 있었어요?"

코너가 물었다.

"아니요. 그렇지만 부친께서 제 사무실에 오셨을 때 그 점을 분명히 해두셨어요."

코너는 믿을 수 없다는 듯 고개를 저었다.

"혹시 아빠가 술에 취해있었나요?"

"아니요. 아주 멀쩡한 상태였어요. 제가 보증합니다."

"그걸 그쪽이 어떻게 알아요? 의사라도 됩니까?"

웨인라이트는 침착함을 유지하며 대답했다.

"저는 법정에 서서 그분의 신체, 정신적 능력에 어떠한 문제도 없었음을 기꺼이 증언할 수 있습니다.”

코너는 고개를 돌려 맞은편에 있는 자신의 어머니를 바라보았다.

“엄마, 어떻게 좀 해봐. 이건 말도 안 돼.”

그녀 역시 큰 충격을 받은 듯 눈을 몇 차례나 깜박였다.

“내가 뭘 어떻게 해? 나도 너만큼 놀랐어. 네 아빠가 한마디도 안 했거든. 유언장을 새로 쓴 거며, 그 사람 사생아에 대한 거며, 나는 아무것도 몰랐어.”

그녀는 힐난의 눈초리로 나를 보며 물었다.

“올해 몇 살이지? 언제 태어났어요?”

“1987년이요.”

내가 대답했다. 윌슨 부인은 경멸에 가까운 냉소를 드러냈다.

“우리가 법적으로 부부였을 때였네. 이혼하기도 전이었어.”

나는 더듬거리며 말을 뱉었다.

“정말 죄송합니다. 당시에 무슨 일이 있었는지는 저도 몰라요. 제가 아는 거라고는 당시 엄마가 여기서 여름을 보냈다는 게 전부예요. 남편, 그러니까 저희 아빠랑 함께요. 부모님이 미국으로 돌아간 다음에 제가 태어났죠.”

윌슨 부인은 코웃음을 쳤다.

“믿을 수가 없군. 한편으로는 놀랄만한 일도 아니지만.”

“당연히 놀랄 일이 아니지. 엄마는 이미 알고 있었잖아. 아빠가 결혼 생활 중에도 여기저기서 바람을 피우고 다닌 거 말이야. 그래서 아빠랑 이혼한 거잖아.”

슬로운이 말했다. 그들의 아버지가 방탕하게 살았던 것이 마치 내 잘못이라도 된다는 양 모두의 시선이 다시 내게 쏠렸다.

"저를 그렇게 보지 마세요. 저는 아무것도 모르니까요."

마침내 내가 말했다.

"정말 그럴까? 나는 그쪽 말을 못 믿겠는데."

코너가 말했다.

"왜죠? 그쪽 부모님은 수십 년 전에 이혼하셨잖아요. 그리고 지금 위층에 있는 여성분이 최근까지 그분과 연인 관계였던 것 같은데요. 제가 유일하게 놀란 점은 오늘 아침, 이 테이블에서 저 혼자만 그분의 사생아라는 사실이에요."

내 말에 윌슨 부인은 자리에서 일어섰다.

"얻다 대고 감히. 지금 그 사람이 땅에 묻힌 지 얼마 되지도 않았어."

나는 큰 소리로 웃어버렸다.

"진심이세요? 죄송하지만 정말 이상해서요."

그녀는 다시 앉아 변호사를 돌아보며 다정한 어투로 말했다.

"존, 당신은 뭔가 잘못됐다는 것을 알고 있을 거예요. 일이 이렇게 진행될 줄 알았더라면 내 변호사들도 데려올 걸 그랬어요."

"그렇다 해도 별반 다르지 않았을 겁니다. 유언은 유효합니다."

웨인라이트는 사무적으로 대답했다. 윌슨 부인은 그가 결정권자라도 된다는 듯 곁눈질로 추파를 던졌다. 하지만 그는 조금도 동요하지 않았다.

"그 사람이 이유를 말하던가요?"

윌슨 부인이 물었다. 그녀의 뺨은 불만으로 벌겋게 달아올라 있었다.

"그 사람이 왜 친자식들의 상속권을 박탈했는지 설명하더냐고요? 만나본 적도 없는 애 하나 때문에."

"그분은 자식들의 상속권을 박탈한 게 아닙니다. 자식들에게 각각 300만 파운드와 런던의 집을 남겼으니까요."

존은 그녀의 말을 정정해 주었다. 윌슨 부인은 마치 모욕이라도 당한 듯 손을 가슴 위에 얹더니 날카로운 한숨을 내쉬었다.

"그건 아버지한테는 푼돈이나 마찬가지예요. 와이너리는 그보다 훨씬 큰 가치가 있다고요."

코너가 모두를 향해 말하고는 다시 자리에 앉았다.

나는 정확히 얼마만큼의 가치가 있는 건지 궁금해졌지만 감히 물어볼 엄두가 나지 않았다. 지금은 입을 다물고 가만히 있는 게 최선이라고 판단했다.

"우리는 이걸 순순히 받아들이지 않을 겁니다."

"그럴 거라고 예상은 했어요."

웨인라이트 씨가 말했다.

그때 슬로운이 손을 마구 흔들었다.

"잠깐만요. 제가 알기로 이 문제는 꽤 쉽게 풀릴 거예요. 이탈리아에는 관련된 법이 있다고 들었거든요. 친자식이 상속받아야 한다는 법이요. 비행기를 타기 전에 남편이 그 내용을 찾아봤어요. 남편 말로는 강제 상속이라고 부른다던가? 아무튼 그런 거였어요. 우리는 아빠의 재산 중 최소 66퍼센트에 해당하는 금액을 동등하게 받아야 해요."

슬로운은 손가락으로 나를 가리키며 말을 이어 나갔다.

"저 여자는 상속인이 아니에요. 사생아니까."

나는 그 '사생아'라는 단어가 지긋지긋해지기 시작했다.

"맞는 말씀입니다. 이탈리아 민법에는 직계 가족을 보호하는 조항이 있어요. 하지만 2015년 통과된 유럽 연합의 법이 있습니다. 유럽 연합의 법에 따라 유언에 본국의 법을 적용할 수 있고요. 부친께서는 영국 국적을 가진 사람으로서 자신의 유언에 영국 법이 반영되기를 원했습니다. 영국 법에 따르면 누구든 유언의 자유를 보장받아요. 말인즉슨 자산을 본인이 원하는 대로 사용할 수 있다는 겁니다. 만약 자선 단체에 전 재산을 기부하기를 원하셨다면 그것도 가능하고요."

웨인라이트가 대답했다. 코너가 손을 들더니 내 쪽을 가리켰다.

"보세요. 우리의 자선 사업 대상이 바로 눈앞에 있네요."

"지금 뭐라고 하셨어요?"

내가 발끈하자, 마리아는 테이블 아래로 내 손을 꽉 잡았다. 나와 눈이 마주친 마리아는 넌지시 고개를 저었다.

"우리 아버지와 당신 어머니 사이에 무슨 일이 있었던 건지 알아야겠어. 당신 어머니가 우리 아버지를 협박하고 있었던 건가? 아니면 당신이 협박했어?"

코너는 뚫어져라 내 눈을 노려보며 말했다.

"당연히 아니죠! 저는 평생 그분을 만난 적도, 대화한 적도 없다고요!"

내가 반박했다.

"그렇다면 이 상황을 우리가 어떻게 받아들여야 할까? 우리는 아버지가 30년 전, 누군가를 임신시켰다는 이야기를 들어보지도 못했어. 그 여자 이름이 뭐였지?"

코너가 물었다.

"릴리언 벨이요."

웨인라이트가 말했다. 코너는 자기주장을 뒷받침해 주길 바라듯 마리아를 바라보았다.

"그 여자는 아버지 삶의 일부라고 할 수 없었어요. 맞죠?"

마리아는 어깨를 으쓱해 보였다.

"내가 알기로는 그랬지."

변호사는 감정이 실리지 않은, 중립적인 어투로 말했다.

"부친께서 편지들을 언급하셨습니다."

코너가 얼굴을 찡그렸다.

"편지들? 그게 무슨 말이에요? 연애편지?"

"그건 저도 몰라요. 거기까지는 말씀하지 않으셨어요."

웨인라이트가 대답했다. 코너는 끓어오르는 울분을 주체할 수 없었는지, 의자를 박차고 일어났다. 그 바람에 의자가 옆으로 넘어졌다. 그는 곧장 창문으로 걸어가 양손을 허리에 얹고 창밖을 내다보았다. 나머지는 침묵 속에 앉아있었다. 슬로운이 입을 열었다.

"혹시 아빠가 안전하게 보관해 달라고 편지를 맡기지는 않으셨어요? 증거물이나 뭐 그런 걸 대비해서?"

"고인의 마지막 소망이 담긴 유언장을 작성하는 데 증거물 같은 건 필요하지 않아요."

웨인라이트는 거만하게 보이지 않으려고, 최대한 겸손하게 설명하고 있는 것 같았다.

"하지만 아빠는 모든 걸 보관했어. 마리아, 그렇죠? 수집벽이라는 말을 굳이 쓰고 싶지는 않지만 아빠는 물건 버리는 걸 극도로 싫어했거든요. 분명 그 편지들은 아빠한테 중요했을 거예요. 당연히 이곳 어딘가에 보관되어 있을 거고요."

슬로운이 대답했다. 코너는 웨인라이트 씨 쪽을 돌아보며 말했다.

"만약 이 릴리언 벨이라는 여자가 아빠를 협박했다면요? 그러면 우리가 유언장 내용에 이의를 제기할 만한 충분한 근거가 되겠죠?"

웨인라이트는 의자에서 몸을 틀었다.

"네. 만약 그랬다면 가능한 일이죠. 하지만 그러려면 당신이 그걸 증명해야만 합니다."

코너는 앞으로 성큼성큼 걸어왔다.

"만약 협박이 없었다면 유언장을 뒤집을 근거로 어떤 것들이 필요한데요? 자유의지에 반한 부당 위압? 강압? 사기?"

"전부 해당합니다. 하지만 당신 아버지에게서 협박당했다거나 하는 징후는 조금도 보이지 않았어요."

웨인라이트가 대답했다.

"어쩌면 아빠도 알아채지 못했을 수 있죠. 만약 협박이 있었대도 아빠는 협박 사실을 어떻게든 숨기고 싶어 했을 거라고요."

웨인라이트는 코너를 정면으로 마주 보았다.

"코너, 단순히 부당함을 느낀다고 해서 그런 근거 없는 혐의를 들어 유언장을 무효화할 수는 없어요. 무효화를 위해서는 타당한 법적 근거가 필요하고 지금 당신이 의심하는 바를 주장하려면…… 그걸 증명할 수 있는 증거가 필요합니다. 설득력 있는 증거 말이에요."

"하지만 조금 전에 편지가 있다고 하셨죠."

코너는 테이블에 앉은 모두를 돌아보며 말했다.

"자, 여기 계신 분들께 말씀드릴게요. 저는 이제부터 답을 캐고 다닐 겁니다. 분명 누군가는 뭔가 알고 있겠죠."

그는 손가락으로 나를 가리켰다.

"그 누군가는 저 여자가 되겠네요."

"저는 아무것도 몰라요."

나는 대답했다. 그는 쓸쓸하게 웃었다.

"설령 당신이 안다 해도 말할 리가 없지. 이 모든 걸 물려받게 된 상황에서는 더더욱."

코너는 분노에 찬 눈빛으로 나를 쏘아본 다음 문으로 향했다.

"내 변호사한테 연락하러 갑니다."

슬로운도 일어섰다.

"저도 그렇게 해야 할 것 같네요."

그녀는 그를 따라 밖으로 나갔다. 마리아는 한숨을 내쉬고는 변호사들 쪽으로 몸을 기울였다.

"웨인라이트 씨, 만약 유언장이 무효화된다면…… 그걸 대신할, 그것보다 먼저 작성된 유언장이 있나요?"

"네. 있습니다. 약 10년 전에 작성된 거예요."

그가 대답했다.

"그 유언장에는 친자식들이 이곳을 받는 걸로 되어있나요?"

"네. 맞습니다."

"그렇군요."

마리아는 불안한 모습으로 귀걸이를 만지작거렸다.

"이런 말씀 죄송하지만 이기적이지 않게 들리려면 어떻게 여쭈어야 할지 모르겠네요. 혹시 이전 유언장에서도 작은 빌라나 돈이 제 앞으로 남겨졌었나요?"

그는 잠시 말을 멈추었다.

"유감스럽게도 아닙니다. 그 내용은 최근에 추가됐어요."

그녀의 어깨가 아래로 쳐졌다. 그 순간 나와 한배를 타게 될 사람이 생겼음을 직감했다. 마리아는 안톤이 그녀 앞으로 남긴 걸 놓치고 싶지 않을 것이다. 토스카나에 도착한 후, 처음으로 혼자가 아니라는 기분이 들었다.

슬로운

"아빠가 어떻게 이럴 수 있어?"

변호사와 통화를 끝낸 코너가 전화기를 소파에 던져버렸을 때 슬로운이 물었다.

"친자식은 우리잖아. 그 여자는 아빠를 본 적도 없다고 했어. 아빠가 우리를 싫어했을까? 그래서 그런 것 같아? 자주 찾아오지 않아서 벌주려고? 아니면 이혼으로 뺏긴 것 때문에 엄마한테 복수하려고? 엄마가 챙긴 어마어마한 위자료 말이야. 엄마한테는 그게 자랑거리였지만."

코너는 방 안을 서성거렸다.

"피오나가 여기 와서 아빠를 구워삶거나 하지는 않았던 것 같아. 분명 뭔가 다른 게 있을 거야. 그 여자는 정말 아무것도 모르는 것처럼 보였어."

그는 잠시 생각하는 듯하더니 두 손을 흔들어 대며 높은 목소리 톤으로 말했다.

"제 모습을 보세요. 저는 제가 태어나기 전, 문란했던 엄마의 사생활은 눈곱만큼도 모르는 천진한 소녀랍니다. 대체 어떤 이유로 당신들의 아버지가 보잘것없는 저한테 이 모든 걸 남기셨는지 모르겠어요. 그러니까 저를 그만 좀 비난하세요."

코너는 연신 빈정거렸다.

"그만 좀 해. 피오나는 죄책감을 느끼는 것 같았어."

슬로운이 대답했다.

그녀는 의자에 털썩 주저앉아 양손에 얼굴을 묻고 무거운 한숨을 뱉었다.

"예상했던 거랑은 아주 딴판으로 흘러가고 있어. 일이 이렇게 될 줄은 상상도 못 했어. 앨런과 헤어지고 나서도 편하게 와서 지낼 수 있는 곳이 필요했는데. 최근에 앨런과 내 사이가 어떤지는 너도 알고 있을 거야. 그래서 애들이랑 이곳에 와서 살면 어떨까, 생각하기도 했어. 런던을 오가기도 쉬우니까 여기서 새 출발을 하는 거지."

코너가 몸을 돌리며 말했다.

"제발 좀. 누나는 절대 매형을 떠나지 않을 사람이야."

더 이상 잃을 것이 없겠다고 여긴 슬로운의 눈에 그렁그렁 눈물이 차올랐다.

"아니, 사실은 앨런이 바람피우는 것 같아."

코너는 그녀를 몇 초간 응시하더니 웃음을 터뜨렸다.

"장난해? 그게 누나한테 새삼스러운 일이라도 되는 거야?"

"재수 없게 굴지 마."

"재수 없게 구는 게 아니야. 결혼할 때 그놈이 바람둥이라는 걸 몰랐던 것도 아니잖아. 그놈이 누나랑 결혼한 이유가 저것 때문이라는 사실도 알았을 거고."

코너는 창밖의 포도밭을 향해 손짓했다.

"그러니까 아무것도 몰랐던 척, 순진한 척은 그만해."

맞는 말이었다. 결혼식 당일에도 슬로운은 의심과 두려움을 떨쳐낼 수 없었다. 결혼식 아침 헤어 디자이너가 도착하기 전에도 그녀는 화장실에서 눈물을 쏟았다. 하지만 그녀는 앨런에게 완전히 빠져있었다. 잘생기고 돈도 많은 남자에게 사랑받고 싶었다. 그와 결혼해 아이를 갖고 싶었다. 친구들이 부러워할 만큼 멋지고 완벽한 결혼 생활을 영위하고 싶었다. 그녀의 어머니 역시 그녀가 그렇게 살기를 바랐다. 어머니는 화장실에서 그녀의 눈물을 닦아주며 모든 게 잘 풀릴 거라고, 결혼하고 나면 달라질 거라고, 그녀를 안심시켰다.

결혼 후에도 그의 곁에는 늘 다른 여자들이 있었다. 슬로운은 자신을 둘러싼 울타리가 조금씩 무너지는 것을 느끼며 살아왔다.

"너는 왜 매번 그렇게 못되게 굴어? 어릴 때부터 그랬어. 나한테 거미를 던진 적도 있었지."

그녀는 코너에게 말했다.

"못되게 구는 게 아니야. 솔직한 거지. 만약 몰래 이혼 계획을 세우고 있는 거라면 유언장 내용이 어떻든 누나는 상관없잖아?

단지 친자식이 상속받아야 한다는 원칙에서 벗어나서 화가 나서 그래? 이혼 합의금으로 최소한 2천 만 달러는 받아낼 수 있을 텐데? 그것도 아주 쉽게. 매형의 자산이 얼마쯤 되는지는 나도 알고 있거든."

"아니. 그렇게는 안 될 거야. 내가 혼전 계약서에 사인해 버려서."

그녀는 시무룩하게 대답했다. 코너는 그녀를 보면서 이마를 찌푸렸다.

"지금 장난해? 나한테 그런 얘기 한 적 없잖아. 누나가 그랬어. 그놈이 혼전 계약서 같은 거 원치 않는다고."

"거짓말이었어."

"누나! 미쳤어?"

"제발 그만 좀 해. 지금 내 인생이 무너지기 직전인데 너는 도움이 하나도 안 돼. 이게 내 탈출구가 되어줄 줄 알았다고. 오늘 아침, 내가 기대했던 장면이 뭔지 알아? 앨런과 관련된 온갖 추문은 로스앤젤레스에 남겨두고, 마리아가 아이들에게 토스카나 전통 음식을 만들어 주는 모습, 아이들이 매년 9월에 있는 포도 수확을 돕는 모습, 이탈리아어를 배우는 모습이었어. 앨런이 다른 여자와 무엇을 하는지 볼 수도, 들을 수도 없는 이곳에서 말이야."

코너는 넌더리가 난다는 듯 손가락으로 미간을 꼬집었다.

"아, 제발 좀. 누나는 개인 트레이너와 상담사가 없이는 5분도 못 버틸 사람이야."

"아니, 버틸 수 있어. 나는 나 자신에게 너무 기대치가 높아. 문제의 절반 이상이 거기서 비롯한다고 생각해. 다른 사람들이 나를 완벽하게, 행복하게 보이도록 만들어 준다면 그게 뭐가 됐든 끊임없이 돈을 쓰잖아. 하지만 완벽이라는 건 허상일지도 몰라. 나한테 정말 필요한 건 마음껏 탄수화물 먹기, 걱정 내려놓기, 그런 게 아닐까."

그녀가 말했다. 코너는 앉아서 손바닥으로 눈두덩이를 꾹 눌렀다.

"지금은 그런 얘기 귀에 하나도 안 들어와."

"좋아. 애들 데리고 다시 산책이나 가야겠다."

슬로운이 빠르게 일어나며 말했다. 그는 그녀가 문으로 향하는 것을 지켜보았다.

"그게 나한텐 협박이라도 된다는 거야? 꼭 내가 누나를 말려야 하는 것처럼 얘기하네. 아, 안 돼! 아이들을 데리고 밖에 나가 놀다니, 그건 누나한테는 고문이나 다름없는데. 딱한 우리 누나, 어떻게든 내가 나가지 못하게 막아야 해!"

"말했지, 너는 구제불능이라고."

슬로운은 자신의 방으로 돌아왔다. 에번과 클로이는 각각 소파의 양쪽 끝에 앉아 핸드폰을 들여다보고 있었다.

"애들아!"

그녀는 쾌활한 목소리로 웃으며 아이들을 불렀다.

"밖에 나가서 포도를 수확할 때가 되었는지 한번 보는 게 어떨까? 잘하면 우리가 직접 포도를 딸 수도 있어."

에번은 관심조차 없다는 눈빛으로 그녀를 보았다.

"엄마, 우리 도움 같은 건 필요 없을 거야. 우리는 포도에 대해서 아무것도 모르잖아."

"그래도 배우면 재미있지 않을까?"

그녀는 열정 넘치는 목소리로 제안했다.

"싫어."

에번의 시선은 다시 핸드폰으로 돌아갔다.

"클로이, 너는 어때?"

슬로운은 어떻게든 클로이를 꾀어내기 위해 미소를 지으며 밝은 목소리로 물었다.

"포도밭 보러 나가고 싶지 않아?"

"엄마! 아침에 가서 봤잖아."

클로이의 툴툴거리는 소리에 슬로운은 좌절했다. 그녀의 딸은 대체 뭐가 문제일까?

"좋아."

슬로운은 발길을 돌렸다.

"엄마는 부엌에서 무슨 요리를 하는지 확인하러 가봐야겠다."

그녀는 아이들이 무엇을 놓치고 있는지 깨닫고 마음을 바꾸기를 바라며 방을 나갔다. 하지만 슬로운이 방을 나올 때까지 아무도 뒤따라 나오지 않았다.

피오나

변호사들이 짐을 정리해서 나가자마자 루스는 메이블의 휠체어를 테이블 밖으로 빼냈다. 그녀는 비행기를 놓치면 안 된다고 말하며 내 쪽으로는 눈길 한 번 주지 않고 휠체어를 밀어 밖으로 나갔다.

"저분들도 못마땅한 것 같아요. 그렇다고 해도 제가 비난할 수는 없겠죠. 그들이 무효화를 원하는 것도 어쩌면 당연해 보여요."

나는 마리아에게 말했다.

"맞아요. 그렇지만 웨인라이트 씨가 한 말 들었잖아요. 자기들이 주장하는 협박이나 사기, 부당 위압의 확실한 증거가 없이는 그들도 어떻게 할 수가 없어요."

나는 의자에 기대 한숨을 쉬었다.

"저희 엄마는 누군가를 협박할 만한 사람이 아니에요. 평생에 걸쳐 아빠를 얼마나 극진히 보살폈는지 직접 보셨다면 아실 거예요. 성인군자라도 그렇게까지는 못했을 거예요."

"외도했었다는 사실만 제외하면요."

마리아가 조심스럽게 내게 상기시켜 주었다.

"어쩌면 당신은 생각만큼 어머니를 잘 알지 못했을지도 몰라요."

나는 마리아가 옳다는 것을 인정할 수밖에 없었다.

"저도 이제는 뭐가 뭔지 모르겠어요. 오늘만 해도 그래요. 일이 이렇게 흘러갈 줄은 꿈에도 몰랐어요. 그저 어딘가에 있을 약간의 땅과 작은 집 정도를 물려받겠거니, 했어요. 이런 종합 선물 세트가 아니라요."

내가 말했다. 나는 다시 몸을 앞으로 기울였다.

"그나저나 이 와이너리는 값어치가 얼마나 될까요? 변호사들 말로는 900헥타르 규모라던데 그게 전부 포도밭인가요? 그렇다면 어마어마한 양의 포도가 있을 것 같은데요."

"여기는 토스카나에서 가장 규모가 크고 오래된 와이너리 중 하나예요. 남편 말로는 약 1억 유로 정도의 가치가 있다고 하던데요."

마리아가 대답했다. 너무 놀라 숨이 멎을 뻔했다.

"지금 뭐라고 하셨어요?"

"그게 바로 슬로운과 코너가 새로 작성된 유언장의 무효화를 주장하는 이유죠. 그들은 당연히 이 땅을 전부 물려받을 거라고 생각했을 거예요. 300만 영국 파운드는 그들이 기대한 금액에

비하면 쌈짓돈 수준이에요."

마리아의 이야기는 귀에 들어오지도 않았다. 지금 머릿속은 계산기를 두드리느라 바쁘게 돌아가는 중이었다.

1억 유로라고?

나는 내 생물학적 아버지가 그렇게까지 부자인 줄 몰랐다. 이 일확천금으로 할 수 있는 게 무엇인지 상상해 보자! 먼저, 도티와 다른 간병인들에게 돈을 줄 때마다 따라오던 생활비 적자 걱정에서 벗어날 수 있다. 도티가 우리와 평생 함께할 수 있게 월급을 올려주고도 온전히 나를 위한 혼자 살 집과 차도 살 수 있다. 얼마 전 구매한, 휠체어를 실을 수 있는 밴의 할부금을 다 갚아버리고 아빠한테는 최신 음성 인식 소프트웨어가 탑재된 새 컴퓨터를 사드릴 수 있다. 물론 온갖 옵션을 붙여서 말이다. 아빠와 여행을 갈 수도 있다. 아빠의 버킷리스트 중 하나인 매디슨 스퀘어 가든에서 열리는 빌리 조엘의 콘서트도 갈 수 있다. 그것도 가장 비싼 맨 앞자리로.

호흡이 가빠지기 시작했다. 아빠를 위해서라는 명분이 있기는 했지만 그렇게 커다란 비밀을 몰래 간직하면서 나는 늘 죄책감에 시달렸다. 하지만 지금 상황은 그간의 고된 세월을 가치 있는 것으로 바꾸어 주었다. 집에 돌아가서 갑작스럽게 변한 재정 상태를 아빠와 도티에게 어떻게 설명할지는 안중에도 없었다. 뭔가 둘러댈 것이 있을 것이다. 그때 가서 떠올리면 된다.

마리아가 내 어깨를 만졌다.

"괜찮아요?"

"모르겠어요. 너무 놀라서요."

"저도 놀랐어요. 안톤이 당신한테 전부 남기다니."

나는 마리아를 올려다보았다.

"그분은 도대체 왜 그랬을까요?"

이건 정말이지 엄청났다. 1억 유로라니, 신중해야 했다. 순식간에 벼락부자가 됐다는 황홀함의 덫에 걸려서는 안 된다. 어쩌면 실수일 수도 있다. 상황이 번복되기라도 한다면 나는 다시 가난으로 돌아가야 한다. 새집을 사고 아빠를 빌리 조엘의 콘서트에 데려가는 상상은 확실히 즐거웠다. 하지만 모든 게 무산될 가능성에 대비해 현실을 자각하고 있어야만 한다.

실수가 아니라 해도 슬로운, 코너와 나누어 갖는 것이 더 현실적이지 않을까?

"변호사들이 말한 편지요……."

내가 말했다.

"맞아요. 그 편지를 보면 안톤의 생각을 알 수 있을지도 모르겠네요."

마리아가 짐작하듯 말했다.

"안톤은 당신 어머니를 진심으로 사랑했을 거예요. 어쩌면 인생을 통틀어 가장 사랑했던 사람이 당신 어머니였는지도 몰라요."

마리아의 말에 나는 고개를 저었다. 내가 다른 남자의 자식이라고 말하던 엄마의 얼굴이 떠올랐기 때문이다. 후회와 부끄러움으로 점철된 표정은 그들 사이에 있었던 일이 기껏해야 하룻밤의 정사였다는 것을 알려주는 것 같았다.

"엄마는 아빠가 책을 위해 현지답사를 하는 동안, 그러니까 그해의 여름에만 여기 있었어요."

내가 설명했다.

"만약 엄마가 제 생물학적 아버지를 진심으로 사랑했다면 저한테 말하지 않았을까요?"

"그렇지 않을 수도 있어요. 당신이 오해하는 게 싫어서 이야기하지 않았을지도 몰라요. 어머니가 아버지를 덜 사랑한다는 오해요. 당신을 길러준 아버지 말이에요."

"그럴 수도 있겠네요."

나는 일어서서 금색 액자에 담겨 벽에 걸린 조지 가문의 초상화 쪽으로 걸어갔다.

"그렇지만 안톤이 정말로 엄마를 사랑했다면 왜 저를 데려가거나 저와 알고 지내려고 하지 않았을까요? 그분이 제 존재를 몰랐던 것이 아니라면, 그러니까 엄마가……."

"당신 어머니가 돌아가시기 전까지 말이죠?"

마리아가 추측했다.

"어쩌면 그때 당신 어머니께서 편지를 썼을지도 몰라요. 그녀가 당신에게 사실을 털어놓았을 때요. 그게 변호사가 언급한 편지일지도 모르고요."

"그때 엄마는 편지를 쓸 수 있을만한 상태가 아니었어요. 제가 계속 엄마 옆에 있기도 했고요. 그리고 변호사가 '편지들'이라고 말했으니 한 번은 아니었을 거예요."

나는 손바닥을 내려다보았다.

"어떤 상황이었든 왜 자기 자식들에게 자산을 남기지 않았을까요? 혹시 그분은 자식들을 사랑하지 않았던 걸까요? 도무지 이해가 안 돼요."

마리아는 일어서서 그림을 바라보고 있는 내 옆으로 왔다.

"그 점에 대해서는 조금 알 것 같아요."

"정말요?"

"네."

그녀는 뺨이 상기된 채 약간 주저했다.

"피오나, 나 같은 사람이 누구를 판단하겠어요? 뒤에서 험담하는 것 같아 찝찝하지만 솔직하게 말할게요……. 사실 슬로운과 코너가 사랑스러운 자식들이라고 할 수는 없어요. 물론 어릴 때는 정말 예쁜 아이들이었어요. 저도 아이들이 여기서 보내는 시간이 좋았고요. 하지만 10대가 되고부터는 더 이상 이곳에 오지 않으려 했고 그마저도 충분히 이해할 수 있었어요. 친구들과 한창 놀고 싶은 나이잖아요. 제가 받아들일 수 없었던 건 그들이 어른이 되고 난 후에도 이곳과는 완전히 선을 긋고 지냈다는 거예요."

"여기 오기 싫었던 다른 이유가 있었던 건 아닐까요?"

"안톤은 자식들과 연락하고 지내려고 갖은 노력을 했어요. 늘 먼저 전화를 걸었고 언제든 이곳에 오라고 했죠. 하지만 그들은 항상 바빴어요. 뭐 때문에 바빴는지는 모르겠네요. 둘 다 직업을 가진 적이 없으니까요. 심지어 시간이 날 때 들르겠다는 입에 발린 소리조차 한 적이 없어요. 유일하게 코너가 전화를 걸어온 적은 있는데, 그마저도 돈 때문이었어요. 안톤은 정말 힘들었을 거예요. 저는 안톤이 지난 몇 년간 그들을 시험해왔다고 생각해요. 그는 자식들에게 와이너리를 배워 나갈 갖가지 기회를 주려고 했지만 그들은 매번 거부했어요. 자식들이 자기 아버지나 와이너리를 추호도 신경 쓰지 않는다는 사실을 다시 한번 확인시켜 준 거나 마찬가지였어요."

나는 마리아를 바라보았다.

"그렇다면 저한테 모든 걸 남겨줌으로써 그들에게 교훈을 주려고 했던 걸까요? 아니면 단순한 복수심 같은 거였을까요?"

"때때로 안톤은 화를 주체하지 못했어요. 그러니 마지막에는 앙심을 품었을지도 모르겠네요. 외로운 사람이기도 했고요."

"그렇지만 왜 저한테 자산을 남긴 걸까요?"

내가 물었다.

"아시다시피 저는 그분의 사랑하는 자식이 아니었잖아요."

마리아가 나를 바라보았다.

"그가 유언장을 다시 작성하면서 떠올린 건 아마 당신이 아니었을 거예요."

나는 목덜미를 문질렀다.

"저희 엄마 말씀하시는 거죠? 그의 의도가 뭐였든 간에요. 어쩌면 죄책감 때문일 수도 있겠네요. 속죄를 하고 싶었던 걸까요?"

마리아는 어깨를 으쓱하며 말했다.

"이 주변에 사는 누군가는 둘 사이에 있었던 일을 기억하고 있을지도 몰라요."

나는 다시 의자에 앉았다. 그리고 초조한 마음에 손가락으로 테이블 상판을 톡톡 두드렸다.

"두 분은 처음에 어떻게 만났을까요?"

갑자기 나를 비난하던 코너가 떠올랐다. 극한의 공포가 덤으로 따라왔다. 코너는 분명 자신의 변호사에게 전화를 걸었을 것이다. 자신의 주장을 뒷받침할 증거를 찾으려고 사설탐정을 고용했을지도 모른다. 유언장을 번복할 만한 불법 행위가 있었는지, 눈에 불을 켜고 찾아내려 할 것이다.

만약 엄마가 어떤 식으로든 안톤을 협박했다면? 만약 상황이 지금보다 더 볼썽사나워진다면? 코너가 엄마의 과거에 세간의 이목을 집중시키고 나랑 엄마를 돈에 눈이 먼 꽃뱀으로 둔갑시킨다면? 마우리치오 와인은 미국 사람들의 입방아에 오르기에 충분할 정도로 명성이 높았다. 불쌍한 아빠. 그런 식으로 진실을 알게 된다면 아빠는 견디지 못할 것이다.

"속이 좀 안 좋아요."

나는 무릎에 머리를 기대며 말했다.

"뭐 좀 가져다줄까요?"

"아니요. 변호사가 언급했던 편지들을 찾아야 할 것 같아요. 실제로 무슨 일이 있었는지 알아내야죠."

여전히 속이 거북했지만 억지로 고개를 들었다.

"혹시 저를 좀 도와주시겠어요?"

"*네. 저도 일의 진상을 알고 싶어요.*"

마리아는 물병과 유리컵을 정리하기 시작했다.

"오늘은 빌라 주변을 구경시켜 줄게요. 물려받게 된 것이 무엇인지 두 눈으로 직접 봐야죠. 나중에 남편한테 얘기해서 포도밭이랑 와인 저장고도 보여주라고 할게요."

"마리아, 고마워요. 이곳에서 당신이 제 유일한 친구 같아요."

그녀는 의미심장한 눈빛으로 나를 보았다.

"세상에 친구 없이 살 수 있는 사람은 없어요."

그녀는 쟁반에 유리컵을 모아 거실 밖으로 가지고 나갔다. 그녀가 나간 후 나는 한참이나 벽을 응시하며 가만히 앉아있었다. 생각이 꼬리에 꼬리를 물고 이어졌다. 슬로운과 코너는 지금 무엇을 하고 있을까?

그들은 절대로 물러나지 않을 것이다. 1억 유로가 걸려있으니. 끔찍한 죄책감의 파도가 나를 덮쳤다. 내가 무슨 권리로 그들의 유산을 가로챌 수 있단 말인가? 제아무리 이기적이고 못된 자식들이었다 한들 나보다 자격이 없을 수는 없다.

상황이 어떻게 돌아가고 있는 건지 알아내야 한다. 나는 그 편지들을 찾아야 한다.

릴리언

1986. 토스카나

토스카나에서 비극적인 여름을 보낸 지 수십 년이 흘렀다. 그 후 릴리언 벨은 종종 의문을 품었다. 만약 그녀가 미래를 볼 수 있었다면? 여행을 취소했을까? 애초에 여행 자체를 생각하지도 않았을까? 아니면 결과가 어떻든, 운명에 몸을 내맡겼을까?

1986년 봄, 결혼 5년 차 부부인 릴리언과 프레디 벨은 플로리다 탤러해시에 살고 있었다. 프레디를 처음 만났을 때 릴리언의 처지는 그다지 안정적이지 않았다. 그녀는 알코올 중독자이자 장래가 불투명한 직업을 가진 부모 아래서 제대로 된 보살핌을 받지 못하고 자랐다. 그녀의 부모는 진즉 헤어졌어야 할 사람들이었지만 '애 때문에' 그러지 못했다. 그들은 매번 소리를 지르고, 싸우며, 술을 마셨다.

릴리언이 열 살이 되던 해, 그녀의 아버지는 집을 나갔다. 그 이후 아버지를 다시는 보지 못했지만 그녀는 겁을 먹지도, 버림받았다고 여기지도 않았다. 오히려 아버지나 어머니가 조금 더 일찍 떠났다면 좋지 않았을까, 생각했다.

아버지의 언어 폭력이나 뺨을 때리는 물리적 폭력 행위를 오랫동안 견딜 수 있었던 건 어머니의 유전자 때문일지도 모른다.

아니면 그게 바로 사랑이었을까? 릴리언은 궁금했다. 그녀의 어머니는 아버지에게 애틋한 감정을 지니고 있었다. 적어도 만남 초기에는 그랬던 모양이었다. 그녀의 어머니는 초콜릿과 꽃, 공원에서의 소풍, 해 질 녘 하얀 파도 거품이 부드럽게 밀려드는 모래사장에서 받은 프러포즈를 종종 추억했다.

그런 일이 정말 있었는지 릴리언으로서는 알 길이 없었으나 아무래도 좋았다. 그녀는 믿음의 원천이 되어준 그 이야기를 소중히 간직했다. 어른들이 행복하게 함께하는 동화 같은 세상이 어딘가에 존재할 거라는 믿음이었다. 그 믿음은 어두운 시기를 버티게 해주는 힘이 되었다. 밤중에 부모님이 부엌에서 물건을 박살 내며 싸울 때마다 릴리언은 침대 밑에 숨어 인형에게 위로의 말을 속삭였다.

"무서워하지 마. 내가 있잖아. 내가 지켜줄게."

아버지가 떠나고 훗날 고등학생이 된 릴리언이 데이트를 시작했을 때, 그녀의 어머니는 난폭한 남자는 피하라고 조언했다.

"다정한 사람이랑 결혼해야 해. 개미 한 마리도 해치지 않을 그런 남자 말이야."

이후 그녀는 수년간 '거친' 부류에 속하는, 폭력성이 다분한 남자들과 데이트를 했다. 그러던 어느 날 휴가차 떠난 플로리다 디즈니랜드에서 프레디 벨을 만났다. 릴리언은 친구 두 명과 함께 롤러코스터를 타기 위해 장장 한 시간을 기다렸다.

이윽고 차례가 왔을 때, 그녀는 친구들에게 말했다.

"내가 뒤에 앉을게."

그리고 롤러코스터가 출발하기 직전, 비어있는 그녀의 옆자리에 프레디가 앉은 것이다.

"꼭 들러리들끼리 짝이 된 기분이네요."

수줍게 미소를 짓는 그는 잘생긴 데다가 소년 같은 매력도 있었다. 마치 운명의 남자를 만난 기분이었다. 릴리언은 맹목적인 운명론자였다. 모든 걸 운명으로 치부해 버리면 중대한 결정에 따르는 책임도 자신이 아닌 운명의 몫이었다. 운명이 이끄는 대로 흐름을 따라가는 게 훨씬 쉬웠다. 이를테면 강의 거센 물살에 휩쓸려 바위라는 장애물에 부딪힌다 해도 자책할 필요가 없었다. 그건 피할 수 없는 운명이니까.

릴리언과 친구들은 프레디의 일행과 디즈니랜드에서 일주일을 보냈다. 그로부터 한 달 후 그녀는 프레디와 함께할 생각으로 웨이트리스 일을 그만두고 시카고에서 플로리다로 이사했다. 그녀는 운이 좋았다고 생각했다. 왜냐하면 프레디는 다정하고 신사적인 데다가 가장 중요한 어머니의 마음을 매료시켰기 때문이다. 그가 글을 읽고 시를 쓰는 지식인이라는 점이나 영문학을 공부하기 위해 대학에 갔다는 이유 등이 릴리언의 엄마가 주입시켰던 걱정을 단숨에 사라지게 만들었다.

릴리언은 자신이 거머쥔 행운에 마음 깊이 감탄했다. 여자들은 대개 자신의 아버지와 판박이인 사람을 만나 결혼한다는 이야기를 들었던 그녀는 절대로 그런 덫에 빠지지 않으리라 맹세했었다. 10대와 20대 초반, 막심한 후회로 남은 연애를 몇 번 하고 나서야 아버지와 정반대 성향의 남자를 찾기 시작했다. 그리고 마침내 프레디에게서 원하던 모습을 발견했다.

이후의 상황은 빠르게 흘러갔다. 조심한다고 했지만 릴리언의 배에 아이가 들어섰기 때문이다. 행여 남들에게 피임도 못하는 머저리 취급을 받지는 않을까, 하는 노파심에 둘은 서둘러 결혼을 해버렸다. 하지만 안타깝게도 결혼식을 치른 지 한 달남짓 넘어 릴리언은 유산하고 말았다.

그녀는 아기를 지키지 못했다는 자책으로 가슴 저미는 한 해를 보냈다. 유산을 일생일대의 실패라고 여겼던 그녀는 언젠가 프레디에게 말했다. 우리는 아기 때문에 결혼했으니 이 결혼을 접고 다른 사람과 새 출발을 한다 해도 충분히 이해할 수 있다고.

프레디는 충격받은 얼굴로 그녀를 바라보았다.

"릴, 그런 소리 하지 마. 나는 당신 없이는 살 수가 없어."

그의 두려운 얼굴을 보고 나서야 릴리언은 프레디에게 이별에 대한 트라우마가 있다는 것을 기억해 냈다. 그가 다섯 살이 되던 해, 어머니가 집을 나간 이후로 그는 버려지는 것에 대한 상처를 아직 극복하지 못했다.

릴리언은 자신의 제안이 얼마나 바보 같았는지 깨닫고 그를 품에 안았다.

"미안해. 그런 뜻이 아니었어. 무슨 일이 있어도 당신을 떠나지 않겠다고 약속할게."

그녀의 말에 프레디는 마음을 놓았다. 그 후 몇 년 동안 그녀는 호텔 데스크에서 일하며 힘겹게 가장 역할을 했다. 베스트셀러 작가가 되는 건 프레디의 오랜 꿈이었기에, 그가 글을 쓰는 동안 그녀는 생계를 꾸려 나가야만 했다.

하지만 1986년이 되어서도 릴리언은 오래전부터 품어온 갈망을 떨쳐버리지 못했다. 유산 후 애써 외면해 왔지만 그녀는 늘 엄마가 되기를 바라고 있었다. 깊게 자리 잡았던 가슴 속 상처도 다시 시도할 용기가 생길 만큼은 아문 것 같았다.

그들의 네 번째 결혼기념일에 탤러해시 해변에 담요를 깔고 앉아 밀려오는 파도를 바라보며 그녀는 프레디에게 이야기를 꺼냈다.

"어떻게 생각해?"

그녀의 물음에 잠시 생각에 잠겼던 프레디가 대답했다.

"나도 잘 모르겠어, 릴. 꽤 큰 결정이잖아. 막대한 책임감이 필요한 일이기도 하고."

"그렇지."

그녀가 대답했다.

"나는…… 잘 모르겠어. 그보다는 책을 먼저 완성해야 할 것 같아. 게다가 아직 우리 명의로 된 집도 없잖아."

프레디의 현실적인 대답은 릴리언을 실의에 빠지게 만들었다.

"내 집이 있으면 좋겠지. 하지만 지금 내가 버는 돈으로는 집을 살 수가 없잖아. 완벽한 때를 기다리다가는 평생 기다리기만 할지도 몰라. 자기도 내가 얼마나 아기를 원하는지 알고 있잖아."

프레디가 시선을 떨구었다.

"나도 아기를 원하지만 내가 책임을 질 수 있었으면 좋겠어. 경제적으로 말이야."

"돈이 전부는 아니야."

릴리언은 우울한 감정에 휩싸여 무책임한 발언을 하고 있다는 사실을 망각했다. 무엇보다 아기를 원하는 그녀의 머릿속은 온통 지금껏 혹시 모를 걱정을 하느라 너무 많은 시간을 허비했다는 생각뿐이었다.

"어떻게든 되겠지. 그럭저럭 버틸 수 있을 거야."

"나는 그럭저럭 버티고 싶지 않아. 내가 당신을 먹여 살리고 싶어. 그리고 지금보다 더 나은 환경에서 살았으면 좋겠어. 그렇지만 아기를 봐야 한다면 어떻게 글쓰기에 집중할 수 있겠어?"

프레디는 고개를 흔들었다.

"우리 지금까지 잘해왔잖아. 이제 거의 다 왔어. 조금만 더 참고 기다리면 책이 출판될 거고, 그때부터는 일이 술술 풀릴 거야. 당신은 일을 관두고 집에서 아기를 보면 돼. 다음 책을 쓰는 동안은 계약금과 인세로 생활비를 충당하면 되니까."

릴리언은 다른 색으로 물드는 하늘을 가만히 바라보았다. 프레디의 꿈은 멋지고 이상적이었다. 그렇지만 실현 가능성은? 만약 아무도 그의 책을 사지 않는다면? 단 한 권도?

"나는 겁이 나."

그녀가 조심스럽게 말했다.

"책을 출간해 줄 출판사를 찾기까지 시간이 걸릴 수도 있어. 그러니까 일단 시도해 보고 결과를 기다리면 어떨까? 만약 아기가 찾아오면 열심히 작업해서 태어나기 전에 책을 끝낼 수도 있지 않을까. 그런 강제 마감이 작업에 도움이 될지도 몰라."

프레디는 잠깐 말이 없었다. 그의 일생일대 바람을 자신이 짓밟은 건 아닐지 릴리언은 걱정했다.

"나도 빨리 쓸 수 있었으면 좋겠어. 누구보다 그걸 원해. 그렇지만 당신도 알잖아. 내가 자료 조사에 시간을 많이 쓰고 있다는 거. 그렇다고 그 과정을 생략할 수는 없어. 조사를 하지 않고서는 아무리 오랫동안 타자기 앞에 앉아있어도 좋은 문장이 나오지 않아. 내가 배경을 생생하게 느낄 수 있을 때 가능한 거니까."

프레디는 패배감이 깃든 표정으로 고개를 저었다.

"아무래도 이쯤에서 포기해야 할 것 같아."

릴리언은 조금 더 가까이 다가가 그의 팔짱을 끼었다.

"왜 포기할 생각을 해."

"당신은 몰라. 내가 글 쓰는 일에 재능이 있는지, 없는지."

프레디의 대답에 릴리언은 그의 사기와 자신감을 북돋아 주려고 애썼다.

"말도 안 되는 소리 하지 마. 당신 글을 볼 수 있다면 내가 확신을 줄 수 있을 거야. 단 몇 페이지만이라도 읽어보면 안 될까?"

그는 종종 그녀에게 줄거리를 말해주었다. 중간에 글이 막힐 때마다 둘은 머리를 맞대고 아이디어를 떠올리기도 했다. 하지만 그 와중에도 그는 절대로 원고를 보여주지 않았다.

이번에도 프레디는 고개를 저었다.

"아니. 아직 누구에게도 보여줄 준비가 안 됐어."

릴리언은 무릎을 세우고 양팔로 다리를 감쌌다. 어떻게 도움을 주면 그가 작업을 빠르게 끝낼 수 있을까?

"우리가 그곳에 가는 건?"

"뭐?"

"자기가 배경으로 설정한 그 장소를 실제로 보는 거야."

충동적인 제안에 프레디가 놀란 눈을 했다.

"이탈리아 말이야?"

"못 갈 이유가 뭐 있어? 직장은 휴가를 내면 돼. 토스카나에서 이번 여름을 보내는 거야. 거기서 나는 여름 동안 할 수 있는 일을 구하면 되고. 얼마나 멋진 일이 될지 상상해 봐."

그녀는 잠시 생각에 빠졌다. 그러자 흥분과 설렘이 물밀듯 닥쳐오기 시작했다. 유럽에 가본 적 없던 그녀의 머릿속에서 성과 돌길이 그려지기 시작했다. 빵과 파스타를 곁들인 레드와인은 또 어떤가. 게다가 아직 아기가 없는 지금이 여행하기 가장 좋은 시기가 아닐까?

"만약 상사가 휴가를 주지 않는다 해도 상관없어. 돌아와서 다른 곳을 찾아보지 뭐. 이 근처에 넘쳐나는 게 호텔이잖아."

"릴, 나는 잘 모르겠어……."

그녀는 그의 어깨를 쥐고 가볍게 흔들었다.

"한번 생각해 봐! 모험해 보는 거야! 소설 속 장소에서, 그곳의 공기를 직접 들이마시고 그곳의 거리를 직접 걸어보는 거야. 정말 큰 도움이 되지 않을까? 몸소 체험하고 나면 얼마나 자신감이 생길지 상상해 봐. 훨씬 빠르게 탈고할 수 있을걸. 그렇게만 되면 우리도 원하는 삶에 더 빨리 가까워질 수 있어. 아이와 집, 작가로서의 경력을 가지고 말이야."

그는 믿기지 않는다는 눈빛으로 그녀를 바라보았다.

"제정신이야? 비행기표는 무슨 돈으로 살 건데?"

"내 신용카드. 카드값 꼬박꼬박 냈고 한도도 올라갔어. 게다가 5월에 지금 사는 집 계약 기간이 끝나면 보증금도 돌려받을 수 있잖아. 모든 게 맞아떨어져. 온 우주가 우리를 돕는 것 같아. 꼭 운명처럼."

그는 놀란 얼굴로 그녀를 바라보았다.

"나를 위해서 정말 그렇게 해줄 거야? 일도 관두고 신용카드를 한도까지 끌어다 쓰겠다고?"

"그럼, 당연하지. 당신을 믿으니까. 우리가 아기를 가질 수 있도록 당신이 그 망할 놈의 책을 하루빨리 끝내버렸으면 좋겠어."

릴리언이 장난스럽게 그를 쿡 찔렀다.

그들은 나란히 앉아서 지평선 아래로 지는 해를 바라보았다.

"이건 정말 미친 짓이야."

프레디가 말했다.

"어쩌면 그럴지도 몰라. 하지만 그렇게 해야 할 것 같은 기분이 들어. 그런 느낌이 들지 않아?"

"잘 모르겠어……."

"책의 배경이 되는 장소잖아. 당신한테는 엄청난 의미가 있는 거라고."

그녀는 그에게 상기시켜 주었다.

"프레디, 당신은 그곳에 꼭 가야 해."

"하지만 비용이 얼마나 들지도 모르고 그런 여행은 뭘 어떻게 준비해야 할지도 몰라서 걱정돼."

그는 숨을 푹 내쉬었다.

"그런 건 걱정하지 마. 나 호텔에서 일하잖아. 우리를 도와줄 만한 수많은 여행사를 알고 있어. 내가 전부 알아서 할게."

그녀가 말했다. 그녀는 멀리 보이는 새하얀 파도를 가만히 응시했다.

"이유는 모르겠지만 예감이 좋아. 그곳에 가면 자기가 책을 빠르게 끝낼 수 있을 것 같아."

릴리언은 차마 속내까지 내보일 수는 없었다. 프레디로 하여금 가정을 꾸릴 준비가 됐다고 느끼게 할 속셈 말이다. 의도가 어떻든 그녀는 일을 진행할 참이었다.

프레디는 그녀의 볼에 입을 맞추었다.

"지금 이 자리에서 약속할게. 토스카나에서 원고에 '끝'이라는 글자를 타이핑하는 순간, 당신은 바로 피임약을 끊어도 돼."

릴리언은 웃음을 터뜨렸다.

"각서라도 받아야겠다."

그녀는 그의 다리 위에 올라앉아 키스했다.

～

두 달 후, 릴리언은 무릎 위에 올린 커다란 지도 속 토스카나의 비좁고 구불구불한 길을 살펴보고 있었다. 그들은 몬테풀치아노의 조그만 아파트에서 그녀의 새로운 직장인 마우리치오 와이너리로 가는 방법을 알아내려고 애쓰는 중이었다.

오늘은 와이너리 가이드이자 호텔 데스크 직원으로서 교육을 받는 첫날이었다. 로마에 닿자마자 릴리언이 구한 일이었다.

밤 비행기로 도착한 그들은 매우 피곤한 상태였다. 프레디가 수하물 컨베이어 벨트에서 짐이 나오기를 기다리는 동안 릴리언은 출구 근처의 게시판을 향해 비몽사몽 발걸음을 옮겼다. 마우리치오 와이너리 가이드는 그 게시판에서 광고하는 많은 직장 중 더할 나위 없이 완벽한 곳이었다. 그곳에서는 올여름 북미 관광객들을 안내할, 영어에 능통한 미국인 혹은 캐나다인 가이드를 찾는 중이었다. 지난 4년간 플로리다 휴양지의 호텔 데스크에서 일했던 릴리언은 광고를 보자마자 자신이 적임자라고 생각했다. 전화번호를 뜯어내자마자 그녀는 공중전화를 찾아 면접을 요청했다.

와이너리 관계자는 몇 가지 질문을 한 다음, 그 자리에서 그녀를 고용했다. 그녀는 벨트에서 짐을 들어 올리고 있던 프레디에게 달려가 "일자리 구했어!"라고 외쳤다. 그로부터 3일 후, 그들은 오래된 정비소에서 구매한 중고차를 타고 와이너리로 향하는 중이었다.

"다음에 좌회전."

지도에서 고개를 든 릴리언이 시골 풍경을 내다보며 말했다. 몬테풀치아노 언덕 위, 중세 마을 주위를 빙 돌던 그들은 구불거리는 내리막길을 무시무시한 속도로 달리기 시작했다.

"속도 좀 줄여!"

"내 잘못이 아니야."

프레디는 계속해서 백미러를 쳐다보며 대답했다.

"뒤에 있는 자식 때문이야. 저놈은 차간 거리를 유지해야 한다는 개념이 없어."

번쩍번쩍한 빨간색 스포츠카를 운전하고 있는 놈은 그곳이 커브 길이라는 사실은 안중에도 없다는 듯 굉음을 내며 쏜살같이 반대편 차선으로 진입했다. 그들을 추월한 스포츠카는 순식간에 시야에서 사라졌다. 프레디는 가속 페달에서 발을 뗐다.

"잘 가게나, 친구."

"저건 자살행위나 마찬가지야."

릴리언이 말했다.

포도밭이 내려다보이는 가파르고 경사진 도로를 계속 오르다 보니 어느새 언덕 꼭대기에 모여있는 석조 건물들이 눈에 들어왔다.

"저기가 맞는 것 같아."

프레디는 좀 더 자세히 보려고 창밖으로 목을 길게 뺐다. 그 순간, 주의가 흐트러졌고 하필 그때 또 다른 커브 길에 도달했다.

"프레디!"

하지만 프레디의 반응 속도가 너무 느렸다. 제때 방향을 틀지 못한 그는 핸들을 필사적으로 돌렸지만, 타이어는 도로를 가로지르며 미끄러졌고 결국 옆으로 넘어갔다. 그렇게 구르고 튕기기를 반복하던 차는 가파른 산비탈 아래로 떨어졌다.

안전띠를 매고 있었음에도 릴리언은 충격을 고스란히 느꼈다. 마치 어지럽게 회전하는 기계 안에 내던져진 것 같았다. 유리는 산산조각이 났고 차체는 찌그러졌다. 온 세상이 무자비한 우레가 되어 폭발하고 있었다.

울창한 숲과 마지막 충돌을 한 다음에야 세상은 쥐 죽은 듯 고요해졌다. 몇 초 후 충돌의 충격에서 정신을 차린 릴리언은 흉곽을 두드리는, 터질 듯한 심장 박동을 느꼈다.

"프레디?"

그녀는 아무런 고통도 느끼지 못했다. 온몸에서 피가 빠져나가고 있나? 아니었다. 그녀는 과도한 각성 상태에 빠져있었다. 아드레날린은 총알처럼 그녀의 모든 혈관을 빠르게 관통했다.

"프레디!"

그는 핸들 쪽으로 고꾸라져 있었다. 얼굴은 피투성이였다. 최악의 상황을 상상한 그녀는 다급히 손을 뻗어 그의 팔을 만졌다. 그는 신음소리를 내며 고개를 들었다.

"괜찮아?"

그녀가 물었다.

"나 좀 봐봐."

그는 몽롱한 눈빛으로 그녀가 있는 쪽을 보았다. 그러더니 양
손으로 코를 감싸 쥐었다.

"나 코뼈가 부러진 것 같아."

프레디는 완전한 문장으로 말했다. 최악의 상황은 아니라는
신호였다. 릴리언이 안전띠를 풀고 문을 열자, 차가 산에 거의
수직으로 매달려 있었다. 코앞에서 맞닥뜨린 공포감에 그녀는
오금이 저렸다.

"맙소사. 자기가 있는 쪽 문으로 나가야 해. 빨리. 나가!"

프레디는 손을 더듬어 안전띠를 풀고 운전석 문을 열려고 했
다. 하지만 굴러떨어지면서 망가진 문은 열리지 않았다. 당황한
그는 어깨로 문을 세게 쳤지만, 차는 삐걱거리는 소리를 내며
앞뒤로 흔들리기만 했을 뿐이었다.

"멈춰!"

릴리언이 소리쳤다.

"움직이면 안 돼."

바로 그때 운전석 쪽 뒷문이 열리더니 한 남자가 그들을 들
여다보았다.

"괜찮으세요?"

그는 영국식 억양으로 말했다. 누군가를 마주치는 게 이토록
반가울 일이라니. 릴리언은 무척이나 기뻤다.

"괜찮은 것 같아요. 그런데 문이 안 열려요."

그는 차의 외부를 흘끗 본 후 다시 그들을 들여다보았다.

"그 문은 쓸 수가 없겠어요. 앞좌석 위로 올라가서 뒷좌석까지 갈 수 있겠어요? 이쪽으로 나오려면 그렇게 할 수밖에 없을 것 같아요."

남자는 릴리언을 바라보며 말하는 사이, 프레디가 잽싸게 운전석 뒷자리로 넘어갔다. 그는 운전석 쪽 뒷문을 통해 가파른 비탈길을 딛고 서있는 남자의 발 쪽으로 쏟아지듯 떨어졌다.

그다음에 릴리언이 기어서 빠져나왔다. 그녀는 나가기도 전에 포플러 나뭇가지들이 꺾여 차가 한쪽으로 기울다가 끝내 추락해버리는 건 아닐까, 하는 무시무시한 생각에 사로잡혀 있었다.

"여기, 제 손을 잡으세요."

남자는 말했다.

"좋아요. 잘하고 있어요. 이제 나오면 돼요."

릴리언은 손과 무릎으로 땅을 짚으며 쓰러졌다. 바닥의 풀들을 마주할 수 있다는 사실에 너무나도 행복했다. 그녀는 양손에 풀을 한 움큼씩 거머잡은 다음 눈을 감고 땅에 뺨을 대었다. 그러고는 짜릿한 흙냄새를 한껏 들이마셨다.

그녀의 등에 따스한 손의 감촉이 느껴졌다.

"어디 다친 곳 없어요?"

릴리언은 발뒤꿈치에 몸을 지탱하며 천천히 앉았다. 그러자 시야에 프레디가 보였다. 그는 자신의 옆에서 휘청거리며 일어서고 있었다. 그제서야 릴리언은 자신이 걷잡을 수 없을 만큼 떨고 있다는 걸 알아차렸다.

생명의 은인은 릴리언 옆에 무릎을 꿇고 앉았다. 그녀를 바라보는 남자의 초록색 눈동자에는 근심이 담겨있었다.

"일어날 수 있겠어요?"

"네. 그냥, 단지 몸이 조금 떨려요."

"그럴 거예요."

그는 그녀가 일어설 수 있게 도와준 다음, 프레디를 향해 말했다.

"그쪽은 괜찮으신가요?"

"그런 것 같아요."

남자는 가파른 비탈길을 흘깃 보았다.

"제 차가 저 위에 있는데, 두 분 올라갈 수 있겠어요?"

"갈 수 있어요."

릴리언이 대답했다.

"네. 저도요."

프레디가 말했다.

그들은 갓길에 세워둔 은색 메르세데스 벤츠 컨버터블을 향해 천천히 언덕길을 올랐다. 남자는 릴리언 옆에서 그녀가 균형을 잃지 않도록 도왔다. 릴리언은 먼저 도착한 프레디를 향해 절뚝거리며 걸어 올라갔다.

"괜찮은 거야?"

"나도 모르겠어."

프레디는 계속해서 피투성이가 된 코를 손으로 감싸고 있었다.

"당신, 병원 가야겠다."

둘의 대화가 끝날 때까지 남자는 릴리언의 곁에서 부축했다.

"제가 태워드릴게요. 여기서 얼마 안 걸려요. 어서 타세요."

릴리언은 앞좌석에, 프레디는 뒷좌석에 앉았다. 남자가 시동을 걸었을 때 릴리언은 눈으로 쏟아지는 햇빛을 가리며 언덕 꼭대기 건물들을 가리켰다.

"저기가 저희가 가려던 곳이었어요. 오늘부터 저기서 일하기로 했거든요."

"와이너리요?"

"네."

이런 상황에서까지 일 걱정을 한다는 건 어리석은 짓이었다. 코에서 흘러내린 피가 프레디의 바지를 흥건히 적신 지금은 더더욱 그렇다. 하지만 지금 그녀는 정상적인 사고가 불가능했다.

남자는 이해심 넘치게 말했다.

"그건 문제없어요. 저건 제 와이너리거든요."

차가 여유롭게 도로로 진입했다.

"성함이 어떻게 되시죠?"

릴리언의 가슴이 철렁 내려앉는 듯했다. 그녀는 더듬거리며 말했다.

"아…… 그러면 제 고용주가 되시겠네요. 일을 이렇게 만들어서 죄송해요. 저는 릴리언 벨이고, 여기는 제 남편 프레디예요."

남자는 백미러를 통해 프레디를 힐끗 보았다.

"만나게 되어서 반갑습니다. 저는 안톤 클라크입니다."

릴리언은 무거운 한숨을 내쉬었다.

"굉장히 민망하네요. 클라크 씨, 맹세하건대 저희가 과속하거나 그랬던 건 아니에요."

"사과하실 필요 없어요."

그는 몬테풀치아노 방향으로 차를 돌리면서 대답했다.

"이 커브 길에서는 사고가 아주 흔하거든요. 제가 견인차를 불러드릴게요. 수리가 불가능할 것 같기는 하지만요."

프레디는 체념한 듯 말했다.

"아주 잘됐네, 릴. 우리가 가진 돈은 그 차에 다 써버렸잖아. 다른 차를 구매할 여력도 없고. 토스카나를 둘러보지 못하면 무슨 수로 자료 조사를 하지?"

안톤이 끼어들었다.

"두 분, 어디서 지내세요?"

릴리언은 그를 돌아보았다. 창 안으로 불어온 바람은 그녀의 머리카락을 사방으로 흩날렸다.

"여름 동안 지낼 아파트를 방금 빌렸어요. 몬테풀치아노 반대편 기차역 근처에 있어요."

그들이 빌린 집, 집주인과의 계약 따위는 개의치 않는다는 듯 안톤이 손을 흔들었다.

"그것도 문제되지 않을 거예요. 와이너리 안에서 지내셔도 괜찮습니다. 헛간이 있는데 대부분 비어있거든요."

프레디가 재빠르게 릴리언에게 눈빛을 보냈다.

"헛간이요?"

안톤은 룸미러를 통해 다시 프레디를 바라보고는 설명하기 시작했다.

"말 그대로 '헛간'은 아니고요. 그냥 우리끼리 그렇게 불러요. 아주 오래전에는 농장의 일부였거든요. 지금은 관광객들이 지내는 숙소로 이용하려고 확장과 수리를 마친 상태고요. 예약이 꽉 찰 경우나 긴급 상황에 대비해 보통 스위트룸 하나를 비워두니까 원하신다면 거기서 지내셔도 좋습니다. 릴리언, 그곳에서는 걸어서 출퇴근할 수 있으니 편하실 거예요. 그리고 프레디, 필요하시다면 개인적 용도로 쓸 차도 빌려드릴 수 있어요."

릴리언은 몸을 틀어 코에서 피를 닦아내고 있는 프레디를 바라보았다. 그러고는 이내 안톤에게 감사를 건넸다.

"너무 좋은데요. 감사합니다."

"천만에요. 일은 오늘이 아닌 내일 시작할 수 있도록 준비해두라고 할게요. 릴리언, 물론 내일 몸이 괜찮으시다면요."

"정말 고맙습니다. 어떻게 감사를 드려야 할지 모르겠어요."

그녀는 난생처음 타보는 벤츠의 가죽 좌석에 앉아 계기판을 흥미롭게 바라보았다.

"그리고 일이 이렇게 되어서 죄송해요."

뒷좌석의 프레디가 안전띠를 채웠을 때 그녀가 말했다.

"안 그래도 바쁘실 텐데."

"전부 미루어도 될 일들이에요."

안톤은 기어를 바꾸며 대답한 후 그들을 시내로 데리고 갔다.

피오나

2017. 토스카나

한시라도 빨리 엄마가 안톤 클라크에게 썼다는 편지들을 찾고 싶었지만, 마리아는 먼저 내게 빌라 이곳저곳을 소개해 주고 싶어 했다. 먼저 요리사 델루치 여사가 있는 메인 층의 부엌에서부터 시작했다. 풍채가 좋은 델루치 여사는 하얀 원피스에 검정 앞치마, 간호사들이 신을법한 흰색 가죽 신발을 신고 있었다. 우리가 들어갔을 때 그녀는 부엌 정중앙의 스테인리스 조리대 위에서 밀가루 반죽을 치대던 중이었다.

"여기는 미국에서 온 안톤 딸이야. 이름은 피오나 벨. 마우리치오 와인의 새 주인이지. 노라, 우리의 새로운 상사야."

마리아가 말했다. 델루치 부인은 반죽을 멈추고 믿을 수 없다는 듯 물었다.

"자식들한테 물려준 게 아니었어?"

"이쪽도 그분의 자식이야."

마리아가 그녀에게 상기시켜 주었다.

"우리가 몰랐을 뿐이지."

델루치 부인은 양팔을 쭉 뻗으며 내 쪽으로 다가왔다.

"너무 기분 좋은 날이네요. 만나서 반가워요."

그녀는 나를 따뜻하게 안고는 팔을 한참이나 풀지 않았다.

보다 못한 마리아가 델루치 부인의 팔을 잡았다.

"노라, 진정해. 이러면 피오나가 겁먹을지도 몰라."

"*미안, 미안해요.*"

그녀는 웃으며 뒤로 물러섰다.

마리아는 나를 데리고 넓은 대리석 계단으로 향했다. 내가 물었다.

"기분 탓일 수도 있는데요. 슬로운과 코너가 와이너리를 상속받지 못했다고 했을 때 델루치 부인이 안심하는 것처럼 느껴졌거든요. 혹시 제가 오해한 걸까요?"

마리아는 걸음을 멈추지 않은 채 대답했다.

"아니에요. 여기서 일하는 모두가 같은 생각을 하고 있어요. 그 아이들이 물려받으면 어떤 일이 벌어질지 짚이는 바가 있거든요. 아마 최고 금액을 부른 입찰자에게 회사를 매각할 거예요. 그렇게 되면 와이너리가 망하는 건 시간문제라고 봐야죠. 만약 아이들이 와이너리를 계속 소유한다 해도 그들 곁에서 기꺼이 운영을 도와줄 사람이 있을지도 미지수고요."

나는 계단 꼭대기에서 멈췄다.

"그들을 지지해 주는 사람이 아무도 없나 보네요."

마리아는 어깨를 으쓱했다.

"그 애들은 우리랑 연락하고 지내지 않았으니까요."

그녀는 붉은 카펫이 깔린 복도를 계속 걸어가 닫혀있는 문을 가리켰다.

"여기가 남쪽 별채로 향하는 입구예요."

그녀가 속삭였다.

"윌슨 부인과 자식들이 지내는 곳이에요. 언제든 그들을 위해 준비된 곳이죠. 그래서 오늘 아침에는 저쪽으로 가지 않을 거예요. 적어도 그들이 머무는 동안에는요."

나는 마리아의 말에 수긍하면서도 문을 지날 때 안에서 새어 나오는 소리를 들으려고 슬그머니 걸음을 늦추었다. 코너와 슬로운의 목소리가 들렸다. 작은 소리였지만 분노한 어투였다. 분명 유언장 이야기일 터였다. 나머지 복도는 발끝으로 살금살금 걸어가야 할 것만 같았다.

우리는 복도의 끝, 또 다른 문 앞에 다다랐다. 마리아는 닫혀 있는 문에 귀를 대고 노크했다. 안에서 아무런 대답이 없자 그녀는 다시 문을 두드렸다.

"아무도 없어요?"

그녀는 문을 열기 전 나를 돌아보았다.

"여기는 피오나의 아버지 방이었어요."

몸속 깊은 곳에서 일어난 전율이 순식간에 전신을 스쳤다. 나는 친아버지를 만난 적이 없다. 그리고 이제 그가 매일 잠을 청했던 곳에 발을 디딜 참이다.

"이건 그냥 알아둬요."

마리아가 예의를 갖추며 조심스럽게 속삭였다.

"이 방에서 돌아가셨어요. 컨디션이 좋지 않은 상태로 아침에 일어나다가 바닥에 쓰러졌어요. 소피아가 같이 있었고요."

"여자친구……."

나는 작게 중얼거렸다.

"*네*, 하지만 유언장에 소피아의 이름이 올라가지 않았기 때문에 그녀의 마음을 상하지 않게 하면서 자연스럽게 쫓아낼 묘안을 짜내야 해요."

마리아는 조금의 거리낌도 없이 말한 후 재차 노크하면서 문을 열었다.

"소피아, 안에 있어요? 마리아랑 피오나예요."

방은 비어있었지만 소피아의 옷가지들이 바닥과 기둥 달린 침대 위에 널브러져 있었다. 마치 가지고 있는 옷을 전부 꺼내서 입어본 다음, 마음에 들지 않는 건 아무렇게나 던져버린 것 같았다. 한쪽 구석에 있는 화장대 위에는 향수병과 메이크업 브러시가 빼곡하게 널려있었다. 방 안에는 헤어스프레이 냄새가 진동했다.

"이제 저도 포기했어요. 뒤치다꺼리하는 거 말이에요."

마리아는 사방에 널린 하이힐과 실크 스카프를 피해 발을 디디며 말했다.

"소피아는 어른이지, 애가 아니잖아요."

"어디로 간 걸까요?"

내가 물었다.

"쇼핑하러 갔겠죠. 우리에게 운이 따라준다면 소피아는 오늘 새 물주가 되어줄 다른 남자 쇼핑에 성공할 거예요."

나는 침대로 걸어가 단단한 참나무 발 받침대를 손으로 쓸어내렸다. 내 시선은 곧 붉은색 이불 아래의 매트리스와 여섯 개의 장식용 베개에 닿았다. 엄마가 이 방에서 시간을 보냈을까? 여기서 내가 만들어졌을까?

"여기 들어오니까 기분이 묘해요."

"그럴 거예요."

마리아는 바닥의 옷가지를 주워 장롱에 가지런하게 걸기 시작했다. 몸에 밴 습관이라 어쩔 수 없는 모양이었다.

나는 침대 옆 탁자로 가서 서랍 하나를 열었다. 안에는 강한 향이 나는 로션, 핸드폰 충전기, 손톱을 다듬는 기구, 성냥갑이 들어있었다. 몸을 구부려 서랍 안쪽을 들여다보았다.

"뭐 찾아요?"

마리아의 물음에 범죄를 저지르고 있는 기분이 들어 얼른 서랍을 닫았다.

"죄송해요. 몰래 살펴보면 안 되는 건데."

"사과할 필요 없어요. 이제 여기는 피오나 집이잖아요."

마리아가 내게 상기시켜 주었다.

"아직 실감이 안 나서요."

마리아가 방을 정리하는 동안 나는 서랍 몇 개를 더 열어보았다. 그리고 옷장 맨 위 선반에서 발견한 낡은 신발 상자를 재빠르게 뒤지기 시작했다. 안에는 영수증들이 들어있었다.

"슬로운 말로는 안톤에게 수집벽이 있었다던데, 이 방은 그렇게까지 나빠보이지 않네요."

내가 말했다. 마리아는 경멸에 가까운 어조로 대답했다.

"슬로운은 말을 과장하는 경향이 있어요. 안톤의 서재가 책들과 서류들로 넘쳐나기는 했지만요. 서재 청소는 늘 먼지와의 싸움이었거든요. 그래도 그의 스튜디오는 수십 년간 청소하지 않았어요. 안톤 나름대로 꽤 체계적인 정리정돈을 했으니까요."

"스튜디오요? 어떤 종류의 스튜디오 말씀이세요?"

내가 물었다.

마침 뒷주머니에 넣어둔 핸드폰에서 벨이 울려 움찔했다. 나는 곧바로 핸드폰을 집어 들었다.

"이탈리아 번호네요. 여보세요?"

"피오나 벨 씨 핸드폰이 맞나요?"

"네."

나는 창가로 걸어가 자연 그대로의 모습을 간직한 이탈리아식 정원과 완만한 언덕, 저 멀리 보이는 산을 응시했다.

"아, 잘됐군요. 여기는 몬테풀치아노에 있는 만치니 은행입니다. 먼저 삼가 고인의 명복을 빕니다. 저희는 지금 막 아버님 유언장의 사본을 받았어요. 어제 이탈리아에 도착하셨다고 들었는데요."

"네. 맞아요."

남자는 잠깐 말을 멈추었다.

"미리 말씀드리면 저희 은행은 고인께서 금융 거래를 위해 이용하셨던 곳은 아니에요. 저희는 고인의 보안 금고를 보관 중입니다. 사망 시 피오나 씨에게 전달하라는 내용이 들어있어서 연락드렸습니다."

삽시간에 아드레날린이 혈관 전체로 퍼져 나가는 느낌이 들었다.

"금고 안에 뭐가 있는지 아시나요? 혹시 편지일까요?"

"아니요. 내용물은 모르고, 열쇠만 가지고 있어요. 피오나 씨 앞으로 열쇠를 전달하라는 지시 사항이 포함되어 있었고요. 언제쯤 오실 수 있으세요?"

그의 질문에 나는 시계를 확인했다.

"오늘 오후도 괜찮나요? 괜찮으시다면 위치랑 몇 시까지 가면 될지 알려주시겠어요?"

"지금은 점심시간이고 3시에 다시 업무 시작합니다. 몬테풀치아노에 있고요. 대광장 근처예요."

나는 마리아를 보며, 남자가 불러주는 주소를 그대로 따라 말했다.

"멀지 않아요. 마르코가 태워다줄 거예요."

듣고 있던 마리아가 말했다.

"좋아요."

나는 3시로 약속을 잡았다. 마리아는 출발하기 전에 뭐라도 먹어야 한다며 나를 데리고 부엌으로 내려갔다.

~

"차는 마을 안으로 들어갈 수 없으니까 여기서 내려줄게요."

마르코가 말했다. 그는 야외 테이블이 있는 레스토랑 앞에 차를 세웠다.

"앞으로 곧장 걸어가면 광장이 나와요. 거기서 오른쪽으로 돌아서 콘투치 성 옆에 있는 언덕길을 내려가면 돼요. 혹시 지도 가지고 있어요?"

"네, 고맙습니다. 아마 찾을 수 있을 거예요."

나는 문을 열고 차에서 내렸다.

"천천히 일 보세요. 여기서 기다릴게요."

나는 마르코에게 재차 감사 인사를 하고 울퉁불퉁한 돌길 위에서 넘어지지 않으려고 조심스럽게 걷기 시작했다. 좁은 길 양쪽에는 단번에 마음을 홀리는, 눈부시게 아름다운 석조 건물들이 있었다.

대광장에 도착한 나는 그 자리에서 얼어붙고 말았다. 지금 꿈을 꾸고 있는 건 아닌지 거듭 확인해야 했다. 바로 앞에는 커다란 시계탑이 인상적인 시청 건물이, 오른쪽으로는 산타 마리아 아순타 대성당이 있었다. 아이들은 광장 중앙에서 놀고 있었고 주변 카페들은 관광객들로 문전성시를 이루고 있었다.

"이게 꿈은 아니겠지?"

나는 볕이 내리쬐는 광장을 가로지르면서 읊조렸다.

콘투치 성 너머의 돌길은 좁고 가파르고 구불구불했다. 자칫 길을 잃기 십상이었지만 곧 은행으로 향하는 길을 찾아냈다. 나는 망설임 없이 은행 안으로 들어갔다.

내부는 미국의 은행들과는 딴판이었다. 바닥은 돌로 되어있었고 은행원들은 화려하게 조각된 호두나무 카운터 뒤에 서있었다. 시간 여행자가 되어 다른 세기에 발을 들인 기분이었다.

"안녕하세요."

나는 나를 향해 미소 짓는, 처음으로 눈이 마주친 은행원에게 인사했다.

"저는 피오나 벨이라고 합니다. 보안 금고 일로 왔어요."

젊은 여직원의 눈에 금세 생기가 돌았다.

"*네.* 안톤 클라크 씨의 따님이시군요. 매니저님께 오셨다고 말씀드릴게요."

그녀는 뒤편의 사무실로 사라졌다가 말쑥한 정장 차림의 남성과 다시 나타났다.

"벨 씨, 만나게 되어 영광입니다. 힘든 상황에도 이렇게 방문해 주셔서 감사합니다."

그는 가슴 위에 손을 얹고 말했다.

"아버님께서 저에게 개인적으로 일임하셨어요. 열쇠를 안전하게 보관하다가 당신에게 넘겨주라고 하셨습니다."

그는 내게 작은 봉투를 건넸다.

"따라오시면 금고로 안내해 드릴게요."

금고 안에는 뭐가 있을까. 편지 말고는 딱히 떠오르는 게 없었다. 이탈리아에 도착한 지 얼마 되지도 않아 은행으로부터 전화를 받았다. 안톤은 유언장을 들을 자식들이 전투적으로 반응할 거라는 것을 예상했던 걸까. 그렇다면 그는 편지가 자식들 손에 들어가는 걸 막을 방도까지 마련해 두었을 것이다. 실로 어마어마한 액수의 돈이 걸려있었고 자식들이 유언장의 효력을 없애기 위해서라면 뭐든 하리라는 것도 계산하고 있었을 것이다. 대체 금고 안에는 뭐가 있을까?

나는 은행 매니저를 따라 금고 보관소로 향하는 가파른 돌계단을 내려갔다. 그는 잠겨있는 네모난 칸막이 안에서 강철로 된 금고를 빼낸 다음, 테이블에 올렸다.

"자리 비켜드릴게요."

그가 다정하게 말했다.

"마무리하시면 금고를 다시 잠가서 테이블 위에 두시면 돼요. 저는 밖에서 기다리겠습니다."

"감사합니다."

내 대답을 끝으로 그는 방을 나섰다.

문을 닫는 소리가 들린 후, 나는 금고를 우두커니 바라보았다. 금고는 길쭉한 직사각형이었고 평평했다. 아주 크지는 않았지만, 편지 꾸러미가 들어가기에는 충분해 보였다.

호기심이 끓어올랐다. 봉투에 들어있던 열쇠를 빼서 금고를 열었다. 그러나 삐걱거리는 뚜껑을 들어 올렸을 때, 나를 맞이한 건 텅 빈 금고뿐이었다.

나는 나지막이 중얼거렸다.

"안톤, 저한테도 벌을 주고 있네요. 긴 세월 무시한 채 살아온 벌이요."

금고가 비어있다는 사실을 알리고 혹시 다른 누군가가 열쇠를 가지고 있었는지 물어보기 위해 금고를 들었다. 그대로 밖에 있는 매니저에게 가지고 가려고 할 때, 금고 뒤쪽에서 짤랑거리는 소리가 났다. 깜짝 놀라 간담이 서늘해졌다. 금고 깊숙한 곳에 손을 넣어 더듬자, 손끝에 차갑고 단단한 것이 닿았다.

또 다른 열쇠였다. 그 단철 열쇠는 꼭 중세 시대의 예술품 같았다. 혹시 놓친 게 더 없는지 확인하려고 금고를 흔들어 보았지만 그게 다였다.

"메모라도 같이 넣어두실 수는 없었던 거예요?"

이게 어디에 맞는 열쇠일까 궁금해하며 나는 돌아가신 아버지의 영혼에게 속삭였다.

❧

잠시 후, 나는 대광장으로 돌아왔다. 마르코는 반짝이는 검정 벤츠 안에서 나를 기다리고 있었다.

"어땠어요?"

조수석에 앉아 문을 닫자마자 마르코가 물었다.

"괜찮았어요. 그가 저한테 이걸 남겼어요."

나는 가방에서 열쇠를 꺼내 그에게 건넸다.

"혹시 이게 어떤 열쇠인지 아세요? 예전에 사용하던 보관함에 맞는 열쇠일까요? 아니면 비밀 공간을 열 수 있는 열쇠?"

마르코는 열쇠를 손에 들고 자세히 관찰했다.

"아주 오래된 거네요, 피오나. 보관함용이라고 하기에는 너무 큰 것 같아요. 저는 처음 보는 거예요. 저야 그저 운전기사일 뿐이니까요."

그는 내게 열쇠를 돌려주며 말을 이었다.

"마리아나 마리아의 남편이라면 알 수도 있어요. 슬로운이나 코너가 알고 있을 수도 있고요."

나는 열쇠를 다시 가방에 넣었다.

"죄송하지만 슬로운이나 코너에게는 비밀로 해주셨으면 해요. 아시다시피 지금 그들과 저는 같은 편이 아니라서요. 이해하시죠?"

마르코는 시동을 걸었다.

"알아요. 그들은 유언장 내용에 불만이 많겠죠. 한마디도 안 할게요."

"감사합니다, 마르코. 진심으로요."

그는 차를 돌렸고 우리는 다시 언덕 아래로 내려갔다.

릴리언

1986. 토스카나

'헛간'은 호화스러운 스위트룸을 갖춘 세 채의 석조 건물 안에 있었다. 릴리언과 프레디는 2번 스위트룸에서 지내게 되었다. 두 개의 침실, 두 개의 고급 욕실, 거실, 조그만 부엌이 딸린 복층 구조의 방이었다. 건물 밖 차양 아래로는 작은 주차장이 있고, 테라스 아래로는 올리브밭이 내려다보였다. 뒤쪽 부엌 창문을 통해서는 언덕 위에 자리 잡은 몬테풀치아노 마을이 보였다. 구름에 에워싸인 마을은 마치 아름다운 한 폭의 그림 같았다. 스위트룸에서는 주에 한 번, 가사 도우미 서비스도 받을 수 있었다.

사고 후 안톤은 릴리언과 프레디를 병원에 내려주었다. 그는 릴리언에게 언제든 그들은 데리러 와줄 와이너리 셔틀버스 전화번호가 적힌 명함을 건넸다.

정신없는 하루를 보낸 그들은 마침내 침대에 누울 수 있었다. 릴리언은 똑바로 누워서 천장에 달린 선풍기를 바라보았다.

"오늘 우리한테 또 다른 기회가 주어진 것 같아. 마치 두 번째 삶을 선물받은 기분이야. 우리는 이걸 당연하게 여기면 안 돼."

"그게 무슨 뜻이야?"

프레디의 질문에 도리어 그녀가 더 궁금해졌다. 그는 오늘 겪은 사고의 무게를 느끼지 못하는 걸까?

"그러니까 내 말은……."

몸을 뒤집어 팔꿈치로 몸을 지탱한 그녀가 다시 한번 말을 정리했다.

"오늘 아침, 우리는 죽을 수도 있었어. 거기 숲이 있었잖아. 그것만 봐도 우리가 얼마나 운이 좋았는지 모르겠어? 나무가 없었다면 우리는 150미터 아래로 떨어졌을 거야."

프레디는 몸을 돌려 반대편을 보면서 누웠다.

"하지만 그런 일은 벌어지지 않았잖아. 지금 우리는 무사하고. 모든 게 잘 해결됐으니까 이제 그런 걱정은 그만해."

그는 그녀가 불평하고 있다고 여기는 걸까?

"걱정하는 게 아니야."

그녀는 방어적으로 대답했다.

"감사하는 거지."

"나도 그래. 하지만 이제 지나간 일은 접어두면 안 될까? 그 생각은 그만하고 싶어. 릴, 불 좀 꺼줄래?"

그녀는 다소 언짢은 기분으로 그를 잠깐 바라보다가 말했다.

"그래."

릴리언은 램프의 체인을 잡아당겼다. 방 안에 어둠이 내려앉자마자 그녀는 프레디에게서 등을 돌리고 누웠다. 그 상태로 한동안 열린 창문 밖, 풀숲에서 들려오는 귀뚜라미 울음소리에 귀를 기울였다. 신선한 내음을 머금은 시골 공기가 보름달을 바라보던 그녀에게 유례없는 행복감을 주었다.

실은 그녀도 사고 당시의 상황을 떠올리고 싶지 않았다. 하지만 그때가 무섭고 끔찍했던 만큼 지금은 살아있음에 감사하고 싶었다. 얼마나 큰 행운인가. 얼마나 신기한 일이던가. 찰과상이나 내출혈, 골절 없이 이렇게 아늑한 침대에 누워있다는 사실이 말이다. 프레디의 코도 약간 다쳤을 뿐, 부러진 게 아니었다. 릴리언은 포근한 침대에 누워 밤하늘을 수놓은 반짝이는 별들과 황홀하게 빛나는 달을 올려다보았다.

상쾌한 바람이 불어와 하늘하늘한 흰색 커튼을 휘날렸다. 그녀는 탄성을 뱉었다. 이 세상은 지금까지 알고 있던 것보다 훨씬 눈이 부셨다. 사고 덕분에 삶의 소중함을 깨달았기 때문일까, 아니면 단순히 이곳이 아름다워서 그랬을까. 그녀는 알 수 없었다. 어느 쪽이든 릴리언은 그날 밤에 완전히 압도되었다.

~

헛간으로 이사한 다음 날 아침부터 릴리언은 직업 교육을 시작했다. 헛간에서 숲을 가로지르는 자갈길을 따라 올라가면 메인 와이너리 건물에 쉽게 도착할 수 있었다. 메인 와이너리 건물에는 기념품 가게와 관광객 접수처가 마련되어 있었다.

동료 중에 '마테오'라는 이름의 투어 가이드가 있었는데, 젊고 잘생긴 토스카나 남성이었다. 다만 짙은 이탈리아식 억양과 빠르게 말하는 습관 때문에 그의 영어 투어는 그리 수월하지 않았다. 그는 미국인에게 영어 투어를 넘겨줄 수 있게 되었다며 매우 기뻐했다.

일주일 후, 와인 제조에 관한 기초 지식을 습득한 릴리언은 약간 자신감이 붙기는 했지만 여전히 부족하다고 느꼈다. 하지만 마테오는 관광객의 대부분은 와인 제조에 대해 잘 알지 못하기 때문에 그 정도면 충분하다고 그녀를 안심시켰다.

"만약 전문 와인 제조자가 오면 어쩌죠?"

그녀는 물었다.

"할 수 있는 만큼만 최선을 다하면 돼요. 만약 대답하기 어려운 질문을 하면 솔직히 얘기한 후에 저한테 손님을 데려오셔도 되고요. 혹시 그 손님이 동종 업계에 종사한다면 클라크 씨께서도 만나보고 싶어 할 거예요. 그러니까 그런 경우에는 저한테 알려주시면 제가 알아서 할게요."

마테오가 대답했다.

"네. 그렇게 할게요."

릴리언이 마침내 혼자 힘으로 투어를 이끌어가기 시작할 무렵 프레디는 차를 몰고 나가 피렌체와 시에나의 성당, 미술관을 둘러보고 매번 다른 커피숍에서 글을 쓰는 습관을 들였다. 밤에는 위층 침실 책상에서 휴대용 전자 타자기로 글을 고쳐 쓰고는 했다. 자정을 넘기는 날도 빈번했다. 그가 영감에 사로잡혀 온전히 집중한다는 건 좋은 일이다. 창작의 샘물이 솟아나고 있을 때 그를 방해하는 것은 금물이었다. 그래서 릴리언은 음식을 쟁반에 담아 그에게 가져다주거나 텔레비전이 시끄러울 때는 볼륨을 줄이고는 했다.

릴리언은 남편을 배려하는 일을 조금도 수고스럽다고 생각하지 않았다. 오히려 자랑스러운 남편을 위해 기꺼운 마음으로 뒷바라지했다. 지난 몇 년간 그녀의 한결같은 바람은 그가 책을 빨리 완성해서 평범한 삶을 시작하는 것이었다. 그리고 지금, 마침내 그토록 바라던 평범한 삶의 입구로 한 발짝 다가선 기분이었다.

어느 날 밤, 프레디는 자고 있던 그녀를 흔들어 깨웠다. 이른 아침에 일어났었던 그녀는 그새 불을 켠 채로 잠들었다는 것을 깨달았다.

"릴리언."

그는 그녀 쪽으로 다가가 속삭였다.

"당신 말이 맞았어. 여기 오기를 정말 잘했어. 나한테 필요했던 게 바로 이런 거였거든. 이야기가 너무 잘 풀리고 있어. 이곳에 특별한 무언가가 있는 것 같아. 그렇게 생각하지 않아?"

그녀는 눈을 비비며 잠에서 깨려고 애썼다.

"응, 당연히 그렇게 생각해. 당신한테 효과가 있다니 기쁘다."

"맞아. 사랑해."

그는 그녀의 뺨에 가볍게 입을 맞춘 다음 그녀에게서 등을 돌리고 누웠다.

"불 좀 꺼줄래? 내일은 일찍 시작하려고."

"그래."

릴리언이 램프의 체인을 당기자 방은 순식간에 어두워졌다.

릴리언이 램프의 체인을 당기자 방은 순식간에 어두워졌다.

안톤이 그들을 구해준 뒤로, 릴리언이 와이너리에서 일을 시작한 지 2주가 지나도록 릴리언과 안톤은 마주친 적이 없었다. 그러던 어느 날, 그녀가 포도밭에서 한 무리의 관광객들을 상대로 이야기를 시작하려던 찰나에 안톤이 모습을 드러냈다. 그는 자연스럽게 관광객 무리에 끼어들었다.

안톤을 본 그녀의 뱃속은 극도의 긴장감으로 요동쳤다. 릴리언은 여전히 와인에 대해 모르는 게 많다고 생각했다. 고용주 앞에서 완벽하게 안내하기에는 스스로에 대한 확신이 서지 않은 상태였다. 그녀는 안톤을 관광객 그룹에 소개해야 할지를 두고 잠깐 고민했다. 결국 그를 소개하려고 마음먹었을 때 그는 '쉿'이라고 말하듯 손가락을 입술에 갖다 대며 고개를 저었다.

"지금 보시는 이 특별한 포도밭은……."

릴리언은 조금도 지체하지 않고 곧바로 말을 이어 나갔다.

"30년 된 밭입니다. 이 밭의 포도는 '산지오베제'라고 일컫는 양조용 품종이고요. 가장 인기가 많은 블렌딩 와인에 사용합니다."

그녀는 포도 재배와 수확에 걸리는 시간에 관해 암기한 내용을 쭉 설명한 다음 관광객들의 질문에 대답했다. 이후 포도밭을 벗어나 예배당과 와인 저장고로 가는 가파른 자갈길로 그룹을 이끌었다.

"저를 따라오세요. 이제 아주 오래전에 지어진 마우리치오 와인 저장고에 들어갈 거예요. 중세 시대부터 레드와인과 화이트와인을 오크통에 넣어 숙성시킨 곳이죠. 마우리치오 가문이 처음 와이너리를 시작했을 때부터요."

그녀의 말에 그룹 여기저기서 기대 섞인 중얼거림이 터져 나왔다. 그때 빨간색 가죽 재킷을 입고 머리카락에 젤을 덕지덕지 바른 젊은 남자가 앞으로 나와 질문했다.

"미국에서는 여기 와인이 얼마나 팔리나요?"

"좋은 질문이에요. 여기서는 매년 약 50만 병의 와인을 생산하고 있어요. 하지만 대부분은 유럽과 영국에서 소비되고 만 병 정도만 미국으로 보내집니다."

릴리언이 대답했다.

"멋진데요. 지금까지는 이곳 와인은 몰랐지만, 앞으로는 찾아보려고요. 여자친구가 레드와인을 정말 좋아하거든요. 혹시 애리조나에도 파는 곳이 있을까요? 저는 거기서 왔거든요."

그가 말했다.

"그것까지는 잘 모르겠어요. 혹시 성함이 어떻게 되시죠?"

"바비요."

"만나서 반가워요, 바비. 그건 투어가 끝난 후에 알아봐 드릴
게요. 만약 이 브랜드를 찾을 수 없다면 근처 와인 가게에 가셔
서 요청하시면 돼요. 조금 규모가 있는 곳이라면 쉽게 주문이
들어갈 거예요. 아니면 여기서 한 병 구매해서 비행기로 가져
가셔도 좋고요. 여자친구분께 어울리는 걸로 특별히 추천해 드
릴게요."

"좋아요."

그가 대답했다.

상사가 관광객 틈에 섞여 보고, 듣고, 그녀의 역량을 평가하
는 편치 않은 와중에도 릴리언은 투어에 집중했다. 잘 해내고
싶었다. 대답하기 까다로운 질문이 없기를 내심 바랐다.

와인 저장고에 도착한 릴리언은 자물쇠를 열고 원형 계단으
로 그룹을 안내했다. 계단은 지하로 이어졌다. 가장 마지막으로
들어온 안톤이 그녀 옆을 지나치면서 고개를 끄덕였다.

"아주 훌륭했어요."

그제서야 릴리언의 어깨를 짓누르던 긴장감이 약간 누그러
졌다. 그녀는 안도의 한숨을 내쉬며 아치형 돌 천장, 곰팡이가
핀 벽, 거대한 오크통이 늘어선 와인 저장고의 축축한 어둠 속
으로 그룹을 이끌었다.

"곰팡이 냄새가 확 나는데요."

릴리언이 사람들 사이를 통과할 때 바비가 말했다.

"맞아요. 그래도 그건 좋은 신호예요."

그녀는 검은 천장을 손가락으로 가리키며 대답했다.

"벽들도 전부 곰팡이로 덮여있죠. 하지만 걱정하지 않으셔도 돼요. 독성이 있는 건 아니거든요. 와인이 통에서 증발하면서 생긴 거예요."

그녀는 오크통에 손을 얹었다.

"이 안에서 2년 동안 와인을 숙성시켜요. 이건 오스트리아산 오크로 만들어졌어요. 오스트리아 오크를 사용해 숙성하면 와인에서 강렬한 끝맛이 납니다. 반면 옆 저장고에 있는 프랑스산 오크를 사용하면 바닐라 향이 나요. 와인을 병에 담을 때 서로 섞기도 해요. 그렇게 병에 담긴 와인은 추가 숙성을 위해 저장고의 다른 공간으로 옮겨서 보관합니다."

"얼마나 오래요?"

나이 지긋한 남성이 물었다.

"그건 와인 종류마다 달라요. 용도에 따라서도 달라지고요. 얼마나 기다릴 수 있을지, 우리의 인내심에 달려있기도 하죠. 우리를 즐겁게 해주는 무언가를 기다리는 건 지루하고 어려운 일이에요. 그렇게 생각하지 않으세요?"

그녀의 말에 몇몇 사람들이 가볍게 웃었다.

그 이후로도, 릴리언은 와인이 병에 담기는 과정을 설명하고 많은 질문에 답했다. 그다음 사람들을 와인 도서관으로 데리고 갔다.

"여기는 가문의 소장품을 보관하는 장소입니다. 이곳에 있는 와인 중 일부는 1943년도에 만들어졌어요. 제2차 세계대전 초

기에 수확한 포도를 사용했고요. 따라서 역사적 가치를 지닌 와
인이라고 할 수 있습니다."

"왜 모든 병에 곰팡이가 피고 먼지가 쌓여있나요?"

젊은 여성이 끔찍하다는 표정으로 물었다.

"깨끗하게 닦아낼 수는 없었던 거예요?"

"우리는 그걸 닦지 않아요. 병을 가만히 두어야 안에서 침전
물이 이리저리 움직이지 않거든요. 침전물이 이동하면 맛에 영
향을 주니까요. 병을 열 때가 되면 그때 가서 깨끗이 닦고 깔끔
한 라벨을 붙이죠. 그럼 꼭 새것처럼 보여요."

릴리언이 대답했다.

투어를 끝낸 그녀는 그룹을 데리고 또 다른 원형 돌계단을
지나 중세 느낌이 가득한 시음실로 향했다. 릴리언은 레드와인
세 병을 가지고 와서 각각 설명한 후 모두의 잔에 따랐다. 그리
고 잔을 빙빙 돌려 휘젓는 법부터 잔을 돌린 후 그대로 두면 내
벽을 따라 와인이 흘러내린다는 마랑고니 효과를 확인하는 법
까지 모두 알려주었다. 잔에 코를 대고 향을 묘사해 보라고도
했다. 그녀는 업무 중이라 샘플로 따라둔 와인을 마시지 않았지
만 안톤은 관광객들의 대화를 듣고 반응을 살피면서 와인을 홀
짝거렸다.

와인의 마지막 병이 비워지고 관광객 무리가 친목을 다지기
시작할 무렵, 안톤은 옆문을 통해 조심스럽게 자리를 떴다. 릴
리언은 예고에 없던 업무 능력 평가를 무사히 마쳤다는 사실에
감사하며 안도의 숨을 쉬었다.

이후 그녀는 기념품 가게에서 와인 몇 상자를 판매하고 관광객들 한 명 한 명에게 작별 인사를 건넸다. 관광객들이 모두 떠난 다음 그녀는 금전 등록기를 마감하고 기념품 가게를 닫을 준비를 했다. 일을 마친 그녀가 막 나가려던 참에 안톤이 뒷문으로 들어왔다.

"오늘 수고 많았어요."

그의 말에 그녀는 깜짝 놀라 뒤로 넘어질 뻔했다.

"미안해요. 놀라게 할 생각은 없었는데."

"아니에요. 그러니까 제 말은…… 놀란 건 맞지만 괜찮아요."

그는 카운터로 다가갔고 릴리언은 어깨에 가방을 걸쳤다.

"오늘 와주셔서 고맙습니다. 사실 거기 계셔서 조금 긴장했어요."

그녀는 말했다.

"그렇게 보이지 않던데요. 잘하셨어요. 사고 이후에는 괜찮으셨어요?"

"네. 프레디도 괜찮고요. 며칠간 조금 얼얼하고 뻐근하기는 했지만요."

안톤은 카운터에서 나오는 그녀를 바라보았다.

"지내고 계신 게스트하우스는 좀 어때요? 혹시 더 필요한 건 없나요?"

그가 물었다.

"아니요. 이미 필요 이상으로 갖추어져 있어요. 여기서 지낼 수 있게 해주셔서 정말 감사합니다. 사고가 있던 날 도와주신 것도 그렇고요."

"도와줄 수 있어서 제가 기쁘죠. 차는 잘 굴러가나요?"

"그럼요. 프레디는 토스카나 전역을 신나게 누비고 있어요. 글도 열심히 쓰고 있고요."

"글이요?"

그녀는 불쑥 말을 뱉고 나서야 아차 싶었다. 개인적인 이야기로 그를 따분하게 만들고 싶지는 않았다.

"네. 그게 바로 저희가 여기 온 이유예요. 지금 쓰고 있는 소설을 이곳에서 완성하려고요. 소설의 배경이 토스카나거든요."

그녀는 설명했다.

"소설이라니, 흥미로운데요. 작가인 줄 몰랐어요. 혹시 출판사와 계약을 하신 건가요?"

"아직요. 지금 노력 중이에요. 안 그래도 완성된 원고를 요청한 두어 명의 에이전트가 있어서 일단 탈고만 하면 바로 보낼 생각이에요."

그녀는 대답했다.

"행운을 빌게요."

"고맙습니다."

그들은 기념품 가게 중앙의 카펫 위에서 몇 초 동안 서있었다.

"지금 가보셔야 하나요? 남편분이 기다리는 중이라거나."

안톤이 물었다. 그의 질문에 약간 당황한 릴리언은 고개를 숙이고 대답했다.

"음……. 아니요. 프레디는 오늘 시에나를 둘러본다고 나갔어요. 아마 어두워진 후에나 돌아올 거예요. 무슨 일 때문이죠?"

안톤은 그녀의 얼굴을 살폈다.

"투어 멘트에 추가할 만한 것들을 몇 가지 보여드리려고요. 미국 관광객들에게 적합한 걸로요. 플로리다에서 오셨죠?"

"네. 그렇지만 고향은 시카고예요."

그녀는 대답했다.

"더 좋아요. 와인에 대해 좀 더 배울 시간이 있나요? 지금이요."

그녀는 약간 곤란하다는 표정으로 말했다.

"혹시 와인을 마셔야 하나요? 저는 아직 근무 중이라서."

그녀는 손목시계를 손가락으로 톡톡 두드리며 말을 이었다.

"상사가 허락하실지 모르겠네요."

그의 입가에서부터 서서히 웃음이 번지기 시작했다.

"상사가 불평하면 제가 직접 이야기해 볼게요. 어쩌면 제가 가진 권력을 써야 할지도 모르겠네요."

릴리언은 웃음을 터뜨렸다.

"그렇다면 저는 언제든 더 배우고 싶어요."

"좋아요, 그럼."

그는 손뼉을 친 다음 열정 가득한 목소리로 대답했다.

"포도밭부터 시작합시다."

그녀는 안톤을 따라 밖으로 나왔다. 안톤은 그녀를 데리고 중앙에 석조 분수가 놓인 향기로운 장미 정원을 가로질러 남쪽으로 갔다. 정원의 반대편 끝에 도착한 그들은 돌계단을 올라 높은 테라스에 다다랐다. 그곳에서 그들은 경사면에 일렬로 곧

게 뻗은 포도밭을 올려다보았다. 포도나무는 최근에 심어진 것 같았다. 포도밭 꼭대기는 그들이 서있는 곳보다 60미터가량 더 높았다.

"투어가 시작되는 곳에 위치한 포도밭은 마우리치오 가문이 심었어요. 양질의 산지오베제 포도를 생산하는 밭이죠. 하지만 이건 전부 제가 새로 심었어요. 메를로 품종이고요."

안톤이 말했다. 릴리언은 혼란스러웠다.

"메를로라면…… 프랑스 와인 아닌가요?"

"맞아요. 그리고 저기 남서쪽 밭에 심은 건 카베르네 소비뇽이에요."

그는 손가락으로 가리키며 말을 이었다.

"익숙하지 않은 맛이 난다 한들 그게 그렇게 중요할까요? 여기는 완벽한 흙, 풍부한 미네랄, 오후에 불어오는 선선한 바람까지, 포도 재배에 더할 나위 없는 장소예요. 물론 위험 부담은 따르겠죠. 그래도 새로운 걸 시도해 보고 싶었어요."

그는 땅에 무릎을 꿇고 흙을 한 움큼 쥐더니 양 손바닥으로 흙을 비벼 냄새를 맡았다. 그러고는 릴리언에게도 흙을 내밀었다. 자연스럽게 릴리언도 고개를 숙여 그 냄새를 맡았다.

"여기는 찰흙이 대부분이에요. 그래서 가족들이 이 자리를 무시했던 거죠. 하지만 저는 여기에서 뭐가 가능한지 보고 싶어요. 올해의 수확은 아주 재미있을 거예요. 직원들은 내기에 돈까지 걸었어요."

그의 말에 릴리언이 웃었다.

"저도 그 내기에 낄 수 있을까요?"

안톤도 미소를 띠며 말했다.

"네, 원하신다면."

저 멀리 지평선에 해가 걸리고 골짜기에는 저녁 안개가 둥글게 밀려들기 시작했다.

"계속해서 마우리치오 가족을 말씀하시네요. 저는 매일 관광객들에게 마우리치오 가족의 소장품을 보여주고 있고요. 그렇지만 제가 알기로는 지금 사장님께서 와이너리를 소유하고 계신 거잖아요. 영국인이시고요. 실례가 아니라면 마우리치오 가문과는 어떤 관계인지 물어봐도 될까요?"

릴리언이 물었다. 그녀와 안톤은 장미 정원 쪽으로 다시 걸음을 옮겼다.

"아무런 관계도 아니에요. 5년 전, 와이너리 주인이 돌아가신 후에 제가 와이너리를 샀어요. 돌아가신 분 친척에게서요. 그게 다예요. 안타깝게도 주인은 자식들보다 오래 살았기 때문에 수년간 일했던 직원들 말고는 와이너리를 물려받을 사람이 없었죠. 직원들은 새 구매자가 이곳에서 직접 와이너리 운영을 이어나간다는 사실에 기뻐했어요."

그는 말했다.

"이름을 클라크 와이너리로 바꿀 생각은 없으신가요? 아니면 어떤 식으로든 새 주인의 표식이 들어가는 건 어때요?"

그녀가 물었다.

"방금 보여드린 포도밭으로 하고자 하는 게 바로 그거예요.

거기에 저만의 표식을 넣기는 하겠지만 와이너리 상호는 바꾸지 않을 거예요. 이 와이너리 자체가 이탈리아 역사에서 중요한 부분이기도 하거든요."

메인 주차장으로 돌아온 그들은 예배당을 향해 계속 언덕을 올라갔다.

"사장님 가족들은요? 와이너리 운영을 도와줄 자제분이 있나요?"

그녀가 물었다.

"네. 하지만 지금은 너무 어려요. 겨우 두 살, 네 살이에요."

그가 대답했다.

"와, 좋은데요. 이런 곳이 집이라니, 아이들이 정말 좋아하겠어요."

그는 어깨를 으쓱했다.

"아직은 모르겠어요. 지금 아내와 아이들은 캘리포니아에 있어요. 아내가 미국인이거든요. 아내는 토스카나보다 로스앤젤레스를 더 좋아하고요. 올 때마다 단 몇 주만이라도 여기서 지내라고 설득하지만 쉽지 않네요."

릴리언은 언덕을 오르는 동안 그의 말을 곱씹으면서 그의 표정을 살폈다.

"사장님은 여기가 더 좋으세요? 고향인 영국보다?"

그는 하늘을 올려다보았다.

"그건 완전히 다른 이야기예요. 와인이 필요한 이야기이기도 하고요. 저장고에서 몇 병 가져오도록 하죠. 지금 판매 중인 제품 말고 다른 것도 맛보셨으면 해요. 그럼 더 잘 이해하게 될 거예요."

"무슨 이해요?"

그녀는 그가 자신을 이탈리아로 이끈 것에 관한 이야기를 들려줄 셈인지 궁금해하며 물었다.

"와인이요."

안톤은 그녀가 마치 대화의 흐름을 놓치고 있다는 듯 대답했다.

릴리언은 그를 따라 분홍빛으로 내려앉은 석양을 뚫고 예배당 반대편 와인 저장고로 갔다. 동굴처럼 어두운 지하로 통하는 원형 계단을 내려가며, 안톤은 전등을 켰다. 공기 중에는 오크 향과 와인 향이 넘실거렸다.

"뭐가 좋을 것 같아요? 10년쯤 숙성된 걸 마셔볼까요? 아니면 그보다 더 오래된 것도 가능해요. 위험은 감수해야겠지만 1950년대에 만들어진 것도 있어요. 옛날 와인 중에서 약 25퍼센트 정도는 상태가 좋지 않을 수도 있거든요. 어디 한번 운에 맡겨봅시다."

그렇게 말하면서 그는 와인 종류별로 나누어 둔 구역들을 살펴보고 두 병을 골랐다. 그리고 안쪽 깊숙한 곳으로 들어가 중세풍 아치형 문 앞에서 멈추었다.

"관광객은 여기까지 들어오지 않죠."

그는 능청스럽게 웃으며 릴리언에게 말하고 호주머니에서 열쇠를 꺼냈다. 문을 열자 낡은 경첩에서 삐걱거리는 소리가 났다. 안톤은 그녀를 작은 내부 공간으로 안내하고 불을 켰다. 각 벽면에 달린 널빤지 위에는 먼지로 뒤덮인 수백 개의 병들이 쌓여있었다.

"여기 이렇게 작은 저장고가 따로 있는지 몰랐어요."

릴리언이 말했다. 안톤은 그녀에게 둘러볼 시간을 준 다음 나직이 말했다.

"투어 그룹을 상대로 가문 소장품을 보여주고 설명하잖아요. 사실 그것들은 그냥 연출이에요. 이게 진정 마우리치오 가문의 소장품이라고 할 수 있죠."

쌓여있는 와인병 위 벽면에는 이름과 연도가 적힌 작은 나무 명판이 걸려있었다. 안톤은 설명했다.

"여기에 있는 것들은 마우리치오 아이들을 위한 선물이었어요. 자식이 태어날 때마다 그 해 생산된 상품에서 100개의 병을 따로 빼놓는 거죠. 나중에 아이들이 자라서 맞이할 특별한 날에 해당 와인을 마실 수 있도록 했던 거예요. 보시다시피 몇몇 자식들은 사는 동안 와인을 꽤 즐긴 것 같네요. 그런데 여기 좀 봐요."

그는 가장 높게 쌓인 와인 더미를 가리켰다. 명판에는 1920, 로렌조라고 적혀있었다.

"100개가 전부 그대로 있어요. 조금 알아봤는데 이 남자는 쉰일곱 살까지 살았지만, 한 병도 마시지 않았어요. 뭘 기다렸던 걸까요?"

"단순히 술을 마시지 않는 사람이었을지도 몰라요."

릴리언이 추측했다.

"아니면 가족들과 가깝게 지내지 못한 문제아였을지도 모르고요. 어느 쪽이든 안타까워요. 특히 자식들보다 오래 살았던 아버지가 안됐어요. 자식들을 위해 만든 와인이잖아요. 그걸 자식들이 더 이상 마시지 못하게 되었을 때 아버지 심정이 어땠을까요? 그들이 살아있는 동안, 기회가 있었음에도 마시지 않은 것 또한 속상한 일이고요."

"맞아요."

안톤이 말했다.

릴리언은 등줄기가 싸늘해지는 느낌이 들었다. 그녀는 냉기를 없애려고 손으로 양팔을 비볐다.

"꼭 무덤에 들어와 있는 기분이에요."

그가 그녀를 바라보았다.

"제가 괜한 이야기를 했나 봐요."

"아니에요. 여기 데리고 와주셔서 좋아요. 이 모든 걸 볼 수 있어서 영광이기도 하고요. 특히……."

그녀는 사고와 관련해 감상에 젖은 이야기를 늘어놓게 될까 봐 말을 멈추었다. 프레디는 사고 이야기를 달가워하지 않았다. 그녀가 화제를 입에 올릴 때마다 그는 대화를 중단시켰다.

"사고가 났을 당시를 떠올리고 있나 보군요."

안톤이 짐작이 간다는 듯 말했다. 릴리언은 시선을 떨구었다.

"그렇게 빤히 들여다보이나요?"

"음, 적어도 제 눈에는요. 그래서 당신을 이곳으로 데리고 왔는지도 모르겠어요. 저도 그때 상황을 꽤 자주 생각했거든요."

"정말요? 왜요?"

"글쎄요. 그쪽이 차에서 나와 땅에 무릎을 대고 있던 그때, 당신에게서 무언가를 본 것 같아요. 살아있음에 감사하는 모습이었죠. 그걸…… 어떻게 표현해야 할까요……. 그 겸허한 모습을. 우리 모두 주어진 하루하루에 감사해야 해요."

그녀는 북받쳐 오르는 감정을 이기지 못했다.

"네. 진심으로 감사하게 느끼고 있어요. 사실 그 이상이에요. 마음가짐도 달라졌고요. 제 안의 무언가가 바뀐 기분이 들거든요. 그날 이후로 밤이면 달에서 눈을 떼지 못하고 이른 아침이면 언덕 위를 둥글게 떠다니는 안개에서 눈을 뗄 수 없어요. 그저 세상을 바라보는 것만으로도 가슴이 벅차올라요. 전에는 이런 느낌을 받아본 적이 없어요. 그래서 어떻게 묘사해야 할지도 모르겠어요."

그는 이해한다는 듯 미소를 지었다.

"언젠가 책에서 읽은 내용인데요. 암 환자들 중 일부는 결과에 상관없이, 그러니까 완치가 되든 안 되든 암 자체를 선물로 여기기도 한다더군요. 영혼이 깨달음을 얻었다고 느끼는 것 같았어요."

그는 사색에 잠긴 듯 한동안 말이 없었다. 그리고 이내 말을 이었다.

"그런데 저는 그걸 선물이라고 여기지 않을 것 같아요. 저는 이미 이 세상에 무한한 경외감을 품고 있으니까요. 그렇다 해도 제가 뭘 깨우쳤고 뭘 깨우치지 못했는지 알 길은 없어요. 소크

라테스가 말했죠. 무언가를 아는 것은 자신이 모른다는 것을 인정하는 데에서 시작한다고요. 삶에 있어서 저는 아직 배울 것이 많은 학생일 뿐이에요. 앞으로도 그럴 거고요."

릴리언은 그가 삶을 대하는 태도나 참된 지식을 풀어나가는 방식에 차차 매료되어 갔다. 자칭 시인이라는 프레디마저도 그런 식으로 말한 적이 없었다. 프레디는 운율을 자유자재로 다루는 사람이었지만 그의 말이나 글이 심금을 울린다고 하기는 어려웠다. 프레디와 안톤을 비교해서였을까. 느닷없이 찾아온 죄책감이 그녀를 뒤흔들었다. 지금까지는 정신적 고찰을 한 적이 없었으니 비교할 생각조차 못 했던 것도 당연했다.

"저도 배우는 중이에요."

그녀는 말했다. 안톤은 로렌조 와인이 있는 구역으로 가까이 다가갔다. 고인이 되어 더 이상 소유권을 주장할 수 없게 된 남자가 살아있는 동안에도 건드리지 않았던, 가장 높게 쌓여있는 와인 더미.

"이 중에서 하나를 마시는 게 좋겠어요."

릴리언은 사방을 슬쩍 둘러보며 물었다.

"정말로요?"

"안 될 거 있나요? 그냥 두는 것도 낭비죠."

"여기 보관된 와인 중에서 마셔본 것도 있어요?"

"아직요. 와이너리를 인수한 지 5년째 접어들고 있지만 만져볼 엄두가 나지 않았어요. 이 공간의 신성함을 침해하는 듯한 기분이 들었거든요. 하지만 인생은 즐기기 위한 것이기도 하잖아요. 안 그래요? 누군가에게 해를 끼치지 않는 선에서 삶을 즐기는 것도 우리의 본분이죠."

"네. 저도 그렇게 생각해요. 그리고 로렌조라는 분이 여기 계셨다면 자신의 와인이 낭비되지 않게 다 마시라고 말씀하셨을 것 같아요. 미루고 미루다가 못 마시게 될 상황이 올 수도 있잖아요. 누구도 자신의 마지막이 언제인지 모르니까요."

릴리언이 대답했다. 안톤은 릴리언의 말을 곱씹었다.

"왜 사람들은 좋은 걸 누리기 위해, 특별한 날만을 기다리는 걸까요? 자신만의 특별한 날을 만들어서 언제든 만끽할 수도 있을 텐데요."

릴리언은 얼굴을 찌푸렸다.

"사실 저는 밸런타인데이 반대론자예요. 그런 날이 1년에 고작 하루라니, 그래서는 안 된다고 생각하거든요. 매일매일이 밸런타인데이 같아야죠. 늘 서로에게 사랑한다고 말하고 사랑을 표현해야 해요. 사소한 방식으로라도 말이에요."

그는 고개를 끄덕였다.

"그렇다면 우리는 같은 의견을 가지고 있네요. 결론은 이거예요. 우리가 오늘 아침 무사히 일어났다는 사실을 축하합시다."

그녀는 웃음을 터뜨렸다.

"그리고 어딘가에 있을 로렌조를 위해 축배를 듭시다."

안톤은 이미 고른 병 두 개를 들어 올렸다.

"남는 손이 없네요. 저 중에서 하나 골라주실래요?"

"영광이죠."

그녀는 라벨을 살피려고 애썼다.

"먼지가 너무 많아서 뭐가 뭔지 모르겠어요. 그냥 눈을 감고 손에 닿는 걸 고를게요. 운명에 맡기는 거죠."

조금 뒤 그들은 시음실의 가죽 소파 위에 앉아있었다. 안톤은 세 병을 모두 열고 샘플링을 위해 조그만 잔에 각각 따랐다.

"자, 이제 공기와 접촉한 와인이 숨을 쉴 시간을 줍시다."

그는 소파 등받이 위로 양팔을 쭉 펴고 기대앉았다.

"기다리는 동안 시간도 때울 겸 가족 관계를 물어봐도 될까요? 혹시 형제, 자매가 있나요?"

릴리언 역시 뒤로 기대앉았다. 그녀는 외동딸이라고 대답한 다음 부모와의 불안정한 관계, 부모가 물건을 때려 부수고 소리를 지를 때마다 침대 아래 숨어서 보냈던 어린 시절 이야기까지 전부 털어놓았다.

"제가 10대에 맺었던 관계들을 돌이켜보면 잘못된 관계의 전형이라고 할 수 있어요. 결핍으로 인한 잘못된 선택의 결과였고요. 제가 만난 남자들은 아빠가 엄마를 대하는 방식 그대로 저를 대했거든요. 당시의 저는 그런 관계가 지극히 평범한 건 줄 알았어요. 엄마의 잔소리가 효과를 발휘하기 전까지는요."

"어떤 내용의 잔소리요?"

안톤이 물었다.

"아빠가 떠난 다음 엄마는 저를 더 안전하게 보살피지 못한 걸 미안해했어요. 아마 돌아가실 때까지 후회하시겠죠. 그리고 성질 고약한 남자는 만나면 안 된다고, 아무리 잘생기고 매력적이라고 해도 그런 남자에게 끌려서는 안 된다고 경고했어요. 제 앞날을 보호하려고 하셨던 거죠. 그러다가 프레디를 만났어요. 그는 엄마가 말하던 부류의 남자들과는 딴판이었어요."

안톤은 릴리언의 표정을 세심하게 살폈다.

"그가 잘해준다는 뜻이죠?"

"네, 아주요. 엄마 말을 인용하자면 프레디는 개미 한 마리도 해치지 않을 사람이거든요. 엄마는 늘 그런 사람과 결혼하라고 했어요."

릴리언은 한숨을 내쉬었다.

"그래서 프레디를 만난 걸 당연하게 여기지 않으려고 해요. 그가 좋은 사람이라는 점에 늘 감사하려고요. 그리고 언젠가 갖게 될 아기도 잘 지켜낼 생각이에요."

안톤은 소파에서 앞쪽으로 몸을 기울였다.

"어머니는 지금 어디 계세요?"

그는 첫 번째 와인 잔을 들어 빙빙 돌렸다.

"시카고요. 얼마 전 만난 분과 함께요. 엄마도 마침내 내면의 경고를 따랐죠. 그분 역시 개미 한 마리도 죽이지 못하는 사람이거든요. 엄마보다 연상이고 은퇴한 수학 교사예요."

안톤은 릴리언에게 잔을 들라고 손짓했다.

"마실까요? 당신 어머니를 위해 건배하죠."

"좋아요."

첫 번째 샘플 와인은 1962년산 브루넬로였다. 릴리언은 아직 와인 전문가라고 할 수 없었다. 이제 겨우 블렌딩 와인과 빈티지 와인이 내는 맛의 차이를 인식하기 시작했다. 세상에는 정말 다양한 종류의 와인이 존재한다는 사실도 이제 막 알게 된 상태였다.

그들이 맛을 본 와인의 맛은 셋 다 제각각이었지만 저마다 다른 방식으로 맛있었다. 안톤은 와인의 진정한 맛과 향을 음미할 수 있게 해주는 훌륭한 조력자였다. 그들은 샘플 와인을 맛보며 그녀의 어린 시절, 미국에서의 삶, 열다섯 살 이후부터는 하다못해 아르바이트라도 해야만 했던 직장 경력 등에 관해 많은 대화를 나누었다.

"이 와인들 정말 좋은데요. 인정하기 싫지만 약간 취한 것 같아요."

그녀의 말에 안톤은 가볍게 웃었다.

"릴리언, 당신은 취하면 재미있어지는 사람이군요. 자기 이야기를 늘어놓는 주정꾼 같아요."

그녀는 뺨이 붉게 상기된 건 아닐지 걱정하며 갑자기 느껴진 더위 때문에 겉옷을 벗었다.

일과가 끝난 후의 건물은 어둡고 조용했다. 벽난로 위에 걸린 시계의 초침 소리만이 공간을 메우고 있었다. 릴리언은 소파에 등을 기대고 천장에 그려진 프레스코를 올려다보았다.

"너무 아름다워요. 제 고향에는 이렇게 오래된, 천장 그림 같은 건 없어요. 이 건물이 텔러해시에 있었다면 아마 박물관으로 사용됐을 거예요. 하지만 사장님은 여기 사시니까 이 멋진 그림을 매일 볼 수 있겠네요."

그녀는 소파 등받이에 기댔던 머리를 들어 올리고 얼굴을 약간 찡그렸다.

"저는 시스티나 성당의 천장을 한번도 본 적이 없어요. 혹시 보셨어요?"

"몇 번 봤죠."

그는 재미있다는 표정을 지으며 대답했다.

"아직 로마에 못 가봤거든요. 바티칸도요. 언젠가는 가보고 싶어요."

그녀는 말했다.

"꼭 가보세요."

"프레디는 그곳에 간다고 해도 책 자료 조사가 목적인지라 아마 혼자서 가려고 할 거예요."

"그래도 그렇지, 설마 혼자 가겠어요?"

안톤이 놀랍다는 듯 물었다.

"저는 당장 일을 해야 하니까요. 프레디는 기다리기 싫어할 거예요. 어떤 장면에 대한 아이디어가 떠오르면 그길로 조사를 시작해야 직성이 풀리는 사람이거든요. 참을성이 없죠. 생각과 동시에 출발이에요. 그가 영감을 받는 순간에는 제지하지 않는 게 좋다는 걸 저는 경험에서 배웠어요. 한 번 떠오른 착상을 놓치면 같은 기회가 좀처럼 오지 않나 봐요. 프레디의 말에 따르면 그래요."

"휴가 내고 쉬어도 돼요. 마테오와 일정을 조율해봐요."

안톤은 말했다.

"고맙습니다. 저도 그렇게 하고 싶지만 어려울 것 같아요. 제가 미리 계획을 세울 수 있는 게 아니라서요. 프레디가 원할 때 갈 수 있어요."

그녀가 대답하고 와인을 한 모금 더 마셨다.

"프레디 얘기는 여기까지만 해야겠어요. 꼭 제가 불평하는 것처럼 들릴 것 같은데 사실은 그렇지 않거든요."

눈앞이 빙글빙글 돌기 시작해 그녀는 잔을 내려놓았다.

"그만 마셔야겠네요."

"괜찮아요?"

안톤이 물었다.

"네. 뭐라도 좀 먹었어야 했나 봐요. 지금 몇 시죠?"

릴리언이 손목시계를 확인했다.

"8시 조금 안 됐어요."

고개를 끄덕인 릴리언은 건물 안에서 사람 목소리가 나는지 귀를 기울였다. 하지만 똑딱거리는 시계 소리와 창밖에서 지저귀는 귀뚜라미 소리가 전부였다. 창밖의 달은 조금씩 떠오르고 있었다.

"다들 집에 간 모양이에요."

그녀가 말했다.

"네. 우리밖에 없는 것 같네요."

그들은 잠깐 동안 서로를 바라보았다. 그녀는 혈액을 타고 몸속을 이리저리 유영하는 술기운을 느꼈다. 알코올은 모든 근육을 이완시키고 눈꺼풀을 무겁게 만들었다. 그녀는 커다란 창을 뚫고 실내등에 닿으려는 나방이 계속해서 유리와 충돌하는 모습을 바라보았다.

안톤은 길고 다부진 다리를 발목 부근에서 교차시키고 소파 위에 몸을 쭉 뻗은 채 앉아있었다. 적막이 토스카나 골짜기의 안개 띠처럼 그들 주위를 두르고 있었다. 릴리언은 이곳에는 우리밖에 없다는 그의 말을 되새겼다. 마치 금기를 깨뜨리기라도 한 것 같은 불편한 기분이 들었다. 자신을 고용한 사람과 와인을 마셨다. 그것도 지나치게 많이. 게다가 눈앞의 고용주는 잘생긴 데다가 호감을 끌어내는 사람이었다. 와인만큼 사람을 취하게 하는 남자였다.

부모님이 연애를 시작할 때 그녀의 아버지가 그랬던 것처럼 이 남자 역시 수려한 외모로 괴팍한 성미를 가리고 있는 건 아닐까?

릴리언은 분명히 그에게 끌렸다. 그걸 깨달은 동시에 불안해지기 시작했다. 통제할 수 없는 상황에 덜컥 발을 담그게 되는 건 아닐까.

피오나

2017, 토스카나

은행 일을 마친 후 마르코는 나를 다시 빌라로 데려다주었다. 우리는 옆문을 통해 부엌으로 들어갔다. 마리아는 델루치 부인을 도와 찬장을 정리하고 있었다.

"어떻게 됐어요?"

마리아가 물었다.

"잘 모르겠어요."

나는 가방을 스툴에 올려놓으며 대답했다.

"금고에는 라푼젤을 탑에 가두어 두었을 때 썼을법한, 아주 낡은 열쇠 하나만 있었어요."

나는 가방에서 열쇠를 꺼내 마리아에게 건넸다.

"혹시 알아보시겠어요?"

마리아는 고개를 저었다.

"모르겠네요. 이건 어디든 맞을 수 있어요. 와이너리 안에는 온갖 종류의 오래된 건물들이 있으니까요. 이 정도 크기의 열쇠가 맞는 자물쇠가 있었던가? 저는 잘 모르지만 남편은 알 수도 있어요. 오늘 저녁에 식사하러 올래요? 그때 한번 물어봐요."

"그게 좋겠네요. 고맙습니다."

나는 대답하고 열쇠를 가방에 다시 넣었다.

"그리고 궁금한 게 하나 더 있어요. 아까 저희가 위층, 그분 방에 있을 때요. 제 핸드폰이 울리기 직전에 스튜디오라고 말씀하셨던 거 기억나세요?"

"네. 안톤은 젊었을 때 그림을 그렸어요."

"정말요?"

나는 소스라치게 놀랐다. 빈 캔버스에 색을 입히고 싶다는 욕망이 유전이었던 걸까. 삽시간에 짜릿함에 휩싸였다. 그러나 그 짜릿함은 얼마 안 가 소중한 무언가를 영영 잃었다는 공허함으로 바뀌었다.

"그건 몰랐어요. 그분이 그림에 재능이 있었나요?"

마리아는 얼굴을 약간 찌푸렸다.

"글쎄요. 저는 그림 같은 건 잘 몰라요. 가끔 먼지를 털어내려고 스튜디오에 가는 게 전부거든요. 그래봐야 1년에 몇 번이지만요."

나는 머리카락 한 가닥을 귀 뒤로 넘겼다.

"혹시 제가 볼 수 있을까요?"

"물론이죠. 지금 같이 가요."

그때 마르코의 핸드폰이 울렸다. 그는 이탈리아어로 짧게 이야기한 후 통화를 끝냈다.

"소피아예요. 데리러 와달라고 하네요."

"오늘 오후에는 어디 있었대요?"

마리아가 궁금하다는 듯 물었다.

"저도 모르겠어요. 시내 어딘가에 있었겠죠. 금방 올게요."

그는 손가락에 낀 열쇠고리를 빙빙 돌리면서 밖으로 나갔다.

나는 그가 나가는 모습을 지켜본 다음, 마리아를 따라 부엌에서 나왔다. 우리는 내부의 메인 계단을 올라가 가족들이 지내는 남쪽 별채를 지나 기다란 복도를 걸어갔다. 그리고 복도의 끝, 안톤의 침실 맞은편 방에 도착했다.

문을 밀어젖힌 마리아가 문턱에서 갑자기 멈추는 바람에, 하마터면 나는 그녀와 부딪힐 뻔했다.

"코너, 여기서 뭐 하는 거야?"

마리아가 물었다.

마리아 어깨 너머로 방 안이 보였다. 그 순간 자기 아버지에게 수집벽이 있다고 했던 슬로운의 말이 단번에 이해가 갔다. 그 방은 스튜디오라고 할 수 없었다. 고물을 모아둔 창고라고 하는 게 더 적절했다. 포개진 낡은 의자들, 사다리와 이젤들, 당장이라도 무너질 듯 위태롭게 쌓인 책과 잡지들, 말라버린 붓으로 가득 찬 병들, 대체 뭐가 들었는지 알 수 없는 수많은 종이 상자들, 돌돌 말린 포스터 수백 장……. 아니, 포스터가 아니라 캔버스일까?

"뭘 하고 있을 것 같은데요?"

코너는 바닥에 있던 무거운 상자를 들어 테이블 위에 쿵 소리가 나게 던지며 말했다.

"피오나의 어머니라는 사람이 쓴 추잡한 연애편지를 찾는 중이죠. 그것들이 나를 오글거리게 하지나 않았으면 좋겠네요."

극도의 긴장감으로 속이 뒤틀릴 지경이었다. 코너의 시선이 잠시 나에게로 꽂혔다.

"메스꺼워요. 누가 자기 아버지의 과거, 성생활 무용담을 읽고 싶겠어요? 그렇지만 지금처럼 가업이 위태로운 상황에서는 기꺼이 희생할 필요가 있죠. 안 그래요?"

축축한 상자는 곰팡이가 슬어있었다. 코너가 상자의 덮개를 잡아당기자마자 습기를 머금은 상자는 찢어졌고 안에 있던 종이는 전부 바닥에 쏟아졌다.

"잘됐군."

그는 양손을 허리에 얹고 말했다.

나는 재빠르게 바닥에 널린 종이들을 피해 코너의 발치에 무릎을 꿇고 앉았다. 만약 엄마의 편지가 진짜로 존재한다면 당장 찾아내야 한다. 상자 안 내용물 분류에 쓰는 시간도 사치다.

코너가 나를 내려다보는 것이 느껴졌다. 노여움을 담은 그의 따가운 눈빛에 목덜미가 타들어갈 것 같았지만 무시한 채 봉투에 적힌 주소를 살폈다. 눈에 익은 주소는 보이지 않았다.

코너도 무릎을 꿇고 앉아 아직 내가 살펴보지도 않은 봉투를 한 다발 집어 들었다.

마리아가 다가왔다.

"쓰레기장을 뒤지는 것도 아니고, 지금 두 사람 꼴 좀 봐요. 코너, 네 아버지는 그렇게 어설픈 사람이 아니야. 안톤이 그렇게 중요한 물건을 이 쓰레기 더미에 두었을 리 없다고."

"제 생각은 좀 다른데요. 아빠는 플로리다 탤러해시 출신인 여자의 꼬임에 넘어가 전 재산을 넘길 정도로 멍청한 사람이었으니까요."

코너가 말했다.

"저는 그분을 꾀어낸 적 없어요."

내가 응수했다.

"나는 그쪽 어머니를 말한 건데."

코너가 억울하다는 듯 대답했다. 나는 아무런 대꾸도 하지 않고 계속 종이를 뒤졌다. 코너는 발뒤꿈치로 몸을 지탱하고 앉아 허벅지 위에 양손을 얹었다.

"당신, 정말로 그들 사이에 무슨 일이 있었는지 모르나 보네."

"네, 몰라요."

"음, 내가 좀 알아낸 게 있지."

코너가 말했다. 우리의 눈이 마주쳤다.

"알아낸 게 있다고요?"

"오늘 뒷조사를 좀 해봤는데 당신 어머니가 여름에 여기서 일했다더군. 1986년에 와이너리 투어 가이드로 말이야."

아빠의 첫 번째 책 현지답사 때문에 엄마와 아빠는 토스카나에 왔었다는 건 나도 알고 있었다. 하지만 엄마가 와이너리에서 일했다는 사실은 금시초문이었다.

"엄마가 여기서 일했다고요?"

그는 경멸에 찬 눈길로 나를 바라보았다.

"당신 어머니는 분명 정숙한 숙녀였을 거예요. 상사와 잠자리를 하는 요조숙녀."

그의 비아냥거림에 짜증이 솟구쳤지만 다시 바닥에 널브러진 종이 더미를 뒤지기 시작했다.

"제발 우리 엄마를 그런 식으로 모욕하지 마세요. 엄마는 좋은 분이셨어요."

"오, 물론 그러시겠죠."

그는 일어서서 바닥에 널브러진 종이들을 둘러보며 말했다.

"마리아, 술 좀 마시고 싶은데 보드카 마티니 좀 가져다주시겠어요? 프랑스산 보드카가 있으면 그걸로요. 더블 샷으로 부탁해요."

그는 한숨을 내쉬었다.

"스트레스를 좀 가라앉혀야 하니까."

마리아는 난감한 표정으로 나를 바라보았다.

"뭐 좀 가져다줄까요?"

"아니요. 저는 괜찮아요."

그녀는 빈 와인 상자들을 피해서 문으로 향했다.

"마티니 전용 잔에 가져다주세요!"

코너가 그녀의 뒤에 대고 소리쳤다.

"올리브도 세 개 넣어서요!"

그는 내 옆에 쪼그리고 앉아 음흉한 미소를 지으며 이기죽댔다.

"누가 봐도 나는 아빠 아들인 게 확실해. 나는 여자를 좋아하는 만큼 마티니를 좋아하거든. 더티 마티니, 더럽고 난잡한 게 좋아. 추접스러운 게 좋다고."

어떻게든 화를 돋우게 만들려는 속셈이 훤히 들여다보여 나는 그 미끼를 물지 않았다.

"이제 다 하셨어요?"

"그냥 웃자고 하는 얘기야."

"저는 하나도 재미있지 않아서요."

나는 일어서서 선반 위에 있는 또 다른 상자를 찾아냈다.

"좋아. 그렇다면 뭐."

그는 먼지가 뽀얗게 내려앉은 잡지 무더기를 뒤지기 시작했다.

마리아가 작은 쟁반을 들고 돌아올 때까지 우리는 말없이 물건들을 뒤적거렸다. 그녀는 코너의 마티니가 쏟아지지 않게 중심을 유지하면서 조심조심 들어왔다.

"고마워요, 마리아. 최고예요."

코너는 마티니 잔을 들어 냄새를 맡더니 한 모금 들이켰다. 그를 보던 마리아는 나가면서 내 옆을 지나쳤다.

"8시 괜찮아요? 뒷문으로 와요."

그녀의 속삭임에 나는 고개를 끄덕였다.

코너는 온갖 색깔의 물감으로 얼룩진 의자에 앉아 마티니를 마셨다.

"마리아가 저녁 식사에 초대했나 봐요?"

"네."

그는 한숨을 쉬었다.

"누나랑 내가 초대받지 못한 사실이 조금 서운하기는 하네. 어릴 때 마리아는 꼭 엄마처럼 우리를 돌봐주었거든요. 그런데 다시 생각해 보면 그때든 지금이든 마리아의 충성심은 돈을 쥔 사람에게로 향하는 거 아니겠어요? 그게 누구든."

나는 그를 무시하기로 했다.

"그렇다고 굳이 우리를 걱정할 필요는 없어요."

그는 올리브가 꽂힌 이쑤시개로 마티니를 휘저으면서 덧붙였다.

"누나랑 나는 시내에 있는 레스토랑을 이미 예약했으니까. 오해하지는 말아요. 여기 음식은 아주 맛있어요. 부엌에 있는 여자가 만드는 팬케이크는 아주 끝내주거든."

"그분은 델루치 부인이에요."

나는 그에게 알려주었다.

"델루치. 알려줘서 고맙네. 꽤 고급 정보예요."

앉아있던 코너는 무거운 상자를 옮기는 나를 가만히 바라보았다.

"여기서 몇 가지 기본 규칙을 정합시다. 우리 중 누구라도 뭔가 찾으면 그걸 공유해야 할 거예요. 바지 주머니에 넣고 도망

갈 생각은 접는 게 좋을 겁니다."

그가 말했다. 나는 대답하지 않고 다른 상자를 열었다.

"지금 무슨 생각 하는지 한번 맞혀볼까? 아마 마음속으로 이렇게 말하겠죠. '공유하자니 제정신이야? 엿이나 먹어, 코너 클라크.'"

코너가 덧붙였다.

"나는 그런 말 한 적 없어요."

"그렇게 생각하고 있잖아요. 그렇다고 해도 비난할 생각은 없어. 나라면 분명 그럴 거니까."

"놀랍지도 않네요. 그럴 것 같았거든요. 하지만 나는 그쪽과는 아주 다른 사람이라서요."

내 말에 그는 껄껄 웃었다.

"당장이야 그럴지도 모르지. 지금 여기서 벌어지고 있는 모든 일을 믿을 수 없을 테니까. 커다란 이탈리아 빌라, 와인 사업장, 은행에 쌓여있는 현금. 그 돈을 쓸 수 있게 되면 그때 가서 봅시다. 장담하건대 당신이 상상했던 것보다 훨씬 돈 쓰는 재미가 있을 거예요. 그리고 그 돈을 잃지 않기 위해서라면 뭐든지 하게 될걸."

"지금 여기서 일어나고 있는 일이 바로 그건가요? 돈을 위해서라면 뭐든지 한다, 그게 지금 그쪽이 하고 계신 거냐고요. 제가 겁이라도 먹어야 할까요?"

코너는 거의 남지 않은 마티니를 전부 입에 털어 넣고 가볍게 웃었다. 그러고는 이쑤시개에 꽂힌 올리브를 입으로 훅 빨아들였다.

"이제 어디부터 시작할까?"

그는 주위를 둘러보았다.

나는 상자 안에서 발견한 낡은 지갑을 꺼내 샅샅이 뒤졌지만 지갑은 비어있었다.

"아마 놀랄 겁니다. 돈이 사람을 어떻게 만들 수 있는지 알게 되면요. 사람들은 돈 때문이라면 해서는 안 될 일도 하거든."

코너가 말했다.

"저는 아니에요."

"아니라고?"

그는 조금 더 가까이 다가왔다.

"어디 한번 말해봐요, 선량한 피오나 자매님. 운명의 여신이 당신 편을 들어준다면 유산을 어떻게 쓸 생각이에요? 와이너리를 팔아서 얻은 수익금을 자선 단체에 기부라도 할 건가요? 아니면 아프리카에 인도적 지원이라도 할 생각인가? 아니면 암 치료센터? 고래 보호 단체?"

나는 고개를 저었다.

"돈을 어떻게 쓸지 당연히 생각해 봤겠죠. 자, 말해봐요. 당신의 버킷리스트에는 뭐가 있지?"

그가 말했다. 나는 로마에서 열렸던 교향곡 공연 팸플릿을 힐끗 확인한 다음 한쪽에 밀어 두었다.

"그 돈은 아빠한테 쓸 거예요. 나를 키워주신 분이요."

"어째서?"

"아빠는 사지 마비 환자예요. 간병에는 돈이 들어가고요."

내 대답에 코너는 침묵했다. 이복형제인 코너가 조금이나마 당황한 모습을 보인 건 그때가 처음이었다.

"그런 말 안 했잖아요."

"안 물어봤으니까요."

코너는 마음이 어수선한 듯 자세를 바꾸며 목청을 가다듬 었다.

"선천적인 거예요?"

"아니요. 척수 손상으로 그렇게 됐어요. 제가 태어나기도 전 에요."

코너는 아랫입술을 깨물었다. 불편한 감정을 느끼고 있을 터 였다. 익숙한 일이다. 아빠를 마주하는 사람들의 반응은 늘 그 랬으니까. 어디를 가든 사람들의 시선은 우리를 따라다녔다.

"무슨 일이 있었는데요?"

코너가 물었다.

"차 사고로요. 사실은 여기, 이탈리아에서 그랬어요."

코너는 허벅지에 손을 얹고 바닥에 있는 편지를 보려고 몸을 구부렸다.

"와, 이제 알겠네. 아빠가 걸어서는 절대로 시내에 가지 못하 게 했던 이유를. 이 주변은 인도가 거의 없다고 봐야죠."

"게다가 길이 전부 구불구불하더라고."

나는 덧붙였다.

침묵 속에서 각자 편지를 찾다가, 내가 호기심을 이기지 못해 질문했다.

"그런데 안톤은 어떤 아버지였나요?"

"음, 뭐라고 해야 하나……"

코너는 바닥에 있는 상자에 발이 걸려 휘청거렸다.

"전형적인 괴물이었어요."

나는 눈썹을 치켜올렸다.

"제가 아주 많은 걸 놓친 것 같네요."

"당신은 행운아죠. 고통받지 않고 얻기만 하니까."

나는 얼굴을 찌푸린 채 그를 바라보았다.

"그분이 그렇게 최악이었나요?"

그가 어깨를 으쓱했다.

"나도 몰라요. 부모님이 이혼한 후에 아빠랑은 시간을 보내지 않았으니까. 보아하니 그것 때문에 유언장에서 빠진 것 같네요. 그런 식으로 대가를 치르게 할 줄은 몰랐어요. 미리 알았다면 내 의무를 다했을 겁니다. 여기 와서 톡톡히 효자 노릇을 했을 거라고요."

"고통이 없으면 얻는 것도 없죠."

내 말에 코너가 비웃었다. 그는 다 뒤진 신발 상자를 한쪽으로 내던졌다.

"그래도 전부 내 잘못은 아니에요. 혹시 미국 가수 중에 해리 차핀의 〈요람 속의 고양이〉라는 노래 알아요? 바빠서 어린 자식이랑 놀아주지 못한 아버지가 훗날 후회하는 노래인데."

"네."

"아빠는 해리 차핀이나 마찬가지였어요. 엄마는 미국으로 돌아가기를 원했지만 아빠는 들은 척도 안 했죠. 아빠한테는 가족보다 와이너리가 먼저였거든요. 결국 나이가 든 후에야 우리랑 시간을 보내고 싶어 했는데, 그렇다고 우리가 바로 달려왔어야 합니까?"

"여자 문제가 있으셨던 건 아닌가요? 저는 그쪽 부모님이 그분의 외도로 이혼한 줄 알았거든요. 우리 엄마도 그분의 여자 중 하나라고 생각했고요."

내가 물었다.

"그건 부차적인 이유예요. 아빠한테는 분명 사람을 끌어당기는 매력이 있었죠. 어떻게 하면 여자들로 하여금 '이런 기분은 처음이야'라고 느끼게 할지, 그 방법을 정확히 알고 있는 사람이었어요."

코너는 허공에 대고 손가락으로 따옴표를 만들면서 말했다.

"단언컨대 이곳은 혼자 사는 남자의 거처로 완벽해요. 먼저 클래식 빈티지 와인으로 여자들을 유혹하죠. 여자가 와인에 취하면 진정한 사랑에 빠진 착각이 들게 만든 다음 짠, 바로 잠자리로 이어지는 겁니다."

"제발 그만 좀 해요."

내 말에 코너가 웃음을 터뜨렸다.

"소피아한테 물어봐요. 아빠 나이의 절반밖에 안 되는 사람이 아빠한테 아주 홀딱 빠졌던데요. 아니, 돈에 홀딱 빠졌다는 게 더 정확하겠네요. 그래도 누가 그 여자를 나무랄 수 있겠어요?"

나는 바로 앞에 있는 상자를 뒤지기 시작했다.

"그분이 가진 매력의 본바탕이 돈이었다면 그 여자가 먼저 유혹했겠죠."

"정곡을 찔렀어요. 돈 때문이었을 겁니다. 특히 말년에는 발기하기도 힘들었을 테니까."

코너가 대답했다. 대화가 역겹게 느껴져서 나는 주제를 바꾸었다.

"그 어떤 것도 엄마와 그분 사이에 무슨 일이 있었는지 알아내는 데 도움이 되지 않아요. 엄마는 어떤 경우에도 안톤의 돈을 노리지 않았을 거니까요. 그건 제가 장담해요. 엄마는 그런 사람이 아니었어요."

"그런데 지금 당신은 여기 있네요. 기적적인 최대 수혜자로요. 수상쩍은 구린내를 풍기면서."

코너가 대답했다. 나는 살펴본 상자를 옆으로 치워두고 또 다른 상자를 열었다.

"본인 모습 좀 봐요. 지금 정신없이 바쁘잖아. 내기할래요? 나는 그쪽이 가짜 유언장에 승인 도장을 찍기 위해서라면 백만 달러를 써서라도 연애편지를 찾아낸다는 데 한 표."

코너가 말했다.

"변호사 얘기 들었을 텐데요. 효력이 있는 유언장이라고요."

내가 대답했다.

"그 변호사는 편지 내용이 뭔지조차도 모르는 얼뜨기일 뿐이에요. 편지가 있다는 사실을 언급한 의도가 뭘까. 분명 내가 편지를 찾아내려고 여기를 들쑤시리라는 걸 예상했을 텐데 말이지. 누가 알겠어요? 어쩌면 지금쯤 런던으로 가는 비행기 안에서 브랜디를 홀짝거리면서 입이 째지게 웃고 있을지도 모르죠."

"그럴 것 같지 않은데요."

"인간이 선하다고 생각하나 봐요? 우리가 피를 나누었다는 사실을 믿을 수가 없군."

"동감입니다."

코너는 다시 앉았다.

"시간은 늦었고 배도 고프고, 그래서 말인데 오늘은 이만 휴전합시다. 당신이 멈춘다면 나도 이만 갈 생각이에요. 이 구질구질한 곳에 더 있기도 싫거든."

나는 아버지가 남긴 예술의 잔재를 둘러보았다. 병에 담긴 붓들, 낡은 튜브 물감들, 상자 안에 든 말려있는 캔버스들. 무엇보다 캔버스를 펼쳐 보고 싶은 생각이 간절했다. 하지만 마리아가 나를 기다리고 있을 터였다.

나는 시계를 확인했다.

"옷을 좀 갈아입어야겠네요."

코너가 일어섰다.

"드디어 우리 의견이 일치하는 순간이 오네요. 그만 갑시다."

그가 손뼉을 짝짝 치면서 말했다.

"빨리빨리 나가자고요."

그는 마지막 상자를 닫는 내 움직임 하나하나를 주의 깊게 살핀 다음, 내 뒤를 따라 나왔다.

릴리언

1986. 토스카나

"미안해요, 릴리언."

안톤은 매력적인 미소를 지으며 말했다.

"제가 와인을 너무 많이 따라드렸네요."

"아니에요. 아주 좋았어요. 좋은 와인이잖아요."

릴리언의 대답에 그는 잔을 들어 보였다.

"로렌조, 지금 당신이 어디에 있든 고맙소."

바깥 날씨는 점점 덥고 습해졌다. 안톤은 손가락 사이로 자신의 머리카락을 빗어 넘겼다. 릴리언은 그를 똑바로 바라볼 수가 없어 벽에 걸린 그림에 억지로 시선을 고정했다. 그의 사소한 행동 하나하나가 신경 쓰였다. 그 사실을 들키지 않으려고 그림의 구도와 색을 찬찬히 살피는 척했다. 하지만 자신도 모르게 숨을 쉴 때마다 오르락내리락하는 그의 상체 움직임을 의식하고 있었다.

그들은 풀숲에서 울어대는 귀뚜라미 소리를 들으며 말없이 앉아있었다. 릴리언은 와인이 불러온 기분 좋은 취기를 즐기며 고개를 젖혀 프레스코 천장을 다시 올려다보았다. 이걸 그린 화가는 누구일까. 그 화가는 분명 영적 깨달음을 예술적 열정으로 승화시켰을 것이다. 자신의 일을 그토록 사랑할 수 있다는 것은 얼마나 멋진 일인가.

그녀는 프레디가 그런 사람이라고 생각했었다. 글쓰기를 향한 그의 야심은 때때로 그가 가진 에너지를 모조리 바닥낼 정도였다. 그가 책상의 타자기 앞에 있을 때면 그녀는 저녁 식사 쟁반을 들고 방에 들어가는 것조차 조심해야 했다. 환영받지 못하는 것은 물론이요, 투명 인간이 된 기분까지 들었다. 때때로 그는 손을 들어 그녀에게 말하지 말라는 신호를 보내기도 했다. 그녀가 말이라도 꺼낸다면 창조의 샘이 막혀버리거나 가상의 세계에 있던 그를 현실로 불러들이게 될 것이 뻔했다.

릴리언은 프레디가 집중하고 있는 그 상태를 존중했다. 시공간을 초월해 다른 세계를 넘나들 수 있다는 것은 하늘이 그에게 내린 선물이었다. 그는 자신이 창조한 세상의 이야기를 글로 탄생시켰다.

"오늘 저녁 식사 하러 오시지 않을래요?"

안톤이 제안했다. 초대에 놀란 그녀는 몸을 앞으로 기울였다.

"저녁 식사요? 어디서요?"

"빌라에서요."

그는 손목시계를 확인했다.

"제가 늦게까지 일하면 과르디니 부인이 가끔 짜증을 내거든
요. 이제 슬슬 올라가야겠어요."

이 모든 게 그에게는 그저 일의 연장선일 뿐이었을까. 그와의
시간을 온전히 즐겼던 릴리언은 내심 서운한 마음이 들었다.

"지금쯤 부인이 식탁을 차리고 있을 거예요. 다들 곧 식탁에
둘러앉겠네요."

그가 말했다.

"다들이라니요?"

릴리언의 얼굴이 찌푸려졌다. 하늘은 그녀의 편이 아니었다.
머릿속은 와인 때문에 구름이 낀 듯 흐릿했다. 온전한 문장으로
말하는 것도 힘에 부칠 지경이었다.

안톤은 사람들 이름을 나열하기 시작했다.

"마테오나 도메니코, 아, 도메니코는 저를 도와서 포도밭을
관리해요. 과르디니 부인의 남편이기도 하죠. 운전기사이자 비
서인 프란체스코도 있고요. 남편분이 돌아오셨다면 같이 오셔
도 좋습니다. 빌라에 가서 전화로 말씀하셔도 괜찮고요."

한 시간 전부터 릴리언의 배는 꼬르륵 소리를 내고 있었다.

"배가 고프기는 하네요."

안톤은 일어서서 손을 내밀었다.

"그럼, 올라갑시다."

릴리언은 그의 손을 잡고 일어났다.

"그전에 좀 치워야겠어요."

안톤이 덧붙였다.

"잔은 부엌으로 가져가고 병은 다시 코르크로 막아두어야 해요. 와인은 저녁 식사에 들고 가서 마저 마시도록 합시다. 도메니코가 아주 좋아할 거예요."

릴리언은 그를 도와 뒷정리를 했다. 병을 들고 시음실에서 나온 그들은 테라스를 지나 낡은 대리석 계단을 오른 다음 정원 밖 철문으로 향했다.

빌라가 시야에 들어왔다. 밤하늘에 떠있는 보름달은 푸르스름한 빛을 뿜어내며 그들이 걷는 길을 밝혀주었다. 그들이 웃고 도란거리는 내내 걸음걸음이 하얀 자갈에 닿아 오도독 소리를 냈다. 달그림자가 사방에 내려앉았다.

릴리언은 그 거대한 빌라 안에 발을 들인 적이 없었다. 가이드 교육을 받는 동안 멀찌감치 떨어져서 바라본 게 전부였다. 안톤은 그녀를 폭이 좁은 옆문으로 데려갔다.

"예전에는 이게 하인들이 출입하는 문이었어요?"

릴리언이 물었다.

"사실 저는 이게 '망자를 위한 문'이라고 생각했어요. 중세 시대에는 죽은 사람을 정문으로 데리고 나오는 걸 불길하게 여겼거든요. 그래서 이렇게 작은 문이 있는 경우가 흔해요."

"신기한데요."

문의 폭은 관이 무리 없이 통과할 수 있을 정도로만 보였다.

안톤은 헛간에 있을 프레디에게 전화할 수 있도록 그녀를 현관 복도에 있는 전화기로 안내했다. 릴리언은 다섯 번 이상 벨이 울릴 때까지 기다렸지만 그는 받지 않았다. 안톤과 릴리언은 우아한 아치형 복도와 현대식으로 리모델링을 한 커다란 부엌을 지나쳤다. 부엌에서 풍겨 나오는 구운 고기, 파스타, 바질의 향이 릴리언의 감각을 자극했다.

"맛있는 냄새가 나요."

그녀가 말했다. 그들은 또 다른 복도를 지나 뒷문으로 향했다. 뒷문은 테라스로 이어졌다. 두툼하게 뒤엉킨 덩굴들이 펜스를 덮어 아늑한 분위기를 만들어냈다. 머리 위로는 작고 하얀 전구들이 주렁주렁 매달려 있었다. 꽃무늬 식탁보가 깔린 기다란 식탁 위에는 음식이 담긴 수많은 접시, 싱그러운 꽃들이 가득한 꽃병들이 놓여있었다. 지푸라기를 엮어 만든 와인 바구니 안에서는 초가 은은하게 타올랐다.

"안톤, 늦었군!"

한 남자가 의자에서 몸을 돌리면서 밝은 목소리로 외쳤다.

"같이 온 사랑스러운 여인은 누구신가? 반가워요."

나이 지긋한 여성이 의자를 뒤로 젖히며 일어났다.

"접시 하나 더 가져올게요."

그녀는 말하면서 집 안으로 사라졌다. 안톤은 소개를 시작했다.

"이분은 릴리언 벨, 우리 와이너리에 새로 온 미국인 투어 가이드예요. 릴리언, 이쪽은 포도밭 관리를 총괄하는 도메니코 과르디니, 아까 그분은 도메니코의 아내 카테리나, 카테리나는 금방 다시 올 거예요. 마테오는 이미 알죠? 그리고 이쪽은 프란 체스코, 다재다능한 사람이에요. 저를 위해서라면 뭐든 해주거 든요."

프란체스코는 한 손을 가슴에 얹고 진심 어린 목소리로 말 했다.

"안톤을 위해서라면, 당연하죠."

카테리나가 식기를 가지고 돌아와 식탁에 세팅하는 동안 마 테오는 재빠르게 의자를 가져다 놓았다. 릴리언은 식탁에 앉 았다.

"감사하게도 클라크 씨가 초대해 주셨어요."

"릴리언, 그냥 안톤이라고 불러주세요."

그가 말했다.

"와인 가져온 거 봤어."

도메니코는 흥분한 목소리로 와인 라벨을 확인하려고 의자 에서 일어났다.

"*끝내주는데.* 안톤. 드디어 이걸 맛보게 되는군. 어디 한번 즐 겨볼까요?"

그는 몸을 돌려 아내에게 슬쩍 윙크를 건넸다. 그들은 이 비 밀스러운 와인을 종종 화젯거리로 삼았을 거라고, 릴리언은 생 각했다. 수십 년간 마우리치오 저장고의 한구석, 비밀의 방에 갇힌 채 누구에게도 허락되지 않았던 와인은 사람들의 궁금증 을 유발하기 충분했을 것이다.

"자, 모두 드세요."

다시 자리에 앉은 카테리나가 릴리언에게 전채 요리가 담긴 커다란 접시를 건네며 말했다.

"오리구이가 들어갈 공간은 좀 남겨두시고요."

그녀는 릴리언에게로 몸을 기울이며 조그만 소리로 덧붙였다.

"저만의 비법이 들어간 오리구이거든요."

"이쪽으로 들어올 때 냄새가 났어요."

릴리언이 대답했다. 그녀의 입에는 침이 고였다.

"아주 먹음직스러운 냄새였어요. 차려진 음식들이 굉장한데요. 같이 식사할 수 있게 해주셔서 정말 감사합니다."

"별말씀을요. 우리가 영광이죠."

도메니코가 그녀를 향해 잔을 들면서 말했다.

릴리언은 웃으며 크로스티니를 자신의 접시에 옮겼다. 조그만 토스트에 베이컨, 설탕에 졸인 양파, 리코타치즈, 잘게 썬 피망이 섞인 소스가 한층 더 식감을 자극했다.

"상차림이 너무 예뻐요. 혹시 오늘이 무슨 특별한 날인가요?"

릴리언이 카테리나에게 물었다. 카테리나는 웃음을 터뜨렸다.

"좋은 친구들과 함께하는 매일 저녁이 특별한 날이죠."

안톤은 테이블의 상석에 앉아 자신의 잔에 와인을 따랐다.

"아까 릴리언과 나누었던 얘기가 바로 그거예요."

그는 릴리언에게 직접 말했다.

"왜 모국보다 이탈리아를 더 좋아하는지 궁금하다고 하셨죠. 제가 답을 했었는지 모르겠는데 이게 바로 그 답이에요. 토스카나 사람들은 일상을 기념하고 즐기거든요."

그는 카테리나를 보며 말했다.

"어떤 경우든 음식이 빠지지 않아요. 그렇죠?"

그녀는 웃었다.

"네. 인생은 즐기기 위한 거니까요. 긴 하루의 마무리가 달빛 아래서 즐기는 맛있는 음식과 와인이라면 더 바랄 게 없지 않겠어요?"

"그럼요. 자, 건배."

안톤은 잔을 높이 들며 말했다.

마침 과르다니가 비어있는 릴리언의 잔에 와인을 더 채우던 참이었다. 릴리언은 무게감이 느껴지는 잔을 들어 건배에 동참했다. 잔들이 명쾌한 소리를 낸 후, 그녀는 만족스러웠던 크로스티니를 몇 개 더 먹었다.

다음으로 그 많은 양의 파스타를 담은 그릇이 바닥을 보일 때까지 테이블 위를 왔다 갔다 했다. 활기 넘치는 대화와 웃음소리가 그날 밤을 풍성하게 채웠고 누구도 서둘러 자리를 끝내려고 하지 않았다. 테이블에 둘러앉은 모두가 안톤을 평생 같이 지낸 가족처럼 대했다. 그들은 미국에서의 생활, 그녀의 가족, 남편에 대해 질문하기도 하면서 릴리언을 후하게 대접했다.

"내일 저녁 식사 때에는 남편이랑 같이 와요. 접시 한두 개 추가하는 건 일도 아니거든요. 남편분도 언제든 환영이에요."

카테리나가 말했다.

"고맙습니다. 얘기해 볼게요."

릴리언은 와인을 한 모금씩 들이켜며 풍미 가득한 파스타를 빨아들이듯 먹어 치웠다. 그녀는 지금까지 와이너리에서 만난 모두의 환대에 감동했다. 아침에 눈을 떠 포도밭에서 일하고, 약간의 와인을 곁들인 맛있는 음식을 즐긴 다음 에스프레소로 마무리하는 점심시간. 그 일상에는 즐거움이 있었다. 길고 느긋한 휴식시간을 보낸 후에 다시 일하러 가는 그들의 모습이 무척이나 행복해 보였다. 어느새 릴리언은 그들의 삶에 완전히 도취되었다.

❧

밤 11시가 다 되어서야 마테오가 의자를 밀어젖히며 일어났다. 그는 모두에게 인사를 건넸고 카테리나는 식탁을 치우기 시작했다. 릴리언은 카테리나를 도우려고 일어났다. 둘은 함께 부엌을 정리하면서 잠깐 시간을 보냈다. 하지만 카테리나는 호텔 데스크에서 새벽 교대 근무를 해야 하는 릴리언을 부엌 밖으로 쫓아내다시피 했다.

릴리언은 촛불을 밝힌 트렐리스로 돌아왔다. 그곳에 서있던 안톤은 프란체스코에게 잘 자라고 인사를 건넸고, 프란체스코 역시 빌라로 들어가기 전 릴리언에게 인사했다.

"저분은 여기 사시는 거예요?"

릴리언이 물었다.

"네. 빌라 1층에서 지내요."

"과르디니 내외분은요?"

그녀는 궁금하다는 듯 물었다.

"그들은 와이너리 안에 있는 조금 더 작은 빌라에서 살아요."

그는 손가락으로 남쪽을 가리켰다.

"언덕 아래 있어요. 걸어서 5분 거리예요. 들장미와 무화과나무로 둘러싸인 곳이죠."

"너무 멋질 것 같아요."

릴리언이 대답했다.

"맞아요. 게다가 귀여운 고양이 세 마리도 있어요."

그 집을 보고 싶은 생각이 굴뚝같았지만, 시간이 너무 늦어서 릴리언은 마음을 접어야 했다.

"이제 가봐야 할 것 같아요."

안톤은 주머니에 넣었던 손을 뺐다.

"바래다 드릴게요."

"고맙습니다. 그렇지만 괜찮아요. 혼자 찾아갈 수 있어요."

"알아요, 혼자 갈 수 있는 거. 하지만 아름다운 밤이잖아요. 카테리나의 초콜릿 디저트를 두 개나 먹은 다음이라 약간의 운동도 해야 하고요. 괜찮다면 그렇게 하게 해주세요."

그녀는 웃었다.

"좋아요."

이내 안톤은 부엌에서 손전등을 가지고 나왔다. 둘은 빌라 옆으로 난 돌길을 따라 정문으로 내려갔다. 안톤이 키패드를 눌러 문을 열고 릴리언이 그를 따라 밖으로 나왔다. 철컥, 뒤에서 자동으로 문이 닫히는 소리가 났다.

"저녁 식사 감사합니다. 음식이 정말 환상적이었어요."

릴리언이 약간 들뜬 듯한 목소리로 이야기했다.

"시음실에서 지나치게 많이 따라준 것 같아서 만회하고 싶었어요. 기분은 좀 나아졌어요?"

"훨씬 좋아졌어요. 아까도 기분이 나쁜 건 아니었어요. 실은 그때도 기분은 좋았지만, 배가 좀 고팠거든요."

그는 미소를 짓고는 땅을 바라보며 걸었다.

"남편분이 소외감을 느끼지 않았으면 좋겠어요. 내일이든 다른 날 저녁이든 같이 식사하러 오세요. 언제든지요."

"고맙습니다. 하지만 부르지 않으려고 했던 건 아니에요. 전화를 계속 안 받더라고요."

길 양옆에는 커다란 나무가 줄지어 서있었다. 그들은 발걸음을 늦추고 여유롭게 흙길을 걸었다. 축축한 여름밤 공기를 날려줄 단 한 점의 바람도 불어오지 않았다. 소나무 향기가 진동하는 시골 마을의 평온함에 릴리언은 감탄을 금치 못했다.

"아까 제가 런던보다 이탈리아가 좋은 이유를 물었을 때 말하자면 긴 이야기라고 하셨죠. 와인이 필요한 이야기라고 하셨고요. 하지만 저녁 식사 자리에서는 그냥 한마디로 넘기셨어요. 토스카나가 더 즐거워서 좋다고요."

그녀가 안톤을 올려다보며 말했다.

"그것 말고도 다른 이유가 있을 것 같다는 느낌이 들어요."

손전등이 뿜는 기다란 빛에 의지하며 걷는 내내 그의 발걸음은 일정한 속도를 유지했다.

"네. 다른 이유가 있어요. 직감이 뛰어나시네요. 우리, 지금 남은 시간이 얼마나 있죠?"

그의 목소리에는 위트가 서려있었고 그의 눈동자에는 반짝이는 달빛이 갇혀있었다.

"시간은 충분해요."

자기도 모르게 충분하다는 말을 뱉은 릴리언은 약간 불안한 마음이 들었다. 잘생기고 부유한 고용주와 네 시간 동안 와인을 마신 후 달빛 속을 걷고 있다는 사실을 프레디가 알게 된다면? 고용주의 사생활을 캐묻고 있다는 사실을 알기라도 한다면?

살랑살랑 산들바람이 나무들 사이를 지나며 짓궂게 속삭였다. 릴리언은 형형히 빛나는 밤하늘의 별을 올려다보며 프레디를 마음속에서 밀어냈다. 그가 일을 할 때마다 그녀를 밀어냈던 것처럼. 저리 가. 그가 실제로 그렇게 말한 적은 없었지만, 방 안에서, 그리고 마음속에서 그녀를 밀어냈다.

"조금 불편한 이야기예요. 사실…… 저는 엄마와 여동생을 만날 때만 런던에 가요. 그것도 남동생이 런던에 없을 때를 골라서요."

안톤이 말했다.

"남동생과 무슨 일이라도 있었던 거예요?"

릴리언이 물었다.

"어디서부터 시작해야 할까요?"

안톤은 무거운 한숨을 뱉었다.

"동생과 함께 회사를 차렸어요. 동등한 파트너요. 하지만

187

회사가 기대보다 높은 수익을 올리기 시작하자 동생은 상황을 본인에게만 유리하게 이용했어요. 제가 아파서 한동안 일할 수 없었거든요."

"아, 왜요?"

"비호지킨 림프종이었어요."

"진심으로 유감이에요. 힘드셨겠어요. 지금은 괜찮으세요?"

"네. 운이 좋았죠. 완치했으니까요. 그해에 동생은 제 입장과 이익을 무엇보다 우선시하는 척했어요. 제가 보유한 50퍼센트의 지분을 자신이 사들이겠다고 하면서요. 저는 일을 할만한 몸 상태가 아니었거든요. 제가 치료에 집중하고 병원비도 감당할 수 있게끔 해준 거죠. 공정하고 합리적인 제안으로 들렸어요. 기대했던 회사의 가치에 비해 큰 액수이기도 했고요. 솔직히 말하면 그렇게까지 넉넉하게 마음을 써주는 동생에게 고마웠어요. 몸도, 마음도 가장 약해졌을 때 든든한 버팀목이 되어주었으니까요. 그래서 제안을 받아들였고 돈도 받았죠. 하지만 계약서에 사인을 하고 제가 가진 모든 권리를 잃자마자 동생은 저한테 준 금액의 열 배를 받고 회사를 처분했어요. 제가 병상에 있을 때 회사를 매각하려고 몇 달간 물밑 작업을 했다는 사실을 나중에 가서야 알게 됐어요. 매각 전 제가 회사에서 완전히 손을 떼는 것이 동생의 큰 그림이었던 거죠. 동생은 그전부터 회사의 금전적 가치를 알고 있었고요."

릴리언은 천천히 고개를 저었다.

"끔찍한 일이네요. 엄청난 배신감이 들었을 것 같아요."

"네. 일의 진상을 알아차린 건 여동생 메이블이었어요. 메이블은 제수씨에게서 이야기를 들었고요. 제수씨는 동생이 어떤 식으로 저를 속였는지, 전부 털어놓았죠."

"그 이후로 남동생과 이야기해 본 적이 없으신 거예요?"

"없어요. 동생은 이혼한 다음 어마어마한 액수의 돈을 가지고 뉴욕으로 이주했어요. 지금쯤 펜트하우스에서 지내며 호화로운 생활을 하고 있겠죠. 월스트리트 사람들과 요트를 타기도 하면서요. 제가 추구하는 삶과는 거리가 있지만 동생은 늘 그런 삶을 동경했거든요. 동생은 제가 절대로 회사를 매각하지 않으리라는 걸 잘 알고 있었을 거예요. 반면 동생이 원했던 건 당장 유통할 수 있는 현금이었죠."

"무슨 일을 하는 회사였는데요?"

릴리언이 물었다.

"컴퓨터 회사요. 동생은 경영을, 저는 기술을 담당했고 제가 개발한 소프트웨어를 동생이 IBM에 팔았죠. 그 때문에 저는 업계에서 사실상 퇴출 신세가 되어버렸어요. 경쟁 금지 조항이 걸려있었거든요. 파트너 관계를 끝냈을 때 저는 계약서에 그런 내용이 명시된 줄도 몰랐어요. 그러니 누굴 탓하겠어요. 제 권리를 대변해 줄 변호사를 따로 고용하지 않았던 제 불찰이죠. 당시에는 동생을 믿었고 회사 변호사를 믿었거든요. 회사 변호사는 아주 좋은 조건이니 제안을 받아들이라고 저를 설득했어요. 경쟁 금지 조항을 이미 알고 있으면서도요."

"혹시 맞서실 생각은 없으셨어요? 제가 듣기에는 사기를 당한 거나 마찬가지 같아서요."

그녀가 말했다.

"아마 그럴 수도 있었겠죠. 하지만 그때는 전부 다 내려놓고 싶었어요. 돈 따위는 신경 쓰지 않던 때로 돌아가고 싶었어요……."

그는 어떻게 설명해야 할지 모르겠다는 듯 잠깐 말을 멈추었다.

"자연으로 돌아가고 싶었다는 거죠."

릴리언이 말했다.

"맞아요. 바로 그거예요."

그들은 성당이 시야에 들어오는 가로수 끝자락에 다다랐다. 종탑이 달빛을 받아 윤곽을 드러냈다.

"저기 좀 봐요. 너무 아름다워요. 여기서 살고 싶어 하시는 이유를 알겠어요."

그녀가 말에 그는 고개를 끄덕였다.

"아내와 이탈리아에서 휴가를 보내던 중 우연히 몬테풀치아노 부동산 중개소 창문에 붙은 광고를 봤어요. 평생 그날을 잊지 못할 거예요. 동생이 그런 짓을 벌였으니, 저도 수중에 있던 천만 파운드를 어떻게든 빨리 써서 털어내고 싶었거든요. 게다가 마우리치오 가족은 와이너리가 경쟁 회사에 팔리는 걸 어떻게 해서든 막으려고 했고요. 그러니 안 될 거 없잖아? 싶었죠."

천만 파운드라고?

"아내분도 와이너리를 사고 싶어 하셨던 거예요?"

릴리언은 천만 파운드의 충격에서 빠져나오려고 애쓰며 물었다. 그는 그녀에게 멋쩍은 표정을 지어 보였다.

"실은 아니었어요. 그래도 제가 얼마나 와이너리를 원하는지 알고 있었기 때문에 전 재산을 쏟아붓지 않겠다는 조건으로 타협했어요. 아내가 원하면 언제든 자기 고향으로 날아갈 수 있다는 점도 포함해서요. 실제로 그렇게 됐네요. 저는 여기 머물고 아내는 미국과 이곳을 오가며 지내니까요."

"그러면 아내분이 항상 아이들을 데리고 다니는 거예요? 아니면 아이들은 여기서 지내기도 하나요?"

릴리언이 물었다.

"지금까지는 아내가 계속 데리고 다녔어요. 그래도 너무 오랫동안 가 있지는 않아요."

그가 대답했다.

"다행이네요. 가족들이 보고 싶으실 테니까요."

"네. 그렇죠."

릴리언은 조금 더 질문하고 싶었지만 그들은 언덕 맨 아래, 헛간이 있는 석조 건물에 도착했다. 다른 스위트룸 창문에서는 전부 불빛이 새어 나왔지만 릴리언의 숙소는 어두웠다.

"프레디가 아직 안 온 것 같아요."

그녀는 말했다.

"오늘 어디 간다고 하셨나요?"

"저도 잘 몰라요. 자료 조사 때문에 피렌체에 가기도 하고 가끔은 돌아오는 길에 카페에 들러서 글을 쓰기도 해요. 그래도 이번에는 너무 늦네요."

"걱정되세요?"

"글쎄요. 어쩌면 너무 집중해서 시간 가는 줄 모를 수도 있어요."

"제가 같이 들어갈까요? 메모 같은 걸 남겼을지도 모르잖아요."

잠깐 고민하던 그녀는 안톤을 안으로 들이는 건 좋은 생각이 아니라고 판단했다. 만약 프레디가 돌아온다면 프레디의 눈에 그들이 어떻게 보이겠는가?

"아니에요. 프레디는 괜찮을 거예요. 저도 잠을 좀 자야겠어요. 데려다주셔서 감사합니다."

그녀는 말했다. 땅에 손전등을 비추던 안톤은 잠깐 머뭇거렸다. 그러고는 달빛에 비친 그녀의 표정을 살피며 말했다.

"오늘 대화 즐거웠어요."

"저도요."

그녀의 목소리에 묻어난 친밀감은 이내 죄책감으로 바뀌어 그녀의 가슴을 짓누르기 시작했다. 넘으면 안 되는 선에 발을 들이는 듯한 기분이었다. 선의 반대편에는 그녀의 마음을 끄는 매력적인 남자와의 깊은 우정이 있었다. 위험한 영역이다.

"필요한 게 있으면 언제든 빌라로 전화해요. 남편분이 걱정되어도 전화하시고요."

안톤이 말했다.

"그럴게요. 아마 괜찮을 거예요. 그냥 저처럼 조금 늦는 모양

192

이에요."

"좋아요. 그럼."

안톤은 잠깐 멈추었다가 돌아서서 걸어갔다.

릴리언은 자갈이 깔린 진입로에 서서 어둠 속에 손전등을 비추며 수풀이 우거진 오솔길을 올라가는 그의 뒷모습을 가만히 바라보았다. 밤의 한기가 품속을 파고들었다. 그녀는 팔로 몸을 감싼 채 그의 모습이 언덕 너머로 사라진 다음에야 열쇠를 꺼냈다.

잠시 후 그녀는 집 안의 불을 전부 켰다. 프레디는 어디에 있는 걸까. 혹시 또 다른 교통사고를 당한 건 아닐까? 산비탈을 오르내려야 하는 토스카나의 구불구불한 도로에 익숙해지는 건 거의 불가능했다. 특히나 커브길에서 맞은편 차의 헤드라이트에 순간적으로 시력을 빼앗길 만한 이런 밤에는 더욱 그랬다.

프레디가 돌아오지 않으면 어떻게 해야 할지 고민하면서, 릴리언은 세수를 하고 잠옷으로 갈아입었다. 책을 읽으려고 침대 위로 올라갔지만 프레디 걱정에 집중하기 어려웠다.

그가 올 때까지 잠들고 싶지 않았던 그녀는 침대에서 내려와 매니큐어를 들고 식탁에 앉았다. 손톱에 옅은 분홍색을 입히는 와중에도 머릿속은 끊임없이 포도 덩굴 아래서의 저녁 식사로 되돌아갔다. 도메니코가 반려견 나초의 일화를 소개했을 때 터져 나온 사람들의 웃음소리가 귓가를 맴돌았다. 발효통에서 새어 나온 레드와인이 만들어 낸 웅덩이를 핥아먹은 나초는 밖에 나와서 비틀거리다가 빈 화분 안에 빠져버렸다. 빌라 안으로 옮겨진 불쌍한 나초는 술기운이 가실 때까지 잠을 잤다.

릴리언이 매니큐어 덧칠을 막 끝냈을 때 창문으로 자동차 헤드라이트 빛이 새어들어왔다. 프레디였다. 그는 익숙하다는 듯 안톤이 빌려준 차에서 내렸다. 그녀는 안도의 숨을 내쉬며 잽싸게 문 앞으로 갔다. 그는 백팩을 어깨에 걸치고 계단을 뛰어올라 안으로 들어왔다.

"아직 안 잤네."

그는 그녀를 지나치며 말했다.

"오늘은 진짜 끝내주는 하루였어. 소설 속 캐릭터가 곤경에 처하는 동네를 찾아가서 둘러본 다음에 일곱 장이나 썼거든."

한껏 고조된 상태인 프레디를 보며, 릴리언도 기뻐했다. 그들이 함께한 이래, 처음으로 온전히 스스로가 일깨워낸 무언가를 느끼며 신이 났다. 직업적으로도, 개인적으로도 충분히 만족할 수 있었던 하루였다. 고용주로부터 좋은 평가를 받았고 와인에 대해 더 많이 배웠다. 멋진 사람들과 함께했고 천상의 맛이라고 할만한 음식을 먹었다.

"배고파 죽겠는데 뭐 먹을 것 좀 없어?"

프레디가 물었다. 릴리언이 문을 잠그는 동안 그는 냉장고를 열었다.

"미안. 아무것도 안 만들었어. 나도 조금 전에 들어왔거든."

"그래?"

그는 전날 밤 먹다 남긴, 작은 냄비에 든 인스턴트 수프를 찾아냈다.

"그냥 이거 먹으면 되겠다."

그녀는 그에게서 건네받은 냄비를 가스레인지에 올렸다.

"오늘 늦게까지 일한 거야?"

그는 백팩에서 스프링 노트를 꺼내며 물었다. 노트를 여는 순간, 그는 자신이 쓴 내용을 확인하느라 산만해졌다.

"응, 사장님이 내가 하는 투어를 보러 왔거든. 긴장하기는 했는데 아주 잘 마무리했어. 꼭 무대에 올라서 단독으로 공연하는 기분이었어."

프레디는 식탁에 앉아 페이지를 넘겼다.

"그랬어?"

그녀는 컵에 우유를 따라주었다.

"응, 그다음에 클라크 씨랑 둘이 와인 시음 수업 같은 걸 했고 저녁 식사에도 초대받았어. 실은 우리 둘 다 초대받은 거라 전화했었는데 당신이 안 받더라고."

"글 쓰고 있었으니까."

프레디가 말했다.

"그럴 것 같았지."

릴리언은 우유를 다시 냉장고에 넣었다.

"당신도 봤으면 좋았을 텐데. 포도 덩굴로 덮인 그늘에 있는 야외 테이블이 정말 멋있었거든. 트렐리스에 매달린 작은 전구들이 반짝반짝 빛났어. 그 사람들은 매일 저녁 그렇게 밥을 먹는대. 와인과 즐거운 대화를 곁들인 그런 저녁 식사 말이야. 음식도 진짜 맛있었어."

릴리언은 가스레인지 위의 수프를 휘저은 다음 프레디 앞의 그릇에 따랐지만, 그는 본체만체했다. 그의 온 신경은 노트에 쏠려있었다.

그가 저녁 식사에 관해 더 묻지 않아 그녀는 매니큐어를 들고 화장실로 갔다. 매니큐어를 화장실 서랍장에 넣고 다시 부엌으로 돌아왔을 때 그는 노트를 덮고 수프를 먹고 있었다.

"내일 저녁 식사에도 우리 둘 다 초대받았어. 같이 가면 어떨까? 그 사람들은 보통 8시쯤 저녁 식사를 하는 것 같더라고."

릴리언의 제안에 프레디는 난감한 표정을 지었다.

"아, 릴. 나도 정말 가고 싶은데, 오늘 좀 막히는 부분이 생겨서 자료 조사를 더 해야 할 것 같아. 안 그래도 얘기하려고 했는데."

그는 잠깐 멈추더니 다시 말을 이었다.

"미친 소리로 들리겠지만 나 아무래도 파리에 가야겠어."

릴리언은 너무 놀라서 두 눈을 끔벅거렸다.

"파리?"

"나도 알아. 파리는 우리 계획에 없었다는 거. 그런데 지금 이야기가 아주 순조롭게 흘러가고 있거든. 나머지 내용은 거기서 진행해야 해. 그러니까 내일 아침 일찍 떠나자."

마치 그가 그녀의 얼굴에 찬물을 끼얹었기라도 한 듯 그녀는 뒤로 물러섰다.

"내일 떠나자고……?"

"알아. 내가 너무 촉박하게 얘기했지. 내용을 미리 알려줄 수는 없지만 캐릭터들이 살인자를 뒤쫓기 위해 기차를 타는 설정이야. 그 장면을 꼭 넣고 싶어. 당신이 다음에 벌어질 이야기를 모르는 상태로 원고를 읽고 소감을 말해줬으면 좋겠어. 아마 당신도 좋아할 거야."

그녀는 식탁에 앉았다.

"와, 파리라니."

"여기서 가까워. 그러니까 같이 가줄 수 있을까? 혼자 가는 것도 싫고, 기차 일정 같은 것도 내가 직접 알아봐야 한다고 생각하니까 겁이 나. 그런 거 나보다 당신이 훨씬 잘하잖아."

프레디의 말에 릴리언은 얼굴을 찡그리며 조심스럽게 말했다.

"프레디, 나는 아마 못 갈 거야. 여기 일도 막 시작했는데, 시작한 지 얼마 되지도 않은 사람이 벌써 휴가를 쓰는 건 도의에 어긋나는 것 같아. 거기다가 내가 일하지 않으면 경비를 감당할 수가 없어. 지금 신용카드 대금도 최소 금액씩 갚아 나가는 중이잖아. 그리고 파리 여행에 경비가 추가되면……."

그는 아랫입술을 깨물며 시선을 돌렸다.

"알겠어. 애초에 물어보지 말았어야 했어."

"아니야. 괜찮아."

한동안 둘 다 입을 열지 않았다.

"그래도 열차 일정 알아보는 건 도와줄 수 있지?"

프레디가 그녀를 바라보면서 말했다.

"당연하지. 얼마나 가있을 생각이야?"

"그냥 며칠만. 최대 일주일. 지금 필요한 건 그곳의 분위기를 온전히 흡수하는 거랑 머릿속에 있는 몇몇 장소를 직접 가보는 거야."

그는 잠시 생각에 잠기더니 다시 말을 이었다.

"아마 저렴한 호스텔을 찾아야 할 것 같아."

그는 손을 뻗어 그녀의 손을 꽉 잡았다.

"당신이 안 된다고 할까 봐 걱정했어."

"내가 왜 그러겠어. 당신의 꿈이 곧 내 꿈이야. 알고 있지? 애초에 여기 온 이유가 당신 소설을 빨리 끝내기 위해서였잖아. 어서 읽어보고 싶다."

그녀가 대답했다.

"나도 당신이 빨리 읽었으면 좋겠어. 일단 글을 조금 다듬은 다음에. 파리에서 돌아오면 바로 다듬는 작업을 시작할 수 있을 거야."

그는 수프를 다 먹고 빈 그릇과 숟가락을 싱크대에 가져다 놓았다.

"그러니까 지금처럼만 계속하자. 여기 오기로 했던 건 정말 좋은 아이디어였어, 릴. 제안해 줘서 고마워. 당신이 아니었다면 열 장도 못 넘긴 채 탤러해시의 책상에 앉아있었을 거야."

"도움이 되었다니까 정말 기쁘다."

프레디가 릴리언의 얼굴을 바라보며 다정하게 말했다.

"나는 정말 복이 많은 남자야."

부엌에 서있던 그들은 순간적으로 달아오른 열기에 사로잡혀 서로를 마주 보았다. 릴리언의 가슴에 짜릿함이 저릿저릿 배어들었다. 저녁 식사 때 마신 와인의 기운이 여전히 그녀의 몸을 감돌았다. 프레디는 싱크대를 벗어나며 말했다.

"침대로 갈까?"

그들이 사랑을 나눈 건 아주 오래전이었다. 언제가 마지막이었는지 릴리언은 기억조차 나지 않을 정도였다. 프레디는 늦은 시간까지 글을 쓰다 잠자리에 들었고 그때마다 그녀는 잠들어 있었다. 그는 주로 밤에 활동하는, 이른바 야행성이었고 릴리언은 일찍 일어나는 사람이었다. 하지만 오늘 밤, 그들은 서로 다른 이유로 열정에 에워싸였다.

릴리언이 그와 함께 이불에 들어간 지 얼마 지나지 않아 그녀의 잠옷은 이불 밖으로 떨어졌다.

사랑을 나눈 프레디는 등을 돌리고 누워 깊은 잠에 빠졌다. 그의 숨소리를 듣고 있던 릴리언은 그와 함께한 이래 처음으로 느껴지는 공허함에 흠칫 놀랐다. 성적으로도, 감정적으로도 만족하지 못한 채 릴리언은 좌절의 늪에 빠져 허우적거렸다. 뒤척거리며 새벽까지 깨어있을 것 같은 불길한 예감이 뒤따랐다.

피오나

2017. 토스카나

마리아 과르디니의 벌꿀색 빌라는 메인 호텔에서 걸어갈 수 있는 거리에 있었다. 아늑한 빌라의 한쪽에는 높게 뻗은 나무가 일렬로 서있었고 다른 한쪽에는 밤나무가 숲을 이루었다. 자갈 길을 지나 좁은 폭의 돌계단을 오를 즈음에는 해가 뉘엿뉘엿 저물고 있었다. 황혼이 드리운 집은 찬란한 금빛을 뿜어냈다. 나는 잠깐 멈추어 서서 현관 밖에 핀 분홍 장미의 향기를 맡고, 문을 두드렸다.

아무도 대답하지 않았지만 고기가 익는 기분 좋은 냄새가 풍겨 나왔다. 때마침 뒷문으로 오라고 했던 마리아의 말이 기억났다. 집의 뒤편으로 돌아가자, 크림색 트렐리스 아래 야외 테이블에 하얀 리넨 식탁보를 깔고 있는 마리아가 보였다.

"왔네요."

그녀는 따뜻한 미소를 지으며 내 양쪽 볼에 뽀뽀했다.

"빈손으로 오고 싶지 않아서 오는 길에 야생화를 조금 꺾어 왔어요."

내가 꽃을 내밀자 마리아의 입가에 다시 한번 미소가 피어 났다.

"식탁에 올리면 멋지겠는데요. 자, 안으로 들어와요."

마리아는 나를 부엌으로 안내했다. 마르코는 가스레인지 앞에 서서 냄비를 젓고 있었다.

"*피오나, 안녕하세요.*"

"아, 안녕하세요, 마르코."

그때 뒤쪽 테라스에서 낡은 코듀로이 블레이저 차림의 나이 지긋한 이탈리아 남자가 들어왔다. 그는 고리버들을 엮어서 만든 바구니를 들고 발을 쿵쿵 구르며 부츠의 흙을 털어냈다.

"*성공!*"

마리아는 키스로 그를 맞았다.

"피오나, 이쪽은 우리 남편 빈센트예요. 빈센트, 이쪽은 미국에서 온 안톤 딸, 피오나 벨."

마리아는 그를 바라보면서 눈썹을 치켜올렸다. 빈센트는 바구니를 나무 의자에 올려두고 나를 향해 성큼성큼 걸어왔다. 그러고는 굳은살이 박인 커다란 손으로 내 얼굴을 잡고 양 볼에 뽀뽀했다.

"*어서 와요.* 반가워요."

다정한 부부의 인사에 마음 한편이 몽글몽글해졌다.

"만나서 반갑습니다."

빈센트는 바구니를 다시 들어 마리아에게 건넸다.

"널린 게 포르치니 버섯이야."

"어머, 이 사랑스러운 버섯들 좀 봐."

그녀가 대답했다.

"올 한 해 최고의 버섯이라고 할 수 있죠."

마르코가 설명했다.

"가게에서 산 다음에 거기 담아오신 거 아니에요?"

나는 말투에 장난기를 담아 물었다. 내 농담에 빈센트는 대단
한 유머라도 들은 듯 호쾌하게 웃었다.

"숲에서 찾았어요. 가까운 곳에 버섯 따기 좋은 곳이 있거든
요. 마리아가 신선하고 맛있는 요리를 선보일 거예요."

그는 가스레인지 옆을 지나면서 마르코의 머리를 장난스럽
게 문질렀다.

"수프 냄새가 좋은데. 배 터지게 먹어볼까. 자, 그럼 저는 편
한 옷으로 갈아입고 올게요."

빈센트가 부엌 뒤쪽에 있는 좁은 계단을 오르기 전, 마리아는
그를 보며 웃었다.

"빈센트가 오늘 아주 기분이 좋은가 보네요."

마리아는 조리대 위에 버섯 바구니를 얹으며 말했다.

"왜요?"

"안톤이 그렇게 관대할 줄 몰랐으니까요. 오늘 아침 일이요.

꼭 로또에 당첨된 기분이에요."

"저도 그래요. 복권에 당첨된 것 같아요. 그리고 이렇게 저녁
식사에도 초대해 주셔서 감사해요. 제가 뭐 도울 게 있을까요?"

내가 물었다.

"네. 이 예쁜 버섯을 씻어서 아주 얇게 썰어야 하거든요. 잘
드는 칼로 종이처럼 얇게요. 버섯을 씻어서 저한테 주시면 제가
자를게요. 그걸로 아주 맛있는 파스타를 만들어 먹자고요. 지금
까지 먹어본 파스타 중에서 가장 맛있는 파스타가 될 거예요.
장담해요."

나는 웃음을 터뜨렸다.

"마리아, 한 번만 꼬집어 주세요. 아무래도 제가 죽어서 천국
에 와있는 것 같거든요."

슬로운

저녁 식사를 위해 옷을 차려입은 슬로운은 마스카라 뚜껑을 열고 세면대 앞으로 몸을 기울여 거울을 보았다. 그녀가 마스카라 브러시를 막 속눈썹에 가져다 댔을 때 침실에서 클로이가 비명을 질렀다. 슬로운은 깜짝 놀라 브러시로 눈동자를 찌를 뻔했다.

"클로이, 그렇게 소리 지르지 말랬지!"

그녀는 다시 몸을 앞으로 기울이고 혼잣말로 투덜거렸다.

"쟤 때문에 내가 제명에 못 살지."

클로이가 울부짖었다.

"엄마!"

반복되는 딸의 흐느낌에 심각성을 감지한 슬로운은 마스카라를 세면대에 던져두고 화장실에서 뛰쳐나왔다.

"무슨 일이야?"

클로이는 침대에서 내려와 핸드폰을 내밀었다.

"아빠가 왜 나한테 이런 걸 보낸 거야?"

에번이 감자칩 봉지 안에 손을 넣은 채로 들어왔다.

"왜 그래?"

"나도 아직 몰라."

슬로운은 딸의 손에서 핸드폰을 낚아챘다. 클로이의 핸드폰 화면에 뜬 사진을 본 그녀는 숨이 턱 막혔다.

"맙소사, 이게 다 뭐야?"

"몰라!"

클로이는 슬로운의 허리를 감싸 안고 울었다. 사진을 자세히 들여다본 슬로운은 그것이 남편의 은밀한 부위임을 알아차렸다. 사진에는 메시지가 딸려있었다.

자기야, 오늘 밤 이걸 즐길 기분이야?

슬로운의 심장이 돌덩이처럼 털썩 내려앉았다. 구역질이 날 것 같았다. 때마침 주머니 안에 있던 핸드폰이 진동했다. 그녀는 질겁했지만 발신자가 누구인지 알고 있었다. 핸드폰을 꺼내 화면을 확인했다.

"아빠네."

이 분노를 어떻게 잠재워야 할까. 그녀는 망치로 내려치듯 쿵쿵거리는 가슴을 애써 진정시키며 클로이에게 말했다.

"아가야, 분명 납득할 만한 이유가 있을 거야."

그녀는 클로이의 금발 머리카락을 쓰다듬으며 말했다.

"엄마가 가서 아빠랑 얘기해 볼게."

슬로운은 에번을 가리키면서 손가락을 튕겨 딱딱 소리를 냈다.

"클로이한테 영화 한 편 틀어줄래? 어서."

에번은 급히 텔레비전으로 향했다. 그제야 슬로운은 화장실로 가 문을 닫고 남편의 전화를 받았다.

"앨런, 대체 무슨 짓이야?"

스피커 너머의 앨런은 당황해서 어쩔 줄 몰라 하는 듯한 반응을 보였다.

"클로이랑 같이 있어? 지금 클로이가 핸드폰을 쓰고 있어?"

"더 이상은 아니지."

슬로운이 대답했다.

"제기랄. 혹시 클로이가 봤어?"

슬로운은 손으로 이마를 감싸고 욕조 가장자리에 걸터앉았다. 그녀는 그간 앨런이 저지른 몰지각한 추태로 인해 슬픔, 고통, 공허함, 그리고 무엇보다 모멸감을 느껴왔다. 그래서일까. 그녀는 괴로움을 외면하고 행복한 미소로 덮어버리는 방식에 능숙했다. 하지만 오늘만큼은 아니다. 오늘 그녀는 전에는 느껴보지 못한 낯선 기분이 들었다.

"그래. 애가 봤어. 머리가 어떻게 된 거 아니야? 역겨워서 토할 것 같아."

"그건 실수였어. 하늘에 맹세코 애한테 보내려던 게 아니었어."

"아니라고?"

앨런의 반박에 슬로운은 온몸의 피가 부글부글 끓어오르는 것 같은 느낌이 들었다.

"실수라고 하면 괜찮은 게 되는 모양이지? 대체 누구한테 보내려던 거였는데? 아니다. 됐어. 이제는 알고 싶지도 않아."

슬로운은 손으로 배를 지그시 눌렀다. 남편을 향한 그녀의 인내심이 철저히 증발하고 있었다. 딸이 끔찍한 사진을 목격해 버린 지금, 인내심이 날아간 마음속에 삽시간에 엄마로서의 분노가 자리했다. 앨런 같은 남자에게 빠졌던 자신에게 화가 났다. 자신을 행복하게 해줄 거라고, 아이들에게 좋은 아빠가 되어줄 거라고 믿었던 스스로한테 화가 났다.

욕실 문에 걸린 클로이의 분홍색 목욕 가운이 눈에 들어오자 분노로 턱 근육이 불끈거렸다.

"잠깐. 아무래도 알아야 할 것 같다. 혹시 애들 유모야?"

"제발 좀, 슬로운. 당연히 아니지."

마치 그녀를 비이성적이고 비논리적인 사람으로 취급하는 말투였다. 슬로운은 그 말투를 싫어했지만 앨런이 그런 식으로 말할 때마다 꼬리를 내리고는 했다. 한심하게도 그녀는 그걸 지금에서야 깨달았다. 오늘 밤, 앨런의 생각 따위는 그녀의 안중에 없었다. 노여움이 극에 달한 것이다.

"굉장히 실례인 건 알지만 좀 물어볼게."

그녀의 말에서 빈정거림이 묻어났다.

"유모가 아니면 도대체 누구야?"

"당신은 모르는 사람."

앨런이 약간 짜증이 난다는 듯 말했다.

그의 특권의식은 상상 이상이었다. 슬로운은 아무런 반응도 하지 않았다. 그녀의 침묵에 실린 무게만큼 상황도 무거워졌다. 앨런은 결국 태도를 바꾸며 그녀를 거의 달래다시피 했다.

"진정해, 응? 정말 아무것도 아니야."

그가 덧붙였다.

"아무것도 아니라고? 지금 이게 별거 아니라고 생각하나 보네?"

그녀는 클로이의 목욕 가운을 다시 바라보았다.

"계속 그런 식으로 할 거라면, 좋아. 그만 끊어야겠어."

"잠깐만. 내 얘기 좀 들어봐……."

"아니. 너나 내 얘기 들어. 나는 지금 고작 일곱 살짜리 딸한테 이 일을 어떻게 설명해야 할지 생각해야 해. 네 아빠가 보낸 성기 사진은 너한테 보내려던 게 아닌, 다른 사람에게 보내려던 것이었다는 걸 알려줘야 한다고. 생각이라는 걸 좀 해봐."

앨런은 한동안 말이 없었다.

"슬로운, 잠깐만……. 미안해. 서두르느라 그렇게 된 거야. 내가 멍청했어."

"그리고 사진은 이미 우리한테 와버렸지. 이제 확실히 알겠어. 네가 바보 천치라는 걸. 지금 너한테 무슨 말을 해야 하는지조차 모르겠다."

그녀는 말했다.

"슬로운, 그만해."

"너나 그만해. 이제 더 이상은 못 하겠어."

"못 하다니 뭐를?"

그들이 결혼한 이후 처음으로, 그의 목소리에서 초조함이 읽혔다.

"전부 다. 이제 끊는다. 다시는 전화하지 마."

통화를 끝낸 그녀는 욕조 가장자리에 멍하니 앉아있었다. 심장은 두근거렸고 속은 분노와 고통, 그리고 앞으로 직면해야 할 상황에 대한 두려움으로 뒤틀렸다. 어떻게 처리하면 좋을까? 온몸이 마비된 것 같았다. 움직일 수 없었다.

잠시 후 그녀는 몇 번의 심호흡을 하고 열까지 센 다음 화장실 밖으로 나왔다. 이제 조금 전 일을 아이들에게 어떻게든 설명해야만 한다.

　　　　　　　　　　　🜀

"너무 웃긴데."

코너는 고개를 뒤로 젖히며 웃음을 터뜨렸다.

"하나도 안 웃겨."

슬로운은 사람들로 가득 찬 레스토랑을 둘러보면서 격분했다.

"클로이는 이제 겨우 일곱 살이라고. 이런 일은 평생 마음의 상처로 남을 수 있어."

그녀는 와인 잔에 손을 뻗었다.

"엄마가 아직 여기 있었으면 좋았을 텐데."

코너는 그녀의 말을 무시하듯 허공에 대고 손을 흔들었다.

"진정해. 클로이는 괜찮을 거니까."

자식을 걱정하는 슬로운의 모습에 따분해진 코너는 웨이터에게 손짓해 스카치위스키를 한 잔 더 주문했다.

"정말로. 이제 끝이야. 이 이상은 견딜 수가 없어."

슬로운은 말했다.

"그 말만 2년째야. 이제 아무도 누나 말 안 믿어."

"이번에는 진짜야. 내일 일어나자마자 변호사한테 전화할 거야."

그녀가 대답했다.

"어련하시겠어."

웨이터가 얼음이 담긴 스카치를 가지고 왔다. 그는 잔을 빙빙 돌리며 달그락 소리를 내는 얼음을 바라보았다.

"술맛 좋은데."

"코너, 나 정말 심각해. 진심이야."

슬로운은 그의 심드렁한 빈정거림에 지쳤다는 듯 말했다.

"단지 모욕감 때문만이 아니라고. 나를 아프게 해서 이러는 게 아니야. 나는 클로이와 에번을 생각해야 하잖아. 이런 일들이 애들한테 어떤 영향을 주겠어? 클로이에게 잘못된 인식을 심어줄지도 몰라. 여자는 한낱 장난감에 불과하다는 인식, 모든 남자는 믿을 수 없다는 인식."

"앨런과 이혼하는 걸로 그 모든 게 해결된다고 생각해?"

코너가 냉정한 어투로 물었다.

"모르겠어. 하지만 아이들을 로스앤젤레스에서 기르면 안 될 것 같아."

"문제의 본질은 로스앤젤레스가 아니야."

그녀는 그를 노려보았다.

"무슨 말을 하고 싶은데? 설마 내가 문제라는 거야? 나한테 불만 있는 거 다 보여. 너 그럴 때마다 진짜 짜증 나."

그는 의자에 등을 기댔다.

"사는 곳을 바꾼다고 해서 갑자기 행복해질 수는 없다는 거지. 장소만 변한다고 긍정적인 사람, 좋은 엄마가 되는 건 아니잖아. 나는 그 얘기를 하고 싶은 거야."

그녀는 다시 와인 잔에 손을 뻗었다.

"어쩌면 좋아질 수도 있지."

"아니, 그렇지 않을 거야. 사람은 어디를 가든 변하지 않거든. 거기다가 아빠 없는 애들이 되는 거잖아. 결손가정 출신 딱지가 붙는 거라고. 그게 누나가 진정으로 원하는 거야? 우리 어릴 때 어땠어? 그리고 지금 우리 처지 좀 봐. 유언장에서도 빠졌잖아. 애들한테는 더 나은 환경을 제공해 줘야지."

슬로운은 잔을 비우고 주문한 와인을 다시 따랐다. 아버지의 와인 중 가장 비싼 와인이었다.

"뭔가 바뀌어야 해. 그러니 광고에 나올법한 행복한 모델 같은 표정은 그만 짓지 그래? 너도 나만큼이나 비참한 처지니까."

그녀는 말했다.

"맞아. 아빠가 유언장에서 나를 내쳤으니 비참하지."

그가 시무룩하게 대답했다.

"나도 버려졌잖아."

코너는 손가락으로 그녀를 가리켰다.

"그러니까 지금 앨런이랑 이혼할 생각은 접어두라는 거야."

슬로운은 의자 뒤로 몸을 기댔다.

"그게 그 사람이랑 함께할 이유가 되어서는 안 돼. 돈이 전부는 아니니까."

코너는 드라마틱하게 웃음을 토해냈다.

"누나가 지금 얼마나 웃기는 소리를 하는지 알고는 있어?"

그녀는 레스토랑을 둘러보았다.

"나 진지해, 코너. 여기 있는 사람들 좀 봐. 부유해 보이지는 않아도 다들 웃고 즐기잖아."

"남의 떡을 크게 보는 거, 누나는 그게 문제야. 장담하건대 여기 있는 누구도 행복하지 않을걸. 행복한 척하는 거지. 다들 그렇게 사는 거라고."

웨이터가 첫 번째 코스 요리를 가져왔다. 슬로운은 음식을 먹기는 했지만 아무 맛도 느낄 수가 없었다. 그녀의 세상이 산산조각으로 부서지고 있는 순간에 감각을 음미하는 건 불가능에 가까웠다.

"아이들이랑 런던으로 이사하고 싶어. 거기서 새롭게 출발하면 돼. 유언 내용이 바뀌지 않는다 해도 앨런 돈은 필요 없어. 아빠가 나한테 남긴 정도로도 버틸 수 있을 거야."

마침내 그녀가 말했다. 코너의 얼굴에 점점 불안감이 드리웠다.

"잠깐, 잠깐. 서두르지 말고 진정해. 그건 나랑 상의해야지."

"왜?"

"런던 집은 아빠가 내 앞으로도 남긴 거니까."

"너는 런던에 가지도 않잖아. 내가 아이들이랑 거기서 산다는 게 뭐가 문제야?"

그녀가 대답했다.

"정확히 그게 문제지, 내가 런던에 가지 않는다는 거. 아빠가 와이너리로 우리를 완전히 엿 먹였으니까 나도 당장 현금이 필요해. 런던 집은 나한테는 쓸모가 없으니 그걸 팔아야 한다고."

슬로운은 놀라서 입을 떡 벌렸다.

"안 돼. 그건 팔 수 없어. 쓸모없지도 않고."

코너는 천천히 그리고 조용히 스카치를 홀짝이며 그녀를 바라보았다.

"그렇다면 나한테 그걸 사. 그중에 50퍼센트는 내 몫이기도 하니까. 나는 돈이 필요한 거지, 계속 돈이 들어가는 집이 필요한 게 아니거든."

슬로운은 어이가 없다는 듯 한숨을 내쉬었다.

"진심이야? 너 내가 그 집을 얼마나 아끼는지 알잖아. 루스네 집이랑 가깝기도 하고. 루스는 나한테 친자매나 마찬가지야. 클로이와 에번한테도 중요한 존재고."

사촌 루스에 대한 언급도 코너의 눈에 담긴 결연한 투지를 누그러뜨리지는 못했다.

"그러니까 내 몫을 사. 누나가 다 가져가 버리면 되잖아."

그는 술을 홀짝이며 눈을 가늘게 뜨고 유리잔 너머로 그녀를 바라보았다.

"그럴 수는 없어. 그러면 여웃돈이 바닥나."

슬로운이 대답했다.

코너는 그녀가 얼마나 어리석은지 믿을 수가 없다는 표정으로 짜증을 냈다.

"제발 좀. 누나가 혼전 계약서에 사인할 만큼 바보였다고는 해도, 그게 앨런이 양육비를 부담하지 않아도 되는 게 아니라는 것쯤은 알잖아. 우리가 집을 팔면 집값으로 받을 돈에 아빠가 남긴 돈까지 있는 거야. 얼마나 큰돈인지 생각해 봐. 이혼하면 앨런이 로스앤젤레스 집을 줄지도 몰라. 진짜 이혼이라는 걸 한다면 말이지. 그럼 돈 걱정은 안 해도 돼. 그냥 로스앤젤레스에서 지내. 지금 주어진 환경에서 최선의 길을 찾으라는 말이야."

슬로운은 다시 뒤로 기댄 채 생각에 빠졌다. 딱히 틀린 말은 아니었다. 런던에 있는 집은 상당한 가격에 팔릴 것이다. 하지만 앨런은 자신이 직접 디자인한 로스앤젤레스 집을 절대로 포기하지 않을 것이다. 아무리 아이들을 위해서라고 해도 말이다. 차라리 아이들에게 다른 집을 사준다고 할 사람이었다. 런던 집의 코너 몫을 앨런에게 사달라고 할 수도 있겠지만 앨런이 순순히 동의할까? 어림도 없다. 그는 아이들이 다른 나라에서 사는 걸 반대할 것이다. 로스앤젤레스에 집을 사주고 그녀를 통제하려 들 것이다.

웨이터가 파스타 접시를 가지고 왔다. 슬로운은 탄수화물로 가득한 접시를 보고 탄식했다. 양이 많지는 않았지만…… 어쨌거나 이건 아침마다 하는 유산소 운동을 한 시간 앞당겨야 한다는 의미나 마찬가지였다.

그녀는 낙담한 기색으로 레스토랑 안의 손님들을 둘러보았다. 다들 웃고 떠들며 음식을 즐기는 중이었다. 사람들은 조금의 망설임도 없이 포크로 페투치니를 돌돌 말았다.

이번에는 테이블 맞은편, 남동생에게로 주의를 돌렸다. 코너는 한 손으로는 핸드폰 화면을 스크롤했고 다른 손으로는 기계적으로 치킨 펜네를 입에 넣었다.

슬로운은 포크를 들고 고개를 숙여 흰색 트러플 크림소스의 매혹적인 냄새를 들이마셨다. 그러자 아빠의 빌라 밖, 숲에서의 기억이 섬광처럼 그녀의 뇌리를 스쳤다. 코를 벌름거리며 땅을 파헤치는 개의 뒤를 쫓으며 웃고 뛰던 기억.

어느새 슬로운은 간절한 그리움이 만들어낸 웅덩이 속으로 스르륵 녹아들었다. 하지만 자신이 그토록 간절하게 갈망하는 것이 무엇인지 알 수가 없었다. 조금 더 예리하고 깊게 내면을 들여다볼 수 있었더라면.

그녀는 파스타를 입에 넣은 다음 눈을 감고 알 덴테로 익힌 파스타의 깊은 맛을 음미했다. 버섯, 버터, 말린 허브의 풍미가 혀에서 다시금 생명력을 얻었다. 페투치니의 식감이 주는 쾌감은 순식간에 온몸을 꿰뚫었다.

"이거 진짜 맛있다."

그녀는 나직이 말했다.

"어어."

코너는 여전히 인스타그램 게시물을 스크롤하면서 대답했다. 그 순간 그녀는 곧장 집으로 가서 아이들을 꼭 안아주고 싶은 충동이 들었다.

피오나

그건 내 평생 최고의 저녁 식사라고 할 수 있었다. 식사의 마지막 코스까지 즐긴 후 나는 브루넬로 와인이 담긴 잔을 들었다.

"이 이야기는 꼭 해야겠어요. 이탈리아 사람들은 정말 요리에 진심인 것 같아요."

마리아 역시 잔을 들었다.

"*고마워요, 피오나. 멋진 음식과 좋은 친구들을 위하여.*"

빈센트가 말했다.

"위하여."

내 대답을 끝으로 우리는 와인을 마셨다. 트렐리스를 장식한 초록 식물들은 선선한 저녁 바람에 가볍게 나부꼈다.

"피오나, 혹시 빌라로 이사할 건가요?"

빈센트가 물었다. 나는 잔을 내려놓고 어떤 대답이 가장 좋을지 잠시 고민했다. 마음 한구석에는 그렇다고 하고 싶은 생각도 있었다. 그들이 원하는 대답이기도 했고 나도 그들이 진심으로 좋았다. 하지만 상황이 복잡했다. 차마 거짓말을 할 수는 없었다.

"잘 모르겠어요. 아직 아무것도 결정하지 못했어요. 충격에서 벗어나지 못하기도 했고요. 시차 적응도 아직이거든요."

"피오나는 지금 호텔에서 지내고 있어요."

마르코의 설명을 들은 빈센트가 얼굴을 찌푸렸다.

"빌라에서 지내야지요."

그는 마리아를 바라보았다.

"소피아가 아직 안톤 방에 있나?"

마리아는 못마땅한 듯 끙 소리를 내며 고개를 끄덕였다.

"맙소사. 옷들이 사방에 널려있었어. 신발도 여기저기 날아가 있고."

그녀는 마르코를 바라보았다.

"아까 시내에 그녀를 데리러 갔었잖아. 무슨 일 때문이었어? 그녀가 새 거처를 찾았다는 희망을 품어도 될까?"

마르코는 식탁에 두 팔을 올렸다.

"오늘은 아니에요. 친구들이랑 점심 식사 후에 쇼핑백을 한 무더기 들고 차에 탔거든요."

마리아는 도리질을 쳤다.

"누군가는 그녀에게 말해야 해. 안톤이 없는 이상 여기서 계속 머무를 수는 없다고. 더 이상 그녀 뒤치다꺼리를 하고 싶지 않거든. 노라도 점점 신경질을 내고 있어. 매일 아침 소피아가

요구하는 아보카도 토스트를 만들어야 하니까."

"제가 내일 얘기해 볼게요."

나는 와인을 홀짝이면서 말했다.

"한번 대화해 보고 싶기도 하고요."

마리아와 빈센트가 시선을 교환했다.

"소피아가 당신 아버지와 마지막까지 함께한 건 맞아요. 그러니 피오나의 심정도 이해가 가요. 그래도 냉정하게 대해야 해요. 눈물에 속아서는 안 돼요. 그 여자는 아주 감정적이거든요."

마리아가 말했다.

"네. 주의할게요."

테이블 위로 침묵이 내려앉았다. 대화가 멈춘 덕분에 잠시 잊고 있던 것이 떠올랐다.

"빈센트, 깜박하고 있었는데요."

나는 가방을 들었다.

"오늘 몬테풀치아노에 있는 은행에 갔었거든요. 안전 금고에서 뭐를 좀 찾아오느라고요."

나는 가방에서 열쇠를 꺼내 그에게 건네주었다.

"혹시 이게 뭔지 아세요?"

그는 당장이라도 꺼질 듯 깜박거리는 촛불에 의지하며 열쇠를 들어 올렸다.

"아주 낡았네요. 어디에 맞는 열쇠인지 적은 메모 같은 게 있었나요?"

"아니요. 금고 안에는 그것만 있었어요."

그는 열쇠를 뒤집어 손바닥에 올리고 오랫동안 관찰했다.

"알 것 같기도 해요."

"정말요?"

"확실한 건 아닌데 와인 저장고 안에 있는 방 열쇠인 것 같아요. 저장고 안에 수십 년간 잠가둔 방이 있거든요. 안톤은 누구도 들어가지 못하게 했었고요. 몇 년 전, 열쇠가 없어졌다고 우리 아버지께서 말씀하셨는데 아무래도 이게 그 열쇠가 아닌가싶어요. 당연한 말이지만 안톤이 내내 가지고 있었나 보네요. 안톤답게 모두를 감쪽같이 속였군요."

나는 몸을 앞으로 기울였다.

"그 방 안에는 뭐가 있는데요?"

"아마도 와인이겠죠. 확실한 건 아니에요. 저도 들어가 본 적은 없거든요."

빈센트는 내게 열쇠를 돌려주었다.

"내일 마리아가 포도밭을 구경시켜 주라고 했으니, 아침에 기념품 가게에서 만나요. 같이 저장고에 내려가서 확인해 봅시다. 그 열쇠가 맞는지."

나는 열쇠를 가방에 도로 넣었다.

"고맙습니다. 빈센트, 제 구원자시네요."

"자, 이제 디저트가 당신을 구할 차례예요. 피오나, 부디 초콜릿을 좋아했으면 좋겠어요."

마리아가 의자에서 일어나며 말했다.

"누가 초콜릿을 마다하겠어요?"

좋은 사람들과 함께하는 시간이 주는 보람은 기대 이상이었다. 대서양을 건너는 긴 여정이 남긴 피로감마저 압도할 정도로 만족스러운 나날이었다.

릴리언

1986. 토스카나

릴리언은 아침 일찍 파리행 열차를 타는 프레디를 역까지 데려다주었다. 와이너리로 돌아온 그녀는 호텔 데스크 업무로 반나절을 보내고 기념품 가게로 가서 투어를 시작했다. 투어를 마친 후 관광객 그룹과 다시 가게로 돌아온 그녀는 그곳에서 기다리고 있던 안톤을 보고 깜짝 놀랐다. 그는 바지 주머니에 양손을 넣고 한쪽 어깨를 문기둥에 기댄 채 미소 짓고 있었다.

"투어는 어떠셨나요?"

그는 가게로 줄지어 들어오는 관광객 한 명 한 명에게 다정하게 물었다.

"너무 좋았어요!"

한 여자가 말했다.

"도움이 많이 됐어요. 많이 배웠어요."

"끝내줬어요."

마지막으로 들어온 릴리언은 관광객들에게 안톤을 정식으로 소개했다.

"여러분, 이쪽은 마우리치오 와이너리의 대표, 안톤 클라크 씨입니다."

나이 지긋한 남성이 안톤과 악수하며 말했다.

"선생, 당신은 꿈 같은 삶을 누리고 있군요."

안톤은 그에게 따뜻한 미소를 지어 보였다.

"그건 저도 부인할 수가 없겠는데요."

그는 관광객들이 기념품을 사서 각자의 차로 돌아갈 때까지 그들과 어울렸다. 마지막 차가 주차장을 떠나면서 작별 인사의 의미로 경적을 울렸고 릴리언은 손을 흔들어 보였다. 그녀는 바로 옆에 서있던 안톤을 올려다보았다.

"잘 끝난 것 같아요."

그녀는 말했다.

"잘 끝난 것 이상이죠. 릴리언, 와인 판매 기록을 경신했던데요. 열두 상자나 미국으로 배송하다니, 사람들에게 대체 무슨 이야기를 한 거예요?"

그녀는 어깨를 으쓱했다.

"모르겠어요. 그냥 우리가 옛날 와인을 시음했던 날 밤에 느꼈던 점을 설명했을 뿐이에요."

그들은 주차장 부지의 가장자리, 포도밭이 내려다보이는 돌담으로 천천히 걸어갔다. 잿빛 구름이 산 너머로 흘러가고 있었다.

"이게 문제가 되지 않았으면 좋겠는데요. 실은 사람들에게 마우리치오 선생님께서 자식들과 손주들을 위해 특별히 만든 와인에 관해 이야기했거든요. 그 얘기를 듣고 다들 감동했어요. 그래서 시음할 때 잘 숙성된 빈티지 와인을 보여주면서 한두 병쯤 구매할 것을 추천했죠. 집에 가지고 가서 특별한 날을 위해 5년이든 10년이든 보관하시라고 말씀드리면서요. 딸의 결혼식이나 손주 출산 같은 기념일용으로도 좋은 것 같다고 했더니, 다들 그런 경우를 염두에 두고 구매한 것 같아요. 본인들이 직접 숙성시킨 와인은 그 자체만으로도 좋은 이야깃거리가 될 거고 주변에 자랑하기도 좋을 거예요. 그렇게 되면 순식간에 입소문이 나지 않을까요?"

릴리언을 바라보던 안톤이 말했다.

"훌륭해요, 릴리언. 우리 와인이 그런 식으로 꾸준히 대양을 건너가면 미국 시장까지 공략할 수도 있겠는데요."

그들은 나란히 서서 우거진 녹음을 바라보았다. 우뚝 솟은 사이프러스 나무가 상쾌한 바람에 흔들렸다. 바람을 맞은 포도나무 잎사귀들은 서로에게 귓속말을 속삭이며 가볍게 나부꼈다. 릴리언이 손짓했다.

"보세요. 저기 비가 와서 산이 완전히 가려졌어요. 아, 지금 손에 붓이 있었다면……"

릴리언이 안타깝다는 듯 말하자, 안톤은 놀란 눈을 한 채 그녀를 바라보았다.

"그림 그려요?"

그녀는 껄껄 웃었다.

"아니요. 하지만 그림 그리는 사람들을 존경해요. 창작에 대한 욕구도 멋있고요."

그들은 서서히 펼쳐지는 극적인 날씨를 마주한 채 지평선을 바라보았다.

"점점 먹구름이 이쪽으로 오네요. 아무래도 오늘 저녁은 실내에서 먹어야겠어요. 오시겠어요? 물론 프레디도 같이요."

안톤의 제안에도 릴리언의 시선은 여전히 지평선 너머에 고정되어 있었다.

"그러면 좋겠지만 오늘 밤은 저 혼자예요. 프레디는 아침에 파리로 떠났거든요."

"왜요?"

"책의 결말 때문에 현지답사가 필요하대요."

안톤은 고개를 들어 바람 속을 가볍게 유영하는 새를 바라보았다.

"파리에는 얼마나 오랫동안 가있는 거예요?"

그녀는 어깨를 으쓱했다.

"저도 알고 싶어요. 어젯밤 말하기로는 며칠이면 된다고 했는데, 어쩌면 끝날 때까지 거기 있을 것 같기도 해요. 시간이 얼마나 걸리든 간에요."

그들은 기념품 가게 쪽으로 다시 걷기 시작했다.

"음, 그렇다면 오늘 저녁에 꼭 식사하러 오세요. 이번 주 내내요. 혼자서 식사하신다고 생각하니 제 기분이 껄끄러워서요."

안톤이 말했다. 그가 자신을 신경 쓰고 있다는 생각에 릴리언의 마음이 묘하게 술렁였다.

"참 너그러우시네요. 그렇게 할게요."

멀리서 작고 묵직한 천둥소리가 들려왔다.

"우산 있어요? 이따 빌라까지 걸어가려면 하나 필요할 텐데."

릴리언이 대답하기도 전에 안톤은 기념품 가게로 따라오라고 손짓했다. 그들은 가게 뒷문을 통해 사무실 쪽으로 들어갔다.

"자, 이거 가져가요."

그는 커다란 테라코타 항아리에서 단단해 보이는 검은색 우산을 하나 꺼냈다.

"보다시피 아주 많으니까 하나 가지고 가요. 전부 마우리치오 로고가 찍혀 있죠. 직원들을 위해서 특별히 제작했거든요."

"와, 기발해요."

릴리언이 우산을 훑어보며 말했다.

"어째서 기념품 가게 안에서는 이걸 팔지 않을까요?"

안톤은 책상에서 바쁘게 작업 중인 회계 담당 직원을 향해 돌아섰다.

"파올로, 왜 우리가 그 생각을 못 했지?"

직원은 자기 책임이 아니라는 듯 두 손을 들었다.

"저를 보지 마세요. 저는 결정권자가 아니에요."

안톤은 다시 릴리언에게로 주의를 돌렸다.

"아무리 생각해도 당신은 사업에 비상한 두뇌를 타고났어요."

그들은 서로를 바라보며 진심 어린 미소를 지었다.

예기치 못하게 마음이 들썩여 릴리언은 황급히 고개를 돌려야만 했다. 어색한 기운을 감지한 그녀가 말했다.

"다시 일하러 가야겠어요. 이따 뵐게요."

바깥바람은 점점 거세졌고 구름은 하늘을 종횡무진 누볐다. 비가 쏟아지기 전 나는 산뜻한 냄새가 공기를 가득 메웠다. 숨을 깊게 들이마시자, 릴리언의 몸이 설렘과 짜릿함으로 가늘게 떨려 왔다.

그녀를 설레게 만든 건 토스카나였을까? 아니면 이곳에 도착한 이래 내면을 변화시킬 만한 또 다른 무언가가 있었던 걸까? 릴리언은 이곳에 와서야 자신이 활짝 피어난 것 같았다. 그건 꽤 좋은 느낌이었다. 처음으로 두려움을 내려놓았고, 경계를 풀었다. 앞으로 가능한 한 많은 것을 경험하고 싶어졌다. 하지만 열리는 마음의 크기만큼 상처받을 자리 역시 커질 거라는 불안감도 덤으로 딸려왔다.

❧

안톤의 예상대로 비가 내렸다. 릴리언은 커다란 검은색 우산을 들고 물웅덩이를 뛰어넘으며 빌라로 가는 언덕을 빠르게 올랐다. 거센 비바람을 맞으며 빌라에 도착했을 때 그녀는 물에 빠진 생쥐 꼴을 하고 있었다. 그 모습을 본 프란체스코는 호들

갑을 떨었다.

"세상에. 전화하지 그랬어요. 차로 데리러 갔을 텐데."

"그 말씀 기억할게요. 다음에 써먹을 수 있도록."

릴리언이 웃으며 대답했다. 그녀는 만족스러운 기분으로 재킷을 벗어 빗방울을 털어낸 다음 옷걸이에 걸었다.

"자, 어서 이쪽으로 오세요."

프란체스코는 그녀를 뜨겁게 타오르는 벽난로가 있는 커다란 거실로 안내했다. 램프가 뿜어내는 아늑한 빛이 거실 곳곳으로 퍼져 나갔다. 벽에는 옛날 가족들의 초상화가 걸려있었다. 벽난로 앞에 서서 안톤과 대화를 나누고 있던 도메니코의 손은 이런저런 제스처로 바쁘게 움직이는 중이었다.

릴리언과 눈이 마주친 안톤이 미소를 지어보였다. 그들은 거실의 끝과 끝에 떨어져 있었지만, 그녀는 어쩐지 그와 연결된 것 같았다. 마치 아무도 모르는 비밀을 둘이서만 공유하는 듯한 기분이 들었다.

"왔네요."

안톤이 그녀 곁으로 다가오며 말했다.

"비가 너무 많이 내려서 혹시 마음을 바꾼 건 아닐까 걱정하고 있었어요."

그의 말에 릴리언은 웃음을 터뜨렸다.

"그럴까 했죠. 하늘이 뚫린 것처럼 비가 쏟아져서요. 그래도 상쾌한데요."

"자자, 우리 숙녀분은 이쪽으로."

프란체스코가 그녀의 팔을 잡으면서 말했다.

"불에 가까이 와요. 좀 말려야 하니까."

"고맙습니다."

벽난로 쪽으로 몸을 옮기자 따스한 온기가 느껴졌다. 굳어있던 몸에서 긴장이 풀리기 시작하자 그제야 옆에 있던 도메니코의 이야기가 귀에 들어왔다.

"꽤 질퍽거릴 거야. 그래도 해가 산을 넘어오는 순간 싹과 가지는 전부 마르겠지."

남자들은 비로 인해 내일 계획에 차질이 생기지는 않을지 이야기하고 있었다. 언뜻 들어보니 내일은 버러지를 치우고, 포도 덩굴을 손질하기 위해 일하는 사람들이 올 예정이라고 했다.

"버러지가 뭐예요?"

릴리언이 물었다. 포도송이가 매달린 싹에서 영양분을 빼앗아 기생하는 조그만 싹을 그렇게 부른다고, 안톤은 설명했다.

"재미있는 일이에요. 아주 쉽게 제거할 수 있거든요."

그의 말에 그녀는 잠시 생각했다.

"혹시 11시에 어디 계실 건가요? 아마 관광객들은 실제 일하는 모습을 보고 싶어 할 거예요. 와인 비즈니스의 핵심을 엿볼 수 있는 짜릿함을 누가 마다하겠어요."

안톤이 도메니코를 바라보았다.

"늦은 아침에 우리가 어디 있을 것 같아?"

"시라즈 밭."

그는 포도밭 위치를 설명해 주었다.

카테리나가 들어와 릴리언의 양 볼에 입을 맞추며 인사했다.

"오셔서 정말 기뻐요."

날씨를 주제로 짧게 수다를 떨고 있으니, 잠시 후 카테리나가 식사 시간이 되었다며 알려주었다. 그들은 양초가 올라간 실내 테이블에 둘러앉아 전채 요리로 식사를 시작했다. 카테리나는 뜨거운 토마토 바질 수프와 호박으로 속을 채운 라비올리를 차례로 가져왔다. 라비올리는 릴리언의 입안에서 살살 녹았다.

잘 구워진 후추 스테이크에는 신선한 녹색 콩이 곁들여져 있었다. 디저트로는 달콤한 버터 쿠키와 복숭아 젤라또가 나왔다.

모든 코스에는 완벽하게 어울리는 와인이 함께였다. 도메니코가 짓궂은 얼굴을 하며 잔을 들었다.

"호박 라비올리로 한 남자의 눈에 기쁨의 눈물이 맺히게 만드는, 내 사랑하는 아내를 위하여."

"카테리나를 위하여."

안톤은 잔을 들고 카테리나의 뺨에 입을 맞추었다.

"훌륭한 저녁 식사를 준비해 줘서 고마워요."

식사를 마친 후, 릴리언은 부엌 정리를 도왔다. 뒤처리를 하는 동안 카테리나는 호박 라비올리 비밀 조리법을 알려주었다. 그녀는 늘 조리법을 공유하기 때문에 엄밀히 말하면 '비밀 조리법'이라 할 수 없었지만.

릴리언이 카테리나에게서 건네받은 접시의 물기를 행주로 닦고 있으니, 카테리나가 넌지시 말을 걸었다.

"남편 얘기 좀 해봐요. 안톤 말로는 파리에 갔다던데, 왜 아내를 남겨두고 떠난 거예요?"

릴리언은 '남겨두고 떠났다'는 부분에서 신경이 날카로워졌지만 굳이 티를 내지는 않았다.

"파리에 볼일이 있어서요. 지금 책을 쓰고 있는데 현지답사가 필요하거든요."

"출간되었나요?"

"아직요. 지금 쓰는 소설로 등단을 꿈꾸고 있어요. 에이전트가 생기면 훨씬 쉬워질 거예요. 재정적으로도 그렇고요. 그렇게 되면 가족계획도 짤 수 있을 거예요."

릴리언의 대답에 카테리나는 잠깐 생각하는 듯했다.

"그러면 지금은 혼자 생계를 꾸리고 있어요?"

멋쩍은 마음에 릴리언은 괜히 목청을 가다듬었다.

"네, 지금은 그렇다고 할 수 있겠네요. 하지만 저는 괜찮아요. 특히나 여기서 일하는 건 정말 재미있거든요."

카테리나가 은은하게 미소를 띠었다.

"하지만 아기를 가지고 싶은 거죠?"

"네, 진심으로요."

카테리나는 세제를 푼 뜨거운 물에 커다란 도자기 그릇을 담갔다.

"출판되면 우리한테도 책 이름을 알려줘요. 사서 볼게요."

"그럼요. 저도 그랬으면 좋겠어요."

릴리언은 카테리나에게서 건네받은 그릇을 조리대 위에 정리했다.

"남편이 아주 창의적인 사람인가 봐요."

카테리나는 싱크대 안의 프라이팬을 박박 닦으며 말했다.

"예술적 감각을 가진 남자들은 굉장히 매력적이에요. 그렇지 않나요?"

"네."

릴리언이 대답했다.

"안톤도 예술가예요."

카테리나는 무심코 말을 뱉고는 릴리언을 쳐다보았다.

"혹시 알고 있었어요?"

릴리언은 잠시 구름을 그릴 수 있는 붓이 있었으면 좋겠다고 말했을 때 그가 얼마나 반가운 표정을 지었는지 떠올렸다.

"아니요. 몰랐어요. 어떤 분야에서요?"

"유화를 그려요. 그것도 아주 잘."

릴리언은 가볍게 웃었다.

"놀랍기도 하고, 한편으로는 그렇지 않기도 해요."

"왜요?"

"예술적인 영혼을 가진 분이라고 생각했거든요."

그녀가 그렇게 생각한 건 그의 말하는 방식 때문이었다. 와인이나 행복, 세상 만물의 숨은 가치에 대해서 이야기하는 투 같은 것들.

릴리언과 카테리나는 남자들과 포도주로 만든 브랜디를 마시기 위해 테이블로 돌아왔다. 대화가 끊긴 틈을 노려 카테리나는 화제를 전환할 기회를 잡았다.

232

"안톤, 릴리언에게 당신의 그림 얘기를 했어요."

일순간 모두가 침묵했다. 안톤은 의자에 가만히 앉아 고개를 한쪽으로 기울이고는 카테리나를 나무라는 투로 말했다.

"카테리……."

"어쩔 수가 없었어요!"

그녀는 능청스레 둘러대며 대답했다.

"말이 저절로 튀어나와 버렸거든요."

"혹시 그거, 말하면 안 되는 비밀 같은 건가요?"

릴리언의 순진한 질문에 도메니코는 테이블을 툭 쳤다.

"그게 바로 내가 이 친구를 만난 이후 쭉 궁금해하던 겁니다. 안톤, 도대체 왜 사람들한테 그림을 보여주지 않는 거야? 아주 좋은 작품들이잖아. 감상하기 충분하다고."

"다른 사람들을 위해서 그리는 게 아니니까. 내 만족을 위해 그리는 거야."

그가 대답했다.

"어떤 그림을 그리세요?"

릴리언이 브랜디를 홀짝이며 물었다.

"별것 아니에요."

안톤이 대답했다.

"안톤은 토스카나를 그려요."

도메니코가 꼭 집어서 알려주었다.

"이 친구는 이곳의 모든 걸 새로운 관점으로 바라봐요. 독특한 스타일도 있고요. 어쩌면 영국인이라서 그럴 수도 있겠네요."

릴리언은 몸을 앞으로 기울이고 턱을 괴었다. 그녀의 입가에 신비로운 미소가 번져있었다.

"미리 알아봤어야 했어요."

그 역시 몸을 앞으로 기울였다.

"그게 무슨 뜻이에요?"

"아까 구름과 산, 나무를 어떤 식으로 관찰하시는지 봤거든요. 어서 빨리 캔버스에 옮겨 담고 싶어서 견딜 수 없다는 모습이었어요. 그때는 몰랐지만 이제 알겠어요. 제가 아까 붓이 있었으면 좋겠다고 말했을 때……."

"맞아요."

열린 창문을 통해 바람이 불어와 테이블 위에서 빨갛게 타고 있는 촛불이 가물거렸다. 누구도 입을 열지 않았다. 알코올의 열기가 릴리언의 혈관 구석구석을 타고 기분 좋게 뻗어 나갔다. 도메니코는 낮은 목소리로 명령에 가깝게 말했다.

"안톤, 그녀를 스튜디오로 데리고 가. 그렇지 않으면 릴리언은 우리가 너를 놀리는 건지, 아니면 상사라서 부풀려 칭찬하는 건지 궁금해서 밤새 뒤척일걸."

그는 손으로 얼굴을 가리며 릴리언을 돌아보았다.

"어쩌면 세 살배기 아이 수준의 그림처럼 보일 수도 있어요."

릴리언은 등을 기대고 웃음을 터뜨렸다.

"그럴 리가요."

도메니코는 허공에 대고 손을 흔들었다.

"안톤, 어서 그녀를 데리고 가."

프란체스코도 거들었다.

"그렇게 해, 안톤. 그녀를 위층으로 데리고 가서 한두 점 보여줘. 나쁠 것 없잖아?"

안톤은 그녀에게서 눈을 떼지 않았다.

"좋아요. 릴리언, 보러 갑시다. 단, 좋게 말해주겠다고 약속해요."

릴리언은 그에게 미소를 보냈다.

"물론이죠."

모두 자리에서 일어났을 때 안톤이 말했다.

"다들 같이 가도 좋아요. 릴리언의 반응이 궁금해 죽겠다는 거, 말 안 해도 알고 있으니까."

"맞아. 사실이야."

도메니코가 일어서서 그들을 따라가며 말했다. 카테리나는 그사이 촛불을 껐다.

안톤은 그녀를 데리고 나가 성당의 회랑처럼 보이는 바깥뜰을 가로질렀다. 그들은 맞은편 빌라로 들어가 2층으로 올라갔다. 안톤은 참나무 문을 열고 샹들리에 스위치를 켰다.

"여기는 불빛이 형편없어서 밤에는 절대 그림을 그리지 않아요. 낮에도 이 안에서는 거의 그리지 않고요. 사실상 이곳은 그림을 보관하기만 하는 장소예요."

릴리언은 이곳을 보자마자 마음이 동했다.

"그럼 어디서 그려요?"

그녀는 벽을 따라 천천히 움직이면서 바닥에 세로로 세워둔 수십 점의 유화를 내려다보았다.

"밖에서요."

그가 대답했다.

반대편 벽에는 접힌 이젤 세 개가 기대어져 있었다. 옆에 있는 작은 테이블 위 스테인리스 케이스 안에는 사용 흔적이 있는 물감이 가득 들어있었다.

그들을 뒤따라 안으로 들어온 도메니코, 카테리나, 프란체스코는 조용히 주위를 둘러보았다.

안톤은 양손을 주머니에 넣은 채 문간에 서있었다. 그 모습을 본 릴리언은 마음 어딘가가 불편해졌다. 이 상황이 그에게 고문처럼 느껴지는 건 아닐까. 그가 지금 사생활을 침해당하는 중이라고 생각한다고 해도 이상하지 않았다. 그래서 릴리언은 가슴 한구석이 아려왔다. 다른 사람들까지 합세하지 않았더라면. 둘만 왔다면 안톤도 조금은 편안함을 느낄 수 있지 않았을까.

"제가 봐도 될까요?"

그녀는 창문 아래쪽 바닥에 놓여있는 캔버스들을 가리키며 물었다. 안톤은 고개를 끄덕였다.

릴리언은 쪼그리고 앉아 중간 크기의 그림 한 묶음을 뒤집었다. 색들은 생동감이 넘치면서도 조화로웠다. 모든 요소가 안온하게 녹아들었다. 전체적으로 부드럽고 잔잔했다.

그녀는 미술을 잘 몰랐지만, 그의 그림이 모네의 그림과 비슷한 인상파 화풍이라는 정도는 알아볼 수 있었다. 나무 잎사귀를 토닥거리는 바람, 슬며시 골짜기를 지나는 안개, 지평선 너머로 뉘엿뉘엿 사라지는 붉은 석양, 하늘을 향해 빼꼼 얼굴을 내민 샛노란 해바라기 들판, 실바람을 따라 한들한들 춤추는 양귀비 초원, 시시각각 변하는 새벽빛에 물드는 토스카나 건축물, 좁고 가파르고 구불구불한 돌길, 로마네스크 양식의 성당, 이탈리아인들로 북적거리는 광장. 안톤은 토스카나의 역동적인 모습을 섬세하고 부드러운 붓질로 예찬했다.

"너무 멋져요. 이 그림들은 다른 사람들에게도 꼭 보여줘야 해요."

릴리언이 말했다.

"가끔 남들한테 주기도 해요. 안톤의 욕심 그득한 손아귀에서 무언가를 얻어낼 수 있는 친구라면 받을 수 있죠."

릴리언은 도메니코가 쓰려던 영어 단어가 욕심은 아니었을 거라고 생각했지만 그냥 넘겼다.

"정말 놀랐어요, 안톤. 당신은 정말 재능이 있어요."

그녀는 일어서서 그를 향해 돌아섰다.

"대체 못하는 게 뭐예요?"

매력적인 웃음이 그의 눈가에 주름을 만들었다.

"셀 수도 없어요. 그렇지만 인생이 다 그런 거 아니겠어요? 끊임없이 새로운 시도를 해보고 진정으로 좋아하는 일을 찾아낸 다음 몰두하는 거죠."

그녀는 이 스튜디오에 얼마나 많은 그림이 있는지 궁금했다. 100점? 이걸 다 그리는 데 시간이 얼마나 걸렸을까? 그녀는 천천히 그를 향해 걸어갔다.

"보여주셔서 감사합니다. 영광이에요."

은은하게 빛을 내는 샹들리에 아래서 릴리언과 안톤은 서로를 마주 보았다. 뒤따르는 어색한 침묵에 미묘한 기운을 감지한건 다른 사람들이었다. 그들은 고개를 돌리고 그림을 살펴보는척했다.

"그만 가봐야 할 것 같아요. 저녁 식사도, 보여주신 그림들도전부 감사합니다."

릴리언이 말했다.

그녀는 둘을 둘러싼 공기마저 짜릿하다고 느꼈다. 동시에 도메니코와 카테리나의 의미심장한 시선도 느꼈다. 그녀는 안톤이 유부남이라는 걸 상기해야 했다. 여기 있는 모두가 그의 아내나 아이들과 안면이 있을 것이다.

"태워줄게요."

프란체스코의 말에 도메니코가 얼굴을 찡그렸다.

"큰일 날 소리 하지 마. 프란체스코, 자네는 술을 너무 많이마셨어. 릴리언, 안톤이 걸어서 바래다줄 거예요. 쟤는 운동을좀 해야 하거든요."

"맞아요."

카테리나가 동의했다.

"도메니코, 그건 네 생각이고."

안톤이 웃으며 대답하고 문으로 향했다.

얼마 지나지 않아 안톤과 릴리언은 가로수를 따라 언덕을 내려오고 있었다. 공기 중에 달콤한 소나무 냄새, 축축한 흙냄새가 진동했다. 풀숲에서는 반딧불이들이 반짝였다.

"아까 본 그림들이 자꾸 생각나요. 다음에 또 볼 수 있을까요?"

릴리언이 물었다.

"원한다면요."

그들의 발소리가 가벼운 화음을 만들어냈다. 희끄무레한 구름이 달 앞을 지나갔다.

"그리고요……."

그녀는 조심스럽게 말을 꺼냈다.

"아이디어가 하나 있는데 주제넘다고 생각하실 수도 있어서 걱정돼요. 말씀드리고 나면 저를 채용한 걸 후회하실 수도 있어요."

그는 껄껄 웃었다.

"절대 그럴 일 없어요."

릴리언은 천천히 깊은숨을 들이마셨다.

"좋아요. 그럼 그냥 얘기할게요. 혹시 그림 중의 일부를 와인 라벨로 사용하면 어떨까요?"

안톤은 몇 초 동안 아무런 말도 하지 않았다. 정말로 선을 넘은 건 아닐까. 릴리언은 초조해지기 시작했다. 그녀는 안톤이 어떻게 하면 상처 주지 않고, 눈치껏 적당한 대답을 할 수 있을지 고민하는 중이라고 생각했다.

"꽤 흥미로운 생각이군요."

정적을 깬 안톤의 목소리는 차분했다.

릴리언은 조심스럽게 발을 내딛고, 의중을 파악하기 위해 안톤을 올려다보았다.

"하지만 이탈리아에서 마우리치오 가문의 명성은 국보급이
나 마찬가지예요. 이 와이너리는 100년 넘게 같은 이미지를 라
벨로 사용했고요."

안톤이 말했다.

"알아요. 다른 구세계 와인이 그렇듯 빌라의 모습을 담은 그
림이잖아요. 오해하지는 마세요. 빈티지 와인의 라벨을 바꾸자
는 건 아니에요. 그거 말고 지금 새로 만들고 계신 와인 있잖아
요. 거기에 자신만의 표식을 붙이면 어떨까요? 저는 정말 좋을
것 같거든요. 안톤, 제가 보기에 당신은 이곳에 남다른 애착과
열정을 가지고 있어요. 아마 100년 후에는 당신의 공헌, 그리고
당신의 와인 역시 역사적 가치를 인정받을 거예요. 그들의 와
인과 동등하게요. 당신의 새로운 와인 라벨이 시장에서 통할지,
미국인들을 상대로 시험해 보는 건 어떨까요?"

안톤은 그녀의 눈을 바라보았다.

"그것도 꽤 재미있는 생각이에요."

꼬리에 꼬리를 물며 아이디어를 쏟아냈더니 어느새 숙소에
다다랐다. 릴리언이 머무는 스위트룸의 창문을 제외하고는 전
부 불이 켜져있었다.

"다 왔네요."

그녀는 자갈이 깔린 진입로에 멈추어 서서 말했다. 뜰에 난
축축한 잔디가 가로등 빛을 받아 반짝거렸다. 안톤은 어두운 그
녀의 문을 바라보았다.

"아까 말한 아이디어들, 생각해 볼만한데요. 기발하고 획기적이에요. 혹시 모를 위험은 있겠지만요."

그가 말했다.

"저는 그렇게 생각하지 않아요. 잠깐 들어오실래요? 그 이야기 좀 해보면 어떨까요? 브레인스토밍이 필요할 것 같은데."

머리를 거치지 않은 제안을 내뱉자마자 릴리언은 후회했다. 둘은 분명 서로에게 끌렸다. 그건 명백했다. 혹시 모를 위험을 감지한 머릿속은 경고등을 울렸다.

"좋아요."

안톤의 말투에도 불안한 기색이 역력했다. 그럼에도 그는 릴리언을 따라 돌계단을 올랐다. 그녀가 열쇠로 문을 여는 동안 안톤은 열쇠 구멍에 손전등을 비추어 주었다.

곧이어 그들은 부엌이 딸린 거실로 들어갔다. 청소 도우미가 방문한 이후라 내부는 깔끔하게 정리되어 있었고 상쾌한 향기가 났다. 릴리언은 램프를 켜고 의자 등받이에 가방을 걸었다.

"앉으세요."

그녀가 안락의자를 가리키며 말했다.

"마실 것 좀 드릴까요? 럼이랑 콜라가 있어요."

럼은 프레디의 것이었다. 그걸 마신다면 프레디는 틀림없이 알아채고 이야기를 꺼낼 것이다.

"럼이라니, 이색적으로 들리는데요."

"마음에 드실 거예요."

그녀는 미소를 지으며 찬장 가장 높은 선반에서 럼을 꺼내 얼음을 넣은 두 개의 잔에 따랐다.

"자, 말해봐요."

안톤이 의자에 기대앉아 기다란 다리를 꼬았다.

"그게 미국인들에게 어떤 식으로 먹힐 거라고 보나요? 라벨을 바꾸는 거 말이에요. 그 사람들은 옛것을 좇고 구시대를 경험하러 유럽에 오는 거 아니었어요? 이를테면 고대 건물들을 보려고?"

"네. 정확해요."

릴리언은 그의 맞은편 소파에 자리를 잡으며 말했다.

"그게 그 사람들이 여기 오는 이유예요. 하지만 제가 와인을 구매하는 사람들을 관찰해 봤을 때, 감동적인 사연이 있는 와인에 유독 관심을 보였거든요. 비록 그 와인이 오래되지 않았다고 해도요. 예를 들어 '작년에는 비 때문에 수확도 어려웠고 다들 힘들었어요'라고 이야기하면 사람들은 그 사연에 확 몰입해요. 그런 스토리가 담긴 와인은 어김없이 더 많은 구매로 이어지고요."

"사연이 중요하다면 새로운 라벨의 와인은 어떻게 구매로 이어질 것 같아요?"

"당신의 와인이라는 거, 그 자체로 가능해요. 당신이 가진 열정을 보여주잖아요. 토스카나를 향한 열정의 증거가 바로 새 라벨이에요. 사실 우리끼리니까 하는 얘기지만요. 그들은 자기들처럼 당신이 이탈리아인이 아닌 외부인이라는 사실에 매료되는 것 같아요. 눈빛을 보면 알아요. 제가 그 얘기를 꺼낼 때마다 그들의 눈이 그렇게 말하거든요. 당신은 꿈이 있었고 그 꿈을 좇아 이곳에 왔어요. 지금은 구세대와 신세대를 연결할 방법을 찾고 계시잖아요. 북미 사람들은 그 점에 공감하는 거고요."

릴리언은 등을 기대고 술을 한 모금 들이켰다.

"어쩌면 제 예상이 틀릴 수도 있어요, 안톤. 저도 잘 모르겠어요. 그래서 저는 당신이 심은 포도의 첫 수확물로 테스트를 해볼 필요가 있다고 생각해요. 소량이라도요. 만약 잘 팔린다면 그때 가서 전략을 확장하면 되니까요."

그녀는 술을 한 모금 더 홀짝이고서 이어 말했다.

"미국에서는 새롭고 현대적이면서 독특한 게 잘 먹힐 거예요. 요즘 미국 사람들은 굉장히 사치스럽거든요. 병당 가격을 높게 책정해서 마치 와인 제조자의 작품 한 점을 사들이는 것 같은 착각에 빠지게 하는 거예요. 제조자의 열정을 마신다는 착각이요."

아이디어에 한껏 사로잡힌 나머지, 너무 격양된 상태로 이야기를 늘어놓았다고 생각한 그녀는 고개를 절레절레 내둘렀다.

"죄송해요. 제가 너무 앞서 나갔죠? 지나치게 흥분했어요. 럼 때문인가 봐요."

갑자기 한발 물러나는 그녀의 모습이 못마땅한 듯 안톤은 얼굴을 찡그렸다. 그는 팔꿈치를 무릎에 얹고 몸을 앞으로 기울였다.

"전혀 그렇지 않았어요. 지금 당신이 하는 말, 단어 하나까지 모두 흡수하던 중이었어요. 정말 천재적인 발상이에요. 마음에 들어요."

릴리언은 온몸이 날아갈 듯 가볍게 느껴졌다. 마치 하나의 깃털이 되어 공중에 떠다니는 기분이었다. 그때 전화벨이 울리는 바람에 바로 현실로 돌아왔지만. 그녀는 전화를 받으려고 소파에서 벌떡 일어났다.

"여보세요?"

프레디였다.

"어, 나야. 지금 막 들어왔어. 식당에 저녁 먹으러 갔었거든. 거기는 어때?"

그녀는 프레디와 대화하는 동안 안톤을 마주 보았다. 프레디는 아침 여행길과 파리의 첫인상을 이야기했다. 그는 활기찬 목소리로 파리의 건물들, 센 강의 아름다움, 처음으로 에펠탑을 마주했을 때의 전율 등에 관해 속사포처럼 떠들어댔다.

"멋지다."

남편과 대화하는 내내 안톤을 바라보고 있었다는 사실에 죄책감을 느낀 릴리언은 황급히 시선을 거두어 벽으로 돌렸다.

프레디는 쉴 틈 없이 말을 이어 나갔다. 그는 하루 종일 파리를 돌아다니느라 한 글자도 쓰지 못했다고 털어놓았다.

"그래도 유용한 시간이었어. 앉아서 쓰기 전에 더 둘러봐야 할 것 같아. 시간에 쫓겨서 대충 끝맺고 싶지 않거든. 이 정도면 되겠다는 감이 와야 해. 무슨 뜻인지 알지?"

그는 상황을 설명했다. 릴리언은 아무런 말도 하지 않았다. 프레디 역시 한동안 침묵했다.

"릴? 듣고 있는 거야?"

"응. 듣고 있어. 무슨 말인지 이해해."

한결같이 그를 지지해 왔던 그녀는 이제 와서 반대 의견을 내비치는 걸 상상조차 할 수 없었다.

"그래. 감이 와야지. 배경 조사와 관련해서는 더 그래야 하고. 당신이 하는 묘사에 자신감이 필요하니까."

"그저 묘사만을 위한 게 아니야."

그는 약간 답답하다는 듯 말했다.

"배경은 줄거리에도 영향을 주거든. 어쩌면 내용이 완전히 바뀔 수도 있어. 아예 새로운 방향으로 나아가야 할지도 몰라."

하늘이 무너져 내리는 듯한 실망감을 느끼며 릴리언은 아랫입술을 단단히 깨물었다.

"그럼 시간이 더 걸릴 것 같아? 이번 여름에는 끝낼 수 있다고 했잖아."

방금까지 장황하게 잘 이야기하던 수화기 너머에서는 답이 없었다.

"나도 알아, 릴."

그가 마침내 입을 열었다.

"당신이 늘 인내심을 가지고 기다려 준 거, 정말 고맙게 여기고 있어. 최선을 다해서 여기 머무는 동안 미친 듯이 써볼게."

여전히 안톤에게서 등을 돌리고 서있던 릴리언은 전화기에 대고 조용하게 말했다.

"그러면 당분간 파리에서 지낼 생각이야? 아니면 여기 돌아와서 쓸 거야?"

프레디, 당신은 여기 돌아와야 해. 지금 당장 돌아와야 해.

그러나 이번에도 답은 돌아오지 않았다.

"아직 잘 모르겠어. 여기 '셰익스피어 앤드 컴퍼니'라는 이름의 서점이 있는데, 그 근처에서 아주 저렴한 방을 하나 찾았어. 책상도 있어. 아무래도 여기 있어야 더 빠르게 쓸 수 있을 것 같아. 토스카나에 돌아가면 당신이랑 더 많은 시간을 보내고 싶어질 테니까. 게다가 내용이 그곳 분위기와는 딴판이기도 하고. 이해해 줄 수 있지?"

릴리언은 속이 약간 불편해진 기분을 느꼈다. 하지만 목구멍을 타고 튀어나간 말은 정반대였다.

"그럼. 이해하지."

전화기에서 딸깍하는 소리와 약간의 잡음이 들렸다.

"지금까지 당신은 나한테 큰 힘이 되어주었어."

프레디가 말했다.

"약속할게. 이제 곧 고생 끝, 행복 시작이야. 이 책만 출판하고 나면 그때부터는 당신이 원하는 건 뭐든지 할 수 있어. 일을 관두고 느긋하게 여가 생활을 즐기면서 살 수 있을 거야. 그리고 아기도 갖자. 맹세할게."

그가 "맹세할게."라고 말할 때마다 5센트씩 받았더라면 지금쯤 부자가 되었을지도 모른다.

"당신은 세상에서 가장 완벽한 아내야."

프레디가 덧붙였다.

"당신이 없었다면 나 혼자 뭘 할 수 있었겠어?"

그녀는 숨을 깊게 들이마시고 돌아섰다. 안톤이 걱정스러운 표정으로 그녀를 바라보고 있었다.

"그 말을 액자에 걸어둬야 할 것 같은데."

그녀의 말에 프레디는 낄낄 웃었다.

"그럴게. 그뿐 아니라 감사의 말을 쓸 때 당신 이야기를 꼭 넣을게. 스타가 되게 해줄 거야."

안톤은 시선을 내리깔고 술을 한 모금 들이켠 다음 테이블에 잔을 내려놓았다.

"이제 동전이 없어서 이만 끊어야겠어. 장거리 통화니까 언제 다시 전화할 수 있을지 모르겠네. 글쓰기에 집중해야 하니까 연락 못 해도 걱정하지 마. 알겠지? 나는 괜찮을 거야. 여기서 잘 지낼게."

프레디가 말했다.

그럼 나는? 내가 여기서 괜찮을지는 궁금하지 않아? 그녀는 묻고 싶었다.

수다스럽던 통화가 끊어지고, 릴리언은 수화기를 내려놓았다. 그녀의 마음 깊은 곳에서 불안감이 고개를 내밀었다. 프레디와의 통화 후 그녀의 심장이 두근거리고 있었다. 어째서일까? 정신적으로든 감정적으로든, 프레디가 자신을 떠나는 건 새삼스러운 일이 아니었다. 영감이 떠오를 때마다 그는 다른 세계로 훌쩍 사라져 버리고는 했었으니까. 하지만 이렇게 며칠씩이나 낯선 곳으로 떠난 건 처음이었다.

프레디를 믿지 못하는 건 아니었다. 그가 바람을 피울 사람이 아니라는 건 알고 있었다. 바람의 대상이 원고라면 모를까. 그 순간 릴리언을 괴롭게 한 건 따로 있었다. 자정에 그녀의 숙소에 앉아 남편의 럼을 마시고 있는 외간 남자에게서 친밀감을, 감정적인 유대감을 느끼기 시작했다는 사실이다. 존경하고 선망하게 된 남자, 일에서 열정을 찾아낼 수 있도록 영감을 준 남자. 난생처음으로 그녀는 지금 하는 일이 일처럼 느껴지지 않았다.

방금 전까지 통화했던 남편은 돌아올 생각이 없어 보였다. 이토록 아름다운 토스카나에 그녀는 혼자 있었다. 이곳에서 새로운 친구들을 만들고, 자신이 어떤 사람인지 알아가고 있으며, 새로운 시각으로 이 경이로운 세상을 바라보는 중이었다.

갑자기 더위를 느낀 릴리언은 목덜미로 흘러내린 머리카락을 들어 올리며 소파로 돌아왔다. 그녀는 잔을 빙빙 돌려가며 얼음끼리 부딪치는 소리를 들었다.

"프레디였어요."

릴리언이 말했다. 안톤은 잠자코 앉아 그녀를 바라보았다.

"파리가 마음에 드나 봐요."

그녀는 잔을 입술로 가져가 럼을 한 모금 들이켰다. 안톤은 목청을 가다듬었지만, 여전히 한마디도 하지 않았다.

"언제 돌아올지 모르겠어요. 원고에 마침표를 찍을 때까지는 거기서 지낼 생각인 것 같아요."

그녀는 손으로 부채질을 했다.

"괜찮은 거예요?"

안톤이 물었다.

"네. 조금 더워서요. 걱정 안 하셔도 돼요. 저한테는 익숙한 일이거든요. 프레디는 결혼한 날부터 이 책을 쓰기 시작했어요. 프레디에게는 아주 중요한 일이죠. 그냥……."

그녀는 말을 잠깐 멈추었다.

"생각보다 시간이 너무 오래 걸리네요."

안톤은 말이 없었다. 그녀는 고개를 돌리고 눈을 감은 다음, 손으로 미간을 꼬집었다.

"죄송해요."

"뭐가요?"

"뭐랄까. 불행한 주부의 신세 한탄으로 들렸을 것 같아서요. 하지만 저는 불행하지 않아요. 그것만큼은 장담할 수 있어요."

그는 몸을 앞으로 살짝 기울였다.

"그렇지만 뭔가 다른 게 있는 것 같은데요."

그녀는 잠깐 생각했다.

"그럴지도요. 저는 늘 제 인생에서 뭔가 대단한 일을 할 수 있을 거라고 생각해 왔거든요. 엄마가 되는 거 말이에요. 그렇지만 지금까지 제가 한 일들은 결국 남편의 꿈을 위한 뒷바라지에 불과하다는 생각이 들기 시작했어요."

"남편의 꿈을 지지하는 것 자체는 아무런 문제가 되지 않아요. 제 의견은 그래요. 하지만 한쪽만 희생해서는 안 돼요. 당신의 꿈도 그의 지지를 받아야죠. 많은 커플이 그 지점에서 문제를 겪는다고 생각해요. 저 역시도 비슷한 경험이 있어서 말씀드리는 거예요."

안톤이 말했다. 그녀는 소파에 등을 기댄 채 천장을 올려다보았다.

"결혼 생활에도 노력이 필요하다는 건 알아요. 하지만 요즘 들어 외롭다는 느낌이 들어요. 심지어 프레디와 같은 공간에 있을 때도 그래요. 우리가 같은 입장인지, 비슷한 가치관을 공유하고 있는지도 모르겠고요. 그와 결혼한 게 어쩌면 실수였을지도 모른다는 생각까지 들기 시작했어요."

세상에. 지금 무슨 말을 한 거지?

그녀는 지금껏 누구에게도 그런 이야기를 한 적이 없었다. 심지어 그녀 자신도 그 감정을 인정하지 않으려고 애써왔다.

"실은 아기를 가졌었어요. 결혼하고 얼마 안 돼서 유산했지만요."

그녀는 고백했다. 안톤은 앞으로 몸을 좀 더 기울이고 팔꿈치를 무릎에 얹었다.

"힘들었겠네요. 유감이에요."

릴리언도 앞으로 몸을 기울였다.

"위로해 줘서 고마워요. 유산을 극복하기까지 시간이 필요했어요. 지금은 준비가 되었고요. 하지만 프레디는 어떤지, 언제 준비가 되는 건지 의문이 생기기 시작했어요. 그는 책을 먼저 끝내고 싶다고 줄곧 얘기해 왔거든요. 한편으로는 그가 진정으로 원하는 건 글을 쓸 수 있는 자유로움이 아닐까, 하는 생각이 들어요. 아이가 작업에 방해라도 된다면, 아마 그는 그런 상황을 견디지 못할 거예요. 반면 저는 아이를 간절히 원해요."

"서로 얘기는 해봤어요?"

"네. 하지만 쉽지 않았어요. 프레디가 준비되지 않았거나 아이를 원치 않을 수도 있는데 제 의견만 강요할 수는 없잖아요."

그녀는 도리질을 치더니 말을 이었다.

"유산 이후 그 사람 역시 힘들었을 거예요. 미처 깨닫지 못했을 뿐, 본인이 생각하는 것 이상으로요. 실은 프레디가 아주 어릴 때 어머니가 그를 버리고 떠났어요. 그래서인지 상실을 극복하는 것에 서툴러요. 아이에게 저를 빼앗기지는 않을까 하는 두려움도 마음 한구석에 있는 것 같아요. 제가 온전히 자신에게만 집중하지 않을 거라는 그런 두려움이요."

"그에게 엄마 같은 존재가 되어주는 건 당신의 의무가 아니에요."

안톤의 말에 시선을 내리깔았다.

"네, 저도 알아요."

그녀는 양손으로 얼굴을 감쌌다.

"지금 제가 왜 이러는지 모르겠어요. 어째서 상사 앞에서 이런 걸 다 털어놓고 있는지."

"괜찮아요."

안톤이 당황하며 대답했다.

"어쩌면 제가 도울 방법이 있을지도 몰라요."

그녀는 손을 무릎에 내려놓고 웃음을 터뜨렸다.

"안톤, 당신이 어떻게 도울 수 있겠어요?"

그 역시 뒤로 기대앉아 껄껄 웃었다.

"글쎄요. 제가 말하고도 조금 이상하기는 하네요. 우습게 들렸겠어요."

그의 말투에는 그녀의 애간장을 녹이는 무언가가 있었다.

"아니, 실은 우습지 않아요. 이야기를 들어주시는 것 자체가 도와주시는 거예요. 고맙습니다."

이후 그들은 기나긴 정적 속에 앉아있었다. 그녀는 프레디와의 관계를 끊임없이 곱씹었다.

"저는 늘 남편을 저보다 우선순위에 두었어요. 그게 문제였던 것 같아요. 프레디를 행복하게 만들기 위해서라면 무엇이든 해야 한다는 의무감 같은 게 있었거든요. 남편이 꿈을 좇는 동안 경제적 문제를 책임지는 쪽도 저였고요. 아무리 늦은 밤이어도 남편이 잠자리에 들 때까지 저는 불을 끄지 않아요. 아기를 가질 준비가 될 때까지 기다리는 사람도 저고요. 하지만 제가 준비되고 말고는 상황에 어떤 영향도 미치지 못해요."

"당신은 굉장히 너그러운 사람이네요. 프레디도 당신에게 관대한가요? 자신보다 당신을 우선순위에 둔 적이 있나요?"

안톤이 말했다. 릴리언과 안톤의 시선이 마주쳤다.

"솔직히 말씀드리면, 없어요."

자리에서 일어난 안톤은 맞은편에 있는 그녀 옆에 앉았다.

"저는 결혼이 삶의 필수품을 가득 채운 마차와 같다고 생각해요. 부부는 마차를 끄는 마부고요. 세월이 흐를수록 마차는 점점 더 무거워지기 마련이에요. 마차 안에는 아이들, 끊임없이 유지해야 하는 가정, 예기치 못한 어려움에 직면했을 때 위로받

252

을 수 있는 정서적 안정감도 타게 될 테니까요. 둘이 힘을 모아서 마차를 끌 때는 무리 없이 잘 굴러갈 거예요. 하지만 한 명이라도 힘을 빼면 그 삶의 여정은 지속되기 어려워요. 생각해 봐요. 무슨 일이 있어도 상대가 계속해서 마차를 끌어갈 거라는 믿음이 있다면 자신은 가만히 있는 편이 더 쉽지 않겠어요?"

릴리언은 고개를 끄덕일 수밖에 없었다.

"어쩔 수 없는 경우도 생기기는 해요. 둘 중 하나가 아플 수도 있고 피치 못할 상황에 놓일 수도 있으니까요……. 육체적으로든 감정적으로든 재정적으로든 여러 면에서요. 그럴 때는 상대가 더 많은 짐을 짊어져야겠지만 일반적인 상황에서는 부부가 한 팀으로 움직여야 해요. 둘이 같이 힘을 내는 게 여의치 않다면 적어도 번갈아 가면서 마차를 끌어야죠."

릴리언은 소파에 등을 기대고 눈을 감았다.

"바로 제 이야기네요. 지난 5년간 저는 한번도 마차의 운전석을 벗어난 적이 없어요."

"프레디는요?"

"늘 마차에 타고만 있었죠. 솔직히 말씀드리면 저도 이제 조금씩 지쳐가고 있어요."

그녀는 천장을 응시했다.

"그 사람은 항상 모든 에너지를 책에 쏟았어요. 나중에 가장 역할에 충실하겠다고 늘 약속하지만 그 나중은 절대 오지 않아요. 매번 나중에, 나중에, 나중에. 같은 말만 반복이에요."

안톤은 손을 뻗어 그녀의 손을 부드럽게 잡았다.

"당신이 원하는 걸 밀어붙이는 게 겁나요?"

그녀는 맞잡은 손을 내려다보았다.

"겁나냐고요? 프레디가요? 절대 아니에요. 그 사람한테 끌렸던 건 아빠와 정반대인 사람이라서였어요. 프레디를 만나기 전에는 화가 나면 폭력적으로 변하는 사람들만 만났거든요."

"모든 남자가 그렇지는 않아요."

안톤이 그녀에게 말했다.

"알아요. 아니, 알 것 같아요. 혹시 당신도 화가 나면 폭력을 쓰나요?"

그는 미소를 지으며 말했다.

"바람 빠진 타이어를 발로 찼던 적은 있으니 아니라고는 못하겠네요. 욕도 종종 내뱉어요. 하지만 사람을 때린 적은 없어요. 어릴 때 친구들에게도 주먹을 쓴 적은 없었어요."

그녀는 놀란 듯 눈썹을 치켜올렸다.

"그건 기네스북에 오를 정도 아닌가요?"

안톤은 껄껄 웃었다.

"그렇게 볼 수도 있겠네요. 저는 수학에 빠져있던 공부벌레였어요."

"그것도 놀라운데요. 수학과 미술은…… 연관성이 없는 것 같아서요."

그녀가 대답했다. 바깥 어딘가에서 개 짖는 소리가 들렸다. 공기는 뜨겁고 습했다. 여전히 맞잡고 있는 그들의 손에서 땀이 났다.

"이야기할 수 있어서 즐거웠어요."

릴리언이 시선을 내리깔며 말했다.

안톤은 호기심 어린 눈으로 그녀를 바라보았다.

"나도 당신과 대화하는 게 좋아요. 그렇기 때문에…… 이제 그만 가봐야 할 것 같아요."

그녀의 일부는 조금만 더 같이 있어달라고 애원하고 싶었다. 하지만 그게 어떤 결과를 불러올지 알고 있었다. 그녀가 그에게 끌린다는 건 하늘도 알고 땅도 알았다. 그가 조금 더 머물면 그들은 서로를 품에 안게 될 것이다. 키스할 것이다. 그리고 그 이상을 원하게 될 것이다.

다행히도 안톤은 금방 자리에서 일어났다. 그 행동에 내심 안도한 릴리언은 그를 배웅하기 위해 일어섰다.

"저녁 식사에 초대해 주셔서 다시 한번 감사드려요."

그녀가 말했다.

그는 손을 뻗어 흘러내린 그녀의 머리카락을 귀 뒤로 넘겨주었다. 그의 손길이 그녀의 평정심을 무너뜨렸다.

"그럼 잘 자요."

"네. 안녕히 가세요."

그가 나가고 문을 닫자마자 그녀는 상기된 뺨을 양손으로 지그시 눌렀다. 그리고 눈을 감은 채 문에 머리를 기댔다.

"이건 안 될 일이야."

릴리언은 행복과 설렘으로 범벅된 감정을 온몸으로 느끼며 읊조렸다. 곧 뒤따라온 절망감이 빠르게 그 기분을 덮어버렸다.

피오나

2017. 토스카나

눈을 뜨니 벌써 아침이었다. 내가 이렇게 깊게 잠들 수 있는
사람이었다니. 종종 수면 장애를 겪었던 나는 보통 동트기 전
어둠 속에서 온갖 걱정들과 함께 일어나고는 했다. 아빠의 건
강, 직장 문제, 언제 다 갚을지 모르는 빚.

안톤은 내게 불가사의할 정도로 막대한 유산을 남겼다. 그렇
다고 모든 재정적인 문제가 해결될 거라는 기대는 금물이다. 일
단 코너는 절대로 받아들이지 않을 것이다. 만에 하나, 그가 항
복한다 해도 내가 그걸 전부 받아도 되는 걸까. 어쩐지 그러면
안 될 것 같았다. 넙죽 받기에는 액수가 너무 크다. 그 고민 하나
만으로도 밤잠을 설치기에 충분했다. 하지만 어쩐 일인지 간밤
에 나는 모처럼 푹 잘 수 있었다. 시차로 인한 피로감 때문인지

꿈에서도 방해받지 않았다.

몸을 돌려 시계를 확인한 다음 늘어지게 기지개를 켰다. 아직 6시 반밖에 되지 않았다는 사실에 기분 좋은 탄성이 새어 나왔다. 빈센트와 만나서 포도밭을 둘러보기로 한 건 9시였다. 느긋하게 샤워를 마친 다음 아침 식사를 하면서 카푸치노까지 마실 수 있을 정도로 여유로웠다.

한 시간 후 나는 검은색 카고 반바지와 흰색 티셔츠 차림으로 호텔 데스크를 지나 식당으로 걸어갔다. 그때 안나가 나를 불렀다.

"벨 씨, 방금 누가 전화로 당신을 찾았어요!"

나는 다가가서 그녀가 건네는 메모를 받아 이름과 전화번호를 확인했다.

"저는 모르는 사람인데요."

"*부동산 중개업자*예요. 피렌체의 부동산 중개인이요."

안나가 말했다.

"저한테 왜 전화한 거예요?"

"이유는 못 들었지만 벨 씨께서 꼭 좀 전화해 줬으면 하던데요. 긴급한 일이라면서요."

"급한 일이라고요?"

"*네*."

나는 데스크에서 물러났다.

"고마워요, 안나 씨. 전화할게요. 하지만 지금은 커피가 더 시급해요. 그리고 앞으로는 그냥 피오나라고 불러주세요."

나는 메모를 반바지 주머니에 넣고 아침 식사를 하러 갔다.

❦

30분 후, 두 번째 카푸치노를 마신 다음 식당에 혼자 남게 되었을 때 핸드폰에 부동산 중개인의 번호를 입력했다.

"여보세요? 로베르토 씨 맞으세요? 저는 피오나 벨입니다. 저한테 메시지를 남기셨다고요?"

"네. 전화해 주셔서 감사합니다. 마우리치오 와이너리의 새로운 소유주가 되셨다고 들었어요."

"네. 맞아요."

약간 호기심이 일었다.

"소문이 빠르네요. 혹시 어디서 들으셨어요?"

"사방에 스파이가 있거든요."

그가 장난스럽게 말했다. 나는 등을 기댄 채 다리를 꼬고 앉았다.

"저도 조심해야 할 것처럼 들리는데요."

그가 웃음을 터뜨렸다.

"웃자고 한 얘기였어요. 먼저 아버님 일은 유감입니다. 정말 위대한 분이셨어요."

그가 언급한, 소위 위대했다는 그 사람을 나는 만난 적이 없다고 굳이 말하지는 않았다.

"감사합니다. 혹시 제가 도와드릴 일이라도 있나요?"

그는 잠깐 주저했다.

"그랬으면 좋겠는데, 실은 마우리치오 와이너리를 매각하실 생각이 있는지 여쭙고 싶어서요."

흥분이 파도처럼 밀려들었다. 나는 일어나서 식당을 나와 자연석이 깔린 테라스로 향했다. 청명한 아침 햇살에 눈이 시렸다. 눈을 감고 뺨에 닿는 따뜻한 볕을 감상했다.

"지금 당장은 어떻게 해야 할지 잘 모르겠어요. 이제 막 도착하기도 했고 와이너리를 알아가는 중이기도 해서요."

"미국인이시죠?"

"네, 맞아요."

"혹시 와이너리 운영 경험이 있으신가요?"

나는 다시 눈을 뜨고 테라스를 한가롭게 거닐며 말했다.

"아직요. 하지만 이곳 직원들이 아주 전문적인 것 같아요."

그는 몇 초간 말이 없었다.

"거기에는 이견이 없죠. 마우리치오 와인은 여러모로 탄탄한 회사니까요. 실은 거액을 제시한 매수자가 있어 연락드렸어요."

"그렇군요."

나는 물어봐야만 했다.

"얼마를 제시했나요?"

로베르토는 매수자가 행할 공식적인 과정이 못마땅한 듯 약간 투덜거리더니 운을 뗐다.

"당연한 말이지만 공식적인 교섭에 들어가기 전에 매수자는 회계사를 통해 회계 감사를 할 거예요. 하지만 오늘, 감사 없이 거래하는 조건으로 매수자가 9천만 유로를 제안했어요."

나는 걸음을 멈추고 흥분을 가라앉히기 위해 노력했다.

"꽤 혹하는 제안이네요."

"네, 맞아요. 일주일 안에 다시 미국으로 돌아가는 비행기를 탈 수 있을 거예요. 백만장자가 되어 다시 미국 땅을 밟는 거죠!"

내 시선은 왼쪽 지평선에서 오른쪽 지평선으로 옮겨갔다. 저 멀리 완만한 들판 위로 분홍빛 안개가 두툼하게 깔려있었다. 나비 한 마리가 파닥파닥 날갯짓을 하며 테라스 가장자리의 장미 덤불을 가로질렀다.

"조금 더 생각해 봐야 할 것 같아요."

"제안은 내일 자정까지 유효해요."

로베르토는 매수자의 입장을 대신했다.

"당신이 제안에 관심을 보인다고 매수자에게 전달해도 될까요?"

나는 손가락으로 머리카락을 빗어 내렸다.

"그럼요. 하지만 유족들 사이에 유언장 분쟁이 있어요. 그래서 와이너리 매각 권리를 제가 최종적으로 갖게 될지는 아직 장담할 수가 없어요. 혹시 제안하신 분이 누구인지 물어봐도 되나요?"

"고객님이 익명을 원하셔서요."

나는 바닥의 자연석을 서너 개씩 건너뛰면서 넓은 보폭으로 다시 테라스를 거닐었다.

"이해해요. 하지만 만약 매각하기로 한다면 누구에게 파는 건지는 알아야 할 것 같아서요."

"그렇게 전할게요."

그가 말했다.

"그래주시면 감사하겠습니다. 조금 더 생각해 보고 내일 다시 연락드릴게요."

"알겠습니다. 그럼 좋은 하루 보내세요."

"네. 좋은 하루 보내세요."

통화를 끝낸 나는 움직일 엄두가 나지 않아 한동안 그대로 서있었다. 로베르토가 제시한 액수를 생각하자 현기증이 일어 당장이라도 쓰러질 것만 같았다. 나는 바닥에 쪼그려 앉아 눈을 꼭 감았다.

"맙소사, 어떻게 이런 일이."

나는 혼잣말로 중얼거렸다.

릴리언

1986. 토스카나

시에나 외곽에서 관광객 그룹이 탄 버스 타이어에 펑크가 났다. 그 바람에 와이너리 투어는 취소되었다. 릴리언은 졸지에 할 일이 없어졌다.

"오전에는 좀 쉬세요. 다음 그룹은 2시나 되어야 도착하잖아요. 수영이라도 하는 건 어때요?"

마르코가 제안했다.

"정말 그래도 돼요? 제가 기념품 가게 일 도와드려도 되는데."

릴리언이 물었다.

"뭐 하러 그래요? 지금은 손님도 없어서 괜찮아요."

그는 손을 흔들며 릴리언의 제안을 한사코 마다했다.

"제 말 들으세요. 여기는 7월이 되면 관광객들로 바글바글해요. 쉴 수 있을 때 쉬어야 해요. 이건 명령입니다."

"예. 알겠습니다, 대장님."

30분 후, 릴리언은 파란색 비키니를 입고 선베드에 누워 소설을 읽고 있었다. 뜨겁게 내리쬐는 토스카나 태양이 온몸을 땀으로 적셨다. 호텔 숙박객들은 전부 나가고 없었다. 아마 몬테풀치아노의 상점들을 구경하거나 에어컨이 나오는 렌터카를 타고 피렌체로 향하고 있을 것이다. 그 덕에 와이너리 전체가 행복하리만치 고즈넉했다.

점점 더 달아오르는 열기에 숨이 턱턱 막힐 지경이 되자 릴리언은 일어나서 수심이 깊은 쪽으로 뛰어들었다. 그녀는 파리에 있을 프레디를 생각하면서 수영장을 한 바퀴 돌았다. 그는 지금 무엇을 하고 있을까? 글을 쓰고 있을까? 아니면 파리 시내를 돌아다니고 있을까? 그녀를 그리워하고 있을까? 아니면 눈에서 멀어진 만큼 마음에서도 멀어졌을까?

시원한 물을 거스르며 수영장의 끝에 다다른 그녀는 발로 벽을 밀어 방향을 틀었다. 그러자 그녀의 무의식도 방향을 틀어버렸다. 지난밤 소파에 앉아 '삶의 필수품'으로 가득 찬 마차 이야기를 하며 럼을 마시던 안톤의 모습이 머릿속을 헤집었다.

그녀는 관계를 그런 관점으로 바라보는 남자를 만난 적이 없었다. 안톤이 떠난 후 그녀는 침대에 누워 달을 가리며 흘러가는 창밖의 구름 떼를 바라보았다. 공기 중에 그득히 배어있는 비 냄새가 몸과 마음을 안온하게 적셨지만 잠들 수 없었다. 그녀는 한 시간 동안 안톤과 프레디를 비교해 보았다.

그 비교가 공정하다고는 할 수 없었다. 안톤은 프레디보다 나이가 열 살이나 많았고 세상 경험이 풍부했으며 부유했다. 그뿐만 아니라 세련된 분위기까지 겸비한 굉장한 미남이었다. 프레디 역시 잘생긴 축에 속했지만 약골이었고, 부유하거나 세련된 사람도 아니었다. 그러나 프레디는 그녀의 남편이었고 안톤은 다른 사람의 남편이었다. 게다가 두 아이의 아버지이기도 했다. 프레디와 자신은 합법적인 부부라는 점, 그게 그날 프레디가 저울질에서 이긴 이유였다. 릴리언은 잠들려고 애쓰는 와중에도 결혼 서약 내용을 기억해 내려고 했다.

빠르게 수영장을 도느라 에너지를 소진한 릴리언은 물에서 올라와 가쁜 숨을 몰아쉬며 선베드로 걸어갔다. 그러고는 선베드에 앉아 기다란 머리카락을 비틀어 물기를 짜냈다. 물방울은 발가락 위로, 뜨겁게 달구어진 시멘트 바닥 위로 뚝뚝 소리를 내며 떨어졌다.

날씨가 푹푹 쪄서 수건으로 물기를 닦아내느니 마르게 두는 편이 낫다고 판단한 그녀는 선베드 등받이에 기대 선글라스를 끼고 소설책을 집어 들었다.

뜨겁고 끈적끈적한 정적이 내려앉는 순간, 호박벌 한 마리가 날아갔다. 언덕 위 몬테풀치아노 어딘가에서 성당 종소리가 울렸다.

찜통 같은 열기 속에서 책에 집중하려 했지만 릴리언의 마음은 계속 안톤에게로 흘러갔다. 그는 선선한 한 줄기 바람처럼 그녀의 마음속을 계속 파고들었다.

릴리언은 책을 무릎에 내려놓고 잠시 생각에 빠졌다. 어느새 기억은 그와의 첫 만남 때로 돌아가고 있었다. 사고 직후 안톤이 차 문을 열고 안에 있던 자신을 보았던 순간으로. '괜찮은 거예요?' 하며, 다정히 물어오던 그때로.

문득 뭔가 움직이는 모습이 그녀의 시야에 들어왔다. 그게 무엇인지 파악한 그녀의 심장이 두근거리기 시작했다. 시선을 사로잡은 건 안톤이었다. 그는 미소를 지으며 풀이 무성한 비탈길을 내려와 수영장으로 걸어오고 있었다. 릴리언은 마른침을 삼키며 선글라스를 머리 위에 얹었다. 하늘도 무심하시지.

안톤은 그녀가 살면서 본 남자 중에서 가장 매혹적이었다. 그는 옅은 파란색 티셔츠에 남색 반바지 차림이었다. 면도하지 않은 턱은 까칠까칠해 보였고 땀범벅이 된 티셔츠는 가슴팍과 어깨에 들러붙어 있었다. 그를 보자, 그녀의 모든 감각이 생생하게 살아났고 맥박은 걷잡을 수 없이 빨라졌다.

어느새 안톤이 가까이 다가왔다. 그는 작업용 부츠를 신고 있었다.

"안녕하세요."

그는 인사를 건네며 나무로 된 출입문을 열고 햇살이 쏟아지는 수영장으로 들어섰다.

"여기 계실 줄은 몰랐네요."

"오전 투어가 취소됐거든요."

릴리언은 재빨리 티셔츠를 입으며 말했다. 어쨌거나 그는 그녀의 상사였고, 비키니 차림으로 일터를 누빌 수는 없었으니까.

"시에나 외곽에서 버스 타이어가 펑크 났대요."

"운이 나빴네요."

그는 출입문을 닫고 자물쇠를 건 다음 그녀 쪽으로 걸어왔다.

"너무 덥네요. 그렇죠?"

"네. 그래도 물은 시원해요."

안톤은 그녀 옆에 있는 선베드에 앉아 등을 돌린 상태로 부츠 끈을 풀기 시작했다. 릴리언은 등을 가로지르는 단단한 근육과 넓은 어깨에서 가느다란 허리로 이어지는 그의 뒷모습을 하염없이 바라보았다.

"포도밭에서 일하신 거예요?"

그녀가 물었다.

"네, 새벽부터요. 지금은 휴식 시간이에요. 이렇게 뜨거울 때는 일하기 어렵거든요."

부츠와 양말을 벗은 안톤은 일어서서 티셔츠를 벗었다. 그를 슬쩍 바라본 릴리언은 숨이 멎을 것 같았다. 태닝 피부의 상반신, 근육질 가슴이 자꾸만 의식됐다.

그는 티셔츠를 선베드에 던져두고 야외 샤워장으로 걸어가 가볍게 씻었다. 그러고는 커다란 물보라를 일으키며 수영장 안으로 뛰어들었다. 그녀는 수심이 깊은 곳에서 얕은 곳까지, 수면 아래서 유영하는 안톤을 바라보았다. 수면 밖으로 올라온 그는 고개를 흔들어 눈을 가리고 있던 머리카락을 털어냈다.

"너무 좋은데요!"

그가 소리쳤다.

"어서 들어와요. 볕 아래 앉아있으면 덥잖아요."

그녀는 일어서서 티셔츠를 벗은 다음, 수영장 가장자리로 빠르게 걸어가 곧장 물에 뛰어들었다. 물 밖으로 몸을 드러내자 고작 몇 미터 떨어진 곳에 안톤이 있었다.

"날씨가 푹푹 찌네요. 너무 뜨거워요."

그녀는 말하면서 손으로 얼굴을 훑어 물기를 닦아냈다. 그들은 한동안 서로의 주위를 오가며 헤엄쳤다.

"버러지 제거는 어떻게 되어가고 있어요?"

그녀가 활짝 웃으며 물었다.

"문제없어요."

그는 수면 아래로 들어가 수심이 얕은 쪽으로 이동했다. 릴리언 역시 얕은 곳으로 나아갔지만, 그와는 반대 방향으로 향했다.

곧 어색한 기류가 감돌았다. 지금 그들은 헐벗다시피 한 몸으로 지글거리는 이탈리아의 태양 아래 있었다. 서로에게 약간의 거리를 두는 것이 최선일 터였다.

결국 릴리언은 수영장에서 나와 선베드로 돌아왔다. 그녀는 수건으로 물기를 닦고 앉아 다시 책에 손을 뻗었다. 안톤은 수영장을 몇 바퀴 더 돌았다.

그녀는 책갈피를 끼워둔 페이지를 펼쳤지만 간신히 읽는 척만 할 뿐이었다. 도저히 안톤에게서 눈을 뗄 수가 없었다. 온몸이, 온정신이 그의 존재를 자각하고 있었다. 이 상태에서 책에 집중하는 건 불가능했다. 잠시 후 그는 눈을 감은 채 수면에 등을 대고 누워 한가로이 떠다녔다.

올리브 나무의 매미들은 기계처럼 윙윙 소리를 냈다. 나비 한 마리가 수면 위를 가볍게 배회했다. 안톤은 수영장 가장자리로 헤엄쳐 왔다.

"오늘 저녁 식사 하러 오실래요?"

릴리언은 책을 무릎에 내려놓고 선글라스를 벗었다. 그녀는 그를 내려다보며 물었다.

"이번에도 저를 초대하셨나요?"

"그럼요. 매일 밤 모두가 당신을 기다리고 있어요."

그들의 시선은 서로에게 고정된 상태였다. 한여름 뙤약볕에 어깨가 타들어 가는 기분을 느끼며 릴리언이 말했다.

"그렇다면 갈게요."

그는 계속 릴리언에게 시선을 둔 채로 몸을 밀어젖혀 뒤쪽으로 헤엄쳤다.

"뭐 읽고 있어요?"

그녀는 책을 들어 보였다.

"《대지의 아이들》이요. 1980년에 출간된 소설이에요."

"재미있어요?"

"아직 모르겠어요. 지금 막 시작했거든요. 사실은 집중이 잘 안 돼요."

그는 수영장 사다리로 이동해 밖으로 나왔다. 그의 몸에서 반짝이던 물방울은 반바지로 떨어져 내렸다. 릴리언은 자신을 향해 걸어오는 그의 움직임 하나하나를 지켜보았다. 티셔츠로 물기를 닦기 위해 구부린 그의 팔 근육이 도드라지는 모습까지도.

"그것도 전염병인가 봐요. 최근에 저도 집중을 못 하고 있거든요."

안톤의 말에 그녀의 심장은 너무 강하게 뛰어 갈비뼈까지 닿을 지경이었다. 그와의 거리가 너무나도 가까워서 신경이 쓰였다.

"이따가 저녁 식사 때 봐요."

그가 말했다.

"네."

안톤은 그녀를 잠깐 바라본 후 부츠를 들고 출입구로 향했다.

릴리언은 셔츠를 입지 않고 여유롭게 언덕을 오르는 그의 뒷모습에서 눈을 뗄 수가 없었다. 그녀에게 분별력이라는 게 있었다면 어떻게든 저녁 식사에 가지 않을 핑계를 찾아냈을 것이다.

하지만 안톤은 그녀의 마음속으로 침투해 그 최소한의 분별도 하지 못하게 만들었다. 결국 이성이 성적 욕망 앞에서 무너진 것이다. 하지만 그게 전부는 아니다. 안톤에게는 집처럼 안온하게 느껴지는 무언가가 있었다. 그녀는 그저 그 집에 달려가 편하게 몸을 누이고 싶었다.

포도밭 일꾼들과 새로 온 이탈리아 가이드를 포함해 평소보다 많은 사람이 자리한 그날 저녁, 그들은 열두 개의 두툼한 초가 밝혀진 야외 테이블에서 식사했다. 새로 왔다는 가이드 테레

사는 시내에 살고 있는 대학생으로, 키가 크고 날씬한 미인이
었다. 식사가 시작되기 전, 릴리언은 잔디밭 끝자락에서 안톤이
테레사에게 이야기하는 모습을 물끄러미 바라보았다. 그는 석
양빛 아래서 손에 쥔 와인 잔을 빙빙 돌려 좋은 와인을 식별하
는 방법과 향을 설명하는 중이었다.

릴리언의 마음속에 궁금증이 일기 시작했다. 세심하고 친절
하게 사람들을 대하는 것, 그건 단지 그의 몸에 밴 습관이었던
걸까. 둘 사이의 끌림이 그녀의 착각에 불과했다면 모든 게 단
순해질 것이다. 카리스마를 뿜어내는 잘생긴 상사에게 반해버
린 자신의 어리석음을 깨닫고 짝사랑의 열병에서 회복하기만
하면 된다. 그걸로 끝이다.

모두가 테이블에 둘러앉자 카테리나는 군침이 도는 양고기
스튜와 따뜻한 빵, 버터를 내왔다. 도메니코는 스튜와 잘 어울
리는 빈티지 와인을 가져왔다. 환상적인 맛으로 어우러진 음식
이 릴리언의 혀끝에 황홀하게 안착했다. 디저트로는 생크림이
올라간 다크 초콜릿-체리 케이크와 커피가 나왔다.

릴리언은 안톤이 평소와 다르게 조용하다는 것을 알아차렸
다. 그는 꼭 다른 사람 같았다. 테이블 끄트머리에 앉은 테레사
와 마테오가 서로에게 호감을 느끼며 시시덕거리는 모습도 릴
리언의 눈에 들어왔다. 안톤은 테레사 쪽으로는 눈길을 주지
않았지만 릴리언과는 계속 시선이 마주쳤다. 모두가 대화하는
와중에도, 릴리언이 음식을 먹는 동안에도, 그는 그녀를 쭉 지
켜보았다. 그 시선을 느낄 때마다 릴리언은 고개를 들어 그와

개인적인 이야기를 나누었다. 그 대화를 나누는 동안 릴리언은 그와 단둘이 있고 싶고, 안톤 역시 같은 생각을 하고 있다는 것을 깨달았다. 그것은 착각도, 환상도 아닌 명백한 사실이었다.

식사가 끝나고 안톤이 릴리언을 게스트하우스까지 바래다주겠다고 말했을 때 그 누구도 놀라지 않았다. 하늘에 반달이 걸린, 아름다운 여름밤이었다. 테레사는 모두에게 인사를 건넨 후 빌라 앞으로 자신을 데리러 온 아버지의 차에 올랐다. 과르디니 부부는 손을 잡고 이야기를 나누며 주변을 배회했고 마르코와 마테오는 테이블에 남아 스카치를 마셨다. 그들은 미국 자동차와 휘발유 가격을 안주 삼아 열띤 토론을 벌였다.

안톤과 릴리언은 정문을 지나, 앞을 비추는 손전등 빛을 제외하면 아무것도 존재하지 않는 가로수 길에 들어섰다. 안톤이 입을 열었다.

"오늘 와주셔서 좋았어요."

"저도요. 그런데 오늘 유독 조용하시더라고요. 혹시 무슨 일 있으신가요?"

그녀가 물었다. 습한 공기 때문에 어깨와 팔이 드러난 얇은 원피스가 릴리언의 피부에 들러붙었다. 안톤은 땅을 내려다보았다.

"아, 오늘 오후에 일이 좀 있었어요."

"무슨 일인지 물어봐도 될까요?"

그는 말을 잠깐 멈추고 숨을 들이마셨다.

"아까 수영장에서 나와 빌라로 돌아갔을 때 아내가 전화했었다는 메모를 받았거든요."

그는 잠시 주저했고 릴리언은 묵묵히 기다렸다.

"제가 다시 전화를 걸었죠. 아내는 더 이상 이곳에 오지 않겠다고 했어요. 아이들에게는 그녀의 가족들이 있는 로스앤젤레스의 환경이 더 좋다면서요. 지금 아내는 이혼을 요구하고 있어요."

그의 모습을 본 릴리언의 가슴이 쓰라렸다.

"아, 안톤. 정말 유감이에요."

"아내에게 다시 생각해 보라고 간청했어요."

그가 말을 이었다.

"장모님과 장인어른이 언제든 방문하실 수 있게 집을 이곳에 구하자고도 했고요. 도시 생활을 원하신다면 피렌체나 몬테풀치아노에 있는 아파트를 얻으면 된다고 설득했죠. 하지만 아내의 입장은 확고해요. 그녀는 아이들을 키우기에는 이탈리아보다 미국이 낫다고 생각해요."

"그렇지만 당신 아이들이기도 하잖아요."

"저도 그 점에 호소했지만 아내는 끄덕도 않더군요."

릴리언은 고개를 들었다.

"어떻게 이런 곳에서 아이를 키우고 싶지 않을 수가 있죠?"

"아내가 당신처럼 생각했으면 좋겠어요. 이제 법적인 다툼으로 꽤 골치가 아파질 것 같아요. 아내는 분명 금전 문제로 제 피를 말릴 거예요."

릴리언은 고개를 들어 하늘을 바라보았다.

"진심으로 유감이에요. 지금 심정이 어떠실지 상상도 못 하겠어요. 제가 도울 일이 있으면 좋겠지만 할 수 있는 게 없네요."

"이미 도와주고 있어요."

그녀는 그 말에 담긴 뜻을 완전히 이해할 수 없었지만 되묻기가 두려웠다.

스위트룸이 있는 건물 모퉁이에 도착한 그들은 자갈이 깔린 주차장에서 걸음을 멈추었다. 릴리언은 가방을 뒤적여 열쇠를 꺼냈다.

그녀는 안톤을 안으로 들여 대화를 이어 나가야 할지 고민했다. 계단 위로 올라가 열쇠를 꽂는 동안 그가 아래서 손전등으로 어두운 계단을 밝혀주었다. 그런 행동 때문에 릴리언은 더욱 고민됐다. 열린 문손잡이를 잡은 그녀가 안톤을 돌아보았다.

그는 너무나도 쓸쓸해 보이고, 매력적이었다. 지금은 그에게 잘 가라는 인사를 하고 싶지 않았다. 조금 더 이야기하고 싶었다.

"들어오실래요?"

그 질문에 그는 고개를 끄덕이고 계단을 오르기 시작했다.

❧

릴리언은 천장 형광등을 켰다. 갑자기 밝아진 환경에 적응하느라 둘의 눈이 가늘어졌다. 릴리언이 손을 뻗어 소파 옆에 있는 작은 램프를 켜자, 은은한 빛이 실내에 퍼졌다.

내부는 숨이 막힐 정도로 더웠다. 안톤이 문간에 서있는 동안 그녀는 이 방, 저 방 돌아다니며 창문을 전부 열었다. 그녀는 다시 돌아와 천장 등을 껐다. 이제 내부에는 은은한 황금빛이 감돌았다. 안톤은 문간에 서서 움직이지 않았다.

"릴리언……."

그는 미안한 기색을 보이며 입을 열었다. 그는 여기 있기 싫은 걸까? 그는 긴장한 듯 파삭하게 마른 입술에 침을 발랐다.

"제가 그냥 가는 게 좋을 것 같다면 그렇게 할게요."

"왜 그런 말씀을 하세요?"

"당신은 결혼했고 남편이 잠깐 자리를 비운 상황이니까요. 그리고 저도…… 아직 결혼한 상태고요. 게다가 우리는 같이 일하는 사이잖아요. 의심을 살만한 일은……."

"가지 마세요."

그녀가 애원하듯 덧붙였다.

"조금 더 얘기해요."

그는 잠깐 망설이더니 현관문을 닫았다.

릴리언은 샌들을 벗고 부엌으로 들어갔다.

"커피 드릴까요?"

"네. 고마워요."

그녀는 스테인리스 퍼콜레이터 커피 기계에 원두 가루를 넣었다. 커피 때문에 밤새 잠들지 못할 거라는 건 알았지만 상관없었다. 안톤이 여기 있었다.

그는 소파로 가서 앉았다.

"지금 벌어지는 일로 미루어 볼 때 아내가 저랑 결혼한 이유는 돈 때문이었던 것 같아요."

릴리언은 커피포트에 물을 붓고 스위치를 눌렀다.

"그건 절대로 아닐 거예요. 당신은 정말 멋진 남자예요. 어떤 여자가 당신을 보고 사랑에 빠지지 않을 수 있겠어요?"

그가 가볍게 웃었다.

"듣기 좋은데요. 그런 찬사를 받자고 한 얘기는 아니었지만 그래도 정말 고마워요. 다시는 보고 싶지 않다고 하는 여자의 말만큼 남자를 초라하게 만드는 건 없거든요."

릴리언은 소파로 가서 그의 옆에 앉았다.

"아내분이 실제로 그렇게 말씀하신 건 아니죠?"

"정확히 그렇게 말한 건 아니지만 그런 의미를 담고 있기는 했지요."

그는 깊은 한숨을 내쉬었다.

"사실 저한테는 무엇보다 와이너리가 우선이에요. 아내가 저를 진심으로 사랑했다면 제가 어디에 살든 함께하려고 했을 거예요. 이렇게 말하면 당신 눈에는 저도 아내와 같은 사람으로 보이겠네요. 저도 와이너리라는 선택을 한 거니까요. 어쨌거나 핑계를 대자면, 아내는 와이너리를 팔고 같이 로스앤젤레스에 가면 어떻겠냐고 제안하지도 않았어요. 그렇게 하기를 원하는 것 같지도 않고요."

릴리언은 소파 등받이에 팔을 올리고 손가락으로 관자놀이를 눌렀다.

"아내분을 사랑하세요?"

그는 잠깐 생각하더니 시선을 떨구었다.

"조금 애매하네요. 당연히 아이들은 사랑하고요……."

릴리언은 알겠다는 듯 고개를 끄덕이고는 끓고 있는 커피포트를 확인하려고 일어났다.

"두 분이 어떻게 만났는지 알고 싶어요."

그녀가 찬장에서 머그잔 두 개를 꺼내 쟁반에 올리는 동안, 그는 그녀를 바라보면서 말했다.

"완치된 후에 동생이 제시한 금액을 받고 회사 일에서 손을 뗐을 때였어요. 당장 뭘 해야 할지 모르던 시기에 케이트를 만났어요. 노숙인들을 위한 자선 행사에서요. 그녀는 노숙인들에게 음료와 카나페를 나누어 주고 있었죠. 나중에 케이트가 말하기를, 첫눈에 저한테 반했다고 하더군요. 저도 그랬던 것 같아요. 그녀는 아름다웠고 사랑스러운 미국식 억양으로 이야기했으니까요. 우리는 서로에게 마음을 표현했고 어느새 진지한 사이가 되어있었어요. 1년 후에 결혼식을 올렸고 모든 게 순조롭게 흘러가는 듯했어요. 그녀도 런던에서 지내는 걸 좋아했거든요. 우리는 서로를 위해서라면 뭐든 할 수 있을 거라고, 어디든 함께 갈 수 있을 거라고 생각했죠. 그러던 중 휴가차 이탈리아에 왔고 우리는 이탈리아에 푹 빠졌어요. 제가 매물로 나온 이 와이너리를 발견했을 때 아내도 좋아하는 것 같았고요. 저도 잘모르겠어요. 분위기에 휩쓸려 순간적으로 그런 감정이 들었던 건지, 아니면 저를 위해 좋아하는 척했던 건지, 그것도 아니면 제가 진짜로 와이너리를 운영할 거라고는 생각하지 않았을 수도 있고요. 연고지가 아닌 곳에 와이너리를 사들이고 눌러앉는다는 건 누가 봐도 현실적이지 않으니까요."

릴리언은 쟁반에 머그잔을 내려놓고 커피를 따랐다.

"계속 말해 주세요."

그녀가 말했다. 그는 편한 자세로 앉았다.

"와이너리를 사들인 해에 제 관심은 온통 와이너리에 쏠려 있었어요. 저는 눈코 뜰 새 없이 바빴지만, 그녀는 사업에 별 관심이 없었어요. 포도밭 일은 더더욱 관심 밖이었고요. 사실 수확철이 되면 아주 힘들어요. 일 자체가 고되기도 하고 시간도 오래 걸리거든요. 그녀는 그때부터 로스앤젤레스를 그리워하기 시작했어요. 향수병이었죠. 그녀가 내놓은 해결책은 임신해서 가정을 꾸리는 것이었어요. 저는 처음부터 아이를 원했던 사람이라 당연히 동의했고요. 첫 아이는 한동안 아내를 행복하게 해주었어요. 다시 수확철이 돌아오기 전까지는요. 아내는 제가 늘 곁에 있어주지 않는다고, 끊임없이 불평했어요. 그 문제로 많이 싸우기도 했지만 어쨌든 잘 극복했고 아내는 다시 임신을 했어요. 그렇게 얼마간은 모든 게 좋았죠. 여전히 케이트는 와이너리 일에 눈곱만큼도 관심이 없었지만요."

"그건 당신의 꿈이고 열정이니까요."

릴리언은 쟁반을 들고 소파로 와 안톤에게 머그잔을 건넸다.

"그렇기는 하지만 와이너리 이야기를 꺼낼 때마다 그녀는 대놓고 지겨워했어요. 제 시간과 관심을 와이너리에 뺏겼다고 여

기는 것 같았죠. 한편으로는 와이너리를 질투했을지 모른다는
생각도 들어요."

"이런 대화를 하는 게 조금 이상해요. 신기하기도 하고."

릴리언이 자리에 앉으면서 말했다.

"저도 가끔 프레디의 원고를 두고 그런 감정을 느끼거든요.
책을 향한 열정 앞에서 저는 경쟁 상대조차 되지 않아요. 그래
서 서운해요."

그녀는 말을 멈추었다.

"이제 이 얘기는 그만해요."

안톤은 머그잔에 설탕을 넣었다.

"아내분 이야기 더 듣고 싶어요."

릴리언이 말했다. 그는 등을 기대고 앉아 커피를 한 모금 들
이켰다.

"음……. 아내는 전형적인 도시 여자예요. 아내는 쇼핑몰을
좋아하고, 저는 야외 활동을 좋아하죠. 굳이 제 입장을 정당화
하자면 우리가 데이트를 시작할 때 아내는 자신이 좋아하는 걸
알려주지 않았어요. 저는 오해할 수밖에 없었죠. 아내도 함께
자전거를 타거나 캠핑을 가는 걸 정말 좋아했거든요. 결혼과 동
시에 그만두기는 했지만요. 토요일 오후에는 같이 해변에 가기
도 했는데, 사실 그보다는 저녁 외식, 영화관, 댄스 클럽에서 보
내는 시간이 많았어요. 결혼 전에 다녔던 캠핑은 제게 잘 보이
려고, 저를 꾀어내기 위한 거였어요. 저는 그 달콤한 꼬임에 넘
어간 거고요."

그는 몸을 기울이고 잔을 내려놓았다.

"릴리언, 미안해요. 계속 주절거리고 있네요. 저 좀 말려주시겠어요?"

"아니요. 더 듣고 싶은데요. 전부 얘기해 주세요."

그는 잠깐 말없이 있다가 시선을 돌렸다.

"불행한 상태로 몇 년을 질질 끄는 것보다 여기서 끝내는 걸 다행으로 여겨야 할지도 모르겠어요. 우리 사이에는 공통점이 없으니까요. 솔직히 말하면 케이트와는 헤어져도 살 수 있지만 아이들과 떨어지는 게 너무 힘들고 괴로워요. 어떻게 견뎌야 할지 모르겠어요."

릴리언은 그의 손을 꽉 잡았다.

"어떻게든 답을 찾을 수 있을 거예요. 아이들과의 관계를 계속 유지할 수 있게 해줄 유능한 변호사를 구할 수 있을 거고요."

그는 도리질을 쳤다.

"로스앤젤레스는 지구 반대편에 있잖아요."

"가서 보면 되죠. 아이들이 와도 되고요. 안톤, 아이들은 분명 이곳을 좋아할 거예요. 어떤 아이들이 안 그러겠어요?"

그는 남은 커피를 마시고 빈 머그잔을 쟁반에 올려놓았다.

"화장실 좀 써도 될까요?"

"얼마든지요."

그는 일어서서 방을 나갔다. 릴리언은 쟁반을 싱크대로 옮기고 컵을 닦았다.

욕실에서 물소리가 들렸다. 곧 문이 열리고 안톤이 모습을 드러냈다. 릴리언은 손을 행주에 닦고 그를 마주 보았다. 안톤의 이마에는 주름이 잡혀있었다. 그는 복도와 부엌 사이의 문간에 한쪽 어깨를 기댄 채 양 손바닥으로 눈언저리를 지그시 눌렀다.

"아, 안톤……."

그녀는 그에게 다가갔다.

"걱정하지 말아요. 다 괜찮을 거예요."

안톤은 고개를 저었다.

"아이들을 잃을까 봐 겁이 나요."

그녀는 양손으로 그의 얼굴을 감쌌다.

"아니에요. 그럴 일 없어요. 당신은 아이들 아버지잖아요. 앞으로도 아이들 삶의 일부일 거고요. 게다가 여기는 아이들과 함께할 수 있는, 눈부시게 아름다운 곳이에요. 아이들은 이곳을 좋아할 거고, 언젠가는 아이들의 아이들까지 데리고 오게 될 거예요."

안톤의 눈가가 촉촉해지는 것을 본 릴리언은 그를 안아주었다. 그녀가 건넨 따뜻한 위로와 부드러운 손길이 그의 마음을 달래주었다. 가슴 깊숙이 괴어있던 감정이 새어 나와 그의 어깨가 들썩였다. 안톤은 그녀의 머리카락에 대고 나직하게 속삭였다.

"고마워요."

"뭐가요?"

"여기 있어주어서요."

그녀는 뒤로 물러섰다.

"저야말로 고용해 주셔서 고마워요. 조금 이상하게 들릴 수도 있는데요. 이곳에 도착한 후로 저는 완전히 다른 사람이 된 것 같아요. 좋은 쪽으로요. 그리고 안톤, 계속 당신 생각을 하게 돼요. 그것도 꽤 많이요."

"저도 늘 당신을 생각했어요. 처음 본 그 순간부터 계속."

안톤의 말을 들은 순간, 릴리언은 심장이 터질 것 같은 느낌을 받았다. 더 이상 프레디 생각은 할 수 없었다. 그 순간 그녀에게 남편의 존재는 없었다. 억눌러 왔던 강력한 욕구가 마침내 채워질지 모른다는 기대감에 부풀어 온몸이 떨렸다. 릴리언은 자신의 머리카락을 찬찬히 어루만지는 안톤의 단단한 가슴에 얼굴을 묻었다. 안톤은 그녀를 바싹 끌어당겨 꼭 껴안고 큼지막한 손으로 그녀의 머리를 감쌌다. 릴리언은 그의 품 안에 녹아들며 하나가 된 기분을 느꼈다. 지나온 모든 삶은 그녀에게 이 순간이라는 선물을 주기 위한 과정에 불과한 것 같았다. 평생 보잘것없다고 여겨왔던 자신의 인생이 처음으로 괜찮게 느껴졌다.

그녀는 무엇이든 낭만적으로 해석하는 사람이 아니었다. 오히려 지나칠 정도로 현실적이었고 그 점이 때로는 단점이 되기도 했다. 하지만 그날 밤 그녀는 안톤의 품에서, 강렬하게 휩쓸린 감정에 자신을 내맡겼다. 그를 향한 열정의 크기는 이루 헤아릴 수 없었다. 단지 육체적인 욕망만은 아니었다. 그녀는 그걸 사랑이라고 여겼다. 크기를 가늠할 수 없는 불길 같은 사랑. 누구나 한평생 꿈에 그리는 그런 종류의 사랑. 죽음도 감내할 수 있는 그런 사랑. 안톤을 알게 된 지 고작 몇 주밖에 되지 않왔다는 사실이 믿기지 않았다. 마치 세상에 날 때부터 그녀의 가슴속에 그는 늘 존재했던 것 같았다.

집 안은 열띤 온기로 가득했다. 릴리언은 더위 때문에 어지러울 지경이었다. 온몸이 땀으로 흥건했다. 그녀는 고개를 들고 호기심 가득한 눈빛으로 안톤을 올려다보았다. 그는 웃고 있었다. 행복해 보이는 그의 모습을 마주하자 눈물이 흐를 것만 같았다.

"당신한테 깊이 빠졌어요. 당신이 망가진 차에서 기어 나오던 순간부터, 주저앉아 땅을 우러러보는 모습을 봤을 때부터요. 당신을 태우고 병원까지 가던 그때, 당신 남편도 뒷좌석에 있었지만 그 사람은 존재하지 않는 것처럼 느껴졌어요. 스스로 한없이 되뇌었어요. 이건 차 사고를 목격했기 때문에 드는 감정일 뿐이라고, 과도하게 분비된 아드레날린 때문에 그런 거라고요. 그렇지만 그날 이후 당신을 볼 때마다 마음은 더 커지더군요."

그의 고백을 듣는 내내 릴리언은 마치 공중에 붕 떠있는 기분이 들었다.

"저도 그랬어요. 이런 상황에서 떠나다니, 프레디가 날을 잘못 잡았네요."

릴리언은 남편의 이름을 언급한 것을 바로 후회했다. 지금은 프레디를 떠올리고 싶지 않았다. 이 아름다운 꿈에서 깨어나야 할 때, 현실을 직면해야 할 때, 필연적으로 따라올 고통이 두려웠다. 그 현실을 마주하고 싶지 않았다. 안톤의 품 안에 있는 지금이 그녀에게 유일한 현실이기를 바랐다.

릴리언의 가녀린 등을 쓰다듬던 그의 손은 그녀를 더 가깝게 끌어당겼다.

"당신이 제 아내였다면 저는 절대 당신을 떠나지 않았을 거예요. 당신을 행복하게 만들 수만 있다면 뭐든 할 거예요."

안톤은 심장이 멎을 듯한 긴장감 속에서 몇 초간 그녀를 바라보았다. 그러고는 다음 단계로 나아가도 될지 허락을 구하듯 그녀의 표정을 살폈다. 곧 안톤은 릴리언에게서 긍정적인 신호를 읽었다.

그대로 안톤은 그녀를 향해 몸을 낮추었다. 욕망에 굶주린 입술은 부드럽게 그녀의 입술을 탐닉했다. 릴리언의 팔은 미끄러지듯 위로 올라가 그의 목을 감쌌다. 릴리언은 무모하고 과감하게 그의 키스에 답했다. 그를 붙잡은 손을 놓고 싶지 않았다. 릴리언은 이 순간이 영원히 지속되기를 바랐다.

프레디 생각은 나지 않았다. 며칠 사이, 그녀의 세상 전부를 안톤이 차지해 버려서 더 이상 프레디를 위한 자리가 남아있지 않은 것 같았다. 살면서 처음 느끼는 감정이었다. 존재하는 줄도 몰랐던 어색한 감정이었다.

릴리언은 안톤의 손을 잡고 침실로 이끌었다. 창문으로 새어들어오는 달빛이 조명이 되어 침대를 비추고 있었다. 안톤이 자신을 안아 들어 조심스럽게 침대에 눕혔을 때, 릴리언은 심장이 귀에 달린 것은 아닌지 의문이 들었다. 요동치며 두근거리는 소리가 귓가에서 울리는 듯한 착각까지 일었다. 안톤은 릴리언의 위에서 어둠 속 그림자처럼 움직이며 황홀경으로 그녀를 데려갔다.

둘 중 하나가 눈을 떠 서로의 몸에 손을 뻗을 때까지, 잠깐 잠에 빠졌던 짧은 순간들을 빼고 그들은 밤새도록 사랑을 나누었다. 릴리언은 그의 귀에 대고 속삭였다.

"제가 꿈을 꾸는 건 아니겠죠?"

"모르겠어요. 꿈을 꾸는 기분이에요."

그들은 하늘이 푸르스름한 빛으로 물들 때까지 침대에 있다가 동이 틀 무렵, 옷을 입고 밖으로 나왔다. 둘은 손을 잡고 이슬이 송골송골 맺힌 풀밭을 가로질러 포도밭이 내려다보이는 돌담에 앉았다. 떠오르는 해는 부드러운 안개에 덮여 토스카나의 수많은 언덕을 분홍빛으로 물들였다. 안톤과 릴리언은 눈앞에 펼쳐지는 진기한 풍경을 넋 놓고 바라보았다. 정말이지 완벽했다. 그 완전한 세상에는 고통도, 불행도 존재하지 않았다. 그곳은 둘만의 천국이었다.

피오나

2017. 토스카나

생각만으로도 심장이 터질 것 같은 비밀을 간직하는 것은 쉽지 않았다. 현금으로 9천만 유로. 회계 감사를 피한 거래. 일주일 안에 플로리다로 돌아가는 비행기를 탈 수 있다. 엄마의 비밀이자 내 비밀은 영원히 드러나지 않을 것이다.

하지만 아빠에게 그 돈을 어떻게 설명해야 할까? 그리고 돈을 어디에, 어떻게 써야 할까? 슬로운, 코너와 나누어야 할까? 만약 그래야 한다면 어떤 식으로 나누면 될까?

나는 주차장을 가로질러 기념품 가게 쪽으로 빠르게 걸었다. 하얗고 깨끗한 자갈들이 스니커즈 아래서 우두둑 소리를 냈다. 그 소리에 곧장 현실로 돌아왔다. 아직 확정된 건 아무것도 없고, 코너는 여전히 유언장의 효력을 없애려고 애쓰는 중이다.

그러니 돈에 관한 어떤 계획도 미리 세우지 않는 편이 현명할 터다.

기념품 가게 안으로 들어가자, 검은 머리의 여성이 사다리 위에 올라가 높은 선반에 와인 병을 채우고 있었다. 그녀는 남색 바지에 빨간색 골프 셔츠를 입고 있었다. 셔츠의 가슴 쪽 주머니에는 마우리치오 와이너리 로고가 새겨져 있었다.

"안녕하세요."

그녀가 사다리에서 내려오며 말했다.

"당신이 벨 씨군요."

"네. 여기서 빈센트 과르디니 씨를 만나기로 했거든요. 그리고 그냥 피오나라고 불러주세요."

그녀가 다가와 손을 내밀었다.

"저는 기념품 가게 매니저, 미아라고 해요. 만나서 반가워요."

우리는 반갑게 악수했다.

"빈센트는 이미 도착해서 사무실에 계세요. 빈! 피오나가 왔어요!"

그는 내게 따뜻한 미소를 건네며 뒷문을 통해 가게 안으로 들어왔다.

"포도밭을 산책하기 좋은 아름다운 아침이에요. 그렇죠?"

그는 내 양 볼에 입을 맞추었다.

"미아 만났죠?"

"네."

"좋아요. 자, 그럼 시작해 볼까요? 사무실 먼저 보여줄게요.

이쪽으로 와요."

그는 자신의 뒤를 따라오라고 손짓했다. 나는 그를 따라 대형 사무실로 들어갔다. 사무실에는 여섯 개의 칸막이 자리와 빛이 충분히 들어오는 커다란 창문이 있었다.

"여러분, 이쪽은 미국에서 온 안톤 딸, 피오나 벨이에요. 우리 와이너리의 새 주인이죠."

사람들은 자리에서 일어났다. 빈센트는 한 사람, 한 사람에게 나를 소개한 다음 세일즈마케팅 매니저가 있는 또 다른 사무실로 나를 데려갔다.

이후 밖으로 나온 우리는 빈센트의 차가 주차된 주차장으로 걸어갔다. 그의 차는 작고 귀여운 파란색 피아트로, 측면에는 찍힌 자국이 있었다.

"이제 어디로 가는 거예요?"

내가 물었다.

"둘러봐야 할 포도밭이 너무 넓어서요. 차로 둘러보는 게 훨씬 빨라요."

그의 설명을 들으며 나는 걸음을 늦추었다.

"빈센트, 괜찮으시다면 저는 와인 저장고를 먼저 보고 싶어요. 어젯밤 제가 보여드린 열쇠 기억하세요?"

"그럼요."

"지금도 가방에 있는데 이게 뭔지 알고 싶어 죽겠어요."

그는 걸음을 멈추고 이해한다는 표정으로 나를 보았다.

"그래요. 그것부터 해결하죠. 저장고 먼저 갑시다. 지하 저장고는 이쪽이에요."

우리는 자갈이 깔린 언덕을 올라 성당을 지났다. 그는 중세 건물들이 모여있는 조그마한 마을 쪽으로 나를 데리고 갔다. 돌계단을 올라 테라스를 지나자, 키패드가 달린 커다란 문이 나왔다.

우리는 건물 안으로 들어가 가파른 계단을 내려갔다. 지하 저장고의 돌 천장은 매우 높았다. 와인, 오크, 서늘하고 축축한 지하실 등의 냄새가 코를 찔렀다. 일렬로 늘어선 오크통을 지나던 빈센트는 통 안에서 와인이 2년간 숙성된 다음 병에 담겨 토스카나 전역에 있는 현대적인 최첨단 저장고로 보내지고, 그곳에서 추가 숙성을 거친다고 설명했다.

"꼭 미로 속에 들어온 것 같아요."

내가 말했다. 그는 나를 데리고 선반이 쭉 늘어선 공간을 지나갔다. 선반에는 먼지투성이 병들이 가득 쌓여있었다. 우리는 어두운 통로를 따라 내려가 돌로 된 아치형 구조물에 도착했다. 바로 앞에는 아주 낡은 철문이 있었다.

"여기예요. 아무도 여기까지 들어오지는 않아요. 열쇠 가지고 있죠?"

나는 가방에서 열쇠를 꺼내 그에게 내밀었다.

"어디 한번 봅시다."

그가 건네받은 열쇠를 열쇠 구멍에 넣고 돌리자 찰칵하는 소리가 났다. 육중한 문을 열어젖힐 때 녹슨 경첩이 삐걱거리는 소리를 냈다.

"맞네요. 먼저 들어가세요."

나는 문지방을 건너 작고 어두운 저장고로 들어가면서 기대 섞인 숨을 들이마셨다. 빈센트가 낮은 천장에 매달린 전구의 체인을 당겼지만 불은 들어오지 않았다. 우리는 복도에서 들어오는 어둑한 빛과 핸드폰에서 나오는 빛에 의지해야 했다.

"말씀하신 게 맞았어요. 여기 있는 건 와인뿐이네요. 왜 여기를 잠가두었을까요?"

내가 물었다. 통로에 있던 것 같은 선반은 없었다. 그 대신 널빤지 위에 먼지가 뽀얗게 내려앉은 와인 병들이 쌓여있었다. 나는 한 무더기의 와인 병들 위에 걸린 명판을 자세히 보려고 몸을 구부렸다. 명판은 나무를 대충 깎아 만든 것 같았다.

"여기에 1920, 로렌조라고 쓰여 있어요."

빈센트는 조금 더 작은 와인 무더기 쪽으로 움직였다.

"이건 1926, 비앙카네요."

"이 사람들은 다 누구죠?"

내가 물었다.

"글쎄요. 잘 모르겠어요."

계속 벽을 따라 이동하던 그는 다른 무더기의 와인에 빛을 비추었다.

"아, 여기 뭐가 있는데……."

나는 그에게로 갔다.

"이 명판에는 1984, 코너라고 쓰여 있네요."

나는 옆으로 더 이동해 보았다.

"그리고 이건 1982, 슬로운이에요. 이 병들은 그분 자식들이 태어난 해에 만들어진 것 같아요. 그럼 다른 사람들은 누구일까요?"

"이탈리아인의 이름과 연도로 유추해 보자면, 아마 마우리치오 가문의 자식들이었을 거예요. 전부 수년 전에 사망했고요."

빈센트의 말에 등골이 오싹해지고 머리카락이 쭈뼛 서는 것 같았다. 나는 뒤로 물러서면서 소름이 돋은 양팔을 문질렀다.

"조금 섬뜩하지 않아요? 슬로운이랑 코너를 제외하면 여기 있는 사람들은 모두 죽었잖아요. 명판들이 마치 비석들처럼 느껴져요."

"전부 죽은 건 아니에요."

빈센트는 뒤쪽 구석에 있는 와인 한 무더기를 향해 핸드폰 불빛을 비추었다.

"자, 와서 이걸 봐요."

그는 벽에서 명판을 떼어 나한테 주었다.

1987, 피오나

"제가 태어난 해네요."

빈센트는 그중 한 병을 들어 손바닥으로 먼지를 닦았다.

"라벨에는 1987년도라고 되어있는데 저는 처음 보는 거예요. 안톤이 피오나 이름으로 이 와인을 특별히 배합한 게 틀림없어요. 그리고 이건 분명 그의 그림 중 하나일 거예요."

심장이 세차게 뛰기 시작했다.

"정말요? 보여주세요."

작품을 병에 담았다니……. 나는 놀란 마음으로 그림을 살펴보았다. 해바라기 들판을 담은 인상화였다. 들판의 가장자리에는 금발의 여인이 서있었다. 엄마일까.

"너무 아름다워요."

나는 말하면서 다른 무더기로 고개를 돌렸다. 그리고 소스라치게 놀랐다.

"이건 1986, 릴리언이라고 쓰여있어요. 우리 엄마요. 그때 엄마가 토스카나에서 여름을 보냈거든요."

나는 그 병들 중 하나를 집어 들고 라벨을 확인했다. 아니나 다를까, 라벨에는 안톤의 또 다른 그림이 들어가 있었다. 그건 토스카나 언덕 위의 일출이었다.

나는 코너와 슬로운의 병들도 확인했다. 역시 안톤의 그림이 붙어있었다. 빌라 그림이 들어간 전통적 마우리치오 와인 라벨과는 달랐다.

"이건 정말 굉장해요."

나는 그 공간을 둘러보며 말했다.

안톤이 엄마를 진심으로 사랑했을지도 모른다는 생각을 한 건 그때가 처음이었다.

"슬로운이랑 코너도 이곳을 알고 있나요?"

나는 물었다.

"글쎄요. 잘 모르겠네요."

빈센트가 대답했다. 나는 안톤의 스튜디오에 가득한 작품을 빨리 보고 싶어서 견딜 수가 없었다. 그제야 이 비밀 저장고에서 내가 찾으려던 게 무엇인지 생각났다.

"편지는 여기 없어요."

"그런 것 같네요. 계속 찾아봐야 할 것 같아요."

그가 문 쪽으로 걸음을 옮겼고 나도 그를 따라 나왔다.

"이 문은 계속 잠가두어야 해요. 그리고 피오나, 열쇠 잘 지켜요. 아주 귀중한 와인들이니까요. 저 안에 작은 노다지가 있는 거나 마찬가지예요."

그가 말했다.

"네. 그럴게요."

그는 문을 잠그고 내게 열쇠를 돌려준 뒤 나를 데리고 밖으로 나왔다.

～

아침 일정이었던 포도밭 견학을 마치고 빌라로 가기 전, 수영을 하기로 마음먹었다. 풀이 무성한 언덕을 반쯤 내려갔을 때 선베드에 누워있는 슬로운의 모습이 눈에 들어왔다. 그녀는 빨간색 원피스 수영복을 입고 챙 넓은 밀짚모자를 쓰고 있었다. 수영장 안에서는 아이들이 첨벙거리며 놀고 있었다.

그냥 돌아갈까 하는 마음도 들었지만 불가마처럼 후끈한 날씨가 발걸음을 멈추게 했다. 게다가 아침부터 수영할 시간만 고대하고 있었기에 결국 나무로 된 출입문을 열고 들어갔다.

문이 닫히는 소리에 슬로운은 끼고 있던 선글라스를 코 아래로 내리며 출입구를 바라보았다.

"안녕하세요."

나는 태연하게 인사를 건네며 그녀 옆의 선베드로 걸어가 수건을 던져두었다. 신고 있던 슬리퍼와 티셔츠를 훌러덩 벗고는 다시 말을 건넸다.

"날이 푹푹 찌네요."

슬로운은 조그마한 코에 걸쳐진 선글라스의 끝부분을 잡고 내 빨간 물방울무늬 비키니와 슬리퍼를 차례로 훑어보았다.

"네. 오늘 정말 덥네요."

"아이들인가 봐요?"

나는 몸을 구부려 반바지를 벗으면서 물었다. 슬로운은 네일아트로 관리한 손을 뻗어 그들을 가리키며 말했다.

"네. 큰 애는 에번, 둘째는 클로이요."

나는 허리에 양손을 얹고 아이들이 노는 걸 지켜보았다.

"귀여운 아이들이네요. 제가 새 이모가 되겠군요. 아니, 이복이모라고 해야 할까요? 그게 맞는 표현이에요?"

"나도 몰라요."

슬로운은 고개를 반대쪽으로 돌리며 대답했다. 나는 그녀의 서늘한 어조는 신경 쓰지 않기로 마음먹었다.

"수영장 안으로 들어갈 건데 혹시 아이들에게 지금 상황을 알려주셨나요? 내가 누구인지 아이들도 알아요?"

슬로운은 약간 당황한 듯 선베드 위에서 몸을 세워 앉았다.

"아니요. 애들한테는 아무 말도 안 했어요. 나도 아직 충격에서 벗어나지 못해서요."

"그건 저도 마찬가지예요."

나는 눈 위로 쏟아지는 밝은 햇빛을 손으로 막아냈다.

"음, 빨리 들어가서 몸을 담가야겠어요. 걱정하지 마세요. 아무 말도 안 할게요. 제가 해야 할 일도 아니고요."

나는 수영장 덱에서 간단하게 샤워하고 물에 뛰어들기 전에 수심을 확인했다. 슬로운은 내 모든 움직임을 가만히 지켜보았다. 물은 놀라울 정도로 상쾌했다. 나는 수영장을 몇 바퀴 돈 다음 수심이 얕은 곳을 찾아 수면에 등을 대고 누웠다.

아이들은 작은 비치볼을 주고받으며 놀았다. 나는 눈을 감고 아이들의 웃음소리를 들었다. 잠시 후, 물 밖으로 나와 수건이 있는 선베드로 돌아왔을 때 슬로운이 선글라스를 벗었다.

"애들한테 말 안 해줘서 고마워요."

나는 몸을 숙여 다리를 닦았다.

"지금 상황이 복잡하잖아요. 일이 어떻게 진행될지는 아무도 모르고요. 만약 상황이 당신한테 유리한 쪽으로 흘러간다면 저는 그냥 집에 돌아가면 돼요. 그렇게 되면 우리가 다시 만날 일도 없을 거고요."

슬로운은 호기심 가득한 눈으로 나를 바라보았다.

"이런 상황에서도 당신은 참 느긋해 보이네요."

나는 머리카락의 물을 짜내면서 어깨를 으쓱해 보였다.

"그렇게 보일지는 몰라도 사실은 그렇지 않아요. 그래도 저는 이곳에 무일푼으로 왔잖아요. 그러니까 빈손으로 이탈리아를 떠난다 해도 크게 달라지는 건 없어요. 어쨌든 꽤 멋진 여행을 한 건 사실이니까요. 여기서 좋은 사람들도 많이 만났고요."

"하지만 그 돈은……."

슬로운이 믿을 수 없다는 듯 말했다. 나는 물기를 다 닦고 슬로운 옆의 선베드에 누웠다.

"솔직히 얘기할까요? 최대한 돈 생각은 안 하려고 노력 중이에요. 부자가 된다는 생각에 너무 들떠버리면 일이 틀어졌을 때 그만큼 감당하기 힘들어질 테니까요."

"이제 당신도 나와 코너가 어떤 기분일지 짐작하겠네요."

그녀가 대답했다. 나는 똑바로 앉아 그녀를 바라보았다.

"우리는 당연히 이걸 받게 될 거라고 생각했어요. 평생 단 한 번도 의심하지 않았죠."

나는 계속해서 슬로운을 바라보았다.

"저도 이해해요. 하지만 저는 유언장이 저한테 유리하게 바뀔만한 그 어떤 일도 하지 않았어요. 맹세해요."

그때 클로이가 울면서 불평하기 시작했다.

"엄마, 오빠한테 그만하라고 해!"

"클로이가 먼저 시작했어!"

에번이 대답했다. 슬로운은 몸을 앞으로 기울였다.

"에번, 동생한테 물 그만 뿌려!"

그것으로 작은 전쟁은 막을 내렸다. 아이들은 떠내려가는 비치볼을 뒤쫓으며 다시 놀기 시작했다.

"어제 코너랑 저녁을 먹었어요."

슬로운이 먼저 대화의 물꼬를 텄다. 나는 내심 놀랐다.

"코너가 그러더라고요. 당신 아버지가 휠체어를 타는 상황이라고요."

"아주 간단하게 표현했네요. 아무튼, 네, 맞아요. 사지 마비 환자거든요. 제가 없을 때는 24시간 관리해 줄 간호사가 필요해요."

내가 대답했다. 슬로운은 모자의 각도를 조절했다.

"힘들겠어요. 들어갈 돈이 많을 테니 일확천금을 노릴만도 하네요."

"적은 액수라 해도 저는 반가울 거예요. 얼마 전, 대출을 받아서 휠체어 승강 기능이 탑재된 밴을 샀거든요. 대출금 상환 때문에 모아둔 돈이 바닥나고 있기도 하고요."

내가 대답했다. 슬로운은 수영장에 있는 아이들에게 시선을 고정했다.

"음, 그쪽 얘기를 들으니 내가 너무 이기적인 사람인 것 같네요."

"어째서요?"

"나는 돈이 필요하다, 지금 내 머릿속에는 그 생각밖에 없거든요. 그래서 당신이 그 돈을 차지하는 게 싫어요. 그 어느 때보다 돈이 필요한 상황인 것도 사실이고요."

"왜죠?"

그녀는 깊은 한숨을 내쉬었다.

"남편한테 이혼하자고 할 생각이거든요. 그렇지만 이혼해도 아이들 양육비를 제외하고는 위자료를 받을 수가 없어요."

"하지만 당신도 돈을 받았잖아요."

나는 선베드에서 앞으로 기울여 앉으면서 그녀에게 상기시켜 주었다.

"제 기억이 정확하다면, 영국 돈으로 몇백만 파운드를 받은 걸로 아는데요."

슬로운은 손을 저어 나비를 쫓아냈다.

"알아요. 이렇게 말하면 재수 없게 들릴 게 뻔한데, 어느 정도 이상의 생활 수준을 유지하다 보면 그게 많은 돈으로 느껴지지 않아요. 나는 키워야 할 아이들도 있고요. 게다가……."

그녀는 잠깐 말을 멈추었다.

"아, 그런 식으로 쳐다보지 말아요. 지금의 당신한테는 아주 터무니없는 소리로 들리겠지만 머지않아 내 말이 무슨 뜻인지 아주 잘 알게 될 테니까."

나는 껄껄 웃었다.

"글쎄요. 과연 그럴까요? 이렇게 말해서 미안하지만, 그쪽을 판단하려는 건 아닌데 공감하기가 어려워요. 안타깝다는 감정이 일지가 않아서요. 당신은 평생을 부자로 살았잖아요."

나는 내 말을 증명이라도 하듯 팔을 뻗어 흔들었다.

"여기 좀 봐요! 이곳이 전부 당신의 여름 캠프 장소였죠."

슬로운은 고개를 흔들었다.

"지금 나는 부자가 아닌 것 같아요. 끔찍한 결혼 생활에 갇혀서 혼자가 된 기분이에요. 혼전 계약서에 사인했기 때문에 이혼한다 해도 한 푼도 받을 수가 없어요. 혼자서 아이들을 어떻게 키워야 할지 겁도 나고요. 어디 그뿐인가요? 아빠를 찾아오지 않았다는 이유로 유언장에서 내쳐졌죠. 부유하다는 건 개개인이 어떻게 정의하느냐에 따라 다르다고 생각해요. 그리고 피오나…….”

그녀는 나를 돌아보았다.

“돈은 정말 상대적인 거예요. 나는 당신 상황을 잘 모르지만 당신에게는 비를 막아줄 지붕이 있고 새 밴이 있으니, 노숙자 눈에는 당신이 갑부로 보일 거예요.”

나는 슬쩍 물러섰다.

“네. 제가 졌어요. 충분히 알아들었어요.”

우리는 아이들을 바라보면서 말없이 앉아있었다.

“반박하려는 건 아니니 오해는 하지 말아요.”

나는 약간 틈을 두었다가 다시 말을 이었다.

“돈이 있다는 건 불행해질 권리를 박탈당한 것과 마찬가지라고 생각해요. 때때로 인생은 아주 엿같아요. 부자든 가난하든 누구한테나 그래요. 결혼 생활에 대해서는 유감이에요. 남녀 관계가 잘 풀리지 않으면 속상하죠. 저는 결혼한 적이 없으니, 경험에서 배웠다고 할 수는 없지만. 그래도…….”

“어젯밤 남편이라는 놈이 딸한테 성기 사진을 보냈어요.”

슬로운은 돌려 말하지 않았다. 나는 깜짝 놀라 그녀를 바라보았다.

“뭘 보냈다고요?”

"고의는 아니었지만요. 바람피우는 상대한테 보내려고 했다네요. 상대가 누군지는 몰라요."

그녀는 설명했다. 나는 놀란 가슴을 애써 잠재우며 말했다.

"진심으로 유감이에요."

"고마워요."

그녀는 마른침을 꿀꺽 삼켰다. 분명 눈물을 참고 있을 터였다.

"남편한테 화가 나는 건 말할 것도 없고 나 자신한테도 화가 나요. 이런 일이 생길 거라는 걸 모르지 않았거든요. 하루가 멀다고 바람을 피워대는 놈이었으니까요. 심지어 결혼식 당일에도 평생 나만 바라볼 사람이 아니라는 걸 알았어요. 하지만 잘생긴 얼굴에, 능력에 홀딱 빠져버렸죠. 그래서 알고도 모르는 척, 나 자신을 속이고 결혼식을 해버렸어요. 결혼하면 달라질 거라고, 일단 결혼하고 나면 그 사람도 가정에 충실할 거라고 구차하게 합리화하면서요."

"힘들었겠네요."

"네. 특히 사랑하는 아이들을 볼 때면 더 그래요. 우리 아이들이 감정이 고장 난 엄마 밑에서 자라야 할 이유는 없잖아요. 상처받은 엄마, 불안정한 엄마, 그걸 숨기려는 엄마, 그게 지금의 나예요. 모든 걸 감추려는 와중에 어떻게 아이들에게 건실한 엄마가 될 수 있겠어요? 나는 친구들이 부러워할 만한 완벽한 삶, 행복한 삶을 보여주고 싶어서 모든 걸 꾸며내요. 하지만 터놓고 말해서 남들 생각이 뭐가 중요해요? 머리카락 염색 따위는 신경 쓰지 않는 것, 살찔 걱정은 내려놓고 파스타를 먹어 치우는 것, 그게 더 신나잖아요."

"저 파스타 정말 좋아해요. 원래 머리카락은 어떤 색이에요?"

내 질문에 그녀는 밀짚모자를 벗고 머리카락 뿌리 부분을 보여주었다.

"갈색이에요."

나는 고개를 숙여 그녀의 머리칼을 자세히 들여다본 후 별생각 없이 고개를 끄덕였다.

슬로운은 모자를 다시 머리에 얹고 무거운 한숨을 뱉었다.

"그런 말이 있죠. 여자들은 대부분 자기 아버지와 비슷한 사람을 만나 결혼한다는 말. 그리고 엄마 말에 의하면 아빠는 바람둥이 기질이 다분했다고 하네요."

그녀는 고개를 흔들었다.

"가끔 의문이 들어요. 젊은 여자들이 줄을 설 정도로 잘생기고 돈 많은 남자가 평생 한 여자만 사랑하는 게 가능하기는 한 걸까요?"

나는 적절한 대답을 찾아내기 위해 생각을 쥐어짰다.

"저는 그런 건 잘 모르겠어요. 돈 많고 잘생긴 남자를 만나본 적이 없어서요. 이전 남자친구도 평범한 사람이었고요. 단점은 있었지만 그래도 바람을 피우거나 하지는 않았어요. 그리고 친아버지는 만난 적이 없어서 어떤 분이었는지 모르겠네요."

슬로운은 몸을 앞으로 기울이며 모자를 벗었다.

"에번! 클로이 머리 물속으로 누르지 마! 동생을 빠뜨려 죽일 셈이야?"

그녀는 다시 뒤로 기대며 절망감을 내포한 숨을 뱉었다.

"이런 걸 어떻게 혼자 감당할 수 있겠어요? 나는 망했어요."

"그렇지 않아요. 잘 해낼 수 있을 거예요. 지금도 아이들에게서 눈을 떼지 않고 있잖아요. 그러니까 제 말은, 봐봐요……. 클로이는 멀쩡해요."

나는 그녀에게 확신을 주며 말했다.

"괜찮지 않을 수도 있어요. 부모는 언제 갈라설지 모르고 갈라선 후에는 양쪽 집을 오가면서 살아야 하니까요. 클로이는 어쩌면 부모의 이혼을 두고 평생 자책할지도 몰라요. 성기 사진을 처음 보았을 때 내가 비명만 지르지 않았다면 상황이 달라졌을까, 하는 자책이요."

슬로운은 선베드에 머리를 기대고 하늘을 떠도는 구름을 바라보았다.

"나를 비관론자라고 할 수도 있겠지만 지금 와서 보면 결혼 제도는 덧없는 몽상인 것 같아요."

"희망을 버리지 말자고요. 여전히 많은 커플이 평생을 함께, 그리고 행복하게 살아가니까요. 우리 부모님만 봐도 그렇거든요. 물론 장애로 인해 아빠한테는 하루하루가 고비였지만, 엄마는 늘 헌신적이었어요. 아빠를 위해서라면 엄마는 뭐든 했을 거예요. 돌아가시지 않았다면 지금도 두 분은 함께일 거고요."

내 대답에 슬로운은 나를 바라보았다.

"재를 뿌리려는 건 아니지만 그쪽 어머니의 외도로 그쪽이 태어났다는 사실을 잊은 건가요?"

나는 잠깐 생각에 빠졌다. 슬로운의 말은 사실이었다. 어쩌면 지금껏 장밋빛 안경을 쓴 채 부모님의 결혼 생활을 바라보았는지도 모르겠다.

하지만 내가 책임감의 바통을 넘겨받을 때까지 엄마는 평생을 바쳐 아빠를 돌보았다. 이걸 어떻게 다르게 생각할 수 있겠는가?

"네. 그렇지만 꼭 그런 것 같지만은 않아요. 그러니까 실제로는 불륜이라고 부를만한 일이 벌어진 건 아닐 거예요. 정확히 어떤 일이 있었는지 모르지만⋯⋯."

그때 안톤이 만든 특별한 것이 떠올랐다. 엄마와 나를 위해 만든, 30년 동안 잠가둔 비밀의 장소에 보관되어 있던 와인. 나는 고개를 흔들었다.

"지금 제가 무슨 얘기를 하는 거죠? 이제 저도 모르겠어요. 둘 사이에 어떤 일이 있었는지도 모르겠고요."

나는 내가 모든 걸 알고 있다고 생각했었다. 엄마와 생물학적 아버지와의 관계는 기껏해야 하룻밤의 정사이거나 합의되지 않았던, 일방적인 사건이었을 거라고 여겼다. 하지만 비밀 저장고를 맞닥뜨린 이후 그들의 관계를 내가 잘못 알고 있었을 가능성, 안톤이라는 사람 자체를 잘못 알고 있었을 가능성을 재고해야 했다.

꼬리에 꼬리를 문 후회의 열차가 빠른 속도로 다가왔다. 그 어느 때보다 많은 질문이 머릿속을 두드렸다. 나는 일어나서 티셔츠를 입었다.

"이만 가봐야겠어요. 지금 동생분은 아마 빌라에 있을 거예요. 엄마가 보냈다는 그 비밀스러운 편지를 찾아내려고 상자며 서류며 전부 뒤지고 있겠죠."

나는 반바지를 입고 슬리퍼를 신자마자 움직였다가 한 마디 덧붙이려고 몸을 돌렸다.

"슬로운, 유언장 결과가 어떻게 나오든 걱정하지 말아요. 적어도 친척들과 가까운 곳에 있는 런던 집을 받았잖아요. 상당한 액수의 예금도요. 아이들과 새롭게 출발할 수 있을 거예요."

"코너가 집을 팔려고 해요. 걔는 당장 손에 쥘 수 있는 현금을 원하거든요."

슬로운의 말에 나는 진심으로 그녀를 돕고 싶어졌다. 나는 그녀에게 조금 더 가까이 다가갔다.

"그렇군요. 그렇다면 금액의 반을 받아서 다른 곳에서 다시 시작할 수도 있잖아요."

"나는 그 집이 좋은 거예요."

그녀가 주장했다.

"애들도 좋아하고요. 우리가 정말 집이라고 느끼는 유일한 장소이기도 해요."

그녀는 주위를 한 번 둘러보더니 저 멀리 몬테풀치아노의 언덕 마을을 올려다보았다.

"한번도 아이들을 여기 데려온 적이 없었는데, 지금 보니 데려왔더라면 좋았겠다 싶어요. 이곳은 아주 특별해요. 피오나, 당신은 아주 운이 좋은 거예요. 이곳을 당연하게 받아들이지 않았으면 좋겠어요."

"그럴게요."

나는 와이너리 매입가로 9천만 유로를 제시한 로베르토라는 이름의 부동산 중개인을 생각하며 대답했다. 그는 여전히 내 전화를 기다리고 있었다.

"그리고 당신의 런던 집 말인데요……. 그곳이 그렇게 편안하게 느껴진다면 코너의 몫을 사들이는 건 어때요? 원하는 곳에서 원하는 삶을 사는 건 중요하니까요. 그가 하자는 대로 끌려가지 말고요. 생각해 봐요. 남편이 딸한테 성기 사진을 보냈다면서요. 그건 그냥 넘어갈 일이 아니잖아요. 사진은 따로 저장해 두었어요?"

"네."

"그런 경우라면 아마 제 말이 맞을 거예요. 이제 그는 당신을 곤경에 빠뜨릴 수 없게 됐어요. 그가 런던 집에서 코너의 지분을 사줘야 할 거예요. 어쩌면 혼전 계약서도 무효로 만들 수 있을 거예요. 그가 한 짓을 눈감아 준다는 조건으로요. 그러니까 실력 좋은 변호사를 선임하세요. 저는…… 이제 정말 가봐야겠어요."

수영장을 벗어나려고 할 때 에번이 가지고 놀던 비치볼이 물 밖으로 나와 울타리 쪽으로 튕겨 나갔다. 난감해하는 아이들의 소리를 들으며 나는 소리쳤다.

"내가 가져다줄게!"

어느새 느릿한 공을 따라잡은 나는 그걸 주워서 에번 쪽으로 힘껏 던졌다.

"감사합니다."

에번이 폴짝 뛰어 공을 받으며 말했다.

"천만에!"

나는 다정하게 대답하고 서둘러 출입문으로 향했다.

"엄마, 누구야?"

클로이가 묻는 소리가 들렸다.

슬로운은 내가 문을 닫는 것을 지켜본 다음 수영장의 아이들에게 손을 흔들었다.

"둘 다 와서 엄마 옆에 앉아. 누구인지 말해줄게."

나는 언덕을 올라가다가 뒤를 돌아보았다. 클로이는 슬로운의 무릎 위에 앉아있었다. 그때 갑자기 두 아이가 몸을 돌려 나를 바라보더니 손을 흔들었다. 나도 웃으며 아이들에게 손을 흔들어 주었다.

나는 언덕을 오르면서 편지를 꼭 찾아내고야 말겠다고, 단단히 마음먹었다.

릴리언

1986. 토스카나

다시 일주일이 흘렀다. 프레디에게서는 전화가 오지 않았다. 어쩌면 그가 전화했을지도 모른다고, 게스트하우스 스위트룸에는 자동 응답 기능이 없는 데다가 자주 자리를 비웠으니 몰랐던 거라고, 릴리언은 스스로를 달랬다. 그녀는 주로 호텔 데스크 업무를 보거나 투어를 진행했다. 짬이 나면 들판에 나가 일손을 돕기도 했다. 별다른 이유는 없었다. 그저 밭일이 재미있었다. 포도나무를 가지치기하고 버러지들을 잘라내는 일은 은근한 중독성이 있었다. 기대 이상으로 만족스러웠다. 무엇보다 낮 동안 안톤과 함께할 수 있는 좋은 핑곗거리이기도 했다. 물론 다른 사람들도 같이 있었지만.

안톤과 도메니코는 그녀에게 포도 재배와 관련한 온갖 지식을 가르쳐 주었다. 그때마다 릴리언은 스펀지가 물을 빨아들이듯 순식간에 정보를 흡수했다.

"여기가 너무 좋아요."

빌라에서 저녁 식사를 마치고 스위트룸으로 걸어가던 어느 날 밤, 그녀는 안톤에게 말했다.

"전부 다 좋아요. 음식, 와인, 올리브 숲, 포도밭, 와인 저장고의 곰팡이 냄새까지도요. 이곳을 사고 싶어 했던 당신 마음이 백번 이해가 돼요. 이곳은 당신의 영혼을 사로잡았어요."

그는 그녀의 손등에 입을 맞추었다.

"그리고 생각해 봤는데요. 만약 이곳을 진정한 당신의 것으로 만들고 싶다면, 아, 이곳에서 당신만의 역사를 만들어 보고 싶다면 말이에요. 마우리치오 씨가 그랬던 것처럼 두 아이를 위한 특별 와인을 만들어서 저장고에 추가하면 어떨까요? 당신의 특별한 라벨을 붙여서 다른 와인과 구분하고요."

그녀가 말에 안톤은 걸음을 멈추고 놀라움을 금치 못하며 릴리언을 바라보았다.

"당신은 끊임없이 나를 놀라게 하는군요. 멋진 아이디어예요. 코너가 태어난 해의 와인부터 병에 옮기면 되겠어요. 슬로운이 태어난 해의 와인은 이미 저장고에서 숙성되고 있거든요. 그 당시에 가장 블렌딩이 잘 된 와인이 뭔지 알고 있어요. 슬로운의 와인은 그걸로 하면 되겠어요. 고마워요."

"괜찮다면, 제가 라벨 작업을 돕고 싶어요."

안톤이 고개를 끄덕이는 동안 릴리언은 재빨리 그의 얼굴을 보았다. 푸르스름한 달빛 아래, 환하게 비추어진 얼굴에는 감탄이 스며있었다.

"당신 역시 이곳에 자취를 남기고 있어요. 여기서 당신만의 역사를 만드는 중이죠. 그래서 너무 기뻐요."

그가 다시 질문을 던질 때까지 둘은 말없이 걸었다.

"프레디는 연락 없었어요?"

남편의 이름을 듣자, 릴리언은 온몸이 뻣뻣하게 굳는 것 같았다. 유부녀라는 사실을 잊는다는 것이 이토록 쉬운 일이었나. 그렇다고 죄책감을 느끼지 않았던 건 아니다. 마음 한구석에 괴어있던 수치심과 자책은 빈번하게 존재감을 드러냈다. 하지만 죄책감을 한쪽만 떠맡는 건 공평하지 않았다. 프레디의 우선순위 목록에 릴리언의 행복 여부는 없었다. 그녀는 그에게 경제적, 감정적 뒷받침을 위한 지원군일 뿐이었다.

"없었어요. 그는 지금쯤 동굴에 들어가 있을 거예요. 글 쓰는 동굴이요. 한번 영감을 받으면 바깥세상과 단절된 상태로 집중하거든요. 바깥세상에는 저도 포함되고요."

그녀가 말했다. 손전등 빛을 따라 흙길을 걷는 그들의 발소리가 가볍게 장단을 맞추었다.

"그에게 전화가 오면 뭐라고 할 생각이에요? 혹시 예고 없이 돌아오기라도 한다면?"

안톤이 말했다.

"그럴 일은 없을 거예요. 아마 제가 기차역으로 마중 나와있기를 원할 거예요. 그리고 파리에서 출발하는 마지막 기차는 매일 저녁 8시 40분에 여기 도착해요."

그녀는 대답했다.

"당신을 놀라게 해주려고 택시를 탈 수도 있지 않을까요?"

"그럴 사람은 아니에요. 프레디는 그렇게 낭만적인 사람이 아니거든요. 음…… . 사실 또 모르죠. 우리가 집 안에 들어갔을 때, 그가 꽃다발을 품에 안고 소파에서 저를 기다리고 있을 수도 있을 테니까요. 엄청 어색하겠는데요?"

그녀는 고개를 흔들며 말을 이었다.

"미안해요. 하나도 웃기지 않네요. 어쩌자고 그런 농담을 했는지 모르겠어요. 가볍게 여길 일이 아닌데 말이에요. 사실 그가 예고 없이 도착하면 어떻게 해야 할지 저도 모르겠어요."

숙소 앞에서 마주한 창문은 불이 켜져있지 않았다. 프레디가 아직 돌아오지 않았음을 확신한 그들은 안으로 들어갔다. 잠시 후 둘은 얇은 면 이불 아래서 마주 보고 누워있었다.

"그는 언젠가 돌아올 거예요."

안톤이 다정하게 말했다. 릴리언은 눈을 감았다.

"알아요. 그렇지만 지금 당장은 생각하고 싶지 않아요."

"결국에는 해야 해요. 릴리언, 어떻게 할 생각이에요?"

그녀는 침대에 등을 대고 누워 천장에 달린 선풍기가 천천히 돌아가는 것을 바라보았다.

"모르겠어요. 저는 지금 너무 행복해요. 살면서 이렇게까지 행복했던 적이 있었나 싶을 정도로요. 당연히 당신 때문에요. 그만큼 사랑해요. 아침마다 기쁜 마음으로 눈을 떠요. 그리고 여기서 하는 일도 너무 좋아요. 가이드로 일하는 것, 자라는 포도를 지켜보는 것, 가지치는 것, 와인 만드는 방법을 배우는 것, 전부 다요. 어서 빨리 수확 시기가 왔으면 좋겠어요."

릴리언은 베개 위에서 고개를 돌려 그의 눈을 바라보았다.

"진부하게 들릴 수도 있는데요. 저한테는 이 일이 천직인 것 같아요."

안톤은 그녀의 손에 손깍지를 끼고 입을 맞추었다.

"나도 그렇게 생각해요."

릴리언은 몸을 돌려 그를 마주 보았다.

"하지만 저는 결혼했어요. 당신도 마찬가지고요."

"머지않아 나는 다시 혼자가 될 거예요."

그가 대답했다. 불확실성이 주는 불안감 때문에 그녀의 가슴이 떨렸다. 희망을 품는 것도, 꿈을 꾸는 것도 겁이 났다. 안톤은 그녀에게 가까이 다가왔다.

"그게 바로 우리가 토스카나에 있게 된 이유예요. 나는 그렇게 믿어요. 이건 단순한 우연이 아니에요. 당신이 프레디를 만난 것도, 그가 이탈리아를 배경으로 하는 책을 쓰고 있었던 것도 전부 이유가 있었던 거예요. 당신과 그의 타이밍이 엇나갔던 것도 그렇고요. 당신은 가정을 꾸리길 바랐지만 그는 원치 않았죠. 그래서 그의 책을 빨리 끝내게 하려고 이곳에 온 거잖아요. 당신이 탔던 차가 도로를 벗어났을 때 제가 발견하게 된 것도 우연이 아니에요. 지금까지 벌어진 모든 일, 그 특별한 상황들은 우리가 서로를 찾아낼 수 있도록 처음부터 정해져 있었던 거예요."

릴리언은 그의 손을 꽉 잡았다.

"그렇다면 이 모든 게 운명이라는 말인가요?"

그는 팔꿈치로 몸을 지탱하고 그녀의 이마와 눈꺼풀, 뺨에 차례로 입을 맞추었다.

"어떻게 부르든 상관없어요. 우리는 서로를 어떤 식으로든 찾아냈을 거예요. 그것만큼은 확실해요. 이제 당신은 이곳에 있고 나는 당신을 보낼 수 없어요. 릴리언, 나와 함께해요. 당신이 원하는 만큼 아이도 갖고요."

"여기서……?"

"네."

창문으로 흘러들어온 달빛이 반짝이는 그의 눈동자에 갇혔다.

"프레디가 돌아오면 우리가 서로 사랑한다고, 이혼하겠다고 말해요. 나랑 빌라에서 살아요."

그 말에 실린 무게는 가볍지 않았다. 그 충격은 고스란히 릴리언에게 느껴졌다.

"같이 살자고요? 안톤, 여름이 겨우 반밖에 안 지났어요."

"그런 건 중요하지 않아요. 나는 확신해요. 나는 당신을 사랑하려고 이 세상에 왔어요."

그의 격렬한 키스에 그녀의 욕망이 꿈틀거렸다.

릴리언은 베개에 얼룩을 남기며 흐느끼기 시작했다.

"평생을 함께하고 싶은 여자는 오직 당신뿐이에요."

안톤의 말에 그녀의 가슴이 아렸다. 감미로운 아픔이었다. 그녀의 눈에서 환희와 고통이 뒤범벅된 묘한 눈물이 흘러내렸다.

"그렇게 간단하지 않아요. 프레디는 아무것도 모르고 있어요. 이곳을 떠난 후 무슨 일이 벌어지고 있는지 짐작도 못 할 거예요. 그런 그에게 뜬금없이 이혼을 요구할 수는 없어요. 날벼락을 맞는 기분이 들 테니까요. 물론 그에게도 잘못이 있지만, 그런 대접을 받아서는 안 돼요."

안톤은 울먹이는 릴리언의 눈물을 닦아주고 그녀가 마음을 가다듬을 때까지 기다렸다.

"당신을 사랑해요. 하지만 프레디가 걱정돼요. 그의 마음을 아프게 할 수는 없어요."

그녀가 말했다. 그들은 서로를 안고 고요한 어둠 속에 누워 있었다. 어깨를 짓누르는 세상의 무게를 느끼며 그녀는 두 손에 얼굴을 묻었다.

"어떻게 해야 할지 모르겠어요."

8월이 되자 토실토실하게 익은 포도는 단맛을 냈다. 색깔도 옅은 녹색에서 짙은 보라색으로 바뀌기 시작했다.

어느 날 오후, 릴리언은 안톤과 도메니코를 따라 포도밭으로 들어갔다. 그들은 포도 뒷면에 흰곰팡이가 피지는 않았는지 확인하는 중이었다.

"여기 봐요."

도메니코가 말했다.

"보다시피 잎들이 무성하고 아름답죠. 하지만 그만큼 많은 그늘을 만들어 내고 있어요. 결과적으로 포도에 너무 많은 수분을 가두게 되고요. 이런 경우 가지치기를 더 해야 썩지 않아요. 그리고 새를 막는 그물도 쳐야 할 시기네요."

그가 하늘을 가리켰다.

"저 배고픈 친구들이 포도 열매로 배를 채우지 못하게 막아야 하니까요."

그는 매일매일 포도를 면밀하게 관찰한 다음 수확을 시작하는 최적의 시기를 결정한다고 설명했다. 포도밭을 살펴보는 업무가 끝나자, 중천에 오른 해가 쉬는 시간임을 알려주었다. 도메니코는 점심식사와 낮잠을 위해, 카테리나가 기다리는 작은 빌라로 돌아갔다.

"수영할까요?"

포도밭 가장자리에 세워둔 트랙터 뒤에 단둘이 남자 안톤이 말했다. 그는 거대한 타이어에 기대고 있던 그녀의 허리를 팔로 감쌌다.

"좋아요. 3시에 투어가 있어요. 그때까지는 시간이 있으니까 5분 뒤에 수영장에서 만나요. 수영복만 갈아입고 바로 갈게요."

그와 키스할 때면 마치 달콤한 꿈속에 갇힌 것 같은 기분이 들었다. 영원히 깨고 싶지 않은 꿈. 그들은 커다란 트랙터 뒤에서 조심스럽게 나와 서로 반대 방향으로 걸어갔다.

스위트룸으로 향하는 녹음에 싸인 오솔길을 걸어가면서 릴리언은 입술에 손끝을 가져다 댔다. 안톤의 키스를 떠올리자 금세 뺨이 붉어졌다. 살면서 이토록 행복했던 적이 있었나. 삶이 이토록 오색찬란하게 느껴진 적이 있었던가. 그리고 동시에 이렇게 갈등에 빠진 적도 없었다. 프레디의 마음을 상하게 하고 싶지는 않았다. 하지만 불확실한 미래에 몸을 던지고 싶기도 했다.

토스카나에서 안톤과 함께하는 미래, 그 미래가 너무도 간절하면서도 마음 한편으로는 두려웠다. 만약 이 모든 게 단지 성적 끌림에서 기인한 충동적인 열병이라면? 일시적인 광기라면?

숙소에 도착한 그녀는 돌계단을 가뿐히 뛰어올라 열쇠를 꽂았다. 문을 열자, 테라코타 타일 바닥을 가로지르던 햇빛이 눈 깜짝할 새 퍼져 나왔다. 그녀는 미소를 머금으며 마지막 수영 후 비키니를 어디에 두었는지 떠올렸다. 욕실에 걸어두었던가? 침실 서랍에 넣었던가?

그 순간, 그녀는 문턱에서 그대로 얼어붙었다. 그녀의 시선이 닿은 곳에는 식탁에 앉아 샌드위치를 먹고 있는 프레디가 있었다.

그녀는 충격을 받은 듯 멍하니 있었다.

"프레디…… 당신 돌아왔네."

그는 입안 가득 넣었던 샌드위치를 꿀꺽 삼켰다.

"자기야!"

그는 냅킨으로 입을 닦으며 일어났다.

"늦게 들어올 줄 알았어. 놀라게 해줄 생각이었는데, 나 보니까 좋아?"

프레디가 그녀에게 다가가며 물었다. 그가 멀뚱히 선 몸을 당겨 품에 안자, 릴리언은 살짝 비틀거렸다.

"그럼. 당연하지."

프레디는 그녀를 안은 팔을 조금 느슨하게 풀며 뒤로 물러났다. 그의 웃음에 불안감이 녹아있었다.

"좋은 것 같지 않은데. 자기 지금 자동차 헤드라이트에 포착된 사슴 같아. 겁먹은 모습이야."

릴리언은 곧바로 얼굴에 미소를 띠었다.

"미안. 놀라서 그랬어. 일사병 문제도 조금 있는 것 같고. 왜 전화도 안 하고 왔어? 미리 말했으면 기차역으로 태우러 갔을 텐데. 그래도 너무 신난다. 자기를 봐서 기뻐."

그는 몇 걸음 뒤로 물러섰다.

"당신 좀 봐! 태닝이 멋지게 됐네! 그들이 밭에서 일하게 한 거야?"

그가 장난스럽게 물었다.

"음, 맞아. 사실은……."

그녀는 최근에 했던 가지치기와 토양의 질감, 수분 공급, 발효 등 와이너리에서 배운 것들을 설명하려고 했다. 하지만 프레디는 이미 몸을 돌려 바닥에 있는 백팩에 손을 뻗고 있었다.

"여기 뭐가 들었는지 한번 맞혀봐."

그는 백팩을 들어 올리면서 말했다. 파리에서 사온 선물일까? 하지만 릴리언이 추측하기도 전에 그는 스스로 대답했다.

"내 원고."

그의 눈이 자랑스러움으로 빛났다.

"릴, 나 끝냈어."

릴리언은 망치로 머리를 한 대 맞은 듯, 한 발짝 뒤로 물러섰다.

"진짜?"

"응. 어제 '끝'을 타이핑했지. 복사본은 오늘 아침, 기차 타기 전에 에이전트한테 보냈어."

자랑스럽게 대답하며, 반응을 기다리던 그는 기대감과 흥분으로 당장이라도 폭발할 기세였지만 어안이 벙벙해진 릴리언은 아무런 소리도 낼 수 없었다.

"릴, 내가 방금 한 말 들은 거야?"

그녀는 마음을 가다듬으려는 듯 고개를 흔들었다.

"응, 들었어. 밖이 너무 뜨거워서 더위를 먹었는지 제대로 된 생각을 할 수가 없었어."

그녀는 앞으로 걸어가 그의 어깨에 손을 얹었다.

"정말 멋지다. 당신이 자랑스러워."

"우리가 자랑스럽지. 우리가 같이 해낸 거야. 당신 도움이 없었다면 끝낼 수 없었을 테니까. 여기 오기로 한 건 최고의 선택이었어. 처음에 망설였던 건 사실이지만 당신이 나를 설득해 주어서 다행이야. 정말 고마워."

그녀는 그토록 자신감에 찬 프레디의 모습을 본 적이 없었다.

그의 모습을 보고 있자니 죄책감이 집채만 한 파도가 되어 릴리언을 덮쳤다. 그녀는 외도 사실을 고백할 생각이었고 그의 행복은 산산조각이 날 터였기 때문이다. 그건 단순한 바람이 아니었다. 그녀는 고용주와 사랑에 빠졌다. 그것도 아주 깊게.

"고맙기는."

그녀는 중얼거리듯 말했다.

프레디는 백팩을 열고 고무줄로 묶은 두툼한 종이 뭉치를 꺼내 테이블에 툭 내려놓았다.

"자, 전부 436쪽이야. 중간에 삭제해야 할 부분이 좀 있어서 그보다 줄어들 것 같기는 하지만, 그런 건 편집자가 알아서 하겠지."

그는 애원하는 눈빛으로 그녀를 바라보았다.

"릴, 읽어줄 수 있어?"

그녀는 황당한 표정으로 멀뚱멀뚱 그를 처다보았다. 지난 5년간, 그는 그녀에게 원고의 단 한 글자도 읽는 것을 허락하지 않았었다. 그녀의 간청은 번번이 퇴짜를 맞았다. 그런데 지금 와서 읽어주기를 바라는 걸까?

"알았어."

그녀는 기계처럼 무심하게 대답했다.

"내가 그동안 얼마나 궁금해했는지 알잖아."

"알지. 너무 오랫동안 보여주지 못해서 미안해. 그냥…… 당신이 좋아하지 않을까 봐 걱정됐어. 만약 당신 마음에 들지 않으면 망쳐버렸다고 생각해서 처음부터 다시 시작해야 했을지도 몰라. 나한테는 당신 의견이 그만큼 중요하거든."

죄책감으로 이루어진 파도는 다시 한번 그녀를 덮쳐왔다. 그는 식탁에 앉아 접시를 한쪽으로 밀고 그녀를 바라보며 웃었다.

"이제 드디어 집에 갈 수 있어. 그걸 기념하고 싶은데, 오늘 저녁은 몬테풀치아노에서 외식하면 어떨까? 와인도 주문하자."

그 말에 그녀는 얼굴을 찡그렸다.

"집에 가다니, 무슨 말이야?"

"책을 끝냈잖아. 이제 집에 가고 싶어. 에이전트한테 보낸 이력서 주소도 집으로 되어있어서 앞으로 집 우편함도 매일 확인해야 해."

그녀는 전화기를 향해 손짓했다.

"그냥 여기 전화번호를 그쪽에 알려주면 안 돼?"

"글쎄…… 안 될 것 같아. 그렇게 되면 국제전화를 해야 하잖아. 중간에 그 어떤 걸리적거림도 없었으면 좋겠거든."

그녀는 짜증으로 몸이 경직되었다.

"하지만 프레디, 나는 여름 내내 여기서 일하기로 약속했어. 여기 있는 사람들도 나를 가르치느라 시간을 할애했고. 아마 수확이 끝나는 9월까지는 내가 이곳에 머무를 거라고 생각하고 있을 거야. 무작정 그만둔다고 할 수는 없어."

"아."

그는 말문이 막힌 듯 보였다.

"자기 지금 경력이 걱정되어서 그러는 거야? 내가 이 책을 팔고 나면 그런 건 문제가 안 돼. 당신은 더 이상 일할 필요가 없

318

을 테니까."

그녀는 인내심의 끈을 놓지 않으려고 안간힘을 썼다.

"당신, 저 문을 지나서 들어온 이후에 내가 원하는 게 뭔지 한 번이라도 물어나 봤어? 그런 적도 없었고 그러지도 않지."

"당신이 원하는 건 내가 책을 빨리 마치는 거라고 생각했는데."

가슴을 짓누르는 답답함을 느끼며 그녀는 재빠르게 말을 쏟아냈다.

"내가 이 일을 하는 걸 좋아할지도 모른다는 생각은 안 해? 그리고 출판사가 그 책을 출간해 줄지는 당신도 모르는 일이야. 만약 출간한다 해도 집을 구하고 인세를 받을 때까지는 몇 년이 더 걸릴지 몰라. 게다가 모든 책이 출판되는 것도 아니잖아. 대부분은 거절당하는 게 현실이니까. 나도 그 정도는 알아. 당신이 구독했던, 작가들을 대상으로 한 잡지 읽어봤으니까."

릴리언의 말이 끝날 때쯤엔 프레디의 얼굴에서 핏기가 싹 가셨다. 릴리언이 가시 돋친 말로 프레디의 부푼 꿈을 터뜨린 건 그때가 처음이었다.

"제발 그런 말 하지 마. 특히 오늘은. 오늘은 산 정상에 우뚝 선 기분이라서."

그녀는 눈 위로 손을 얹었다.

"당신을 끌어내릴 생각은 없었어. 당신의 책은 훌륭할 거야. 분명 에이전트도 좋아할 거고."

그녀는 손을 내리고 그를 똑바로 바라보았다.

"하지만 작가가 되려는 당신의 꿈이 우리에게 음식을 가져다주지는 않아. 출판사의 답을 기다리는 동안에도 생계는 유지해야지. 몇 달이 걸릴지 모르잖아. 1년이 걸릴 수도 있어. 그리고 나는 여기서 일하는 게 정말 좋아. 살면서 이렇게 재미있는 일을 해본 적이 없어. 이곳의 모든 게 내 열정을 깨우고 있거든. 와인 만드는 법도 더 배우고 싶어. 그래서 소믈리에 강의를 들을까 생각 중이기도 해."

"뭐라고?"

프레디는 얼굴을 찌푸리며 턱을 긁었다.

"소믈리에? 당신, 임신하면 술 못 마시는 거 알고 있지? 이제 더 이상 임신을 원하지 않는다는 말이야?"

그의 얼굴을 본 그녀는 혼란스러웠다. 그의 표정에서 포착한 게 실망감인지 아니면 안도감인지 분간할 수 없었다. 짐작조차 되지 않았다.

구겨진 그의 이마에 깊은 주름이 생기는 것을 보며 릴리언은 잠자코 반응을 기다렸다. 와인 제조 경력을 쌓는 건 헛된 꿈이라거나, 소믈리에 과정을 밟는 데에 비용이 너무 많이 든다거나, 혹은 아이를 원한 적이 없었으니 내심 자신의 새로운 계획을 반긴다는 듯한 대답을 해주기를. 그가 내친김에 그런 말들을 뱉어 도화선에 불을 놓기를, 그래서 서로 소리 지르고 싸우게 되기를, 그녀는 은근히 바랐다. 둘 중 하나는 물건을 집어던질 수도 있다. 그들에게는 첫 번째 싸움이지만 그렇게 해서라도 불만을 털어놓을 수 있다면 그녀는 속이 시원할 것 같았다. 결혼한 지 5년이 지난 지금, 그녀는 꾹꾹 눌러 담은 꺼림칙한 감정으로 가득 차 언제 터져버릴지 모르는 압력솥이 된 기분이 들었다.

그러나 프레디는 릴리언 쪽으로 걸어와 그녀를 품에 안았다.

"미안해."

그는 그녀의 등을 토닥이며 말했다.

"우리가 만났을 때부터 당신은 내 꿈을 지지하고 도와줬어. 여기서 남은 여름을 보내고 싶다면 그렇게 하자. 와인 수업을 듣고 싶다면 그것도 해. 나는 그저 책을 다 마쳤다는 사실이 너무 기쁘고 행복해. 이제 당신이 원하는 건 뭐든 할 수 있어."

원래라면 릴리언은 안도감을 느꼈을 것이다. 남편이 드디어 자신만의 출세가 아닌 그들이 함께 꾸리는 삶을 염두에 두고 있다는 말이니까. 그보다 중요한 건 프레디가 자기 마음대로 되지 않을 때, 소리를 지르거나 물건을 박살 내는 그런 사람이 아니라는 것을 다시 한번 입증했다는 것이다. 그건 애초에 그를 남편으로 택한 이유이기도 했으니까. 그 점에 있어서 프레디는 그 때나 지금이나 한결같았다.

그런데 왜 그녀의 뱃속이 짜증과 분노로 뒤끓는 걸까?

릴리언은 늘 프레디의 우선순위에 자신의 행복이 있기를 바랐다. 본인의 우선순위가 그랬던 것처럼. 기다림에 지쳐버린 그녀가 결국 그가 없는 미래를 선택하자마자 그는 완성된 원고를 가지고 돌아왔다.

일이 이렇게 되어버린 게 더 이상 남편을 신뢰하지 않아서, 너무 빨리 포기해 버려서는 아닐까. 릴리언은 이제 이 일이 자신의 잘못인지 아닌지조차 혼란스러워졌다.

'세상에. 맙소사.'

불현듯 릴리언은 안톤이 수영장에서 자신을 기다리고 있다는 것을 기억해냈다. 당장 그에게 달려가고 싶었다. 프레디가 돌아왔다는 이야기, 그 모든 이야기를 하고 싶어서 견딜 수가 없었다. 안톤은 누구보다 그녀를 잘 이해하는 사람이었다. 그는 그녀가 지금 느끼는 감정을 들여다볼 수 있게 도와줄 것이다.

동시에 그녀는 안톤을 향한 육체적 끌림에 사로잡혔다는 사실을 인정해야만 했다. 그녀의 욕망과 아내로서의 신의가 치열한 경합을 벌이고 있었다. 혹시 안톤에게 빠진 이유가 단순한 육체적 끌림뿐이었던 건 아닐까? 본능에 충실한 나머지 그녀는 진정으로 중요한 것이 무엇인지 망각해 버린 걸까?

릴리언은 한 발짝 뒤로 물러섰다. 그녀는 프레디를 똑바로 보지 않은 채 말했다.

"몬테풀치아노에서 저녁을 먹는 건 좋은 생각인 것 같아."

그녀는 그를 빌라에 데려갈 수 없었다.

"하지만 지금은 일하러 다시 가봐야 해. 다른 신발로 갈아 신으려고 잠깐 들어왔던 거야."

거짓말을 하는 건 소름이 돋을 만큼 쉬웠다. 딱한 프레디는 의심할 생각조차 못 했다.

"그래. 내가 예약해 둘게. 어제 월급 받았으니까 우리 외식은 할 수 있는 거지?"

그가 물었다.

"응."

그녀는 신발을 가지러 침실로 향했지만 침대 위에 시선이 닿아 문간에서 그대로 멈추었다. 아침에 청소하는 직원이 다녀갔었다. 천만다행이었다. 시트는 깨끗했고 숙소 전체가 청소기와 걸레로 닦여있었다. 그녀는 방으로 들어가 옷장을 열고 신발을 갈아 신었다.

"이따가 봐."

그녀는 서둘러 문으로 향하며 말했다. 프레디는 접시를 싱크대 안에 넣었다.

"응, 사랑해."

프레디의 말에 릴리언은 머리를 한 대 얻어맞은 기분이 들었다. 잠시 망설이던 릴리언은 금세 빠져나와 계단을 뛰어 내려갔다.

❧

안톤은 청록색 수영장 바닥을 가로지르며 수면 아래서 빠르게 헤엄치고 있었다. 그가 수심이 얕은 가장자리 쪽에서 모습을 드러냈을 때 릴리언은 수영장 덱에서 서성이고 있었다. 평소와 달리 숨을 가쁘게 고르는 그녀를 보며, 안톤이 물었다.

"괜찮아요?"

수영장 건너편의 선베드에는 손님 두 명이 누워 볕을 쬐고 있었다.

"그가 돌아왔어요."

릴리언이 속삭였다. 그녀는 우리에 갇힌 짐승처럼 안절부절 못하고 있었다.

"누가 돌아와요? 프레디?"

"네. 조금 전, 숙소에 들어갔을 때 식탁에 앉아있었어요. 당신이 말한 대로 저를 놀라게 해주고 싶었대요."

안톤은 곧바로 물 밖으로 나왔다. 그는 수영장 덱으로 가서 수건으로 물기를 닦고 셔츠를 입었다.

"자, 같이 갑시다."

그는 릴리언을 데리고 출입구로 향했다. 릴리언은 그를 따라 경사진 자갈길을 올라 오락 시설을 들여놓은 가까운 건물로 들어갔다. 안에는 아무도 없었다. 안톤이 문을 잠그고 천장에 달린 전등을 켜는 동안 릴리언은 중앙에 놓인 탁구대 쪽으로 걸어갔다.

"어떻게 해야 할지 모르겠어요. 이제 모든 게 바뀔 거예요."

그녀는 말했다.

"그렇지 않아요. 언젠가는 프레디가 돌아올 거라는 걸 알고 있었잖아요. 바뀌는 건 없어요. 어젯밤과 똑같아요."

릴리언의 호흡이 다시 한번 가빠졌다. 안톤의 눈을 똑바로 볼 수가 없었다. 그녀는 엄지손톱을 깨물며 이리저리 서성거렸다. 안톤은 걱정스러운 눈으로 그녀를 바라보았다.

"프레디가 책을 끝냈어요. 오늘 아침, 뉴욕에 있는 에이전트한테 우편을 보냈대요. 그리고 이제 집에 가자더라고요."

그녀가 그에게 말했다.

"미국 집이요?"

안톤이 앞으로 성큼성큼 걸어갔다.

"그래서 뭐라고 했어요?"

"여기 있는 게 좋다고요. 여름이 끝날 때까지는 여기서 일하고 싶다고 했어요. 다행히 수긍하는 것 같았어요. 그도 더 머무르자고 말했거든요."

안톤이 단호한 목소리로 말했다.

"프레디에게 달린 게 아니에요. 당신한테 달려있어요."

그녀는 그를 흘낏 바라보았다.

"알아요. 혹시라도 그가 일을 그만두라고 강요했다면 우리는 크게 다투었을 거예요. 하지만 프레디는 그러지 않았죠. 이상하리만치 제 의견을 존중해 줬어요."

안톤은 표정을 살피더니 탁구대 주위를 돌아 릴리언에게 다가갔다. 마치 그녀가 언제 겁먹고 달아날지 모르는 숲속의 새끼 사슴이라도 된다는 듯 조심스럽게 움직였다.

"릴리언……."

그녀는 손을 들어 보였다.

"제발 가까이 오지 말아요. 상황을 받아들일 시간을 조금만 주세요. 이제 어떻게 해야 할지 생각을 좀 해봐야 할 것 같아요."

"어젯밤에 우리가 같이 결정을 내렸다고 생각했는데요."

"맞아요. 그랬죠. 하지만 그게 맞는 결정인지 잘 모르겠어요."

그녀는 대답하며 배 위에 손을 얹었다.

"안톤, 프레디는 제 남편이에요."

안톤이 손을 뻗으려고 했지만 릴리언은 행여 그 손길이 닿을까 싶어 뒤로 물러났다.

"걱정하지 말아요. 다 잘될 거예요."

그가 말했다.

"그럴까요? 프레디한테 말할 생각이에요. 바람을 피웠다고, 우리 침대에서 다른 남자와 잤다고 말이에요. 불쌍한 프레디, 그 사람은 아무것도 모르고 있어요."

안톤이 소파 쪽으로 손짓했다.

"자, 이쪽으로 와요. 앉아서 얘기해요."

"아니요."

그녀는 다시 서성대기 시작했다.

"우리가 함께 앉아 당신이 나를 만지거나 키스한다면 아마 모든 걸 잊어버리게 될 거예요. 탤러해시에 두고 온 삶, 프레디와의 결혼 서약⋯⋯."

"제가 어떻게 하면 될지 말해봐요. 제가 프레디에게 말할까요?"

안톤이 물었다. 그녀는 그와 눈을 마주치며 쓸쓸하게 비웃었다.

"안 돼요, 안톤! 당신이 할 일은 없어요."

그녀의 목소리는 차갑고 단호했다. 그녀는 신랄하게 뱉어버린 말이 그의 가슴에 비수로 꽂히리라는 것을 알고 있었다.

마음 한구석에서는 후회가 샘솟았다. 안톤의 마음을 아프게 하고 싶지 않았다. 결국 안톤의 말처럼 바뀌는 건 없었다. 릴리언은 그를 미친 듯이 사랑하고 있었다. 불과 몇 미터 떨어져 있는 그의 몸에서 뿜어져 나오는 에너지를 느낄 수 있었다. 그 순간 릴리언이 원한 건 그의 품으로 뛰어드는 것이었다.

내면에서 꿈틀거리는 욕망 때문에 그녀의 판단력이 흐려졌다. 안톤을 바라볼 엄두가 나지 않았다. 그를 마주하는 순간 그녀는 삽시간에 무너질 것을 알기 때문이다. 그를 붙잡고 아까 뱉은 말은 진심이 아니었다고, 그에게 사과할 것이다.

릴리언은 자신의 처지를 되새겼다. 지금 자신은 잘생기고 나이 많은 상사에게 홀딱 반해버린 유부녀다. 여태껏 남편이 자신에게 소홀했던 데다가 여기가 마치 동화 속에서나 존재할 법한 곳이기 때문에 벌어진 일이다.

릴리언은 정말로 현실 감각을 잃고 잠깐 아름다운 유혹에 빠졌던 것뿐이다. 그건 현실도 아니고, 그녀의 삶은 더더욱 아니었다. 그녀의 남편은 프레디다. 그녀는 남편을 사랑했고 남편도 그녀를 사랑했다.

릴리언은 서성이던 걸음을 멈추고 두려움으로 제정신이 아닌 안톤의 시선을 마주했다.

"이 모든 게 실수였어요."

둘 사이에 날카로운 섬광이 번득였다. 입술을 뚫고 나가버린 말에 릴리언 스스로도 충격을 받았다. 하지만 다시 주워 담을 수는 없었다. 옳은 말을 한 거라고 애써 그녀는 자위했다.

"여기서 그만 끝내야 해요."

그녀는 그가 확실히 알아들었기를 바라며 덧붙였다.

"그럴 수 없어요."

"그래야만 해요. 애초에 시작하지 말았어야 했어요. 지금 우리는 너무 멀리 와버렸어요. 안톤, 당신도 현실을 직시해야 해요. 대체 무슨 생각이었던 건지 모르겠어요. 당신은 내 상사고 나는 유부녀예요. 당신한테는 아내와 아이들이 있고요. 해서는 안 될 일이었어요."

"제발 그런 말 하지 말아요."

"사실인걸요."

릴리언은 공황에 빠진 것처럼 불안함에 사로잡혀 있었다.

"가야겠어요."

그녀가 재빠르게 문으로 향했지만 안톤이 앞을 막았다. 마주친 그들의 눈에는 강렬한 열기만이 남아있었다. 그가 그녀의 팔을 잡는 순간 그녀는 순식간에 녹아내렸다. 그녀는 더 이상 버티지 않았다.

"릴리언, 그를 떠나요."

안톤은 그녀를 가까이 끌어당겼다. 둘은 이마를 맞댔다. 면도하지 않은 그의 턱은 거칠었다. 그녀는 입술에 닿는 그의 따뜻한 숨결을 느꼈다.

"말처럼 쉬운 일이 아니에요."

"알아요, 쉽지 않다는 거. 하지만 그렇게 해야 해요."

릴리언의 뺨을 타고 눈물이 흘러내렸다. 마지막으로 한 번만, 그녀는 스스로에게 되뇌었다. 마지막 키스만……

릴리언의 손이 그의 어깨 위로 천천히 올라갔다. 참을 수 없었다. 욕망은 모든 걸 무색하게 했다. 안톤은 벽에 기댄 그녀가 흐느낄 때까지 격렬하게 키스했다.

"안톤, 제발. 이제 가야 해요."

그는 겨우 입을 떼고 거친 숨을 쉬며 한 발짝 뒤로 물러섰다. 그녀는 문까지 걸어갈 에너지를 어떻게든 쥐어 짜내며 몸을 돌렸다.

밖으로 나오자 강한 햇빛에 그녀는 눈을 뜨기조차 힘들었다. 더위 때문에 어지러웠다. 어쩌면 어지럼증은 키스의 여파와 혼란스러운 감정 때문인지도 몰랐다.

그녀는 옳은 일을 한 거라고 스스로를 격려하고 싶었다. 자신은 유부녀라고, 안톤에게서 느낀 건 일시적인 성적 끌림에 불과하다고 말이다.

남편 프레디와는 5년을 함께했다. 그는 착하고 다정한 남자다. 이런 식으로 배신당해서는 안 되는 사람이다. 그녀는 프레디를 떠날 수 없었다.

슬로운

2017. 토스카나

코너가 릴리언 벨의 비밀 편지를 찾으려고 빌라 뒤편의 차고
에 있는 동안 슬로운은 아이들을 데리고 와이너리 기념품 가게
에 갔다. 그들이 빌라를 나섰을 때, 태양은 중천에 걸려있었고
철문 너머의 커다란 나무들은 바람에 살랑거렸다. 가로수를 따
라 내려가는 길은 슬로운에게 너무나도 익숙했다. 그녀는 어린
시절, 빌라와 와인 저장고를 오가며 탔던 분홍색 자전거를 떠올
렸다. 경적은 반짝거리는 은빛이었고 자전거 핸들에는 치어리
더들이 사용하는 것과 비슷한, 파란색 장식용 술이 달려있었다.
코너가 세발자전거를 타고 뒤에서 쫓아오는 동안 그녀는 루스
와 경주하느라 빠르게 페달을 밟아 언덕을 내려가고는 했었다.

에번이 뛰기 시작하며 클로이를 향해 "누가 더 빠른지 시합

하자!"라고 소리치는 모습을 본 슬로운은 마냥 기뻤다. 슬로운은 가볍게 달려 모퉁이를 돌아 메인 주차장에 도착했다. 숨이 차올랐지만 동시에 웃음이 났다. 그녀는 메인 호텔과 식당, 기념품 가게가 있는 거대한 석조 건물로 아이들을 데리고 갔다.

"친구들한테 줄만한 선물이 있는지 한번 찾아볼까?"

와이너리 가게에서 아이들에게 적합한 선물을 찾을 수 있을지 의심스러웠지만 그래도 살펴볼 필요는 있을 것 같았다. 안으로 들어가자 대학생 정도로 보이는 젊은 여성이 카운터에 앉아 있었다. 슬로운은 에번과 클로이에게 진열된 요리책, 열쇠고리, 자석, 머그잔을 쭉 훑어보게 했다. 높은 선반에는 선물용 상자에 담긴 와인과 브랜디가 진열되어 있었다.

그때 한 가족 관광객이 가게로 들어왔다. 그들이 가이드 투어를 위해 왔다고 말하자 카운터의 소녀는 명단을 확인한 다음 투어는 바깥에 있는 석조 테라스에서 시작한다고 알려주었다.

슬로운은 31년 전 여름, 이곳에서 투어 가이드로 일했던 피오나 벨의 어머니를 생각했다. 지금 그들의 상황을 180도 바뀌게 만든 장본인. 그녀는 자신도 모르는 사이, 카운터의 여성에게 질문을 하고 있었다.

"투어 말인데요. 정확히 어떻게 진행되나요?"

젊은 여성은 슬로운이 와이너리 전 주인의 딸이라는 사실을, 아이들이 그의 손주들이라는 사실을 전혀 모르는 것 같았다. 자기 아버지의 비즈니스가 어떻게 돌아가는지도 모르는 슬로운을 보면서 무슨 수로 그 사실을 알아차리겠는가?

"투어는 포도밭부터 시작해요."

젊은 여성은 설명했다.

"그다음에 지하 저장고를 방문하고요. 와인 시음으로 끝나죠. 영어 투어와 이탈리아어 투어 중 어떤 걸로 안내해 드릴까요?"

"영어요."

슬로운이 대답했다.

"그럼 딱 맞게 오셨어요. 5분 후에 시작하거든요."

슬로운은 투어에 참여하고 싶었지만 아이들에게는 와인 투어가 적절하지 않은 것 같았다.

"다음에 할게요. 혼자 올 수 있을 때요."

몇 분 후, 마우리치오 로고가 새겨진 우산과 펜 몇 자루를 산 슬로운은 아이들을 데리고 가게를 나왔다.

비탈진 포도밭이 내려다보이는 석조 테라스에서 빨간색 티셔츠에 검은색 골프 스커트를 입은 젊은 미국인 가이드가 투어를 시작하고 있었다. 수수한 아름다움을 뿜어내는, 매력적인 금발의 가이드는 아마도 여름방학을 맞은 학생일 터였다. 그녀는 이곳에서 재배하는 포도의 종류를 열과 성을 다해 설명하고 있었다.

31년 전 피오나의 어머니는 어떤 모습이었을까? 어떤 매력을 가지고 있었을까? 슬로운의 궁금증이 점점 커졌다. 만약 그녀가 딸과 비슷했다면, 꽤 사랑스럽고 편안한 성격의 소유자였을 것이다. 그랬다면 아버지는 그 여자를 정말로 사랑했을지도 모른다. 그럴만했다.

편지를 찾던 코너가 별 소득 없이 빌라로 돌아왔을 때 슬로운은 그를 진정시키며 젤라또를 먹으러 가라고 설득했다. 코너는 결국 에번과 클로이를 데리고 마을로 나갔다.

그들이 떠나자마자 슬로운은 드물게 찾아오는 혼자만의 시간을 즐기기 위해 침실에 있는 의자 위에 늘어졌다. 한동안 그녀는 적막을 벗 삼아 앉아있었다. 익숙한 가구들, 창에 설치된 햇빛 가리개, 조명이 새삼 눈에 들어왔다. 문득 그녀는 이곳이 어릴 때 이후 어느 것 하나 달라진 게 없다는 사실을 알아차렸다. 열려있던 창밖으로 장대비가 퍼붓던 날, 침대 위에서 마리아와 카드놀이를 하던 기억이 불현듯 뇌리를 스쳤다. 코너는 바닥에서 조그만 장난감 자동차를 서로 충돌시키며 놀았다.

다시 한번 슬로운은 어린 시절의 행복을 갈망하고 있는 자신을 발견했다. 삶이 단순했던 그 시절, 완벽해야 한다는 압박감이 없었던 그 시절, 가정부 아주머니와의 카드놀이, 창밖에서 풍겨 오는 비 내음. 이탈리아행 비행기에서 내려 밖으로 나왔을 때 그녀를 번쩍 들어 올려서 꼭 껴안고 많이 보고 싶었다고 말해주던 아빠.

그 기억들은 고스란히 녹아내려 아빠와 함께하지 못한 지난날에 대한 후회로 자리 잡았다. 슬로운은 일어나서 부엌으로 내려갔다. 부엌에 들어가니 델루치 부인이 조리대 위에서 밀가루를 반죽하고 있었다.

"마리아는 어디 계세요?"

슬로운은 지난 며칠 동안 했던 후회들을 떠올렸다. 그중에서도 가장 컸던 건 아버지의 장례식이 진행되는 동안 마리아에게 좀 더 친절하게 대할 걸 그랬다는 것이었다. 장례식장에서 슬로운은 자신을 살갑게 받아주지 않는 외국인들 사이에서 겉도는 이방인이 된 기분을 느꼈다. 그녀와 코너는 가장 높은 액수를 부르는 입찰자에게 와이너리를 매각할 계획이었고 누구에게도 계획을 발설할 생각이 없었기에 더 그랬다. 마리아와 그런 이야기를 할 수가 없어서, 마리아의 마음을 상하게 하고 싶지 않아서, 고개를 숙이고 깊은 슬픔에 잠겨있는 척했다. 하지만 아버지의 유언장이 발표됨과 동시에 모든 게 물거품이 되어버렸다. 가능하다면 그녀는 장례식 날로 시간을 돌리고 싶었다.

"점심 먹으러 집에 갔어요."

델루치 부인이 반죽을 치대면서 대답했다. 부인의 냉담한 태도를 감지한 슬로운은 야생화를 몇 송이 꺾어 마리아의 작고 안락한 빌라에 방문하기로 마음먹었다. 마지막으로 그 빌라를 본 게 언제였더라? 너무 늦은 게 아니기만을 바랐다.

20분 후 마리아의 빌라가 시야에 들어오기 직전, 감미로운 장미 향기가 슬로운의 코에 스몄다. 숲속에서는 매미가 울었고 따뜻한 볕은 슬로운의 뺨에 닿았다. 그녀는 자갈이 깔린 오솔길을 빠져나와 정원을 가로질렀다.

돌계단을 올라 현관문에 다다른 슬로운은 돌연 초조해지기 시작했다. 그녀는 문을 두드리기 전 잠깐 망설였다. 델루치 부인이 그랬던 것처럼 마리아 역시 그녀를 냉대하지는 않을까. 그렇다면 수치감과 당혹감을 피해 조용히 떠나버릴 생각이었다. 그 후에는 더 깊은 후회로 점철된 삶을 살게 될 것이다.

그 순간, 문이 열렸다. 슬로운은 우울한 생각을 털어버리려는 듯 몸을 가볍게 흔들었다. 그녀는 자신을 보고 깜짝 놀란 마리아에게 환한 미소를 지어보였다.

"안녕하세요, 마리아. 제가 방해한 게 아니면 좋겠는데, 오늘 오후에 혼자 있을 시간이 나서요. 꽃을 드리러 잠깐 들르고 싶었어요."

마리아는 몇 초 동안 의심스러운 눈빛으로 그녀를 바라보다가 꽃다발을 받았다.

"깜짝 방문이네. 슬로운, 꽃이 너무 예쁘다. 생각해 줘서 고마워. 잠깐 들어올래?"

웃으며 현관으로 들어간 슬로운은 그곳에서 또 한 번 그리움이라는 감정에 사로잡혔다. 아빠가 사무실에서 일하는 동안 얼마나 많이 이 계단을 오르락내리락했던가? 마리아는 아이들을 돌보는 일을 단 한번도 거절한 적이 없었다. 그녀는 성실한 유모라고, 슬로운의 어머니는 종종 말했었다. 하지만 마리아를 칭찬한 이후에는 어김없이 아버지를 헐뜯었다.

슬로운은 마리아를 따라 부엌으로 들어갔다. 마리아는 꽃병을 찾아 물을 채우고 접시를 진열해 둔 앤티크 장식장 위에 올렸다.

"아이들은 어떻게 지내고 있어?"

마리아는 꽃을 하나하나, 섬세하게 꽂으며 물었다.

"친구들을 보고 싶어 할 것 같은데."

"생각보다 그렇지 않더라고요."

슬로운은 이것저것 둘러보느라 부엌을 돌아다니며 대답했다.

"실은 애들이 이 시간을 즐기는 것 같아요. 직접적으로 얘기하지는 않았지만요. 요즘에는 열 살짜리 꼬맹이에게도 요구되는 사회적 활동이 많아서요. 그런 것들에서 전부 벗어날 수 있으니 얼마나 신나겠어요."

"세상이 많이 변하기는 했지."

마리아는 이해한다는 듯 말했다.

"요즘 아이들을 키우는 부모들은 참 힘들 거야. 에스프레소 마실래?"

"네. 고맙습니다."

슬로운은 식탁에 앉았고 마리아는 커피를 내리기 시작했다.

"제가 왜 왔는지 궁금하실 것 같은데."

슬로운이 말했다.

"나한테 꽃을 주려고 왔지."

마리아가 쾌활하게 대답했다.

"맞아요. 그리고 다른 이유도 있어요."

슬로운은 시끄러운 마음을 평온하게 다독이기 위해서라도 속내를 꼭 전해야겠다고 생각했다. 그녀는 심호흡 후 이야기를 꺼냈다.

"며칠 후면 이곳을 떠날 텐데 회포를 풀 기회가 없어서 속상했어요."

커피를 준비하던 마리아는 아무런 말도 하지 않았다. 슬로운은 어렵게 말을 이었다.

"마리아, 여기서 마리아와 함께했던 기억은 저한테 아주 소중하다는 걸 알려드리고 싶었어요. 어릴 적 제 삶에 큰 영양을 주셨으니까요. 부모님 관계가 좋지 않았을 때 말이에요. 코너와 제가 재미있는 놀이에 정신을 팔 수 있게 옆에서 도와주셨죠. 그때 우리가 함께했던 시간이 너무 좋았다는 걸 말씀드리고 싶었어요."

마리아는 컵 받침 위에 올린 조그마한 에스프레소 잔 두 개를 식탁에 놓았다.

"나도 너와 함께 지냈던 시간이 참 좋았어. 네가 떠난 후에는 보고 싶기도 했고 말이야. 네 아버지가 너희를 그리워했던 것처럼."

슬로운은 잔에 설탕을 넣었다.

"네. 이제야 비로소 알겠어요. 그래서 속상하기도 하고요. 어릴 때는 부모님이 늘 그 자리에 계실 거라고 생각하니까요. 그리고……."

그녀는 잠깐 말을 멈추었다.

"코너와 저는 다른 아이들보다 이기적이었어요. 엄마도 우리가 그렇게 생각하도록 내버려 두었고요. 엄마는 우리가 아빠와 가깝게 지내는 걸 좋아하지 않았어요. 엄마는 아빠에게 늘 분노했죠. 반면 코너와 저한테는 뭐든 해주려고 했어요. 저희가 로스앤젤레스에 계속 머물게 하려고요. 그게 아빠를 괴롭게 한다는 걸 엄마는 잘 알고 있었으니까요."

그 순간 슬로운은 어머니의 동기를 알아차렸다. 지금 자신의 처지는 어머니가 처했던 상황과 다를 바가 없으니 이상한 일도 아니었다. 앨런을 향한 분노는 삶에서 그를 완전히 도려내고 아이들마저 빼앗고 싶은 마음을 갖기에 충분했다.

"그로 인해 아빠를 향한 감정의 색이 바랬죠. 우리는 색안경을 끼고 아빠를 편파적인 시선으로 바라봤어요."

슬로운이 말했다.

"그 얘기를 들으니 정말 유감이야. 하지만 크게 놀랍지는 않구나. 너희 어머니는 이곳을 좋아하지 않았어. 네가 여기서 많은 시간을 보낸다면 너희가 그녀 대신 아버지와 이곳을 선택하는 건 아닐까, 걱정됐을 거야."

마리아가 대답했다.

"제 생각에도 그래서 그랬던 것 같아요."

슬로운은 한동안 침묵했다. 그리고 고개를 들었다.

"혹시 아빠가 자신에게 심장 질환이 있다는 걸 알고 있었나요? 다른 사람들은요?"

마리아는 고개를 흔들었다.

"그는 정말 건강했어. 그래서 모두 놀랐단다. 하지만 그게 인생이잖니. 모든 걸 당연시해서는 안 돼. 주어진 하루하루를 소중히 여겨야지."

그녀는 에스프레소를 홀짝거렸다.

"잘 견디고 있는 거야? 장례식에서는 아주 조용하던데."

슬로운은 한숨을 쉬었다.

"네. 저희도 충격이 컸어요. 인정하고 싶지 않지만, 솔직히 말씀드릴게요. 코너와 저는 유산에 정신이 팔려있었어요. 우리가 물려받을 것이 무엇인지, 그것만 생각했어요. 심지어 장례식 이후에 있었던 모임은 잘 기억나지도 않아요. 내내 꿈속에 있던 것처럼 흐릿해요. 관 속에 누워있는 아빠 모습도 제대로 볼 수 없었죠. 돌아가셨다는 사실을 받아들이고 싶지 않았던 것 같아요. 다음 날 아침 변호사들을 기다릴 때가 돼서야 실감이 났으니까요. 아빠가 떠났다는 사실이, 다시는 볼 수 없다는 사실이 현실로 다가왔어요. 제 인생의 한 부분이 완전히 막을 내린 느낌이었어요. 코너가 와이너리를 팔고 싶어 했거든요."

이야기하는 내내 슬로운은 티스푼으로 에스프레소 잔을 휘젓고 있었다는 걸 깨달았다. 그녀는 티스푼을 컵 받침에 내려놓고 손으로 이마를 감쌌다.

"죄송해요. 저는 지금껏 저만 생각했어요. 지난 몇 년 동안 제가 원한 건 완벽한 삶, 모두가 부러워하는 삶이었어요. 엄마가 저한테 바랐던 것이기도 하고요. 앨런과 결혼하도록 부추긴 건 엄마였으니까요. 사실 그때나 지금이나 앨런이 아주 지저분한 놈이라는 건 알고 있었어요. 하지만 그는 부자였고 그게 엄마 마음에 쏙 들었던 거죠."

슬로운은 고개를 내저었다.

"저를 천박하다고, 속물이라고 생각하실 거예요."

마리아는 입을 열지 않았다. 잠시 후 그녀는 식탁 위로 손을 뻗어 슬로운의 손을 만졌다.

"그렇게 생각하지 않아."

슬로운은 침착함을 유지하려고 애썼다. 그녀는 감정을 가라앉히려고, 숨을 들이마시고 내쉬기를 여러 차례 반복했다.

"아빠가 저희 얘기 한 적 있었어요? 실망했다거나 이제 저희가 밉다거나 그런 얘기요."

그녀가 물었다.

"너희 아빠는 너를 미워하지 않았어."

마리아가 대답했다.

"안톤은 너를 정말 많이 사랑했어. 늘 그리워했고. 술을 많이 마신 날에는 네가 보고 싶다고 울기도 했거든."

슬로운은 고개를 푹 숙였다.

"세상에. 너무 속상해요."

그녀는 조용히 생각에 빠졌다.

"아빠랑 계속 연락하면서 지냈어야 했어요. 이곳에 계신 분들과도 그렇고요. 아마도 남은 평생을 후회하면서 살아가겠죠."

마리아는 고개를 저었다.

"아니, 그러면 안 돼. 아이들과 행복해지려고 노력해야지. 아버지와 함께한 시간에 감사하면서 말이야. 지금 그가 어디에 있든 네 마음을 알고 있을 거야. 나는 그렇게 믿어."

그녀가 말했다. 슬로운은 마리아의 손을 꽉 쥐었다.

"여전히 다정하시네요."

그녀는 남은 에스프레소를 마시고 말했다.

"피오나의 어머니와 아빠 사이에 무슨 일이 있었는지는 몰라요. 어쩌면 앞으로도 모르겠죠. 하지만 그게 뭐였든 받아들이는 법을 배워야 할 것 같아요."

그녀는 코너를 생각했다. 아마 그는 유언장 내용을 받아들이지 못할 것이다. 어떻게든 계속 싸울 것이고 영원히 분노할 것이다. 코너는 아빠보다 엄마를 더 닮은 걸까. 이혼 후 불타올랐던 엄마의 강렬한 적개심은 시간이 지나도 사그라지지 않았다.

"저는 엄마처럼은 되고 싶지 않아요."

슬로운이 나직이 덧붙였다.

"엄마한테 이 세상은 전쟁터, 사람들은 전부 적군이에요. 누가 됐든 돈이 많은 사람이 이기는 전쟁이요."

"그럼 그렇게 되지 마."

마리아가 단순명료하게 말했다.

슬로운은 아버지와 가깝게 지냈더라면 좋았겠다고 생각하면서 고개를 끄덕였다.

⌒

마리아를 만나고 돌아오는 길에 슬로운은 사촌 루스에게 전화를 걸었다.

"집에 잘 도착했어? 비행은 어땠어? 고모는 괜찮았어?"

"엄마는 괜찮았지. 삼촌 때문에 슬퍼하기는 했지만."

루스가 대답했다.

"그래. 속상하셨을 거야."

슬로운은 포도밭 주위를 천천히 거닐었다. 햇볕을 받아 포근
해진 흙을 내려다보던 그녀는 대화를 나눌 수 있는 사촌이 있다
는 점에 감사했다.

"마리아 집에 갔다가 빌라로 돌아가는 중이야."

"그녀는 어떻게 지내?"

"잘 지내. 꼭 또 다른 엄마 같아. 기회가 될 때 더 자주 왔었더
라면 좋았을 텐데."

"앞으로도 시간은 많아. 언제든 다시 찾아가면 되지."

"하지만 이제 그곳은 피오나 소유잖아. 좀 어색할 것 같아."

"무슨 뜻인지 알겠어. 조금 이상하게 느껴지기는 하겠다."

루스는 잠깐 말을 멈추었다.

"그래도 이 말은 해야겠어. 사실 피오나 보고 많이 놀랐거든.
삼촌 젊었을 때랑 똑같더라. 너무 닮았어. 너하고도 닮았던데?
자매라고 해도 되겠어. 잠깐, 이미 자매구나."

슬로운은 킥킥 웃었다.

"그나저나 피오나는 어떤 사람이야?"

루스가 물었다.

"우리는 바로 떠나와서 피오나랑 얘기할 기회가 없었거든.
게다가 유언장 내용 때문에 엄마도 충격이 컸어. 만약 삼촌이
코너와 네게 사업을 넘길 생각이 아니었다면 엄마랑 내게 사업
을 넘길지도 모른다고 생각한 모양이야. 그랬더라면 적어도 가

족 소유의 사업으로 남아있기는 했을 테니까."

"피오나도 가족이기는 해."

슬로운은 그녀에게 상기시켜 주며 말을 이어 나갔다.

"내가 보기에 피오나는 아주 현실적이고 성실한 사람이야. 속물은 아니더라. 오늘 아침에 이야기를 좀 했는데 코너랑 대치 중인 상황에도 불구하고 놀라울 정도로 느긋해 보였어. 일어날 일은 어떻게든 일어난다, 그런 마음가짐인 것 같더라."

"와."

슬로운은 한숨을 쉬었다.

"나도 모든 걸 그런 관점에서 바라볼 수 있었으면 좋겠어. 특히 앨런과의 관계를 말이야. 어젯밤에 그가 클로이에게 보냈던 사진 얘기, 아직 너한테 안 했지."

슬로운은 지난밤 이야기를 생생하게 들려주었다. 당연하게도 루스는 큰 충격을 받았다.

"맙소사. 너 혼전 계약서에 사인했잖아. 어떻게 할 생각이야?"

오솔길 끄트머리에 도착한 슬로운은 빌라 뒤쪽으로 갔다. 빌라가 눈에 들어오자 그녀의 가슴이 상실감으로 젖어 들었다. 익숙하다고 여겼던, 안정적이라고 느꼈던 모든 것들이 마치 발밑에 있는 거대한 싱크홀 속으로 빨려 들어가는 것 같았다.

"아직 잘 모르겠어. 하지만 한 가지 확실한 건, 뭐가 됐든 더 이상 후회하고 싶지 않다는 거야. 나 자신을, 내 내면을 자세히 들여다보고 결정할 생각이야."

피오나

안톤의 침실을 지나쳐 스튜디오로 향할 때였다. 침실 내부에서 누군가 흐느끼는 소리가 들렸다. 자세히 보니 문이 약간 열려있었다. 나는 잠깐 귀를 기울이다가 조심스럽게 문을 노크했다.

"안녕하세요. 소피아 맞죠? 괜찮으세요?"

그녀는 코를 훌쩍이더니 말했다.

"그냥 가세요."

나는 복도에 서서 망설였다.

"정말 괜찮으신 거예요? 얘기 좀 할까요?"

그녀는 아무 대답도 하지 않았다. 나는 문을 살짝 밀어서 안을 들여다보았다. 몸에 딱 들러붙는 흰색 원피스를 입은 그녀는 화장지 뭉치를 손에 들고 침대 가장자리에 앉아있었다. 눈가는 검은색 마스카라로 얼룩져 있었고 방은 난장판이었다. 유명 패션 디자이너들의 소품과 옷가지들이 방 안에서 폭발한 것

마냥 여기저기 흩날리고 있었다.

"안녕하세요."

나는 최대한 상냥하게 말했다.

"무슨 일 있어요?"

그녀는 숨을 들이마시고 손을 내저었다.

"얘기하고 싶지 않아요. 당신은 나를 이해하지 못해요."

나는 천이 덮인 의자로 슬며시 걸어가 앉았다. 그러고는 팔꿈치를 무릎에 얹었다.

"이해할 수도 있죠."

그녀는 화장지로 얼룩진 눈가를 문지르더니 얼음장 같은 시선으로 나를 바라보았다.

"당신이 왜 여기 왔는지 알아요. 나를 쫓아내려고 왔겠지."

나는 초조한 마음으로 침을 삼켰다. 실제로 그건 오늘 내가 해야 할 일 목록의 첫 줄에 있었다. 소피아는 화장지로 코를 풀었다.

"말할 필요 없어요. 내가 그쪽 수고를 덜어줄게요. 벌써 짐을 싸기 시작했으니까."

나는 방 안 여기저기 널려있는 옷가지와 신발, 스카프를 쳐다보았다. 여기서 무슨 일이 벌어지고 있든 짐을 싼다는 말과는 거리가 있어 보였다.

"도와드릴까요?"

"아니요. 그냥 가요, 피오나. 나를 싫어한다는 거 알고 있어요."

"아니에요. 그렇지 않아요."

"당신은 나를 싫어해요. 여기 가족들 모두 나를 싫어해요. 케이트……. 슬로운과 코너……."

나는 고개를 숙였다.

"소피아, 거짓말하지는 않을게요. 그 사람들은 당신을 싫어할지도 몰라요. 하지만 장담하건대 그들은 나를 더 싫어해요."

그 말에 그녀는 촉촉해진 눈을 들었다.

"그럴 수도 있겠네요."

열린 창문으로 오후의 뜨거운 열기를 담은 바람이 들어왔다. 나는 손으로 부채질을 했다.

"어디 갈 곳은 있어요?"

내가 물었다. 소피아는 일어나서 여행 가방을 침대 위에 올렸다.

"피렌체에 친구가 있어요. 집을 구할 때까지 자기랑 같이 지내도 된다고 했고요. 나는 괜찮을 거예요. 안톤은 너그러운 사람이었어요. 선물도 많이 받았고 얼마간 지낼 수 있는 충분한 돈도 받았어요."

그녀는 옷장으로 걸어가 옷 한 무더기를 꺼낸 다음 옷걸이 채 가방에 넣었다.

"괜찮으시다면 뭐 좀 여쭤어봐도 될까요?"

내가 물었다.

"그러세요."

그녀는 옷장으로 돌아가 다시 한번 양팔 가득 옷을 집어 들었다.

"안톤이 저희 엄마 얘기를 했던 적이 있나요? 그때 둘 사이에 무슨 일이 있었는지 저는 아무것도 모르는데, 이곳 사람들도 전부 모르는 것 같아서요."

소피아는 여행 가방에 옷을 담았다.

"그는 한번도 다른 여자 얘기를 한 적이 없어요. 항상 내가 이 세상의 유일한 여자인 것 같은 기분이 들게 해줬어요."

나는 코너가 자신의 아버지를 두고 한 말을 생각했다. 안톤은 여자들로 하여금 "이런 기분 처음이야."라고 느끼게 하는 방법을 잘 알고 있었다는 말.

"소피아, 안톤을 사랑했나요? 진심으로요?"

내가 물었다. 그녀는 신발 몇 켤레를 여행 가방 구석에 쑤셔 넣고 가방을 꽉꽉 눌렀다.

"네. 안 그랬다면 내가 왜 울고 있었겠어요?"

나는 다시 의자에 앉았다.

"저는 실제로 안톤을 만난 적이 없어요. 하지만 듣기로는 심술궂고 고약한 성미를 가진 데다가 바람둥이였다던데요."

그녀는 고개를 저었다.

"나한테는 전혀 그렇지 않았어요. 공주처럼 대해줬어요. 나한테 정말 잘해준 남자예요."

그 어느 때보다 당혹스러운 기분이 들었다. 나는 몸을 앞으로 기울였다.

"그렇군요……. 하나만 더 물어볼게요. 혹시 안톤이 유언장 관련해서 중요한 편지가 있다는 이야기를 한 적이 있나요? 아니면 개인적인 물품이나 편지를 보관하는 비밀 장소라거나."

소피아는 수북하게 채운 여행 가방을 닫기 위해 고군분투했다.

"오늘 당신과 똑같은 질문을 한 사람이 있어요."

"그래요? 누가 질문했는데요?"

나는 이미 답을 알고 있었다.

"안톤의 끔찍한 아들, 코너요. 그리고 내 대답은 그에게 말한 것과 같아요. 나는 편지에 대해서 전혀 몰라요. 개인 서류를 어디에 보관했는지도 모르고요. 버리고 싶지 않은 물건은 와이너리 사무실이나 스튜디오에 보관했던 것 같기는 해요."

소피아는 짐을 싸는 데 정신이 팔려있었고 나는 그녀를 내버려 두는 게 낫겠다고 판단했다.

"고맙습니다. 계속 찾아봐야겠네요."

나는 일어서며 말했다. 코너가 뭔가를 낚아채기 전에 서둘러 편지를 찾아야 했다. 방을 나가려던 나는 문 앞에서 잠깐 멈추었다. 소피아는 바닥에서 무거운 여행 가방을 들어 올리고 있었다. 나는 그녀에게 말했다.

"저기, 소피아……. 혹시 필요한 게 있을지 모르니 제 번호를 알려줄게요. 힘들다는 건 알지만 언제 만나서 이야기를 나눌 수 있을까요? 아버지 이야기를 더 듣고 싶기도 하고요. 무슨 이야기든 하고 싶거나 친구가 필요하다면……."

그녀는 몇 초 동안 경계하는 눈초리로 나를 바라보다가 자신의 핸드폰을 꺼냈다. 나는 다시 방으로 들어가 그녀와 번호를 교환했다.

"그쪽은 안톤의 다른 자식들과는 다르네요."

소피아가 핸드폰을 다시 가방에 넣으며 말했다.

"훨씬 다정해요. 그 사람 같아요. 그 남자의 가장 좋은 부분을 닮았어요. 안톤이 당신에게 모든 걸 물려주어서 다행이에요."

혼란스러웠다. 방향 감각을 잃고 바다 밑바닥에 거꾸로 떠있는 것 같은 기묘한 느낌이 들었다. 지금 그녀가 한 말, 그녀가 내친아버지를 어떻게 생각하는지……. 그건 지금까지 다른 이들이 묘사했던 사람과는 달랐다. 그리고 내가 상상하던 사람과도 달랐다.

"고마워요."

나는 그 말을 겨우 내뱉고 문으로 향했다.

"프란체스코에게 물어봐요."

소피아가 내 등에 대고 말했다.

"그분은 뭔가 알고 있을 거예요."

나는 멈추어서 다시 몸을 돌렸다.

"프란체스코가 누구예요?"

"피렌체에 사시는 친구의 작은할아버지예요. 안톤이 와이너리를 처음 사들였을 시기에 운전기사로 일하셨죠. 둘은 친한 친구이기도 했고요. 수년 전에 은퇴했지만 서로 계속 연락하고 지냈어요. 안톤과 나도 그렇게 만났거든요. 친구랑 친구 이모님 댁을 방문했을 때 안톤이 그곳에서 저녁 식사를 하고 있었어요. 그때 그 사람은 내가 살면서 마셨던 와인 중에 최고라고 할만한 와인을 가져왔었어요."

소피아는 가만히 허공을 응시하며 안톤을 처음 만난 날을 떠올렸다. 나는 놀란 마음으로 그녀를 바라보며 서 있었다.

"프란체스코는 지금 몸이 좋지 않아요. 그래서 장례식에도 올 수 없었죠."

"혹시 그분의 전화번호를 아세요?"

내 질문에 소피아는 핸드폰을 꺼내 들었다.

"친구한테 물어볼게요."

그녀는 빠르게 문자를 보냈고 즉각적으로 답장을 받았다.

"여기 왔네요. 주소랑 전화번호, 바로 보낼게요."

연락처를 받자 처음으로 희망이 고개를 내밀었다. 드디어 31년 전, 엄마와 안톤 사이에 무슨 일이 있었던 건지 알아낼 수도 있겠다는 희망. 동시에 아무것도 모르고 있을 탤러해시의 아빠를 생각하자 마음이 어수선했다. 내가 밝혀낼 진실이 무엇이든 아빠가 받게 될 충격을 떠올리니 겁이 났다.

～

프란체스코 베르가마스키는 항구 도시인 피옴비노의 석조 빌라에서 아내와 함께 살고 있었다. 그의 아내와 통화했을 때 그가 폐렴을 한바탕 앓고 지금 막 퇴원했음을 알게 되었다. 다음 날 아침, 친절하게도 마르코는 나를 그곳까지 태워다 주었다.

"만나주셔서 정말 감사합니다."

나는 환한 미소로 맞이해 준 프란체스코의 아내, 엘레나에게 말했다. 그녀는 소박한 디자인의 철제 샹들리에가 달린 널찍한 현관 안으로 나를 안내했다.

"집이 너무 예뻐요."

"고마워요. 잘 오셨어요. 프란체스코는 지금 바깥 테라스에서 쉬고 있어요. 마실 것 좀 드릴까요? 에스프레소? 와인?"

"에스프레소가 좋을 것 같아요. 고맙습니다."

엘레나는 나를 부엌으로 데리고 갔다. 우리는 부엌의 뒷문을 통해 티레니아 바다가 보이는 하얀 석조 테라스로 향했다. 청록 빛깔 물 위에 눈부신 햇빛이 내려앉았다. 백발의 곱슬머리를 가진 노인은 작은 테이블에 앉아 무릎 위 태블릿 화면을 손으로 넘기고 있었다.

엘레나는 그에게 다가가 어깨에 손을 얹었다.

"프란체스코."

그는 깜짝 놀라며 이어폰을 뺐다.

"무슨 일이야?"

"그 사람이 왔어."

프란체스코는 푸른 핏줄이 보이는 앙상한 손을 가볍게 떨며 태블릿을 테이블 위에 올렸다. 그리고 천천히 일어났다.

"그냥 앉아 계세요."

내가 말했지만 어쨌든 그는 일어났다. 프란체스코는 키가 컸고 호리호리했으며 등은 약간 굽어있었다. 숱 많은 그의 눈썹이 잔뜩 찌푸려져서 처음에는 화가 난 것처럼 보였다. 하지만 그의 얼굴은 곧 놀란 모습으로 바뀌었다. 나를 바라보는 그의 눈에서 따스함이 뚝뚝 떨어졌다.

"*이건 기적이야.*"

그는 내 양 볼에 입을 맞추고 테이블에 있는 다른 의자를 향해 손짓했다.

"자, 앉아요."

"*감사합니다.*"

그는 놀라움을 금치 못하며 나를 바라보았다. 그의 시선에 나는 마치 어항 속을 배회하는 물고기가 된 기분이 들었다.

"너무 닮았어요. 젊은 시절의 안톤이랑 똑같아. 눈이…… 안톤의 눈처럼 아주 특별해요."

프란체스코의 말에 심장이 두방망이질을 시작했다. 나는 무릎을 내려다보았다.

"다른 분들도 저한테 그렇게 말씀하셨어요."

그는 일어나느라 에너지를 많이 소비한 듯 가쁜 숨을 내쉬며 뒤로 기대앉았다.

"우리가 이렇게 만나게 될 거라고는 상상도 못 했어요. 안톤이 지금 우리를 보고 있다면……. 신이시여, 그를 편안하게 하소서."

나는 내가 이 세상에 존재하게 된 이유, 내가 만들어진 과정에 대해 전혀 모르는 상태였다. 그래서 마치 원래 알던 사람처럼 나를 대하는 프란체스코의 다정함이 놀라웠다. 들고 있던 가방을 테라스 바닥에 내려놓으며 그를 마주 보았다.

"편찮으시다고 들었어요. 유감이에요."

그는 걱정할 일 아니라는 듯 손을 휘휘 저었다.

"별거 아니에요. 보다시피 지금은 괜찮아요. 장례식에 못 가서 어찌나 섭섭하던지."

"저도 그랬어요. 제시간에 도착하지 못했거든요."

내가 대답했다. 우리는 잠깐 침묵 속에 앉아있었다. 그때 엘레나가 에스프레소 두 잔을 들고 나타났다.

"정말 고맙습니다."

나는 그녀로부터 잔을 받아 컵 받침에 내려놓기 전, 조심스럽게 한 모금 들이켰다.

"선생님께서는 저에 대해 쭉 알고 계셨던 거예요? 언제부터 알고 계셨어요?"

내가 물었다.

"한참 됐죠. 태어나기 전부터 알고 있었으니까."

나는 놀라움과 감동으로 뒤죽박죽된 채 그를 바라보았다. 새로 찾아낸 과거와의 연결 고리에 몸이 걷잡을 수 없이 떨려왔다.

"선생님을 찾아서 너무 기뻐요. 가족들이나 와이너리의 누구도 제 존재를 몰랐던 것 같거든요. 적어도 이번 주까지는요. 그래서 엄마와 그분 사이에 어떤 일이 있었는지 물어볼 사람이 없었어요. 엄마는 돌아가시기 전에 아무 말도 하지 않았고요. 그래서 너무 궁금해요."

나는 저 멀리 푸른 지평선을 응시했다.

"저를 반갑게 맞아주셔서 감사합니다. 와이너리에서는 가족들이 저를 그다지 환영해 주지 않았거든요. 정말 감사합니다."

"안톤의 유언장 때문에 그랬을 거예요."

바다를 응시하던 프란체스코는 통찰력을 보이며 말했다. 해안선에서 조금 떨어진 곳에 어선이 한 척 떠있었다. 어선 주위를 빙빙 돌던 갈매기 무리는 날카로운 소리를 냈다.

"솔직히 말할게요."

프란체스코가 화통하게 웃으며 말했다.

"안톤의 유언을 들은 코너와 슬로운의 모습이 궁금해서 견딜 수가 있어야지. 투명 인간이 되어 염탐이라도 하고 싶더라니까요."

나는 깜짝 놀라 그를 바라보았다.

"그분 자식들을 좋아하지 않으셨어요?"

"그런 건 아니에요. 물론 예뻐했죠. 안톤의 자식들이니까. 그렇지만 그 애들은 태만하고 배은망덕한 사람으로 자랐어요. 안톤은 늘 아이들과 함께하려고 노력했지만, 그들은 자기 아버지를 조금도 신경 쓰지 않았죠. 손가락 하나 까딱하지 않아도 언젠가는 전부 자기들 소유가 될 거라고 생각했겠지. 애들한테는 엄청난 충격이었을 거예요."

"맞아요. 그랬어요. 그들 스스로 납득하기 전까지는 지금의 결과를 받아들이지 않을 거예요."

나는 그에게 말했다. 그는 호기심 가득한 눈으로 나를 바라보았다.

"그 애들이 뭐라던가요?"

"그들은 안톤이 협박 같은 걸 받았다고 주장하고 있어요. 그걸 입증하려고 하고 있죠. 그들은 어째서 31년의 세월이 지난 지금에서야 유산의 거의 전부를 저한테, 그러니까 한번도 만난 적이 없는 사생아한테 남긴 건지 받아들이지 못하고 있어요. 사실 저도 많이 놀랐어요. 지금까지 살아오면서 그분이 저희 삶의 일부였던 적이 없었으니까요. 엄마도 돌아가시기 직전에야 진실을 알려줬고요. 심지어 자세한 내용은 듣지도 못했어요. 그때 엄마는 생사의 기로를 넘나들었고 저는 추측만 했어요……. 이걸 어떻게 말씀드려야 할지 모르겠지만 저는 그걸…… 아주 불쾌한 일의 결과라고 추측했어요. 사랑이 없는 그런 일이요."

내가 설명했다. 내가 그의 얼굴에 주먹을 날리기라도 한 듯 그의 고개가 뒤로 젖혀졌다.

"설마 안톤이 그녀를 겁탈이라도 했다고 생각한 거예요?"

나는 아랫입술을 깨물었다.

"실은 그렇게 생각하기도 했어요. 사랑하는 아빠가 친아버지가 아니라는 얘기를 들었을 때 저는 고작 열여덟 살이었거든요. 충격이 컸어요. 그 충격을 어떻게 다루어야 하는지도 몰랐고요. 이야기를 듣고 몇 시간 후 엄마가 돌아가셨기 때문에, 무슨 일이 있었던 건지 제대로 대화할 기회조차 없었어요."

나는 지난 12년 동안의 감정과 생각을 돌이켜 보았다.

"저는 그때 너무 어렸어요. 슬프고 고통스러운 데다가 화도 났죠. 그 이야기를 들었을 때 충격은 물론이고 배신감까지 느꼈어요. 저 자신과 아빠에 대한 배신감이요. 어쩌면 여전히 배신감을 느끼고 있는지도 모르겠어요."

프란체스코는 동정 어린 표정으로 나를 바라보았다.

"당신 어머니가 돌아가셨다는 이야기를 들었을 때 나도 아주 슬펐어요."

나는 고개를 들어 그를 보았다.

"그때 당시의 엄마를 알고 계셨어요?"

"그럼요. 릴리언은 와이너리에 아주 중요한 사람이었어요. 안톤에게는 말할 것도 없고요."

"어떤 식으로요?"

그는 믿어지지 않는다는 듯 나를 보았다.

"둘 사이에 무슨 일이 있었는지, 정말 아무것도 모르나요?"

나는 고개를 저었다.

"엄마가 이곳 토스카나에서 여름을 보냈다는 건 알아요. 아빠의 첫 번째 책 자료 조사를 위해서요. 그때 엄마가 와이너리 투어 가이드로 일했다는 것, 그게 제가 알고 있는 전부예요."

프란체스코는 손가락으로 관자놀이를 두드렸다.

"릴리언은 투어 가이드 이상이었어요. 타고난 사업가라고 할 수 있는 사람이었죠. 좋은 와인을 식별하는 감각도 타고났고요."

"정말요?"

나는 놀라며 대답했다.

"저는 아빠를 간병하는 엄마의 모습만 봤어요. 가끔 밖에서 일을 한 적도 있었지만 임시직이었어요. 아르바이트요. 엄마는 개인적인 목표나 직업적인 포부 같은 걸 겉으로 드러내거나 이야기한 적이 없었어요."

"그쪽 어머니가 아니었다면 안톤의 와인은 절대로 미국 시장에 안착할 수 없었을 거예요. 안톤은 어떻게 하면 효과적으로 북미 시장에 와인을 내다 팔 수 있을지를 알아낸 유럽 최초의 와인 사업가거든요."

프란체스코의 말에 나는 그에게 좀 더 몸을 당겨 앉았다.

"그렇다면 와인 사업의 성공과 관련해서 그분이 엄마에게 빚을 졌다고 생각한 걸까요? 엄마의 공이 컸다고 여겨서, 그래서 저한테 와이너리를 남긴 걸까요?"

프란체스코는 눈을 감고 가볍게 웃으며 고개를 저었다.

"아니요. 내가 말하려는 건 그게 아니에요."

"그럼 무슨 말씀이세요?"

그는 뒤통수를 긁적거렸다.

"당신이 아무것도 모른다는 사실을 믿을 수가 없네요. 그건 약속을 지독하게 지킨 안톤의 탓이라고 보는 게 맞겠어요. 당신 어머니와의 약속을 무덤까지 가지고 갔으니까요."

"그게 무슨 뜻이에요?"

프란체스코는 테이블 위로 내 손을 잡았다.

"안톤에게는 당신 어머니가 일생일대의 사랑이었어요. 그가 진정으로 사랑한 유일한 여성이었죠. 그의 아내까지 포함해서요. 그는 당신 어머니가 떠나는 걸 어떻게든 막으려 했어요. 그건 안톤에게 죽음보다 괴로운 일이었으니까요. 하지만 릴리언을 너무나도 사랑했기 때문에 놓아준 거예요."

"이해가 가지 않아요."

프란체스코는 뒤로 기댔다.

"당신 아버지는 아직 살아 계시죠? 당신을 길러준 아버지요."

"네. 아빠는 저한테 세상 무엇보다 소중한 존재예요. 그래서 저는 이 모든 상황에 화가 나요. 아빠는 엄마가 바람피웠다는 사실을 전혀 모르고 있거든요. 엄마는 아빠에게 진실을 알리지 말아 달라고 애원했고 저는 지금껏 엄마와의 약속을 지켰어요. 아빠한테는 하루하루가 도전이라 사실을 알고 상처받는다면 저도 견디지 못할 것 같아요. 아빠는 더 이상 고통을 겪어서는 안 돼요."

내 말이 끝날 때쯤엔 프란체스코의 얼굴이 붉게 달아올라 있었다. 뒤늦게 그를 본 내 심장이 덜컥 내려앉았다.

"왜 그런 표정이세요? 혹시 저희 아빠를 알고 계셨어요?"

내가 물었다. 그는 천천히 고개를 저었다.

"아니요. 직접 소개받은 적은 없어요. 대화한 적도 없고요. 하지만 당신 아버지에게 벌어진 일은 알고 있어요."

손가락, 발가락의 감각이 사라졌다. 정신이 나가버린 듯 아무것도 느껴지지 않았다.

"아빠의 사고를 말씀하시는 건가요?"

"네. 그날 나도 거기에 있었거든요."

나는 프란체스코를 뚫어져라 바라보았다.

"전부 알려주셨으면 좋겠어요."

그는 천천히 고개를 끄덕였다.

"그럼요. 피오나, 다 이야기해 줄게요. 전부 다. 안톤이 내게
말해준 그대로."

릴리언

1986. 토스카나

"파리에 있을 때 왜 더 자주 전화하지 않은 거야?"

웨이터가 테이블에서 와인 한 병을 열어 잔에 따랐을 때 릴리언은 프레디에게 물었다. 일주일에 한 번이 아닌, 매일 밤 그가 전화했더라면 상황은 달라졌을까. 그녀는 알고 싶었다.

"장거리였잖아. 그리고 당신은 내가 언제 글을 쓰는지 알고 있으니까. 아마 당신이 일을 마칠 때 내가 글을 쓰기 시작했을 거야."

프레디가 설명했다. 그는 검지를 들어 눈앞에서 좌우로 흔들었다.

"그리고 당신이 받지 않았을 때도 여러 번 전화했어. 아마 그때 당신은 빌라에 있었을걸."

그는 와인을 홀짝홀짝 마시며 와인 잔 너머로 그녀를 유심히 살폈다. 그가 뭔가 의심을 하는 건 아닌지 그녀는 불안해졌다.

프레디는 눈을 가늘게 뜨고 말했다.

"설마 내가 파리에서 바람이라도 피웠다고 생각하는 건 아니지? 내가 사랑의 도시에 혼자 있어서 그렇게 생각한 거야? 아니, *사랑Amore*의 도시라고 말해야 하나?"

그는 그녀를 놀리고 있었지만, 릴리언은 차마 그를 똑바로 바라볼 수가 없었다. 그를 속인 자신이 끔찍하게 느껴지면서도 한편으로는 안톤을 잃을지 모른다는 생각에 제정신이 아니었다. 프레디와 함께하는 오후 내내 릴리언의 심장은 조각조각 부서지고 있었다.

그녀는 앞에 차려진 음식을 바라보았다.

"당연히 아니지."

잠시 후 프레디의 태도가 조금 진지해졌다. 그는 잔을 높게 들었다.

"우리 아직 축배를 들지 않았어. 토스카나에서의 보내는 우리의 여름을 위해, 그리고 책을 끝낸 나를 위해, 그리고 다음 작품을 위해."

릴리언 역시 잔을 들었다.

"다음 작품?"

"응."

그는 와인을 한 모금 크게 들이켠 후 잔을 내려놓았다.

"릴, 진작 말하고 싶었는데 나 벌써 아이디어가 떠올랐어. 속편은 아니고 등장인물 중 조연에 해당하는 인물의 이야기가 될 거야. 아직은 한 글자도 안 썼지만 벌써 여기 다 들어있어."

그는 검지로 관자놀이 부분을 톡톡 두드렸다.

"약속할게. 이번 작품은 어떻게 흘러갈지 알고 있으니까 그리 오래 걸리지 않을 거야."

그녀는 원하는 것을 끝없이 기다리기만 하면서 생을 허비하게 될지도 모른다는 걱정과 불안이 한데 엉킨 상태로 그를 바라보았다. 프레디는 그녀의 손을 꽉 쥐었다.

"그리고 당신이 아까 얘기했던 거 말이야. 소블리에 강의 듣는 거. 내가 응원하는 것처럼 들리지 않았다면 사과할게. 예상 밖이라 단지 놀랐을 뿐, 다른 뜻은 없었어. 당신이 하고 싶으면 해야지. 당신이 행복한 일을 했으면 좋겠어. 그리고 만약 당신이 원하지 않는다면 아기는 갖지 않아도 돼. 유산했을 때 당신이 얼마나 힘들어했는지 알아. 그러니까 우리가 부모가 되는 게 아니라 둘 다 직업적인 목표나 꿈을 추구하면서 살아가는 삶, 나는 그런 삶도 좋다고 생각해. 어쩌면 그게 우리의 숙명일지도 몰라. 어느 쪽이 됐든 경제적인 부분은 내가 글을 써서 해결하고 싶어. 그러니까 계속해서 다음 책을 써야지. 이제 내가 원하는 삶을 확실히 알 것 같아. 우리가 그런 인생을 살았으면 좋겠어. 여기 온 건 정말 최고의 결정이었어."

릴리언은 초조한 마음으로 침을 삼켰다. 프레디가 책을 한 권만 쓰지 않을 거라는 건 어느 정도 짐작하고 있었다. 그는 전문 작가를 꿈꾸었다. 그건 그가 매일, 그리고 평생 글을 써야 한다는 것을 의미했다. 현실 세계에 그녀만 덩그러니 남겨둔 채 그는 언제든 창작의 동굴 속으로 사라질 것이었다.

그게 그녀가 그토록 아기를 바랐던 이유일까. 릴리언은 자신의 세상을 풍성하게 채우고 싶었다.

"그럼, 당연히 다음 소설을 써야겠지."

또다시 자신의 바람은 뒷전으로 미루고 그를 응원하는 그녀의 나쁜 습관이 튀어나왔다.

하지만 왜 계속 그랬던 걸까? 마음 깊은 곳에서는 그에게 말해 봐야 소용없다는 사실을 알고 있었기 때문일까. 그녀의 소원 따위는 그의 안중에도 없다는 사실을? 그에게 중요한 건 오직 자신의 목표뿐이라는 사실을?

프레디는 릴리언을 사랑하기는 하는 걸까? 아니면 혼자가 되는 게 두려운 걸까? 어머니에게 버림받았던 기억 때문에 다시 버려지는 게 겁나는 걸까?

첫 번째 요리가 도착했다. 먹음직스러워 보였지만 릴리언은 식욕이 일지 않았다. 하지만 당장이라도 눈물이 쏟아질 것 같아 억지로 포크를 들어야 했다.

그녀는 묵묵히 음식을 입에 넣었다. 프레디는 등을 기대고 고개를 기울이며 이야기를 꺼냈다.

"음……. 들어볼래?"

"뭘?"

그녀는 감당할 수 없을 정도의 절망감을 느끼며 물었다.

"새로 구상한 이야기."

릴리언은 종종 프레디가 아이디어를 테스트하는 대상이었다. 지금까지 그녀는 그 대상에 된 것에 불만이 없었다. 그건 오히려 둘의 관계를 견고하게 지탱하는 기둥 역할을 해주었다. 그들이 책 내용에 관해 브레인스토밍하며 보내는 시간이 관계를 단단하게 만들어주었다.

"해봐."

릴리언은 현실을 벗어난 듯한 기분으로 무감각하게 말했다.

그는 줄거리를 설명하기 시작했지만 그녀는 그 내용을 도통 알아들을 수가 없었다. 복잡하거나 어려워서가 아니었다. 첫 번째 이야기보다는 소설의 짜임새가 더욱 탄탄하게 갖추어져 있을 것이다.

흔들리고 있는 건 릴리언, 그녀의 세상이었다. 안톤을 잃었다는 비통한 마음을 도무지 떨칠 수 없었다. 게다가 프레디가 그녀의 소망을 조금도 신경 쓰지 않는다는 사실을 이제 더 이상 간과할 수 없었다.

릴리언은 엄마가 되고 싶었다. 소녀였을 때부터 엄마가 되는 것을 꿈꿨다. 자신이 자란 것과는 다른, 행복하고 견실한 가정을 꾸리고 싶었다. 그러기 위해서 그녀는 남편을 사랑하고 존중하고 진심으로 이해해야 했다. 그리고 자신도 남편에게 사랑받고 존중받으며 진심으로 이해받기를 원했다.

하나 분명한 건 프레디는 그런 남자가 아니라는 것이다. 그는 아빠가 되기를 원하지 않는다. 릴리언이 오직 자신만 돌봐주기만을, 절대 자신을 버리지 않기를 바란다.

그날 밤, 릴리언은 잠들 수 없었다. 반면 프레디는 머리가 베개에 닿자마자 코를 골기 시작하며 깊은 잠에 빠졌다. 아마 디저트와 함께 추가로 주문한 마데이라 와인 때문일지도 모른다.

잠들기 전, 그는 사랑을 나누고 싶어 했으나 릴리언은 몸이 좋지 않다고 얼버무렸다. 완전히 틀린 말은 아니었다. 감정적으로 고통스러운 하루였고 레스토랑에서의 식사마저 제대로 끝내지 못했다. 프레디는 그녀가 남긴 음식까지 먹어 치웠다.

그녀는 옆으로 누워 턱을 괴고 열린 창밖을 내다보았다. 먹물을 끼얹은 듯 깜깜한 밤하늘에는 달에서 삐져나온 은색 빛줄기 한 조각만 있었다. 가늘고 희미한 구름이 별마저 가려버렸다.

릴리언의 머릿속은 스트레스로 터져나갈 정도였다. 토스카나를 떠나 미국으로 돌아가는 것을, 다시는 안톤을 볼 수 없다는 것을 상상조차 할 수 없었다. 프레디가 아이를 원할 때까지 무작정 기다리면서 돈 때문에 좋아하지도 않는 일을 해야 한다는 것도.

프레디의 코 고는 소리를 들으며 밤하늘을 올려다보고 누워 있자니, 그녀의 생각은 자연스럽게 안톤에게로 미끄러져 갔다. 그들이 함께한 모든 순간, 모든 대화를 더듬자 릴리언은 생기를 되찾았다. 안톤은 모든 면에서 그녀의 열정을 불러일으키는 사람이었다. 프레디와는 비교조차 할 수 없을 정도였다. 그녀는 프레디를 사랑했지만, 그들의 관계는 단 한번도 열정적이지 않왔다. 시작부터 그랬다.

새삼스럽게 깨달은 감정 때문에 그녀의 심장은 쿵쾅거리기 시작했고 감정은 빠르게 소용돌이쳤다. 안톤이 아닌 사람과 침대에 누워있을 수는 없다는 생각이 들어, 그녀는 슬그머니 침대를 빠져나와 옷장에서 원피스를 꺼냈다. 화장실에서 옷을 갈아입는 동안 릴리언은 거울 속의 자신을 바라보았다.

너 도대체 지금 뭐 하는 거야?

그녀는 남편이 잠들어 있는 침대로 돌아가라고, 스스로를 설득했다. 그러나 지금 느끼는 감정과 본능을 도저히 거스를 수가 없었다. 5분 후 그녀는 손전등도 없이 가로수 길을 뛰어가고 있었다. 칠흑같이 어두운 밤이었지만 그래도 괜찮았다. 그녀는 이 길을 가슴으로 기억하고 있었다. 빌라 정문에 도착해 보안 코드를 누르고 재빠르게 현관문으로 이어지는 돌계단을 올랐다.

문은 잠겨있었다. 모든 창문이 어둠에 싸여있었다. 안톤의 침실은 2층에 있었다. 그녀는 서둘러 옆으로 돌아가 1층에 위치한 프란체스코의 방 창문을 두드렸다. 곧바로 커튼이 활짝 젖혀졌고 창문이 열렸다.

"릴리언, 여기서 뭐 하는 거예요?"

"깨워서 죄송해요. 지금 안톤과 이야기를 좀 해야 해서요. 아침까지 기다릴 수가 없었어요."

그녀의 다급한 대답에 프란체스코는 침음했다. 그러고는 곧 고개를 끄덕였다.

"문을 열 테니, 현관으로 와요."

잠시 후 그는 그녀를 거실로 데리고 와서 램프를 켰다.

"잠깐만 기다려요. 가서 안톤을 깨울게요."

프란체스코는 그녀와 안톤의 관계를 알고 있는 걸까? 그녀는 도무지 종잡을 수가 없었다. 둘은 늘 조심스럽게 행동했지만 사람들은 바보가 아니었다. 남편이 자리를 비웠던 매일 밤 릴리언을 바래다주러 나갔던 그가 몇 시간 동안, 때로는 동이 틀 때까지 돌아오지 않는다는 것을 그들은 알고 있었다.

빠르게 언덕을 오르느라 가빠진 숨을 몰아쉬며 그녀는 벽난로 앞 소파에 앉았다. 그리고 그날 오전, 그런 식으로 이별을 고했던 자신을 안톤이 용서하기를 간절히 바랐다.

상의는 탈의한 채 체크무늬 파자마 바지를 입은 안톤이 모습을 드러냈다. 그녀의 내면 깊숙한 곳에서부터 전율이 솟구쳤다. 이제 더는 그가 없는 미래를 상상할 수 없었다. 그는 그녀를 완전히 바꾸어 놓았다. 그녀는 더 이상 5년 전에 프레디 벨과 결혼했던 그 여자가 아니었다. 이제야 알았다. 그녀는 프레디가 아닌 다른 누군가와 함께할 운명으로 이 세상에 왔다는 것을.

"부디 마음이 바뀌었다고 말해줘요."

안톤이 깊고 낮은 목소리로 말했다. 그의 목소리는 찬란하게, 그리고 황홀하게 그녀의 영혼을 건드렸다.

"정말 미안해요. 내가 너무 멍청했어요. 용서해 줄래요?"

그녀가 말했다. 그는 문을 잠근 다음 확신에 찬 걸음걸이로 빠르게 거실을 가로질렀다. 그는 릴리언을 품에 안고 목덜미에 얼굴을 묻는 것으로 질문에 답했다. 그녀의 가슴 깊은 곳에서부터 순도 높은 기쁨이 폭발하듯 터져 나왔다. 그녀는 나직이 속 삭였다.

"신이시여, 감사합니다."

안톤은 그녀를 조심스럽게 안아 소파 위에 눕혔다. 그의 살갗 이 그녀의 피부를 뜨겁게 달구었다. 그녀는 둘의 영혼이 하나가 되는 완전무결한 황홀경에 들어섰다. 그들이 기쁨과 괴로움으 로 범벅된 사랑을 나누는 동안 열기는 그녀의 뼛속 깊은 곳까지 그윽하게 배어들었다. 관계가 끝난 후 릴리언은 눈을 감고 안톤 의 매혹적인 체취를 들이마셨다. 땀으로 축축하게 젖은 머리카 락과 목덜미의 향이었다.

"프레디한테는 아직 이야기 안 했어요?"

그가 물었다.

"아직이요. 조금 전에 마음을 정했거든요. 나올 때 프레디는 잠들어 있었어요."

그녀가 대답했다.

"언제 말할 생각이에요?"

"돌아가자마자요. 쉽지는 않을 거예요."

릴리언은 고개를 저으며 두 손으로 눈을 가렸다. 그러고는 덧 붙였다.

"그는 받아들이지 못할 거예요."

"내가 도와줄 수 있으면 좋겠는데……. 솔직히 말하면 그가 가여워요. 오늘 당신이 떠난 후, 내 일부분이 죽어버린 느낌이 었거든요. 어디 아픈 게 아니냐고 묻는 사람들에게 대답하는 것 말고는 침대에 누워서 아무것도 할 수가 없었어요."

안톤의 말에 릴리언의 눈에서 눈물이 흘러내렸다.

"미안해요."

그녀는 엄지를 그의 입술에 가져다 댔다.

"알다시피…… 당신이 나를 사랑하는 것처럼 프레디가 나를 사랑하는지 잘 모르겠어요. 아마도 그는 나를 사랑했던 적이 없는 것 같아요."

안톤과 그녀는 서로의 이마를 맞댔다.

"당신이 돌아와서 기뻐요. 당신을 잃었다면 평생 슬픔에서 헤어 나오지 못했을 거예요."

❦

새벽까지 안톤과 함께한 릴리언은 빌라 현관에서 그에게 키스한 뒤 서둘러 빌라를 빠져나왔다. 그녀는 석조 베란다를 가로질러 넓은 계단을 내려온 다음 예배당과 와인 저장고로 향하는 가로수 길을 가볍게 달렸다.

골짜기마다 두툼한 안개가 자리 잡았고 과일이 익어가는 싱그러운 냄새가 났다. 소나무의 높은 가지에서는 까마귀가 울었다. 릴리언의 눈에는 이 모든 것들이 경이롭게 보였다. 코앞에 닥칠 껄끄러운 상황을 예상하면서도 이보다 또렷하게 살아있음을 느껴본 적이 없었다.

프레디를 고통으로 몰아넣을 스위트룸으로 곧장 돌아가는

대신 그녀는 그가 아직 아무것도 모르는 현재에 조금 더 머물기로 했다. 진실을 모른 채 행복하게 잠들어 있을 현재에. 그의 세상은 곧 산산조각이 날 것이다. 남은 시간 동안 그에게 어떻게 말을 꺼내는 게 좋을지 떠올려야 했다.

그녀는 숲속 흙길에서 왼쪽으로 돌아 5분 거리의 수영장으로 갔다. 푸른 새벽빛을 머금은 물은 너무나도 고요했다. 그녀는 주위를 둘러보고 아무도 없음을 확인한 다음 원피스를 수영장 한쪽에 벗어두었다. 그리고 맨몸으로 깊고 차가운 물에 뛰어들었다.

릴리언은 수영장을 연거푸 몇 바퀴 돌았다. 격렬하게 몸을 움직이는 동안 그녀의 결심은 더욱 단단해지고 있었다. 그녀는 결정을 후회하기보다 오히려 해방감과 환희를 느꼈다. 새롭게 태어난 것 같았다.

언젠가 책을 출판하고 나면 프레디도 이런 기분을 느끼지 않을까. 글 쓰는 일은 그에게 무엇보다 중요한 일이니까. 그의 삶에서 릴리언은 정기적인 수입원이자 아이디어가 떠오를 때 이야기를 들어주는 역할 같은 존재였다. 결국 삶을 영위하기 위한 일종의 제공자에 불과했다. 프레디는 마법의 세계를, 환상의 세계를 그녀에게서 찾지 않았다. 타자기를 두드리면서, 자신이 창조한 이야기 속에서 그 세계를 찾았다. 무엇보다 프레디는 아이를 원하지 않았다. 그녀가 떠나는 게 두려운 나머지 아이를 원하는 시늉만 했다.

수영을 끝낸 릴리언은 원피스를 입고 테라스 가장자리로 걸어갔다. 그러고는 테라스에 서서 토스카나의 구불구불한 언덕들과 세상을 분홍빛으로 물들이는 해돋이를 바라보았다. 이것이 바로 그녀의 행복이자 안톤의 행복이었다.

릴리언은 숲길을 걸어 프레디가 자고 있을 스위트룸 앞에 도착했다. 그녀는 석조 건물을 바라보며 심호흡과 함께 마음의 준비를 했다. 그러고는 프레디가 깨지 않도록 신발을 벗고 발끝으로 계단을 올라가 살며시 문을 열고 들어갔다.

침실 문은 닫혀있었다. 그녀는 부엌으로 가서 커피를 내리고 식탁에 앉아 이른 아침의 고요 속에서 천천히 커피를 음미했다. 그러면서도 머릿속으로는 적절한 말을 생각해 내느라 애쓰고 있었다. 가능한 한 프레디를 덜 고통스럽게 만들면서, 최대한 진실을 전달할 수 있는 문장을 찾아내야 했다.

커피를 다 마신 릴리언은 용기를 내서 침실로 걸어갔다. 잠깐 멈춰선 그녀는 눈을 감고 심호흡을 뱉은 다음, 침실 문을 열었다.

눈앞의 광경에 말문이 막힌 그녀는 그대로 얼어붙었다.

침대는 비어있었다. 프레디는 그곳에 없었다.

릴리언

이불은 널브러져 있었고 프레디는 없었다. 릴리언은 문고리를 잡은 채 몇 초 동안 그대로 서있었다. 그녀의 심장이 뛰기 시작했다. 그는 어디에 있는 걸까?

그녀는 단숨에 계단을 뛰어 올라가 위층의 침실과 화장실을 확인했다.

맙소사. 그녀가 밤중에 어디에 갔었는지, 그는 알고 있었던 걸까?

릴리언은 문밖으로 나와 차가 있는지 확인하려고 계단을 뛰어 내려갔다. 차는 원래 자리에 주차되어 있었다. 프레디는 차를 타고 나간 게 아니다.

그녀는 서둘러 테라스로 갔다. 그녀의 시선은 포도밭, 올리브 과수원을 넘나들며 사방에 닿았다. 혹시 산책하러 간 건 아닐까? 아니다. 말도 안 되는 생각이다. 프레디는 새벽 산책을 할 사람이 아니니까.

"프레디!"

그녀는 소리쳤다. 자신의 외침이 다른 스위트룸의 손님들을 깨울 거라는 걸 알았지만 어쩔 도리가 없었다. 공포감에 점령당한 상태에서 예의를 차리는 건 사치였다.

신이시여, 도와주소서.

만약 그가 전부 다 알게 됐다면?

～

릴리언은 빌라에 있을 안톤에게 전화를 걸었다. 카테리나는 그가 일찍 사무실에 출근했다고 전했다. 이야기를 듣고 그의 사무실에도 전화를 해보았지만 연락은 되지 않았다. 안톤을 본 사람도 없었다. 그녀는 전화를 끊고 멍하니 길가를 응시했다. 행운의 여신이 그녀의 편이라면 프레디는 호텔 식당에서 가져온 페이스트리 상자를 들고 웃으면서 진입로로 걸어올 것이다.

그러나 10분이 지났지만 그는 나타나지 않았다. 뭔가 잘못되었다는 것을 직감으로 알 수 있었다.

바로 그 순간 저 멀리서 요란한 사이렌 소리가 났다. 그 소리는 얼음장처럼 차가운 공포를 몰고 와 릴리언의 몸을 휘감았다. 그때 차 한 대가 빠른 속도로 달려와 미끄러지며 멈추어 섰다. 프란체스코였다. 그는 급히 차 문을 열고 나왔다.

"릴리언! 지금 바로 가야 해요! 남편분이 다쳤어요!"

그녀는 계단 꼭대기의 테라스에서 그에게 소리쳤다.

"뭐라고요? 그게 무슨 말이에요?"

"남편분은……."

프란체스코는 그 질문에 대답할 수 없는 것 같았다.

"당장 가야 해요. 어서요."

릴리언은 가방을 가지러 안으로 뛰어들어 갔다가 발을 돌려 재빨리 프란체스코의 차로 향했다.

"무슨 소리인지 모르겠어요."

그녀가 조수석에 앉으며 말했다.

"무슨 일인지 제발 얘기해 주세요."

프란체스코는 주저하다가 간신히 몇 마디를 내뱉었다.

"프레디가 차에 치였어요."

"뭐라고요? 어디서요?"

릴리언이 소리쳤다. 그는 손가락으로 가리켰다.

"언덕이요. 와인 저장고로 올라가는 언덕."

"프레디는 지금 괜찮은 거예요?"

프란체스코는 불안한 눈빛으로 그녀를 힐끗 보았다.

"잘 모르겠어요. 의식을 잃은 상태라 구급차를 불렀어요."

"그래도 살아있는 거죠? 그렇죠?"

"네."

그들이 사고 현장에 도착했을 때는 구급차가 이미 병원으로 출발한 후였다. 프란체스코는 차를 돌려 병원으로 갔다.

프레디는 응급실에 있었다. 릴리언은 간호사에게 그를 보게
해달라고 간청했다.

"지금 진료 중이에요."

간호사는 릴리언을 문에서 떨어진 곳으로 데려가며 말했다.
릴리언이 안내받은 대기실에는 안톤과 프란체스코가 있었다.
자리에서 일어나는 안톤을 본 릴리언이 곧바로 그를 향해 다가
갔다.

"당신이 여기 있어서 다행이에요. 이게 다 무슨 일인지 모르
겠어요. 그 새벽에 거기서 뭘 하고 있었던 걸까요?"

안톤은 아무 대답도 하지 않고 몸을 돌려 낮은 목소리로 말
했다.

"프란체스코, 잠깐 자리 좀 비켜주겠어?"

"그래. 차에서 기다릴게."

시간이 지날수록 릴리언의 심장은 두려움으로 더 빠르게 뛰
었다. 안톤은 그녀를 의자에 앉게 했다.

"당신한테 할 말이 있어요. 프레디가 밖에 있었던 이유는 어
젯밤 당신이 나가는 모습을 봤기 때문이에요."

그가 말했다. 그녀는 얼굴을 찌푸렸다.

"그게 무슨 말이에요?"

안톤은 잠시 말을 멈추고 눈을 꼭 감았다.

"릴리언, 미안해요. 프레디가 당신을 따라와서 당신이 빌라

로 들어오는 걸 봤어요……. 창문으로 우리를 지켜봤대요."

그녀는 우수수 쏟아지는 안톤의 말을 따라잡으려고 애쓰면서 그 모든 상황을 머릿속에 그려보았다. 어둠 속에서 그녀를 따라온 프레디가 빌라 창문 밖에서 그녀와 안톤이 사랑을 나누는 장면을 목격한다. 무거운 공포감이 서서히 그녀를 엄습했다.

"안 돼……."

그녀는 얼굴을 손바닥에 파묻었다.

"이건 최악의 상황이에요."

그녀는 한동안 숨죽여 흐느끼다가 안톤을 바라보았다.

"그다음은요? 프란체스코 말로는 프레디가 와인 저장고로 가는 언덕에 있었다고 했어요. 어째서 거기 있었던 거예요?"

안톤은 머뭇거리다가 말했다.

"프레디가 나를 따라왔거든요."

릴리언은 그렁그렁 눈물이 맺힌 눈으로 초조하게, 안톤의 말을 기다렸다.

"당신이 떠나고 나서 확인할 것이 좀 있어 저장고로 갔어요. 저장고 밖을 나와서야 프레디가 있다는 사실을 알았고요. 프레디는 테라스에서 서성거리면서 나를 기다리고 있더군요."

안톤이 말했다. 그녀는 무슨 일이 일어났던 건지 정확하게 알아내기 위해 물었다.

"프레디랑 대화했어요?"

"네. 프레디는 자신이 본 걸 이야기했어요. 당연히 머리끝까지 화가 난 상태였고요. 그가 내게 주먹을 날렸어요. 그를 탓할 수는 없죠."

"그건 프레디답지 않아요."

릴리언이 고개를 흔들며 대답했다.

"그 사람은 어디 가서 싸우거나 하는 사람이 아니에요."

"오늘 아침에는 그럴만한 상황이었으니까요."

릴리언은 충격과 두려움에 휩싸인 채 안톤을 바라보았다.

"그다음에는요?"

"프레디가 나를 벽으로 여러 차례 밀쳤어요."

안톤이 시선을 내리깔았다.

"내가 자초한 일이니까 반격하지 않고 가만히 있었어요. 하지만 프레디가 주먹을 휘둘렀고……."

"뭘 어떻게 한 거예요?"

"나도 그를 때렸어요."

메스꺼움이 독처럼 전신으로 퍼져 나갔다.

"그다음은요?"

"논쟁이 있었어요. 내게 다시는 당신 앞에 나타나지 말라고 했어요. 그리고 나는 프레디에게 당신을 사랑한다고, 당신은 여기서 나와 함께할 거라고 말했고요."

"내가 그 사람을 떠날 생각이라는 걸 말했다고요?"

릴리언이 깜짝 놀라며 물었다.

안톤은 고개를 끄덕일 뿐이었다. 릴리언은 손으로 이마를 누르고 머리칼을 쥐어뜯었다.

자신이 직접 프레디에게 알렸어야 했다. 조금 더 다정하게,

그가 받아들일 수 있는 방식으로 말했어야 했다. 다른 남자와 사랑을 나누는 장면을 목격한 그가 느꼈을 고통의 크기를, 그녀는 가늠조차 할 수 없었다. 프레디는 얼마나 괴로웠을까. 죄책감이 그녀의 내면을 갈기갈기 찢었다.

그녀는 안톤에게로 돌아섰다.

"차에 치였다는 건 어떻게 된 거예요?"

안톤은 고개를 푹 숙였다.

"우리가 싸운 후 프레디는 돌아갔어요. 나는 마음을 가라앉히고 차분하게 생각하려고 다시 안으로 들어갔고요. 하지만 프레디가 돌아가서 무슨 짓을 하지는 않을지, 당신을 다치게 하지는 않을지 걱정되기 시작했어요. 당신이 괜찮은지 확인해야 했어요. 그래서 차에 올라탔죠."

그 순간 릴리언은 안톤이 하려는 말을 완전히 파악했다. 옥죄어 오는 두려움으로 그녀의 뱃속에서 경련이 일었다.

"지금 그 사람을 차로 친 사람이 당신이라는 말인가요?"

한동안 안톤은 아무 말도 하지 못했다. 하지만 그 질문에 대한 대답은 그가 고개를 끄덕이는 것으로 명확해졌다. 앉아있지 않았다면 릴리언은 다리가 풀려 바닥에 쓰러져 버렸을 것이다.

"맙소사, 안톤, 일부러 그런 건 아니죠? 사고였던 거죠?"

"당연히 사고였어요."

그가 재빨리 대답했다.

"이른 시간이었어요. 해가 막 떠오르는 중이었고 안개는 아주 짙었어요. 아무것도 보이지 않았어요. 그때, 갑자기 프레디가 불쑥 튀어나왔어요."

"프레디가 당신 차 소리를 듣지 못했나요?"

그녀가 어떻게든 이해하려고 애쓰며 물었다.

"그건 모르겠어요. 속도를 높인 상태로 커브를 돌았어요."

당장이라도 게워낼 만큼 속이 울렁거려서 릴리언은 일어나 창가로 갔다. 그녀는 창밖 너머를 응시했지만 그 어떤 것도 볼 수 없었다. 솟아오른 아침 해는 숨겨져 있던 유리창의 손자국과 뿌연 먼지를 비추었다. 손자국과 얼룩들은 어서 빨리 닦아달라고 애원하는 듯했다. 그녀는 그 먼지들 위에 엑스 자를 그린 다음 더러워진 손가락을 확인했다. 갑자기 세상 전체가 오염된 것처럼 느껴져 그녀는 손가락을 옷에 닦았다.

안톤의 목소리는 괴로움으로 떨리고 있었다.

"릴리언, 내 말 믿죠? 사고였다는 말."

"네."

그녀는 무기력한 목소리로 대답했다.

"당신이 그런 식으로 누군가를 해칠 사람이 아니라는 건 잘 알아요."

아니, 그럴 수도 있는 사람일까? 그녀는 그를 얼마나 잘 알고 있을까? 흔히들 사랑은 사람을 눈멀게 한다고 하지 않던가.

그때 간호사가 대기실로 들어왔다. 둘은 말없이 간호사를 바라보았다.

"벨 부인이신가요?"

그녀가 물었다.

"네."

릴리언이 대답했다.

"저랑 함께 가시겠어요? 산타로사 선생님께서 뵙고 싶어 하세요."

릴리언은 안톤을 돌아보지도 않고 급하게 간호사의 뒤를 따라갔다.

~

간호사 스테이션에 있던 의사가 통화를 막 끝냈을 때 릴리언이 다가갔다.

"이쪽은 프레디 벨 씨의 아내분이세요."

간호사의 말에 그는 전화를 끊고 그녀에게로 돌아섰다.

"미국에서 오셨나요?"

"네. 그는 좀 어때요?"

"우선 환자분을 안정시키기 위해 노력 중이에요. 좋은 소식은 환자분 의식이 돌아왔다는 거고요."

의사가 말했다. 그녀는 안도하며 가슴에 두 손을 얹었다.

"세상에. 감사합니다."

"하지만 상태가 심각합니다."

의사는 계속 말을 이었다.

"손가락이나 발가락을 움직이지 못해요. 엑스레이상으로 C6 수준의 척수 골절이 확인됩니다."

릴리언은 찌푸린 상태로 그를 보며 고개를 흔들었다.

"그게 무슨 뜻인가요?"

"그건…….."

그는 몇 초간 주저했다.

"요점만 말씀드리면 상황이 아주 심각해요. 여기서 손쓸 수 있는 것 이상으로요. 여기는 작은 동네 병원이라 정확한 진단을 위해서는 토리노에 있는 외상 센터로 옮겨야 합니다. 헬리콥터로 이송할 거예요."

릴리언의 머리로 온몸의 피가 쏠렸다. 어지럽고 구역질이 났다.

"죄송하지만…… 지금 하시는 말씀이…… 지금 제 남편이 마비되었다는 말씀이세요? 앞으로는 걸을 수 없다는 건가요?"

의사의 표정은 사뭇 진지했다.

"지금 말씀드릴 수 있는 건 환자분이 팔, 다리의 감각을 전혀 느끼지 못한다는 거예요. 희망적인 상황은 아닙니다. 며칠간을 견뎌내야 해요. 그 후에 경과를 지켜봐야 합니다."

충격을 받은 릴리언의 고개가 뒤로 젖혀졌다.

"그게 무슨 말씀이세요? '며칠간을 견뎌내야 한다'는 거요."

의사는 간호사 스테이션 데스크에 있던 클립보드를 집었다.

"벨 씨, 지금 남편분은 아주 심각한 부상을 입었어요. 혹시 모르니 마음의 준비를 하셔야 합니다. 그리고 몇 가지 질문에 대답해 주셔야 해요. 가입한 의료 보험이 있나요?"

그녀는 그의 질문을 겨우 따라잡을 수 있었다.

"네. 저희 둘 다 여행자 보험에 들었어요."

"좋아요. 간호사가 보험 정보를 요구할 거예요. 그리고 남편 분의 보호자로서 치료와 수술에 동의하셔야 해요. 저희가 드리는 몇 가지 서류에 서명하시면 됩니다."

그녀의 심장이 뛰다 못해 밖으로 튀어나올 것만 같았다.

"남편이 의식을 찾았다고 말씀하신 줄 알았는데요."

"맞아요. 하지만 약 기운에 취해서 정신이 없어요. 아직 위험한 상황이기도 하고요."

"그가 죽을 수도 있다는 말씀이세요?"

의사는 말을 멈추었다.

"겁을 주려는 건 아니지만 지금 당장 가까운 가족들에게 연락하셔야 해요."

그는 간호사 쪽으로 돌아섰다.

"지금 환자분 보게 하세요. 아주 잠깐만요."

주변 소리와 움직임들이 릴리언의 흐릿한 의식 속에서 발생하는 것 같았다. 모든 감각이 뿌예졌다.

"이쪽으로 오세요."

간호사의 말에 릴리언은 꿈에서 빠져나와 다시 지옥 속으로 들어갔다.

～

간호사가 커튼을 밀어젖히자, 목 받침대를 두른 채 침대에 누워있는 프레디의 모습이 보였다. 릴리언이 다가가 몸을 굽히자 잠든 것처럼 보였던 그의 눈꺼풀이 파르르 떨리며 올라갔다.

"릴?"

그녀는 그의 손을 잡았다.

"그래. 자기야, 나 여기 있어."

프레디는 울기 시작했다.

"그러지 마……."

그녀는 뺨을 그의 뺨에 갖다 댔다.

"다 잘될 거야. 다들 열심히 치료하고 있어. 나도 여기 있고."

그녀는 한 걸음 뒤로 물러서서 양손으로 그의 볼을 감쌌다. 프레디의 미간은 고통으로 찌푸려져 있었다.

"당신이 그 남자랑 있는 걸 봤어."

그의 말은 비수가 되어 그녀의 가슴에 날카롭게 박혔다. 서로가 생채기를 남긴 그 순간, 그녀는 숨을 제대로 쉴 수 없었다.

프레디가 신음을 뱉었다.

"프레디, 제발. 자기야……."

그녀는 몸을 굽혀 부드러운 입맞춤과 달콤한 말로 그를 진정시키려 했다.

"그 남자 사랑해?"

그는 간신히 목소리를 내며 물었다. 진실이 어떻든 그녀는 그렇다고 대답할 수 없었다. 지금은 안 된다. 지금 순간만큼은.

"나는 당신을 사랑해, 프레디. 중요한 건, 지금 내가 당신과 함께 있다는 거야. 그리고 당신은 회복해야 해. 다른 생각은 하지 마."

그는 말끝을 흐리며 천천히 이야기했다.

"내가 본 걸 머릿속에서 지울 수가 없어……."

그녀는 그의 손에 입을 맞추었다.

"정말 미안해. 당신 마음을 아프게 하고 싶지 않아. 당신이 본 걸 더 이상 생각하지 마. 사랑해. 당신은 내 전부야."

그는 아무런 대답 없이 조용히 눈을 감았다. 그녀는 오랫동안 그에게서 눈을 떼지 않고 앉아있었다.

"미안해."

그가 말했다.

"뭐가 미안해? 자기는 나한테 미안할 게 없어."

"당신을 혼자 내버려둔 거."

그녀는 불편한 마음으로 마른침을 삼켰다.

"당신은 책을 써야 했잖아. 그건 당신한테 중요한 일이야. 아니, 우리한테 중요한 일이지."

비몽사몽하던 그는 잠시 후 눈을 뜨고 천장을 보며 눈을 깜박였다.

"내가 멍청했어. 이렇게 되는 걸 원한 건 아닌데."

릴리언은 일어나서 그에게로 몸을 구부렸다.

"뭐가 멍청했다는 거야, 프레디?"

프레디는 대답하지 않았고 그녀는 다시 속삭였다.

"프레디? 내 말 들려?"

돌아오지 않는 대답에 공포가 릴리언을 덮쳤다. 그녀는 간호사를 불러야 할지 고민하며 고개를 들었다. 그때 간호사가 커튼을 홱 열어젖혔다.

"환자분은 휴식을 취해야 해요. 저와 함께 가시죠."

그녀는 말했다.

"여기 있으면 안 돼요?"

릴리언이 물었다.

"안 돼요. 환자분은 지금 불안정한 상태라 의사 선생님이 보셔야 해요. 밖에서 기다리세요. 헬리콥터가 도착하면 바로 알려드릴게요."

릴리언이 일어섰다.

"저도 같이 그 헬리콥터를 타고 갈 수 있나요?"

"그건 불가능해요. 토리노까지는 따로 가셔야 해요. 거기까지 태워줄 사람이 있나요? 아니라면 기차를 타셔야 하는데, 기차는 자주 있어요."

안톤은 프란체스코에게 그녀를 데려다주라고 할 것이다. 아니면 그가 직접 데려다주거나.

"이제 나오셔야 해요. 이쪽으로 오세요."

간호사가 인내심에 한계를 느끼며 말했다. 릴리언은 대기실로 다시 돌아갈 수밖에 없었다. 그녀가 대기실에 들어가자, 안톤이 일어났다.

"프레디는 좀 어때요?"

그녀는 앉아서 프레디의 상태를 설명했다.

"토리노에 있는 외상 센터로 가야 한대요. 지금 헬리콥터가

오는 중이에요. 혹시 거기가 어딘지 아세요? 저도 거기로 가야 해요. 프란체스코가 저를 데려다줄 수 있을까요?"

"그럼요."

안톤이 대답했다. 그녀는 볼에 흘러내린 눈물을 닦고 평정심을 유지하기 위해 애썼다.

"이건 전부 제 잘못이에요."

"아니에요. 그건 사고였어요. 누군가에게 잘못이 있다면 그건 바로 나예요."

안톤이 릴리언의 등을 토닥이려고 했지만, 그녀는 그의 팔을 밀어냈다.

"이러지 말아요, 안톤. 저는 이제 프레디만 생각해야 해요."

둘 사이에 거리가 필요하다고 생각한 그녀는 일어서서 주위를 둘러보았다.

"커피를 좀 마셔야 할 것 같아요."

"내가 가져올게요."

그가 떠나고 그녀는 망연자실한 채로 주저앉았다. 바깥 어딘가에서 들리는 사이렌 소리가 마치 누군가가 울부짖는 소리로 들렸다. 복도에 있던 청소부는 바퀴 달린 양동이 안에 걸레를 깊게 담갔다가 뺀 다음 이리저리 움직여 가며 넓은 복도를 닦았다.

잠시 후 돌아온 안톤의 손에는 커피가 들려있었다. 릴리언은 그가 건넨 커피를 받아 천천히 홀짝였다. 그때 간호사가 대기실로 들어와 보험 정보를 요구했다. 그녀는 지갑 안에서 미국 전화번호가 적힌 카드를 찾아 간호사에게 준 다음, 프레디의 가족과 자신의 어머니에게 연락하기 위해 간호사를 따라갔다.

안개가 낀 것처럼 눈앞이 흐리멍덩했다. 마치 꿈속을 떠다니는 것 같았다. 그 어떤 것도 현실로 느껴지지 않았다. 가족들에게 소식을 알릴 때, 릴리언은 망망대해 위에서 방향을 잃고 표류하는 기분이 들었다. 대기실로 돌아온 릴리언에게 시간은 느릿느릿 기어가는 애벌레처럼 굼뜨게 느껴졌다.

얼마 지나지 않아 먼 하늘에서 헬리콥터 소리가 들렸다. 그 소리는 나락으로 빠져들고 있던 그녀를 깨웠다. 눈을 떠 헬리콥터가 땅에 착륙해 날개를 퍼덕거리고 있는 것을 본 릴리언은 자리에서 곧장 일어났다.

그녀는 고개를 돌려 안톤의 근심 어린 시선을 마주했다.

"토리노에 가야 해요. 저걸 따라서."

"네. 프란체스코에게 얘기할게요. 데려다줄 수 있도록."

"고마워요."

안톤이 대기실을 나가고, 릴리언은 그 공간의 모든 공기가 그를 따라 빠져나간 듯한 기분을 느꼈다.

⁓

릴리언은 프레디가 헬리콥터에 실려 떠날 때까지 기다렸다가 병원 정문으로 나왔다. 검은색 벤츠가 그녀를 기다리고 있었다. 프란체스코는 운전석에 있었고 조수석에서 내린 안톤은 그녀를 위해 문을 열어주었다.

"괜찮다면 저는 뒤에 타는 게 나을 것 같아요. 충격을 받아서 그런지 몸에 힘이 없어요."

릴리언의 말에 안톤은 그녀를 부축해 뒷좌석에 앉혔다. 그들은 다섯 시간가량, 토리노를 향해 우울한 적막 속을 달렸다. 토리노에 도착하자 안톤은 뒷좌석 문을 열어주었다.

"당신과 함께 들어가고 싶어요."

그가 말했다. 그녀는 쏟아지는 밝은 햇빛에 실눈을 뜨면서 고개를 내저었다.

"안 돼요. 당신은 집에 가야 해요."

그녀의 말에 안톤은 거의 제정신이 아닌 것처럼 보였다.

"지금 혼자 있으면 안 돼요."

"저는 혼자가 아니에요. 프레디와 있을 거예요. 그에게는 제가 필요해요. 프레디의 아버지도 오시는 중이고. 내일이면 도착하실 거예요."

"릴리언……."

안톤은 갈라진 목소리로 다급히 덧붙였다.

"그건 정말, 정말 사고였어요. 그걸 믿어줬으면 해요. 나는 그저 당신이 걱정됐어요. 그래서 속도를 냈던 거예요."

겁이 날 정도로 릴리언의 신경은 팽팽하게 죄여져 갔다. 이러다 한순간에 끊어져 버리는 건 아닐까?

"알아요. 당신을 믿어요. 안톤, 진심이에요."

사랑은 그녀를 눈멀게 하지 않았다. 오히려 그녀가 종전보다 더 명확하게, 더 멀리 바라볼 수 있게 도와주었다.

"그렇지만 그건 중요하지 않아요. 어찌 됐든 지금 당장은 당신과 함께 있을 수 없어요. 프레디 곁에 있어야 해요."

그녀가 말했다. 안톤은 고통스러운 표정으로 고개를 숙였다.

"병원에서 걸어갈 수 있는 거리에 호텔을 예약해 둘게요. 원하는 만큼 머물러요."

"그렇게 할 필요 없어요."

그녀는 말했다.

"아니요. 나도 뭔가 해야 해요. 일이 이렇게 된 건 내 탓이니까요. 그 말을 하지 않았어야 했어요. 당신이 그를 떠날 거라는 얘기를 내가 하면 안 됐어요. 그 소리를 듣고 돌아갈 때 그는 아마 정신이 팔려있었을 거예요. 그리고……."

안톤은 다시 고개를 숙였다. 안타깝게도 릴리언은 안톤에게 위로의 말을 할 수 없었다. 프레디를 제외한 그 누구에게도 그런 말을 할 수 없었다. 프레디가 필요로 하는 지금, 그녀에게는 다른 누군가를 위한 에너지가 남아있지 않았다.

"들어가 봐야겠어요."

그녀는 몸을 약간 구부려 차 안을 들여다보면서 프란체스코에게 말했다.

"태워주셔서 고맙습니다. 프란체스코, 당신은 정말 좋은 분이에요."

"당신과 당신 남편을 위해 기도할게요."

"감사합니다."

슬픔에 잠긴 안톤은 어두운 표정으로 차 문의 윗부분을 잡고 있었다.

"병원에 전화해서 호텔 정보를 남겨놓을게요."

그의 고통을 감지한 릴리언은 차마 그의 눈을 바라볼 수 없었다. 그녀에게는 너무 버거운 일이었다.

"고마워요. 진심으로요. 이제 정말 가봐야겠어요."

그 말을 끝으로 릴리언은 몸을 돌려 걸어갔다. 그녀는 스스로에게 뒤를 돌아볼 기회조차 허락하지 않았다.

❧

여섯 시간 후, 릴리언은 중환자실에 앉아있었다. 옆에 누워있는 프레디는 수술실에 들어가기 직전이었다.

예후는 변함이 없었다. 그는 여전히 손발의 감각을 느끼지 못했다. 말인즉슨 그가 다시 걷게 될 가능성이 희박하다는 뜻이었다. 프레디가 잠들어 있는 동안 주위는 고요했고 그 곁에 앉아있는 릴리언의 가슴속은 후회로 홍수를 이루었다. 날이 밝은 다음에 안톤을 만나러 갔더라면, 그렇게 한밤중에 몰래 나가지 않았더라면, 그랬다면 파리에서 돌아온 프레디는 아마도 볕이 내리쬐는 수영장에 앉아 완성된 원고가 주는 자긍심을 한껏 느끼며 다음 소설을 구상하고 있을 터였다. 릴리언은 그날 밤, 자신의 선택으로 딸려온 죄책감을 죽을 때까지 극복하지 못할 것이다.

"으음……."

프레디의 앓는 소리에 놀란 릴리언은 의자에서 펄쩍 뛰어올랐다.

"나 여기 있어. 자기야, 좀 괜찮아? 뭐 좀 가져다줄까?"

그의 이마는 고통으로 찌푸려졌다. 그는 알아들을 수 없는 말을 중얼거렸다.

"못 참겠어."

그는 의식과 무의식 사이를 왔다 갔다 했다.

"제발 나를 버리지 마. 당신이 나를 떠나면 나는 죽어."

릴리언은 그에게로 몸을 굽혔다.

"프레디, 자기야. 나는 당신을 떠나지 않아. 지금 여기 있잖아."

극심한 고통으로 그의 얼굴이 일그러졌다.

"나 너무 무서워. 지금 나한테 무슨 일이 일어난 거야?"

"무서워하지 마. 내가 있잖아. 나는 늘 당신 곁에 있을 거야. 모든 게 괜찮아질 거야."

자신에게 닥친 일과 앞날의 공포, 그리고 그녀를 잃게 될지도 모른다는 두려움, 그의 모든 불안을 고스란히 감지한 그녀의 가슴이 미어졌다. 그가 한없이 가여웠다. 추스르기 어려울 정도로 슬픔에 사로잡힌 그녀는 프레디의 눈을 바라보며 명확하게 말했다.

"다시는 나한테 죽는다는 소리 하지 마. 당신은 이겨낼 수 있어. 우리가 같이 이겨낼 거야. 만약 당신이 포기한다면 프레디, 나는 절대로 당신을 용서하지 않을 거야."

그녀는 눈을 감고 슬픔을 삼키며 그들 앞에 놓일 온갖 시련에 단단히 대비하기로 마음먹었다.

"안톤이 당신에게 무슨 말을 했든 사실이 아니야. 나는 당신을 떠나지 않아. 당신은 내 남편이고 나는 당신을 사랑해. 절대로 당신을 버리지 않을 거야. 맹세할게. 프레디, 건강할 때나 아플 때나 죽음이 우리를 갈라놓을 때까지, 기억하지? 당신은 그 서약을 어길 거야?"

그는 졸린 듯 눈을 깜박이다가 잠에 빠져버렸다. 충격에 휩싸인 릴리언은 멍하니 넋을 놓고 그를 바라보았다. 그때 그를 수술실로 데리고 갈 의료진이 도착했다. 그들이 침대를 밀어 그를 데리고 나간 다음에야 그녀는 의자에 주저앉아 주체할 수 없는 눈물을 쏟아냈다.

～

프레디가 받는 수술은 대여섯 시간 이상 걸리는 수술이라고 했다. 호텔은 가까운 거리에 있었다. 릴리언은 두려움과 혼란스러움이 뒤섞인 상태로 데스크 직원이 주는 열쇠를 받았다. 직원은 밝은 목소리로 숙박비는 이미 결제되었다고 말했다.

그녀는 지친 몸을 받아줄 침대를 애타게 기대하며 열쇠를 꽂았다. 문을 연 순간 그녀는 문간에 멈추어 설 수밖에 없었다. 침대는 비어있지 않았다.

"안톤……."

릴리언은 침대 시트 위에서 잠들어 있는 남자의 이름을 조용히 불렀다. 안톤은 바로 일어났지만 그녀에게 다가가지는 않았다.

"돌아왔네요. 그는 좀 어때요?"

그가 말했다. 예상치 못한 상황에 놀란 릴리언은 문을 닫고 안으로 들어왔다. 그리고 텔레비전 캐비닛 위에 가방을 얹었다.

"상태는 같아요. 변화는 없고 지금은 수술 중이에요."

그들은 불안한 눈빛으로 서로를 바라보았다.

"당신이 여기 있을 줄 몰랐어요."

릴리언은 그가 이곳에 있는 걸 원치 않았다. 혼자 있고 싶었다. 안톤이 그녀에게 한 걸음 다가갔지만 그녀는 제지하듯 손을 들어 보였다.

"저를 다독일 생각이라면 제발 그러지 마세요. 견딜 수 없을 것 같아요."

만약 지금 무너져 버린다면 그녀는 다시 돌이킬 수 없을 것 같았다.

"알았어요."

그는 그녀가 화장실로 들어가는 것을 바라보며 대답했다.

릴리언은 화장실 문을 닫고 거울에 비친 자신을 물끄러미 들여다보다가 손을 닦았다. 사실 화장실을 쓸 생각은 없었다. 그렇다고 문을 열고 나가고 싶지도 않았다. 침대 위의 안톤을 마주한 충격에서 벗어날 시간이 필요했다.

하늘이여, 도와주소서. 이 모든 상황에도 불구하고 그와 한 공간에 있다는 사실은 릴리언의 가슴 깊은 곳을 건드렸다. 그녀의 몸은 여전히 그를 애타게 원했다. 그의 눈을 들여다보는 것만으로도 그녀는 송두리째 흔들렸다. 그의 품 안으로 달려가 당장 위로받고 싶었다.

하지만 그럴 수는 없었다. 이제 모든 게 더럽혀졌다. 모든 게 오점이 되었다. 그들이 함께했기 때문에 프레디는 치명상을 입었고 어쩌면 다시 걷지 못할 수도 있다.

어떻게든 힘을 그러모아 이 순간을 헤쳐 나가야 했다. 다시 한번 굳은 결심을 한 그녀는 화장실 밖으로 나왔다. 안톤은 그녀가 화장실에 들어갔을 때 있던 그 자리에 계속 서있었다.

안톤은 구석에 있는 테이블 위, 쇼핑백을 가리켰다.

"칫솔이랑 내일 입을 옷가지를 좀 준비했어요."

그의 다정함과 세심함에 결심이 녹을 뻔했지만 그녀는 냉정함을 유지하려고 노력했다. 쇼핑백 안에는 양말, 속옷, 세면도구, 청바지와 편안한 바지, 파자마 바지와 티셔츠들이 들어있었다.

"유용하겠어요. 고마워요."

릴리언은 그를 마주 보았다. 그녀가 침묵을 견디지 못할 때까지 그들은 말없이 서로를 바라보았다. 릴리언은 감정을 더 이상 감출 수가 없었다.

"절대로 나 자신을 용서하지 못할 거예요."

그녀가 말했다.

"안 돼요."

안톤이 단호하게 대답했다.

"모든 건 내 잘못이에요. 당신 잘못은 없어요. 내가 프레디에

394

게 말하지 않았어야 했어요. 당신이 그를 떠날 거라는 말이요. 당신한테 맡겼어야 했어요. 당신이라면 훨씬 좋은 방법으로 이야기했을 텐데. 당신이 평생 나를 미워할 것 같아서 겁이 나요."

그는 회한에 잠겨 고개를 흔들었다. 그녀는 침대로 가서 앉았다.

"당신을 미워하지 않아요."

안톤이 그녀 옆에 앉아 그녀의 손을 잡았다.

"당신은 프레디가 거기 있을 거라는 걸 몰랐잖아요. 당신이 나를 걱정해서 그랬다는 것도, 왜 그토록 빠르게 운전했는지도 다 알아요. 당신은 누군가를 다치게 할 사람이 아니라는 것도 알고요."

안톤이 침울하게 말했다.

"이제 어떻게 되는 거죠?"

안톤의 손가락이 릴리언의 손을 어루만졌다. 그 모습을 지켜보던 그녀는 마치 심장을 도려내 깊은 무덤 속에 던진 다음 흙으로 덮어버린 것처럼 무미건조하게 대답했다.

"그는 몇 시간 더 수술받아야 해요. 의사 말로는 집에 돌아갈 수 있을 만큼 안정되기까지 몇 주가 더 걸린대요. 그다음에는 재활 시설에 들어가 사지 마비 환자로 살아가는 법을 익혀야겠죠. 망가진 척수만이 문제가 아니에요. 그는 앞으로 온갖 감염에 노출될 거고 그렇게 약해진 상태로는……."

릴리언은 더 이상 말을 잇지 못했다. 그녀는 안톤의 어깨에 얼굴을 묻고 흐느꼈다. 안톤은 그녀를 꼭 안았다. 마침내 그녀는 눈물을 닦아내고 말했다.

"의사가 그랬어요. 이런 부상을 입은 사람들은 보통 2년 정도만 더 살 수 있다고요. 지금부터 위험한 건 척수 손상이 아니라 다른 감염들이래요."

그녀의 눈에 눈물이 가득 고였다. 뜨거운 눈물이 그녀의 볼을 타고 끊임없이 흘러내렸다. 안톤은 계속 릴리언을 안고 그녀의 머리에 입을 맞추었다.

"나는 그를 돌봐야 해요. 프레디를 버릴 수 없어요."

안톤은 고개를 끄덕였다.

한참 동안 그들은 침대 가장자리에 앉아있었다. 릴리언이 세 번째로 하품을 하자, 안톤은 그녀의 손등에 입을 맞추었다.

"당신은 많이 지쳤어요. 이제 좀 쉬어야 해요."

"네."

릴리언은 일어나는 안톤을 따라가 문까지 배웅했다. 그가 떠나기 직전, 그녀는 그의 시선을 온전히 받아들였다.

"릴리언, 이제 우리는 어떻게 되는 거죠?"

그가 물었다.

"우리는 어떻게도 되지 않아요."

그녀는 곧바로 대답했다.

"나는 다시는 당신을 볼 수 없어요. 프레디가 살아남으려고 싸우고 있는 상황에서는요. 그게 그에게 큰 상처를 줄 거예요. 살아남으려는 그의 의지까지 망가뜨릴 거예요."

안톤은 이해한다는 듯 고개를 떨구고 조용히 흐느꼈다. 그녀

역시 고개를 숙였다. 둘은 서로에게 닿게 될까, 조심스러워하며 거리를 두고 서있었다.

잠깐의 시간이 흐른 후 안톤은 사랑을 담은 마지막 포옹을 위해 그녀에게 다가갔다.

"미안해요, 전부 다."

"저도 그래요. 이렇게 되기를 바란 건 아니었어요."

그녀는 뒤로 한 걸음 물러났다.

"편지나 전화 같은 건 하지 마세요. 감당할 수 없을 것 같아요."

"뭐가 됐든 당신이 원하는 대로 할게요. 하지만 나는 계속 당신을 사랑할 거예요. 시간이 얼마나 걸리든 기다릴게요. 평생이 걸리더라도."

그녀는 얼굴을 찡그린 채 고개를 내두르며 슬픔에 잠긴 목소리로 말했다.

"그런 말은 하지 말아요. 마치 프레디가 죽기를 기다리겠다는 소리로 들려요. 그건 안 돼요."

안톤은 끄덕이면서 그녀의 이마에 자신의 이마를 맞댔다. 그 순간 그녀는 마치 토스카나의 포도밭과 와인 저장고에 있는 기분이 들었다. 따스한 바람에 촛불이 가물거리고 웃음소리가 공간을 가득 메운 저녁, 무성한 잎을 두른 트렐리스 아래에서의 식사, 이탈리아의 풍경과 향기와 맛에 매료된 관광객들과 나누는 대화.

이제 토스카나는 그녀와 어떤 연결점도 없는 환상으로 남을 것이다. 이 순간부터 그 모든 기억은 찬란했던 꿈으로만 남아야 한다. 그녀는 눈을 감고 그 이미지들을 머릿속에 각인시키려고 애썼다. 절대로 잊지 않기 위해.

"나는 늘 그 자리에 있을 거예요. 필요한 게 있으면 언제든 나를 찾아요."

안톤이 말했다. 그녀의 가슴이 쓰라렸다. 서서히 다가오는 고통스러운 죽음만큼이나 아팠다. 더 이상 질질 끌고 싶지 않았다. 그가 어서 떠나기를, 이 옥죄는 고문에서 빨리 벗어날 수 있기를 바랐다.

릴리언은 고개를 들어 안톤의 입술에 가볍게 입을 맞추었다. 안톤은 그녀를 끌어당겨 열정적으로 키스했다. 마지막이 될지 모를 정열적인 순간이었다.

그가 뒤로 물러났을 때 릴리언의 심장에 빗장이 채워졌다. 그녀는 알고 있었다. 안톤을 다시 만나게 되는 날까지 그 빗장은 영원히 풀리지 않을 거라는 걸. 이번 생에서든 다음 생에서든.

피오나

2017. 토스카나

"지금 제 기분을 저도 모르겠어요."

나는 볼에 흐른 눈물을 훔치며 말했다. 내리쬐는 햇빛에 눈을 가늘게 뜨자 지나가는 작은 범선이 시야에 들어왔다.

"선생님 말씀대로라면 아빠도 엄마의 외도를 알고 있었다는 뜻이니까요. 결국 비밀이 아니었어요. 하지만 저는 그걸 아빠에게 숨기기 위해 가슴에 묻고 살았어요. 열여덟 살 때부터 비밀의 짐을 짊어지고 살아야 했어요."

프란체스코는 예리한 눈빛으로 나를 유심히 관찰했다. 나를 바라보는 그의 시선을 어떻게 해석해야 할까. 그는 이 상황을 만족스럽게 여기는 것 같기도 했다. 마침내 진실이 밝혀져 안도하는 것처럼 보였으니까.

"하지만 아빠가 이미 알고 있었다면 엄마는 왜 아빠에게 절대 말하면 안 된다고 했을까요?"

내가 물었다.

"릴리언은 프레디가 당신을 친자식으로 여기기를 바란 거예요. 그녀는 안톤에게도 함구해 달라고 했어요. 안톤은 그녀 말대로 했고요. 안톤은 죽을 때까지 그녀와의 약속을 지켰어요."

프란체스코가 대답했다.

"죄책감 때문에요?"

"어느 정도는요. 하지만 그게 전부는 아니에요. 안톤이 진실을 밝히지 않았던 진짜 이유는 단순해요. 당신 어머니와의 약속을 깨고 싶지 않았던 거죠. 안톤은 그만큼 그녀를 사랑했어요."

나는 손가락에 끼워진 반지를 만지작거리며 생각에 잠겼다.

"하지만 아빠는 아이를 원하지도 않았어요. 어째서 엄마는 그런 거짓말을 했을까요?"

"사고 이후 모든 게 바뀌었기 때문이죠. 릴리언은 프레디가 느끼는 두려움을 알고 있었어요. 그녀가 언젠가 그를 떠나 안톤의 곁으로 갈지도 모른다는 두려움이요. 당신이 안톤 자식이라는 사실을 알았다면 프레디는 삶의 의지를 잃었을지도 몰라요. 릴리언은 그를 지키려고 했던 거죠. 그래야만 했을 거예요. 그 모든 게 이번 생에서 자신에게 주어진 과제라고 여겼을 테니까."

"엄마의 운명. 다른 사람을 돌보는 거. 스스로 삶을 헤쳐 나갈 수 없는 다른 사람."

내가 말했다. 나는 프란체스코를 바라보았다.

"엄마는 완벽한 엄마였어요. 아빠한테도, 저한테도요. 그렇다면 안톤이 제 존재를 알게 된 건 언제였어요? 엄마가 임신 사실을 그분께 알렸나요, 아니면 시간이 흐른 후에 알게 됐나요?"

프란체스코는 의자에서 자세를 바꾸며 다리를 꼬았다.

"그녀와 프레디는 토리노의 외상 센터에서 4주를 보냈어요. 프레디가 퇴원하고 재활 시설로 옮길 때쯤 보험 회사는 그를 미국으로 이송해야 한다고 했고요. 릴리언은 그때 임신 사실을 알고 있었어요."

"제가 안톤의 자식이라는 사실도 엄마는 알고 있었을까요? 확신했을까요?"

내가 물었다.

"내가 아는 바로는 그래요. 그녀는 안톤에게 의심의 여지가 없다고 했었거든요."

머리 위에서 갈매기가 끼룩거리며 새파란 하늘로 날아올랐다.

"당신 어머니가 이탈리아를 떠나기 전에 토리노에서 안톤을 한 번 더 만났어요. 그녀가 와달라고 해서 내가 안톤을 태워다 주었거든요. 그들은 병원 밖 벤치에서 한 시간가량 함께 있었고 그게 마지막이었어요."

프란체스코는 고개를 숙였다.

"그날 그가 느꼈던 괴로움을 도무지 표현할 길이 없네요. 몬테풀치아노로 돌아가는 길은 이루 말할 수 없이 고통스러웠어요."

"엄마가 그분께 뭐라고 했는데요?"

내가 물었다.

"내가 조금 아까 했던 얘기요. 그녀는 아기를 프레디의 자식으로 키우겠다고 했어요. 프레디에게 진실을 알리는 건 삶에 대한 의지를 빼앗는 거나 마찬가지라고요. 그는 온갖 위험에 맞서 하루하루를 견뎌야 하는 상황이었으니까요. 안톤은 그녀의 생각이 그렇다면 뭐가 됐든 원하는 대로 하라고 했고요."

가슴이 찢기는 기분이었다. 나는 바다를 보려고, 자리에서 일어나 철제 난간으로 걸어갔다.

"그분들은 그런 상태가 오래 지속되지 않을 거라고 생각했을까요? 아빠가 오래 살지 못할 거라고 생각해서 안톤도 비밀을 지키는 데 동의한 걸까요? 결국 그들은 다시 함께할 수 있다고 믿었던 걸까요?"

"안톤은 그렇게 믿었을지도 몰라요. 설령 그가 당신 아버지의 죽음을 기다렸다고 해도 그를 나쁜 사람이라고 생각하지는 말아요. 그는 그걸 바라지는 않았으니까요. 그는 이미 충분한 죄책감에 시달렸고 당신 아버지를 도울 수 있는 일이라면 뭐든 했어요."

프란체스코가 말했다. 나는 몸을 돌려 그를 마주 보았다.

"그게 무슨 뜻인가요?"

"재정적으로요."

프란체스코는 내가 진실을 알 필요가 있다는 듯 어깨를 으쓱하며 설명했다.

"그분이 저희에게 금전적 도움을 주었다는 말씀이세요?"

"네. 안톤은 당신 어머니에게 매달 돈을 보냈어요."

"하지만 저는 저희가 의료 보험으로 생계를 유지했다고 생각했어요. 나중에는 엄마의 생명 보험으로요."

그가 끄덕였다.

"그랬을 거예요. 하지만 혹시 모를 일에 대비해 안톤이 당신 어머니의 보험료를 냈어요. 그녀가 이탈리아를 떠나고 얼마 지나지 않았을 때 안톤은 그렇게 하기로 마음먹었어요. 당신 어머니가 돌아가신 후에도 당신이 보살핌을 받을 수 있도록 한 거죠. 안톤은 항상 모든 걸 계획하는 사람이었어요. 경제적으로도 사리에 밝은 사람이었고요."

나는 난간 위로 기대며 고개를 숙였다. 숨이 턱 막히는 기분이었다.

"저는 그저 긴 세월 동안 그분을 증오했어요. 엄마를 이용한 사람이라고만 생각했거든요. 미리 알았더라면……."

일순간 끔찍한 후회가 나를 덮쳐 똑바로 서있기가 힘들었다. 내 친아버지, 안톤은 이미 세상에 없다. 나는 그를 만날 수도, 알아갈 수도 없다. 너무 늦어버렸다.

가슴이 바짝 죄어왔다. 답답하고 괴로웠다. 얼마나 멍청했던가. 진실을 조금 더 빠르게 알아냈어야 했다. 나는 아빠의 정신적 안위를 위해 모든 의문을 묻어버렸다. 흥분하지 않기 위해 애쓰면서 나는 프란체스코를 마주 보았다.

"그분은 왜 저한테 연락하지 않았을까요? 지금 말씀하신 내용을 저한테 알렸을 수도 있었을 텐데. 저는 그분이 엄마와 저를 그렇게까지 아꼈는지 꿈에도 몰랐거든요. 제가 그분을 오해하게 놔둔 이유가 뭘까요?"

"그는 당신이 진실을 모른다고 생각했을 거예요. 당신 어머니의 죽음이 안톤에게 어마어마한 충격이었음에도 차마 그녀와의 약속을 저버릴 수 없었던 거죠. 그는 프레디가 세상을 떠나면 당신을 만나려고 했어요. 안톤은 평생 그날만을 기다렸어요."

"아무도 예상 못 했을 거예요. 아빠가 그렇게 오래 버텨낼 거라고는요."

나는 새롭게 알게 된 사실을 받아들이며 대답했다.

"31년이에요. 그는 어려움을 딛고 역경을 이겨냈어요."

프란체스코가 말했다.

"네. 두 분보다 오래 사신 거니까요."

나는 의자로 돌아와 앉았다.

"이제 저는 어떻게 해야 하죠? 이걸 어떻게 감당하고 살아야 할까요?"

프란체스코는 무릎 위에 양손을 포개고 눈을 가늘게 뜬 채 밝게 빛나는 해를 바라보았다.

"무엇보다 시급한 건 안톤의 마지막 바람이었던 유언을 존중하고 받아들이는 거예요. 그는 자식들을 사랑했어요. 그가 자식들의 상속권을 박탈한 게 아니라는 사실을 모두가 깨닫는 게 중요하죠. 자식들 입장은 그렇지 않겠지만요. 하지만 적어도 한 가지는 분명하게 말할 수 있어요. 그가 유언장을 바꿀 때 압박이라든지 강제적인 힘 같은 건 전혀 없었어요. 그는 자식들이 주어진 것을 당연하게 여기지 않기를, 감사하는 법을 배우기를 바랐어요. 자식들이 지금보다 독립적인 사람이 되기를, 지금보다 계획적으로 돈을 다루는 사람이 되기를 바랐죠. 화수분이라도 가진 듯 흥청망청 살아가는 걸 멈추게 하고 싶었던 거예요. 안톤은 직업적 윤리 의식이 아주 강한 사람이었고 유언장을 통해 슬로운과 코너에게 가르침을 준 거라고 볼 수 있어요. 물론 살아있는 동안에도 계속 그들을 가르치려고 했지만, 그들의 어머니가 그렇게 되도록 두지 않았어요. 결국 케이트가 자식들을 망친 셈이죠."

나는 커다란 한숨을 내쉬었다.

"저도 아직 유언 내용의 충격에서 벗어나지 못했어요."

"안톤은 당신이 이곳에 올 거라는 걸 알았어요. 내 추측이 정확하다면 그는 자식들이 당신을 만나고 당신에게서 무언가를 배우기를 원했을 거예요."

"하지만 그분은 저를 알지도 못했는걸요."

내가 반박하듯 말했다.

"만약 제가 자식들과 같은 부류의 사람이었다면요?"

그는 고개를 저었다.

"안톤은 당신 어머니를 잘 알았어요. 그녀가 자식을 어떻게 기를지도 당연히 알고 있었고요."

우리는 바다의 짠 내음을 들이마시며 함께 앉아있었다. 험준한 해안선에 닿는 부드러운 파도 소리가 들렸다.

"정말 감사드려요. 전부 다요. 오늘 말씀해 주신 진실을 몰랐다면, 뭘 어떻게 해야 할지 막막하기만 했을 거예요. 그리고 여쭈어보고 싶은 게 하나 더 있어요."

내가 말했다.

"내가 아는 거라면 답해줄게요."

"저한테는 그분을 만나볼 기회가 없었잖아요. 마르코 말로는 그분이 아주 독단적인 사람이었다고 해서요. 코너도 그랬어요. 성미가 고약한 사람이었다고요. 하지만 선생님이 말씀하신 건 그들의 묘사와는 달라서요. 실제로는 어떤 분이었어요?"

프란체스코는 청록빛 물을 내려다보았다.

"내가 안톤을 처음으로 알았을 때, 그리고 당신 어머니가 그를 알았을 때 그는 행복한 사람, 삶에 열정을 가진 사람이었어요. 물론 그가 가끔 까다롭게 굴었던 것도, 화를 주체하지 못했던 것도 사실이에요. 삶에서 행복이라는 감정을 잃게 된 명확한 시점이 있었고 그 이후 그는 다른 사람이 되어버렸어요."

"그게 언제였나요?"

"당신 어머니가 돌아가셨을 때요. 미래를 향해 품었던 그의 모든 희망이 그녀와 함께 사라져 버렸죠. 그때부터 안톤의 인생에는 해가 뜬 적이 없었어요. 누군가 안톤더러 바람둥이라고 말하는 건 귀담아 둘 필요 없어요. 당신 어머니가 죽을 때까지 그는 당신 어머니에게만 충실했으니까요. 하지만 그녀가 세상을 등진 이후에는 모든 걸 놓아버렸죠. 외로움과 공허함을 어떻게든 채우고 싶어 했어요. 그래서 여자들을 만나기 시작했는데, 그래도 여자들에게는 늘 신사적이었어요."

프란체스코는 나무 꼭대기를 올려다보았다.

"지금쯤 안톤과 당신 어머니가 함께 있을지 궁금하네요. 나는 그렇게 믿고 싶어요. 그리고 가끔 상상해요. 둘이 나란히 앉아 와인을 마시면서 일몰을 바라보는 장면을요."

참을 수가 없었다. 그들이 헤어진 후 겪었을 슬픔과 고통, 불륜으로 말미암은 그들의 죄책감, 그리고 외도의 대가로 치러야 했던 엄청난 희생, 탤러해시에 있는 아빠의 안전과 안녕을 위한 헌신. 그 모든 걸 생각하자 눈물을 참을 수 없었다.

산비탈을 따라 곧게 뻗은 푸른 나무들 사이로 세찬 바람이 불어왔다. 나는 눈물이 고인 눈으로 울퉁불퉁한 해안선에 닿아 부서지고 있는 파도를 바라보았다.

가까스로 마음을 추스르고 테이블 위로 손을 뻗어 프란체스코의 손을 잡았다.

"정말 고맙습니다. 저한테 말씀해 주신 모든 이야기, 잊지 않을게요."

나는 일어섰다.

"이제 가야 할 것 같아요."

"네, 네. 하지만 가기 전에……."

그는 의자 한쪽으로 몸을 기울였다.

"줄 게 있어요. 적을 물리치는 데 도움이 될만한 것."

"그게 무슨 말씀이세요?"

그는 의자 밑에서 신발 상자를 집어 들었다.

"이건 당신 어머니가 안톤에게 어떤 의미였는지, 안톤이 그녀에게 어떤 의미였는지 보여주는 증거예요."

받아든 상자의 덮개를 열자, 나는 놀라움을 참을 수가 없었다. 한편으로 안도감이 들기도 했다. 거기에는 엄마가 손으로 쓴 편지가 가득 차있었다. 미국에서 안톤 앞으로 보낸 편지들이.

"세상에나."

"1년에 한 번씩, 당신 생일마다 그녀는 그에게 편지를 보냈어요. 세상을 떠나기 전까지요."

프란체스코가 말했다. 나는 숨을 내쉬었다.

"저는 이걸 찾고 있었어요. 실은 저뿐만 아니라 모두 찾고 있죠. 이걸 어떻게 선생님께서 가지고 계신 거예요?"

그는 다시 어깨를 으쓱해 보이더니 말했다.

"그야 내가 안톤의 친구니까요. 당신 어머니가 돌아가신 후 안톤은 자신에게 무슨 일이 생길 경우에 대비해 그걸 나한테 줬어요. 안전한 보관을 위해서요. 원래는 당신 아버지가 돌아가실 때까지 내가 가지고 있다가 당신한테 보내기로 되어있었죠."

"하지만 아빠는 살아 계세요."

내가 대답했다. 프란체스코는 바다를 바라보았다.

"알아요. 나는 안톤만큼 약속을 잘 지키지 못해요. 그리고 내 생각에는 더 이상 기다릴 이유가 없어요. 자, 피오나. 이 편지들은 당신 거예요. 이걸 어떻게 사용하든 원하는 대로 해요. 하지만 한 가지 제안하자면 유산을 안전하게 지키기 위해서 그걸 쓰는 게 좋을 것 같아요. 그게 안톤이 원했던 거기도 하고요. 안톤은 당신 어머니가 토스카나와 와이너리를 얼마나 사랑했는지 알고 있었어요. 그리고 안톤은 이곳을 향한 그녀의 사랑이 당신의 핏속에도 흐르고 있을 것이라 믿었고요."

나는 덮개를 덮은 신발 상자를 가슴에 꼭 끌어안았다.

"정말 감사합니다."

나는 일어나서 그의 양 볼에 입을 맞춘 후 집을 나왔다.

피오나

몬테풀치아노로 돌아오는 차 안은 엄마가 안톤에게 보낸 편지들을 읽느라 침묵에 싸여있었다. 각각의 편지에는 내가 지난해와 비교해 얼마나 성장했는지, 내가 새로 할 수 있게 된 건 무엇인지에 관한 설명과 네다섯 장의 사진이 들어있었다. 편지는 18년간의 내 삶이 상세하게 기록된 연대기나 마찬가지였다. 대견함과 사랑을 꾹꾹 눌러 담은 기록의 결정체.

하지만 기쁨과 감격으로 시작한 모든 편지는 아빠의 간병이라는 현실적 어려움에 직면한 엄마가 고충을 토로하는 것으로 이어지다가 슬픔으로 끝이 났다. 엄마는 늘 조마조마한 병원으로의 짧은 여행, 무심하고 무능력한 가정 방문 간병인들에게서 느끼는 답답함, 아빠가 우울감에 빠질 때마다 기운을 북돋아주어야 한다는 데에 대한 압박감을 편지에 담았다. 편지에 적힌 아빠의 우울은 내가 알고 있던 것보다 훨씬 잦고 깊었다. 엄마

는 여러 페이지에 걸쳐 외로움, 비통과 분노, 후회의 감정을 가
감 없이 드러냈다.

그는 내가 고통받는 모습을 즐기는 게 아닐까 하는 생각이
가끔 들어요. 동시에 그에게는 그 모습을 즐길 권리가 있다
는 생각도 들고요……. 나는 절대로 불평하지 않을 거예요. 안
톤, 지금 내가 느끼는 감정은 오직 당신에게만 털어놓을 수 있
어요. 당신은 내가 이런 이야기를 할 수 있는 유일한 사람이니
까……. 어제 간호사가 갑작스럽게 일정을 취소해 버려서 일
하러 나가지 못하고 집에서 그를 돌봤어요. 그는 고마워하지
않았어요. 그는 어떤 상황에서도 고마워하지 않아요……. 그
는 내가 절대로 그를 떠나지 못한다는 걸 잘 알고 있어요…….

엄마는 불평을 늘어놓은 걸 거듭 사과했다. 그리고 지금 그
자리에 있기로 한 자신의 결정을 후회하지 않는다며 안톤을 안
심시켰다.

그를 떠나서는 나도 살 수가 없었을 거예요. 아름다운 토스
카나 시골에서 내 사랑, 당신과 함께한다 해도 진정으로 행복
할 수 없을 거예요. 하지만 꿈속에서 그때의 기억들이 나를 행
복하게 만들어줘요……. 계속 앞으로 나아갈 힘을 줘요…….

엄마는 자신을 데리러 오지 말아 달라고 모든 편지마다 애원

했다. 그리고 그가 보내준 돈에 고마워했다.

이 정도면 당신이 보냈다는 의심을 사지 않으면서도 충분
해요.

영원한 당신의 사랑으로부터. 엄마는 모든 편지를 이렇게 끝
맺었다.

나는 엄마가 돌아가시기 직전에 쓴 마지막 편지까지 다 읽었
다. 눈물을 글썽이며 상자에 다시 편지를 넣은 다음 운전대를
잡은 마르코를 보았다.

"두 분은 진심으로 서로를 사랑했어요. 제가 그분을 파렴치
한이라고 생각했다는 걸 믿을 수가 없어요. 그분을 조금 일찍
알았더라면 좋았을 텐데."

내가 말했다.

"그건 당신 잘못이 아니에요."

마르코가 말했다. 그는 콘솔 너머로 내 손을 잡았다.

"당신 어머니가 당신에게 모든 걸 알려주지 않았잖아요."

"엄마는 왜 그랬을까요?"

나는 뺨에 흐른 눈물을 닦으며 말했다.

"제가 알았다면 상황이 달라졌을 거예요. 그랬다면 한 남자
를 증오하면서 제 인생의 12년을 낭비하지는 않았을 테니까요.
그분은 그런 대접을 받으면 안 됐어요."

순간 여전히 딱한, 집에서 나를 기다리고 있을 아빠가 떠올라

마음 한구석이 쿡쿡 쑤셨다. 방금 한 말을 후회하며 나는 두 눈을 꼭 감았다.

"아니, 어쩌면 그런 대접은 마땅한 결과였을지도 몰라요. 애초에 엄마와 바람을 피운 건 사실이잖아요. 그의 잘생긴 외모와 멋진 와인이 아니었다면 우리 아빠는 평생 휠체어 신세를 지지 않아도 됐을 테니까요."

마르코는 내 손을 꽉 쥐었다.

"과거는 과거로 받아들이고 지금 당신이 있는 자리에 감사하는 것, 그게 지금 당신이 할 수 있는 최선이에요. 피오나, 생각해 봐요. 만약 당신 어머니가 안톤과 사랑에 빠지지 않았다면 당신도 지금 이 자리에 없었을 거예요."

나는 창밖을 내다보았다.

"그렇죠."

상자 안에는 두 통의 편지가 더 남아있었다. 주소를 적은 글자는 엄마의 필체가 아니었다. 나는 둘 중 하나를 꺼냈다. 그리고 적혀있을 내용에 대비해 마음의 준비를 했다. 아마도 엄마의 죽음을 알리는 편지일 것이다. 봉투는 사무용 크기였고 손 글씨가 아닌 타이핑한 주소가 붙어있었다. 반송 주소는 탤러해시의 우리 집이었다.

나는 봉투를 열어 편지지를 펼쳤다. 읽기 전, 하단의 서명란이 먼저 눈에 들어왔다. 그곳에는 아빠의 서명이 타이핑되어 있었다. 그걸 보는 순간 불안감으로 몸이 걷잡을 수 없이 떨렸다.

친애하는 클라크 씨

제 아내 릴리언이 어제 뇌출혈로 세상을 떠났다는 사실을 알려드리려고 이 편지를 씁니다. 그녀가 부엌에 있는 동안 갑작스럽게 벌어진 일로, 병원에 도착한 지 몇 시간 만에 사망 선고를 받았습니다.

제가 편지를 쓰는 이유는 그쪽이 어떤 상황에서도 피오나와 연락하지 않겠다고 했던 약속, 제 아내와 한 약속을 계속 지켜 주십사 부탁드리기 위함입니다.

피오나와 저는 지금 힘든 나날을 보내고 있습니다. 게다가 피오나는 제가 친아버지가 아니라는 사실을 모릅니다. 피오나가 알게 된다면 아이가 받게 될 충격은 물론이고 엄마에 대한 좋았던 기억마저 왜곡될지 모릅니다. 그건 릴리언도 원치 않을 겁니다. 무엇보다 중요한 건 피오나는 이곳에, 제 곁에 있어야 한다는 사실입니다. 피오나는 제게 남은 전부이자 제게 살아갈 힘을 주는 희망입니다. 피오나가 없다면 제가 살아갈 이유도 없습니다.

제 아내를 향한 감정이 아직 남아있다면, 저에게 일어난 일에 그쪽의 책임이 있다고 생각한다면, 만약 저를 향한 동정심이 남아있다면, 제가 세상을 떠날 때까지 릴리언의 바람을 존중해 주셨으면 합니다.

프레디 벨 드림

온몸을 흐르던 피가 돌연 차갑게 식었다.

"세상에."

"왜 그래요?"

마르코가 물었다.

"이 편지요……. 이건 아빠가 보낸 거예요. 안톤에게 엄마의 죽음을 알리는 내용이에요. 그런데 아빠는 이미 알고 있었어요……."

"뭘 알고 있었는데요?"

숨을 쉴 수가 없었다. 똑바로 생각할 수가 없었다.

"제가 아빠의 친딸이 아니라 안톤의 자식이라는 사실이요."

당황한 나는 고개를 들고 얼굴을 찡그린 채 말을 이었다.

"아빠는 진상을 알고 있으면서도 엄마한테 말하지 않았어요. 엄마는 그게 엄마만의 비밀이라고 생각해 왔고요. 엄마는 한평생 진실로부터 아빠를 보호하기 위해 노력했어요. 하지만 아빠는 알고 있었어요……. 지금까지 쭉 알고 있었던 거예요……. 알면서도 모르는 척한 거예요."

"하지만 어떻게 안 걸까요? 당신 어머니가 말한 적이 없다면?"

마르코가 물었다.

"다들 제가 안톤을 많이 닮았다고 했잖아요. 그걸 알아내는 건 식은 죽 먹기였을 거예요. 아빠는 파리에 있었고 그들이 바람을 피웠다는 사실도 알았으니까요. 그런데 왜 모르는 척했을까요? 어째서 엄마한테 알고 있다는 얘기를 안 한 걸까요?"

나는 그 편지를 다시 읽었다. 분노가 솟구쳐 몸 전체로 퍼져 나갔다.

"아빠는 제가 집에 남아 계속 아빠를 보살피기를 원했어요. 그래서 그 사실을 숨긴 거예요. 편지에 분명히 그렇게 적었어요."

나는 편지지를 내려놓고 마르코를 바라보았다.

"저는 평생 죄책감에 시달렸어요. 엄마의 비밀을 아빠에게 숨긴 죄책감이요. 엄마가 그랬던 것처럼 그게 아빠를 보호하는 길이라고 생각했거든요. 아빠가 상처받는 게 싫었으니까요. 하지만 아빠는 내내 진실을 알고 있었어요. 제 감정은 신경조차 안 썼어요. 다른 아버지가 있다는 사실을 제가 알고 싶었을 수도 있잖아요. 제가 생부를 만나고 싶었을 수도 있는 거고요."

마르코는 급커브 길에서 기어를 바꾸고 속도를 줄였다.

"지금 우리는 몬테풀치아노에서 약 5분 정도 떨어진 곳에 있어요. 어떻게 할 생각이에요?"

나는 편지를 다시 상자에 넣었다.

"아빠 일에 관해서는 아직 모르겠어요. 하지만 유언장에 관해서는……."

나는 마르코를 똑바로 바라보았다.

"이 편지들을 변호사에게 주고, 오늘 프란체스코에게 들은 이야기를 전부 할 생각이에요. 누군가 부당한 방법으로 유언장을 바꾸려 든다면 이 편지가 막아주겠죠. 이거야말로 안톤이 진정으로 원했던 게 무엇인지 보여주는 증거잖아요. 한 번쯤은 그도 원하는 걸 가질 자격이 있어요. 생전에는 그러지 못했으니까요. 그리고 코너에게 가서 내 집에서 손 떼라고 말할 거예요."

나는 신발 상자의 뚜껑을 덮었지만, 상자 맨 아래에 아직 읽지 않은 편지 한 통이 더 있다는 것을 알고 있었다. 아직 그 편지를 읽을 준비가 되지 않았다. 봉인이 뜯어지지 않은, 엄마에게 보내는 편지였기 때문이다. 반송 주소는 '마우리치오 와인, 안톤 클라크' 앞으로 되어있었다. 편지 인장에 따르면 엄마가 돌아가시기 직전에 발송된 것이었다. 그리고 발신자에게 반송됐다는 도장이 찍혀있었다.

안톤

2005. 6. 12.

사랑하는 릴리언

지금 막 당신의 편지를 다 읽었어요. 그리고 매년 그랬듯 같은 내용을 적을 생각이에요. 제발 내가 가서 당신을 돕게 해줘요. 우리 딸을 만나게 해줘요. 딸에게 이 모든 걸 설명하는 게 가능할지 모르겠지만 그래도 방법이 있지 않을까요? 부디 당신의 짐을 내가 나누어 짊어질 수 있게 해줘요. 허락해 준다면 그 모든 짐을 내 어깨에 질게요.

천 마일이나 떨어진 곳에서 편지를 쓰고 있지만 당신의 반응이 눈에 보여요. 당신에게 다가가지 않겠다고 했던 약속을 내가 저버리지는 않을까 두려울 거예요. 부디 그런 걱정은 하지 말아요. 당신이 걱정할 만한 일, 두려워할 만한 일은 절대로 하지 않을 테니까. 믿어도 돼요. 피오나에게 내가 친아버지라는 사실을 절대 알리지 않을게요. 진심이에요. 하지만 오늘만큼은 당신에게 한번도 말하지 않았던 마음을 전하려고 해요. 당신이 진 짐의 무게를 늘리는 게 아닐까, 걱정돼서 하지 못했던 이야기요. 오늘 밤 마신 와인이 이야기를 털어놓게 하네요. 아무래도 너무 많이 마신 것 같아요. 게다가 오늘은 당신을 생각나게 하는 보름달까지 떴어요.

　내가 하고 싶은 말은 이거예요. 나는 하루하루 조금씩 죽어가는 기분이 들어요. 당신의 편지를 보면 가슴이 찢어지듯이 아려와요. 당신의 슬픔, 프레디에 대한 죄책감, 우리가 떨어져 있어야 한다는 고통들이 고스란히 전해지거든요. 서로를 위로하며 함께 있으면 좋겠지만 우리는 그럴 자격이 없는지도 몰라요. 어쩌면 운명은 우리가 평생에 걸쳐 누려야 했을 행복을 그 여름에 몰아 썼다고 판단했는지도 모르겠어요. 운명이 할당해 준 우리의 행복은 더 이상 남아있지 않은 거죠.

　당신이 토스카나를 떠난 후로 모든 게 달라졌어요. 해가 거듭될수록 깊어지는 외로움은 어떤 단어로도 표현할 길이 없어요. 나는 아이들을 잃고, 당신까지 잃었어요. 이런 상황에서 어떤 남자가 제정신으로 살 수 있을까요? 당신도 알다시피 이혼 과정은 순탄하지 않았어요. 케이트는 잔인할 정도로 인정사정 봐주지 않더군요. 슬로운과 코너는 나를 만나러 올 생각조차 하지 않아요. 아버지로서 아이들에게 잘못한 게 무엇인지 나는 아직도 모르겠어요. 케이트가 나를 떠난 거지, 내가 케이트를 떠난 게 아니었으니까요. 케이트가 나와 결혼한 이유는 돈 때문이었다는 게 확실해졌어요. 내가 원했던 건 포도밭이 있는 이곳에서 아이들을 키우며 평범한 가정을 꾸리는 거였어요. 아마도 케이트가 아이들에게 부정적인 이야기를 했겠죠……. 이제 정말 모르겠어요. 그런 게 아니라면 아이들은 그저 도시 생활과 새아버지가 더 좋은 걸까요? 어쨌든 그는 나보다 돈이 많은 사람이니까요. 나는 삶의 의미를 잃어버렸어요. 사랑하는 내 아이들을 보고 싶어요. 아이들이 여기 왔으면 하는 마음으로 계속 아이들의 의사를 물어보고 있어요. 다음 주에도 다시 물어봐야겠어요.

내 작품이 궁금하다고 했었죠. 실은 당신이 떠난 후로 붓을 잡은 적이 없어요. 여전히 세상의 아름다움이 눈에 들어오지만 그걸 내 손으로 담아내고 싶지 않아요. 세상의 아름다움이 당신과 아이들, 내게서 떠나가 버린 모든 걸 생각나게 하거든요. 이제 내 곁에는 그 아름다움을 공유할 사람이 남아있지 않아요.

지금 나는 유부녀와 사랑에 빠진 벌을 받는 중인지도 모르겠어요. 내가 너무 욕심이 과했어요. 프레디에게 벌어진 일은 우리가 져야 하는 십자가일 테죠. 당신은 지쳤고 나는 당신과 아이들을 잃었어요……. 슬로운, 코너, 그리고 피오나까지.

미안해요. 당신의 짐을 덜어주어야 하는데 이런 얘기를 꺼냈네요. 나는 당신의 힘과 용기, 남편을 향한 헌신과 희생, 그 모든 게 존경스러워요. 당신을 다시 만나게 될 그날을 기다리면서, 어떻게든 끝까지 버틸 거예요.

하지만 이것만큼은 꼭 물어봐야겠어요……. 잠깐이라도, 아주 잠깐이라도 유예 기간을 가질 수는 없을까요? 릴리언, 당신이 너무 그리워서 도저히 참을 수가 없어요. 기나긴 기다림이 내 영혼을 갉아먹고 있어요. 부디 다시 생각해 줘요. 당신과의 약속을 서랍 깊숙한 곳에 넣고 닫아버릴 수 있다면 당장 당신에게 달려갈게요. 그게 단 하루일지라도요. 아무도 모를 거예요. 우리 둘 말고는 아무도 모르게, 그렇게 해요.

당신의 안톤

슬로운

2017. 토스카나

변호사들과 함께 식당 테이블에 둘러앉은 자리에서 슬로운은 자신의 아버지가 릴리언 벨에게 보내려고 했던 마지막 편지의 사본을 가장 먼저 읽었다. 코너와 피오나, 마리아가 마저 편지를 읽는 동안 식당은 쥐 죽은 듯 조용했다. 피오나가 편지의 복사본을 테이블에 내려놓았을 때 슬로운은 피오나를 바라보며 말했다. 그녀의 목소리는 가늘게 떨렸다.

"이게 그쪽이 찾아다녔던 증거인가 보네요."

복사본을 읽고 있던 코너의 얼굴이 분노로 일그러졌다. 웨인라이트는 18년에 걸쳐 보내진 편지 원본이 담긴 파일 위에 두 손을 포개고 있었다.

"이건 피오나의 어머니를 향한 클라크 씨의 마음이 진심이었

다는 사실을 명백히 보여줍니다. 따라서 유언장을 번복하기는
어려울 겁니다."

웨인라이트의 말을 끝으로, 마지막 편지까지 읽은 코너는 그
것들을 테이블 위에 던졌다.

"이것들이 진짜인지 우리가 알 게 뭐예요?"

"아빠 글씨가 맞아."

슬로운이 말했다. 코너는 피오나를 가리켰다.

"여기에는 큰돈이 걸려있어요. 저 여자가 위조했을 수도 있
다고요."

웨인라이트가 손을 들어 보이며 말했다.

"프란체스코 베르가마스키와 이야기한 결과 편지가 진짜임
을 확인했습니다. 그가 클라크 씨의 마지막 유언 내용도 확인해
주었고요."

"프란체스코 베르…… 어쩌고는 대체 누구야? 그 사람 이름
이 뭐라고요?"

코너가 물었다.

"프란체스코는 당신 아버지의 운전기사이자 비서로 오랫동
안 일하신 분이에요."

웨인라이트가 대답했다. 슬로운의 속눈썹에 눈물방울이 맺
혔다.

"기억나요. 어릴 때 우리를 태우고 시내 아이스크림 가게에
갔었어요. 너 기억 안 나?"

"그 남자? 지금쯤이면 노망이 단단히 들었을걸. 누나는 그 사

람이 했다는 말을 믿어?"

코너가 대답했다.

"편지 내용이 그의 입장을 증명합니다."

웨인라이트는 코너에게 말했다.

"유언은 유효합니다."

슬로운의 눈에서 고여있던 눈물이 떨어졌다. 그녀는 재빠르게 닦아냈지만 그걸 알아챈 코너는 피오나 쪽으로 몸을 돌렸다.

"봤어요? 우리 아버지라는 사람이 이런 사람이에요. 마지막까지 앙심을 품고 친자식을 괴롭힐 목적으로 유언장에서 도려낸 거지. 개자식이야. 지금 우리 누나가 어떤지 좀 보라고."

슬로운은 코너가 자기 입장을 그르게 대변하는 것을 용납할수 없었다. 코너는 지금 자신의 마음을 조금도 이해하지 못할뿐 아니라 사랑하는 아이들, 와이너리, 런던 집 등에 최소한의존중도 보이지 않았다. 슬로운은 당연히 그를 아끼고 사랑했지만 상속받아야 할 재산에 대해서는 서로 이견이 있음을 잘 알고 있었다. 그러니 코너가 더욱 함부로 날뛰지 않게 솔직해져야 했다.

"그래서 우는 게 아니야."

그녀의 목소리가 떨렸다.

"그게 아니면 대체 뭐가 문제야?"

코너가 짜증을 내며 물었다. 그녀는 아버지가 릴리언 벨에게보낸 마지막 편지를 가리켰다.

"이 세상에 저런 사랑이 존재하는 줄 몰랐어. 나는 그런 사랑을 받아본 적이 없거든."

코너는 의자에 등을 기대고 그녀를 바라보며 고개를 흔들었다.

"갈수록 가관이네."

"그리고 아빠는 앙심을 품지 않았어. 만약 그랬다고 해도 아빠를 그렇게 만든 건 우리 잘못이야. 아빠가 편지에 뭐라고 썼는지 읽기는 한 거야? 우리는 못된 자식들이었어. 엄마가 아빠를 두고 한 거짓말을 우리는 곧이곧대로 믿었잖아. 우리가 이기적이라서 엄마 말을 믿은 거야. 로스앤젤레스에서의 파티, 친구들이랑 어울리는 거, 그런 걸 전부 포기하기 싫었으니까 그렇게 믿는 게 편했던 거라고. 우리는 엄마 얘기만 듣고 아빠한테 기회조차 주지 않았잖아. 가끔이라도 아빠를 보러 왔더라면 엄마가 우리에게 심어놓은 아빠의 불륜, 바람둥이 이미지가 사실이 아니라는 걸 알았겠지. 어쩌면 아빠는 우리에게 모든 걸 이야기해 주었을지도 몰라. 그랬다면 아빠도 조금은 더 행복했을 거고."

그녀는 양손에 이마를 묻으며 덧붙였다.

"이제 다시는 아빠를 볼 수 없다는 게 믿어지지 않아. 내가 아빠를 잘 몰랐다는 것도 믿기지 않고. 유언 내용 역시 놀랍지 않아. 우리는 받아야 할 것 이상을 상속받았어. 우리에게 그럴 자격이 있나 싶거든."

코너는 의자를 거칠게 뒤로 밀치며 일어났다.

"편지에 뭐가 적혀있든 그건 내 알 바가 아니야. 나는 아직도

저 여자가 무슨 짓을 했다고 생각해. 아빠가 유언장을 고쳐 쓰도록 말이야. 저 여자가 우리보다 잘한 게 없잖아. 우리보다 나을 게 뭔데?"

"그야 피오나는 좋은 딸이었으니까!"

슬로운이 열을 내며 응수했다.

"피오나는 평생 자기 아버지 곁을 지켰어. 늘 헌신적이었다고. 아빠도 그걸 알고 있었어! 우리가 살면서 무언가를 희생한 적이 있기나 해?"

코너는 한동안 그녀를 노려보며 서있었다.

"런던 집을 가질 거라면 누나가 내 몫을 사야 할 거야. 다시는 그곳에 발도 들이기 싫거든."

슬로운은 온몸을 떨며 코너가 문으로 나가는 모습을 지켜보았다. 그녀는 떨리는 손으로 뺨의 눈물을 닦아냈다. 그리고 테이블에 앉은 모두가 자신을 바라보고 있다는 사실을 알아차렸다.

"고마워요."

슬로운을 바라보던 피오나가 진심을 다해 말했다.

웨인라이트는 목청을 가다듬고 편지가 들어있는 파일 아래서 또 다른 파일을 꺼냈다.

"자, 이제 상황이 정리된 것 같으니 와이너리 소유권을 벨 씨께 양도하는 절차를 진행하겠습니다. 그리고 마리아에게는 빌라 소유권을 양도합니다. 서명하셔야 할 서류가 꽤 많네요. 오늘 두 분 시간 괜찮으신가요?"

피오나와 마리아는 시선을 교환했다.

"저는 좋아요."

피오나가 대답했다.

"저도요."

마리아가 덧붙였다.

"좋습니다. 그럼 시작하겠습니다."

고요한 분위기 속에서 웨인라이트는 서류철을 열었다.

～

변호사들이 떠난 후 슬로운은 침실로 올라갔다. 그녀는 침대 위에 태아처럼 웅크린 채 누워있었다. 에번과 클로이는 소파에서 이어폰을 끼고 태블릿 화면을 보고 있었다.

그때 문을 두드리는 소리가 나더니 피오나가 들어왔다. 슬로운은 일어나서 화장지로 눈두덩이를 누르며 정신을 차리려고 애썼다. 에번과 클로이는 그녀를 슬쩍 바라본 후 금세 화면으로 돌아갔다.

"좀 어때요?"

피오나가 물었다.

"거지 같아요. 내가 와이너리를 얻지 못해서 울었다고 생각하지는 말아요. 그쪽을 탓하지는 않으니까. 지금 머릿속에 와이너리는 있지도 않아요."

슬로운은 대답하고 피오나가 좀 더 안쪽으로 들어오는 것을 지켜보았다.

"그럼 무슨 생각 중이신데요?"

파오나가 물었다.

"나는 평생 아빠를 없는 사람 취급했어요. 그걸 어떻게 극복해야 할지 모르겠네요. 내가 아빠를 속상하게 만들었어요."

그녀는 그들의 대화에 관심조차 없는 에번과 클로이를 바라보았다.

"만약 애들이 나를 그렇게 대하면 내가 뭘 어떻게 할 수 있을까요? 애들이 나를 조금도 보고 싶어 하지 않으면요. 그래서 아무리 화가 나도 앨런에게 그렇게 하지는 않으려고요. 아이들에게 아빠와의 관계를 계속 이어가게 해줄 생각이에요. 아이들이 자라면 자기들 아빠가 어떤 사람인지 스스로 판단할 수 있겠죠."

피오나는 침대 끄트머리에 앉았다.

"저는 그쪽 남편을 모르지만 그 남자는 참 운이 좋네요. 당신 같은 사람이랑 결혼했으니까요. 슬로운, 당신은 참 괜찮은 사람이에요."

그녀는 소파에 앉아있는 에번과 클로이를 힐끗 보았다.

"우리 아빠는 늘 앞을 보라고 하셨어요. 뒤돌아보지 말고 다가올 날을 보라고요. 아빠는 그렇게 할 수밖에 없었을 거예요. 사고 전의 일상을 전부 포기해야 했으니까요. 두 발로 걷는 것, 혼자서 옷을 입는 것, 혼자서 음식을 먹는 것과 같은 지극히 평범한 일상들이요. 하지만 거기에 다른 것들도 포함된다는 걸 이제 알겠어요. 엄마의 외도가 아빠를 어떤 식으로 괴롭게 했는지, 애초에 두 분의 결혼 생활에 잘못된 점이 있었음을 고려할 때 자신에게 있었던 일말의 책임을 어떻게 다루어야 하는지, 그런 것들이요. 저는 아빠가 자신에게도 어느 정도 책임이 있다는 것을 수긍했으면 해요. 아무튼 아빠는 당장 손에 쥔 패로 어떻게 삶을 헤쳐 나가야 할지에 온전히 집중해야 했으니까, 앞을 볼 수밖에 없었을 거예요. 지금도 그 패를 잘 활용해서 다가올 날들을 보내야만 하고요."

피오나는 시선을 내리깔았다.

"의사들은 아빠가 오래 버틸 거라고 예상하지 않았어요."

"당신 아버지는 놀라운 분이시군요. 책을 쓰셨다고 했나요?"

슬로운이 물었다. 피오나는 다시 고개를 들었다.

"네. 이곳 토스카나에서 첫 번째 소설을 완성했어요. 하지만 아빠는 자신에게 벌어진 사고 때문에 책이 출판된 거라고 생각해요. 출판사가 아빠의 처지를 이용해서 책을 홍보했거든요. 그래서 많이 팔리기도 했고요. 그다음에도 아빠가 불러주면 다른 사람이 받아적는 방식으로 두 권을 더 써냈지만 거의 안 팔렸어요. 제 생각에 그때 아빠는 자신감에 큰 타격을 입은 것 같아요. 아빠는 늘 소설가를 꿈꾸었으니까요."

"참 안됐어요. 유감이에요."

슬로운이 말했다.

"그래도 아빠는 소설이 아닌 다른 글에서 목적의식을 찾았어요. 척수 연구 기금 마련을 위해 자선 단체의 기사를 썼죠. 바로 그런 게 아빠가 말하는, 앞을 내다보는 거였어요. 방향을 틀어서 변화를 꾀했으니까요. 아빠는 선견지명을 가지고 단체에 동참했고 그 결과물은 지금도 아빠의 가장 큰 자랑거리예요."

슬로운은 침대 위 베개에 똑바로 기대앉았다.

"당신은 행운아네요. 아버지와 강한 유대감이 있으니. 나처럼 후회할 일도 없을 거고요. 늘 좋은 딸이었다는 걸 당신 스스로도 잘 알고 있잖아요. 나는 내가 망쳐버렸어요. 우리 아빠는 나를 미워했을 거예요."

"그는 당신을 사랑했어요. 그건 내가 확실히 알아요."

피오나는 몇 초 동안 슬로운을 바라보았다.

"내가 여기 온 이유가 바로 그거예요. 혹시 잠깐 같이 산책할래요?"

"지금요?"

"네. 아이들도 같이요."

피오나는 일어서서 소파 앞 아이들에게 손을 흔들었다.

"자자, 태블릿은 내려두고 밖으로 나가자."

"왜요?"

에번이 귀에서 흰색 이어폰을 빼며 물었다.

"너희 아직 와인 저장고 안에 안 들어가 봤지?"

그는 잘 모르겠다는 듯 슬로운을 바라보았다.

"엄마, 우리 갔었어?"

"아니, 우리는 간 적 없어."

그녀가 대답했다.

"이제 가보자. 거기 가면 아주 재미있을 거야. 꼭 해리포터에 나오는 장소 같거든."

피오나가 말했다.

"저 해리포터 좋아해요. 영화도 전부 다 봤어요. 저는 헤르미온느가 가장 좋아요."

클로이가 말했다.

"나도 헤르미온느 좋아해."

피오나가 대답했다. 에번과 클로이는 태블릿을 내려놓고 피오나와 슬로운을 따라 방을 나왔다. 빌라를 벗어난 그들은 가로수 길을 따라 중세 마을과 성당이 있는 쪽으로 걸어갔다. 피오나와 슬로운은 아이들을 데리고 와인 저장고가 위치한 석조 건물로 들어갔다.

그들은 원형 계단을 내려가 희미한 불빛이 들어오는 미로 같은 곳으로 향했다. 저장고의 가장 넓은 공간에는 거대한 오크통이 옆으로 누워있었다. 그들은 통 너머로 난 좁은 통로를 지나갔다. 통로 양쪽으로는 먼지가 뽀얗게 내려앉은 와인 병들이 수북이 쌓여있었다.

"엄마 어릴 때 여기서 코너 삼촌이랑 숨바꼭질하고 놀았어. 너희 나이쯤이었을 때."

슬로운이 아이들에게 말했다.

"우리도 숨바꼭질해도 돼?"

에번이 물었다.

"글쎄. 피오나 이모한테 물어봐. 와이너리는 이제 이모 거야."

슬로운이 대답했다. 피오나는 양팔을 활짝 벌리고 웃으며 아이들을 향해 돌아섰다.

"당연히 할 수 있지! 내가 왜 여기 데려온 것 같아? 너희는 언제든 이곳에 와도 돼. 우리가 지금 지나온 곳에 있는 오크통 마개를 열지만 않는다면 말이지. 만약 그랬다가는 와인 홍수가 날 테니까."

"안 그럴게요!"

클로이가 대답했다. 피오나는 그들을 복도 끝, 낡은 오크 문 앞으로 데리고 갔다. 그리고 가방을 뒤져 열쇠를 꺼냈다.

"여기는 아주 오래된 은신처야. 숨바꼭질하기 딱 좋지."

그녀는 삐걱거리는 문을 열면서 말했다. 호기심에 사로잡힌 셋은 피오나를 따라 안으로 들어갔다.

"이게 다 뭐예요?"

슬로운이 벽에 붙은 널빤지 위에 쌓인 병들을 둘러보면서 물었다.

"여기는 아주 특별한 곳이에요. 이건 아이들이 태어난 해에 수확된 포도로 만든 와인들이죠. 당신 아버지 전에 와이너리의 소유주였던 마우리치오 가문이 시작한 전통이고요. 명판에 적힌 날짜를 봐요. 보다시피 어떤 건 아주 오래됐어요. 그리고 이쪽으로 와봐요."

피오나는 슬로운에게 손짓했다.

"이건 당신을 위한 거예요."

피오나는 벽에 걸린 명판을 떼어냈다.

"당신 아버지가 당신을 위해 만든 와인이에요. 당신이 이걸 갖길 바랐을 거예요. 코너를 위한 것도 있어요. 그건 제가 코너에게 얘기할게요."

슬로운은 지금 보고 있는 게 무엇을 의미하는지 완벽히 헤아리지 못한 채 자신의 이름과 생년월일이 적힌 먼지투성이 명판을 가만히 응시했다. 그러고는 한 병을 들어 라벨의 먼지를 털어냈다.

"세상에. 이 그림……. 아빠의 그림이에요. 어렸을 때 아빠가 그림을 그렸던 게 기억나요. 나도 아빠 작업실에서 그림을 그렸어요. 아빠가 거기 있는 물감과 붓을 쓰라고 했거든요. 내가 작업실을 엉망으로 만들어도 아빠는 한번도 화내지 않았어요. 대신 나한테 얼마나 재능이 있는지 얘기해 주었죠."

애틋한 기억을 되살린 슬로운의 가슴이 옥죄어들기 시작했다. 피오나는 조금 더 깊숙한 곳으로 들어갔다.

"여기 와서 봐요. 최근에 조금 더 추가됐어요."

슬로운은 명판의 이름과 날짜를 확인했다. 그녀는 놀라서 넋이 나간 모습으로 피오나를 바라보았다.

"에번과 클로이네요."

"맞아요."

슬로운은 한 병을 집어 들었다. 라벨에 붙은 아버지의 또 다른 그림을 본 그녀는 비통한 마음으로 고개를 숙였다.

"진작 아이들을 데리고 왔어야 했어요. 애들은 할아버지를 직접 만나서 할아버지가 무엇을 만들었는지 봤어야 하고요."

"지금 왔잖아요. 아이들은 지금 여기 있어요."

피오나가 대답했다.

"너무 늦어버렸어요."

밀려드는 슬픔을 느끼며 슬로운은 병을 다시 제자리에 놓았다.

"아직 안 늦었어요. 아이들에게 할아버지 이야기를 들려주면 돼요. 사진도 보여주고요. 기억나는 일들도 전부 이야기해 주는 거예요."

그들은 몇 분간 돌아보면서 병들을 더 살폈다.

"힘들다는 거 알아요."

피오나가 이해한다는 듯 조용한 목소리로 말했다.

"당신은 계속 내가 착한 딸이었다고 말하지만 나도 그렇게 완벽한 딸은 아니에요. 지금 나도 당신과 같은 기분이에요. 안톤이 살아있을 때 와서 그를 알아갔다면 얼마나 좋았을까 하는 생각이 들거든요. 그럴 노력조차 하지 않았던 걸 앞으로 계속 후회하겠죠. 대부분의 시간 동안 그를 원망하기에만 급급했거든요. 그편이 훨씬 쉽고 덜 복잡했으니까요."

"내가 느끼는 감정이랑 정확히 같네요. 그렇게 하는 게 쉬웠죠. 그 어느 것도 직면할 필요가 없었으니까요."

슬로운이 말했다.

"과거가 아닌 미래를 보는 것도 중요하지만 과거의 실수를 되짚어 보고 거기서 뭔가를 배우는 것 역시 중요하다고 생각해요. 그래야만 올바른 방향으로 나아갈 수 있어요."

피오나가 말했다. 에번이 다가와 슬로운의 소매를 당겼다.

"엄마, 클로이랑 돌아다녀도 돼?"

"그럼. 건물 밖으로만 나가지 마."

"안 나가."

아이들이 다른 쪽으로 가자마자 피오나는 궁금증 가득한 표정으로 슬로운을 바라보았다.

"결혼 생활은 어떻게 하기로 했어요?"

슬로운은 한숨을 쉬었다.

"지금 그게 가장 골치 아파요. 앨런과 이혼한다니까 코너는 미쳤냐는 반응이에요. 코너는 내가 진짜 이혼할 거라고 생각하지도 않아요. 그렇게 여기는 것도 당연해요. 지금까지 말만 하고 시도조차 안 했으니까. 하지만 이번에는 느낌이 달라요. 어쩌면 이곳에 왔기 때문인지도 모르겠어요. 내가 어떤 사람이었는지 기억났거든요. 아니면 돈 앞에서 초연해 보이는 당신 모습을 봤기 때문인지도 몰라요. 이유야 어떻든 내가 옳다고 여기는 일을 하는데 혼전 계약서 따위가 방해물이 되게 놔두지 않을 생각이에요. 내 존엄성과 자존심의 대가를 돈으로 치르면서까지 앨런 곁에 남을 이유가 없으니까요. 나는 좋은 엄마가 되고 싶어요. 내 자식들이 강하고 독립적인 여성의 의미를 정확히 알고 자라났으면 좋겠어요. 그리고 어떻게 하면 그런 사람이 될 수 있는지도 알고 싶어요. 나는 지난 10년간 앨런이 만들어 놓은 환상 속 요새에 갇혀서 살았거든요. 그곳을 떠나면 어떻게 될지 겁이 나요. 눈앞에 닥칠 일이 무엇인지, 혼자서 뭘, 어떻게 해나가야 하는지, 아무것도 몰라요. 심지어 직업을 가져 본 적도 없어요."

"엄마가 되었잖아요. 그건 엄청난 직업이에요."

슬로운은 현실 세계에서 그건 별로 중요한 일이 아니라는 듯 어깨를 으쓱했다.

"음, 뭔가를 새로 시작하기에 늦은 때는 없어요. 그건 그렇고, 실은 할 말이 있어요."

피오나가 대답했다.

"뭔데요?"

피오나는 슬로운의 명판이 있는 와인 무더기 쪽으로 걸어갔다.

"여긴 당신과 당신 아이들 유산의 일부이기도 해요. 나는 당신의 이복동생이고, 에번과 클로이는 제 조카죠. 그래서 웨인라이트 씨께 제 유언장을 써달라고 부탁했어요. 언젠가 당신과 에번, 클로이가 제 상속인으로서 와이너리를 물려받을 수 있도록."

피오나의 말에 슬로운은 귀를 의심했다.

"지금 뭐라고 했어요?"

피오나는 그녀를 마주 보았다.

"나는 자식이 없잖아요. 앞으로도 어떻게 될지 모르고요. 만약 내 자식을 갖게 되면 그때 가서 상황에 맞게 적절히 나누면 돼요. 그렇지만 당장은 이곳이 가족의 와이너리로 남으면 좋을 것 같아요."

그 말을 듣자, 슬로운은 기억 속 어딘가 묻혀있던 어린 시절이 떠올랐다. 아버지가 단단한 팔로 그녀를 들어올리고, 목말을 태워 다정히 숲을 거닐던 그때가. 그 시절의 자신은 아버지에게 많은 사랑을 받았다. 그 이후로 오랫동안 그런 감정을 느끼지 못했다는 것도 새삼 깨달았다.

피오나는 계속 말을 이었다.

"언제든 와서 원하는 만큼 머무르면 좋겠어요. 빌라에 있는 당신 방은 여전히 당신 방이에요. 진심이에요. 나는 외동딸로 자랐잖아요. 그래서 그런지 이곳에서의 경험은 정말 멋지고 놀라웠어요. 여기 와서 존재하는지도 몰랐던 나의 일부를 알아가는 일 말이에요. 빌라는 언제든 당신 집이 될 수 있어요. 런던이나 로스앤젤레스, 다른 곳에서 살 생각이라면 이곳은 그냥 고향집으로 여기고 드나들 수 있고요."

슬로운은 고개를 숙였다.

"여기를 팔 생각이 없었던 거예요? 코너는 당신이 이곳을 팔 거라고 생각했어요. 아빠가 와이너리를 우리한테 남겼다면 코너는 당연히 그렇게 했을 거고요."

피오나는 널빤지에 쌓여있는 병들을 둘러보았다.

"솔직하게 말하면 그것도 생각해 봤어요. 얼마 전에 부동산 중개인이 전화를 걸어와 제안받기도 했는데, 그에게 다시 전화를 걸지 않았어요. 이제 내가 뭘 원하는지 알게 됐거든요. 이곳을 지키고 싶어요. 여기가 꼭 내 집인 것 같아요. 만약 당신 남편이 런던 집에서 코너 몫을 사들이는 데 필요한 돈을 주지 않는다면 내가 대신 줄게요. 런던 집을 계속 소유할 수 있게요."

"정말이에요? 피오나, 정말 그렇게 해줄 거예요?"

"그럼요. 이보다 확신이 섰던 적이 없는걸요."

피오나는 자신의 어머니 이름이 붙은 와인 더미로 걸어갔다.

"우리의 아버지는 너무나도 특별한 와인을 만들었고 이곳은 엄마한테 정말 소중했어요. 엄마는 다시 올 수 없었지만 마지막 날까지 이곳 꿈을 꾸었어요. 만약 지금 엄마가 여기 있었다면 내가 당신과 함께 이걸 마시기를 바랐을 거예요."

피오나는 어머니의 와인 한 병을 들고 손바닥으로 라벨의 먼지를 닦아냈다.

"이보다 완벽한 때는 없을 것 같아요. 그래서 말인데 우리 이 특별한 와인으로 한잔할까요? 지금요."

"지금 당장요?"

"네. 기념하고 싶어요. 나한테 가족과 조카들이 생겼다는 사실에 축배를 들고 싶거든요. 아, 물론 오빠라는 인간이 나랑 싸우지 않는다는 전제하에요. 어때요? 수영장에 앉아서 코르크 마개를 딸까요?"

슬로운이 웃었다.

"좋은 생각인데요. 먼저 애들부터 찾아야겠어요."

함께 걸어나가며 슬로운은 와인 병을 집어들었고, 피오나는 문을 잠갔다.

피오나

바다를 가로질러 집으로 향하는 길은 이탈리아로 갔던 야간 비행과는 비교도 안 될 만큼 편안했다. 운 좋게 로마에서 뉴욕까지 이어지는 비행편을, 그것도 낮 시간대에 타게 되었다. JFK 공항에서 한 시간만 경유하면 됐다. 지연도 없었다. 무엇보다 전부 일등석이었다. 승무원이 먹음직스러운 음식을 가져다줄 때마다, 혹은 와인 잔을 채워줄 때마다 꿈을 꾸는 건 아닌지 확인하려고 수도 없이 허벅지를 꼬집었다. 하지만 피할 수 없는 다음 단계가 나를 기다리고 있다는 것도 알고 있었다.

하늘에서의 비행은 토스카나에 도착한 후 새롭게 알게 된 것들을 되돌아보게 해주었다. 내가 어떻게 이 세상에 나올 수 있었는지, 거짓 하나 섞이지 않은 진실을 알게 되어 마음이 놓였다. 나는 겁탈의 결과물도 아니었고 하룻밤의 정사나 쾌락의 결과물도 아니었다. 나는 사랑의 결실로 이루어진 존재였다. 비밀을 지키는 것마저도 사랑에서 비롯됐다. 죄책감이 얽히고설킨 조금 복잡한 방식의 사랑. 한 남자의 아내는 끔찍한 사고의 트라우마 뒤에 따라올 더 큰 상처로부터 남편을 보호하기 위해 진실을 숨겨야만 했다. 자신을 희생하면서까지 남편이 온전히 삶을 살아갈 수 있도록 아내는 진실을 묻어야만 했다.

이제 나는 내 침묵도 사랑의 연장선이라는 것을 안다. 엄마와 나는 그 어떤 것보다도 아빠의 행복을 우선시했다. 그가 신체적으로도, 정신적으로도 상처받지 않도록 온 힘을 기울였다.

하지만 아빠도 우리의 안위를 최우선으로 여겼을까?

아닐 것이다. 엄마와 처음 만날 그날부터, 엄마의 외도가 있기 전부터, 비극적인 사고로 아빠의 인생이 깡그리 바뀌기 훨씬 전부터 엄마는 경제적으로 아빠를 지원해야 했다. 경제적인 지원뿐만 아니라 정서적인 지지까지 모두. 아빠는 엄마가 본인의 꿈은 제쳐둔 채 자신을 부양하고 뒷바라지해 주기를 바랐다. 엄마는 아기를 원했고, 아빠는 아기가 글 쓰는 일에 방해될 것이라 여겨 탐탁지 않아 했다. 엄마가 얼마나 자식을 간절히 원했는지는 아빠에게 그다지 중요하지 않았던 것이다.

사고 후 아빠의 요구는 자연스럽게 방향을 틀었다. 아빠는 엄마와 내가 절대 떠나지 않기를, 자기 곁에 남아있기를 바랐다. 아빠는 생존을 위해서 우리를 필요로 한 것이다.

비행기 창밖으로 솜사탕 같은 구름이 새하얗게 펼쳐졌다. 숨이 멎을 만큼 아름다운 광경을 바라보면서 나는 난관에 봉착했다. 지금 느끼는 감정을, 지금 드는 생각을 어떻게 다루어야 할까. 이 복잡한 상황을, 지난 일주일을 아빠에게 어떻게 설명해야 할까. 사실대로 말하면 아빠는 어떤 반응을 보일까. 토스카나에 갔었고 그곳에서 모든 진실을 알게 됐다는 사실을 알면 아빠는 뭐라고 할까. 애초에 내가 거짓말을 하고 떠났던 사실에 대해서는?

비록 아빠가 내게 진실을 숨겼다는 것을 알았지만 나는 그걸 비난할 수 없다. 나도 나름대로 비밀을 간직해 왔으니까.

❧

공항에서 짐을 찾은 다음 택시를 타고 집으로 갔다. 익숙한 집 안으로 들어서자마자 세탁실 건조기 안에서 옷가지들이 돌아가는 소리가 나를 맞이했다. 혹시 모를 감염을 대비한 세척과 소독, 그건 우리의 일상이나 마찬가지였다. 일주일간 집을 비워서 그랬을까. 집 안에 자욱하게 깔린 병원 냄새가 생경하게 느껴졌다.

나는 아일랜드 식탁에 열쇠를 내려놓고 복도를 지나 아빠 방으로 갔다. 아빠는 침대에 앉아있었고 도티는 아빠의 턱을 면도 중이었다.

"저 왔어요."

나는 문간 앞에서 말했다. 도티는 깜짝 놀라며 면도날을 스테인리스 쟁반에 내려놓았다.

"돌아왔네!"

그녀는 나를 껴안으려고 다가왔다.

"여행은 어땠어?"

"너무 좋았어요. 힘들기도 했지만 깨달은 것도 많고요."

내가 대답했다.

"전부 다 들려줘. 그전에 부녀 상봉이 먼저겠지? 하지만 보다시피 면도를 아직 반밖에 못 끝냈어."

도티가 말했다.

"나머지는 제가 할게요."

내가 대답했다. 아빠의 면도는 여러 번 해봐서 익숙했다.

"좋아. 나는 가서 차 좀 마셔야겠다."

도티가 방을 나갔다. 나는 안으로 들어가 아빠의 머리 꼭대기에 입을 맞췄다.

"잘 있었어?"

"우리 딸 왔어? 집에 돌아와서 너무 좋다. 비행은 어땠어?"

"끝내줬어. 연착도 없었어. 하늘이 푸르고 맑아서 먼 곳까지 내다보였어."

나는 말하면서 면도칼을 집어 들었다. 면도 크림의 향기는 플로리다의 습한 공기만큼이나 친숙했다.

"나 없는 동안 어떻게 지냈어?"

내가 물었다.

"네가 없으면 모든 게 달라지지."

아빠는 대답했다. 나는 면도기를 물그릇에 담갔다가 아빠의 뺨과 턱선을 따라 조심스럽게 면도했다.

"나도 돌아와서 좋아. 그래도 거기서 정말 흥미로운 시간을 보냈어. 많은 걸 배우기도 했고."

나는 잠깐 말을 멈추고 면도에 집중했다. 면도칼을 헹군 다음 통 가장자리에 대고 톡톡 두드렸다. 그리고 말을 이었다.

"아빠, 할 말이 있어."

내 말에 아빠는 약간 당황하는 눈치였다. 또렷하게 바라본 아빠의 눈은 근심으로 찌푸려져 있었다. 아, 근심이 아니라 두려움일지도 모르겠다.

이야기를 이어가기 전, 나는 면도를 끝내고 부드러운 수건으로 아빠의 얼굴을 닦았다. 아빠는 내내 말이 없었다. 나는 면도 용품을 한쪽으로 치워두고 자리에 앉았다.

"지금 내가 하려는 얘기는 아주 중요해. 하지만 그보다 먼저 아빠가 알아야 할 것이 있어. 지난주에 아빠한테 사실대로 말하지 않은 게 있거든. 런던에서 열리는 회의에 참석한다고 했던 거, 사실은 거짓말이야."

마침내 나는 진실을 말했다.

"거짓말이라고?"

"응. 나 사실은 이탈리아에 갔었어."

아빠는 입을 굳게 다물고 눈썹을 찡그렸다.

"왜?"

"안톤 클라크 씨가 돌아가셨거든. 심장 마비가 왔었대."

내 설명에 아빠의 얼굴이 붉게 달아올랐다. 아빠는 놀란 듯 눈을 몇 차례 깜박였다.

"안톤 클라크……?"

나는 심호흡을 한 후 천천히 말을 이었다.

"아빠, 제발 모르는 척하지 마. 그 사람이 누구인지 알잖아."

아빠의 말문이 막힌 것 같아 나는 잠시 멈추었다가 다시 말을 이었다.

"엄마가 돌아가신 후부터 나는 그 사람에 대해 알고 있었어. 돌아가시기 직전에 그 사람이 내 친아버지라고, 엄마가 말했거든. 엄마는 아빠가 사실을 모르게 해달라고 애원했어. 내가 친자식이 아니라는 걸 알게 되면 아빠가 상처받을 거라면서, 제발 비밀을 지켜달라고 했어."

나는 고개를 숙였다.

"엄마는 아빠가 나를 얼마나 사랑하는지 알고 있었으니까. 물론 나도 알고 있었지. 아빠는 나한테 최고의 아빠잖아."

나는 심호흡을 하고 다시 고개를 들었다.

"그렇지만 아빠는 처음부터 모든 진실을 알고 있었어. 그렇지? 왜 모르는 척했던 거야?"

아빠의 턱 근육이 잘게 떨리기 시작했다. 이내 아빠는 얼굴을 돌려 한쪽 뺨을 베개에 묻었다.

"토스카나 이야기는 하고 싶지 않아."

나는 의자에서 앞으로 기울이며 아빠의 손을 잡았다.

"미안해. 아빠한테는 힘든 기억이라는 걸 알아. 그래도 우리는 이 얘기를 해야 해."

"네가 왜 이러는지 모르겠구나."

아빠는 중얼거리듯 말했다.

"왜 그걸 다시 끄집어내는지 모르겠어."

내가 할 수 있는 거라고는 최선을 다해 상황을 설명하는 것뿐이었다. 적어도 한 번쯤은 서로에게 솔직할 필요가 있다고 생각했다. 아빠에게 계속 거짓말을 하는 것도 이제 지쳤다.

"어렵다는 거 알아. 아빠, 그래도 알고 싶어. 아빠가 알고 있는 사실, 아빠의 생각, 아빠의 감정, 전부 다 이해하고 싶어."

"그게 뭐가 중요해?"

"내가 아빠를 사랑하니까 중요한 거야. 그리고 내 삶에서 안톤을 지워버린 아빠한테 화가 나기도 해. 우리가 앞으로 나아가려면 내가 아빠의 생각과 감정을 이해해야만 해."

아빠는 고개를 저으며 눈을 꼭 감았다. 나는 재차 시도했다.

"힘들었을 거야. 나도 알아. 엄마는 바람을 피웠고 아빠는 다른 남자의 자식을 키워야 했으니까. 그 와중에 엄마는 내가 아빠 자식이라고 거짓말까지 했지. 이제는 정말 이야기할 때가 되었다고 생각하지 않아?"

아빠는 여전히 냉랭했다.

"제발 얘기해 줘, 아빠. 내가 이탈리아에 간 또 다른 이유도 있어. 지금부터라도 우리가 터놓고 대화하는 게 중요해. 이제 더 이상 거짓말하면서 살 수 없을 것 같거든. 특히 아빠랑은. 이제 아빠가 나한테는 유일하게 남은 아빠잖아."

아빠는 여전히 시선을 돌리고 있었지만, 나는 사실을 털어놓았다.

"안톤이 유언장에 나한테 재산을 상속하겠다고 썼대."

아빠는 마침내 고개를 돌려 나를 바라보았다. 하지만 입은 열지 않았다.

"그래서 그곳에 갔던 거야. 와이너리에서 지내는 동안 그의 가족들을 만났어. 내 이복형제인 남매도 있더라. 아빠, 그가 내 앞으로 모든 걸 남겼어. 와이너리 전체와 보유했던 현금, 전부 다 내 앞으로 남겼어."

찌푸린 아빠의 미간에 깊은 골이 생겼다.

"그 남자가 뭘 했다고?"

"나도 깜짝 놀랐어. 살면서 그 사람을 만난 적도, 연락한 적도 없었으니까. 여태까지 나는 그가 아주 끔찍한 사람일 거라고 생각했어. 아빠 때문에라도 그 사람을 보고 싶지 않았어. 어쩌면 내가 생긴 게 엄마의 의지가 전혀 아닐지도 모른다고 생각하기도 했어. 하지만 아니었어. 아빠도 알다시피⋯⋯."

나는 아빠를 유심히 바라보았다.

"아빠는 안톤이 엄마를 사랑한다는 것을 알았어. 그 사람이 엄마를 그리워하면서 여생을 보낸 것도 알았고, 엄마와의 약속을 끝까지 지킨 것도 알았지. 나한테 자신이 생부라는 사실을 발설하지 않기로 한 약속 말이야. 아빠가 살아있는 동안 지키기로 했던 그 약속."

아빠의 얼굴이 어두워졌고 골은 더 깊어졌다.

"하지만 아빠는 계속 알고 있었잖아."

나는 멈추지 않았다.

"엄마가 괴롭게 지켜온 비밀은 사실 비밀이 아니었던 거야."

아빠는 고개를 저었다.

"나는 몰랐어."

예상하지 못한 비겁함에 실망한 나는 눈을 감아버렸다.

"제발, 나한테 거짓말하지 마. 아빠! 아빠가 알고 있었다는 거 알아. 엄마가 돌아가신 후에 아빠가 안톤에게 보낸 편지를 읽었 거든. 아빠가 계속해서 비밀을 지켜달라고 썼잖아."

아빠는 붉게 달아오른 얼굴로 나를 바라보며 눈을 깜박일 뿐 이었다.

"전부 다 알고 있다고. 어째서 엄마한테 말하지 않은 거야? 엄마랑 나는 아빠를 보호하는 데 평생을 바쳤어. 그래서 진짜 아버지를 만날 기회까지 놓쳤어. 나는 그를 상상할 때마다 내가 떠올릴 수 있는 가장 나쁜 사람을 생각했어. 내게 그런 사람이 아니었는데도. 이제 그 사람은 이 세상에 없고, 나는 그 사람을 만날 수가 없어. 너무 늦어버렸다는 그 사실이 나를 영원히 괴 롭힐 것 같아."

아빠의 눈에 눈물이 가득 고였다.

"너를 잃을까 봐 그랬어. 겁이 났어."

"엄마를 잃을까 봐 두려웠던 것처럼?"

"맞아."

"엄마가 필요했으니까? 엄마가 아빠를 보살펴야 했으니까? 아빠를 간병해야 했으니까?"

내 말에는 가시가 잔뜩 돋아나 있었다. 아빠에게 잔인하다는 것도 알았다. 하지만 한편으로는 그 말이 나와서 다행이라고 생각했다. 나는 사실을 알 필요가 있었다.

"아니야. 나는 네 엄마를 사랑했어. 너도 사랑했고. 네가 없는 세상은 상상조차 할 수 없어. 혼자 남겨지는 게 두려웠어. 그래서 네가 나를 떠나지 않기를 바랐지."

나는 의자에 팔꿈치를 걸치고 몇 초 동안 아빠를 바라보았다. 그리고 기억의 호수에 발을 담갔다. 아주 어릴 때 아빠의 무릎에 기어 올라가 아빠가 책을 읽어줄 수 있게 내 손으로 페이지를 넘기던 기억. 모터 달린 의자에 앉아 웃음을 터뜨리며 온 집 안을 헤집고 다니던 기억. 조금 더 자라서 아빠에게 수영 수업과 파티 이야기를 들려주던 기억. 나는 모든 이야기를 아빠와 공유했고 아빠는 신나게 들어주었다.

그때 나는 내가 아빠에게 유리창 같은 존재라는 걸 알고 있었다. 그가 더 이상 경험할 수 없는 바깥세상을 보여주는 유리창. 나는 그것을 사명으로 받아들였다. 그건 내가 마치 가치 있는 사람이 된 것 같은 만족감으로 나를 채웠다. 그 누구도 아빠가 나를 사랑하는 만큼 나를 사랑해 주지 않았다. 나는 알고 있었다. 내가 아빠에게 얼마나 큰 의미인지…… 내가 아빠에게 얼마나 중요한 존재인지. 나는 그가 살 수 없는 삶을 대신 살았다. 나는 아빠의 전부였다.

"아빠가 나를 얼마나 사랑하는지 알아."

나는 부드러운 목소리로 말했다.

"그리고 내가 아빠한테 필요한 존재라는 사실이 좋았어. 중요한 사람이 된 것 같은 느낌이 들었거든. 하지만 아빠는 나를 위해서 뭔가 해주고 싶었던 적이 없었어? 아빠의 안위보다 내 행복을 우선시한 적은? 엄마가 돌아가셨을 때 나는 고작 열여덟 살이었고 엄마의 빈자리를 내가 대신해야 했어. 아빠가 우울하지 않게 아빠 기분을 살피고 아빠에게 살아갈 이유를 주는 게 내 의무였어. 그때 당시의 나한테는 너무나도 막중한 책임이었어. 거짓말은 하지 않을게. 지금도 마찬가지야. 내 나이 서른이지만 나는 단 한번도 누군가와 장기적인 관계를 맺지 못했어. 내 생활은 아빠가 괜찮은 건지, 혹시라도 아빠가 삶을 포기하지는 않을지 확인하는 것을 중심으로 돌아가야 했으니까. 엄마는 아빠의 행복을 위해서 그렇게 열심히 일했던 거야. 그리고 이제 엄마가 느꼈던 두려움이 어디서 왔는지 알겠어."

아빠에게 하고 싶지 않은 이야기를 해야 한다는 사실에 목소리가 떨려왔다.

"엄마가 떠나면 아빠는 죽어버리겠다고 했으니까."

아빠는 체념한 듯 작은 목소리로 말했다.

"그런 얘기는 어디서 들었어?"

막혔던 둑이 터지듯 모든 게 쏟아져 나왔다.

"이탈리아에서 프란체스코라는 남자를 만났어. 안톤의 운전기사이자 친한 친구였던 분이야. 엄마의 친구이기도 했지. 아빠가 구급차에 실려갈 때 엄마를 태우고 병원에 갔던 사람."

나는 잠시 말을 멈추었다.

"제발 솔직하게 말해줘. 아빠, 정말 모든 걸 포기하려고 했던 거였어? 아니면 엄마한테 죄책감을 씌워서 아빠 곁에 남도록 하려던 거였어?"

아빠는 마른침을 삼킬 뿐, 아무런 대답도 하지 않았다.

"엄마는 아빠가 아이를 원치 않는다고 생각했어. 그렇지만 결국 아이가 생겼지. 심지어 다른 사람 자식이었고. 그러니까 말해봐. 아빠가 우리한테 바란 건 그저 아빠를 돌봐주는 거였어? 제발 아니었다고 말해줘. 나를 안톤에게서 떼어놓는 방식으로 엄마나 안톤을 벌주려던 것도 아니라고 말해줘."

"나는 네 엄마를 사랑했어."

아빠가 다시 말했다.

"하지만 네 엄마는 나를 사랑하지 않았어. 적어도 안톤을 사랑했던 식으로는 아니었지. 그런 식으로 나를 사랑한 적은 없었어. 나한테 벌어진 일 때문에 네 엄마를 미워하고 탓하기도 했었고. 애초에 토스카나로 가자고 했던 것도 네 엄마의 생각이었으니까. 만약 그녀가 불륜을 저지르지 않았다면…… 그날 밤 몰래 빠져나가 그에게 가지 않았다면……."

아빠는 말을 멈추고 눈을 꼭 감았다.

"네 엄마 때문에 나한테 이런 일이 벌어졌다는 생각에 처음부터 그녀를 만나지 않았더라면, 후회했던 날들도 있었지."

아빠의 분노는 여전했다. 끓어오르는 그의 감정이 고스란히 느껴졌다. 나는 아빠가 마음을 가라앉히고 이야기를 이어나가기를 기다렸다.

"나는 그 누구보다 안톤을 증오했어. 그 사람이 일부러 나를 차로 쳤다고 얘기했을 때 아무도 내 말을 믿어주지 않았어. 심지어 네 엄마조차도. 아니, 특히 네 엄마가 믿지 않았지. 결국 불난 집에 기름을 끼얹은 꼴이 된 거야. 그들은 그게 사고였다고 했어…… 어쩌면 사고가 맞을지도 모르지. 하지만 사고든 아니든 나는 그 남자를 원망해. 그리고 네 말대로 나는 그 사람에게 복수할 목적으로 너를 그에게서 떨어뜨려 놓았어. 한편으로는 안톤이 죽어서 다행이라는 생각도 들어. 솔직하기를 원했지? 부끄럽지만 이게 내 진심이야."

"아빠……."

"그렇다고 해서 내가 세상 무엇보다 널 사랑한다는 사실이 바뀌지는 않아. 나는 너 없이는 살 수가 없어. 네가 이 세상에 왔을 때 너는 기쁨을 덤으로 가져왔어. 살면서 다시는 느끼지 못할 거라고 생각했던 기쁨. 친자식이든 아니든 상관없었어. 만약 네 엄마가 안톤에게 간다면 당연히 너를 데리고 갈 테고, 나는 그것만큼은 막아야 했어. 그날 병원에서는 정말로 죽고 싶었어. 내가 릴리언을 심리적으로 조종한 게 아니야. 그건 맹세해. 나중에 네 엄마를 용서할 수 없게 되었을 때 다짐했지. 네 엄마가 저지른 짓의 대가를 치르게 하겠다고 말이야. 네 엄마는 바람을 피웠어. 불륜은 저지른 건 네 엄마인데 결국 이 지경이 된 건 나지."

아빠는 시선을 돌렸다. 아빠의 목소리는 차차 잦아들었다.

"나는 모든 걸 잃었어. 모두에게 짐이 되었지."

"아빠는 짐이 아니었어."

"아니, 나는 짐이 된 게 맞아. 네 엄마를 용서해 보려고도 노력했어. 해마다 노력했지만 불가능했어. 그래서 너를 잃지 않기 위해 내가 할 수 있는 모든 걸 해야 했어. 특히 안톤에게 너를 빼앗길 수는 없었어."

"나는 절대로 아빠를 떠나지 않았을 거야."

나는 다시 한번 말했다. 사랑과 연민으로 빽빽하게 짜여진 실타래, 그 사이에 자리 잡았던 분노가 튀어나오려 했다.

"내가 안톤을 만났다고 해도 아빠는 평생 내 아빠야. 단지 아빠가 내게 솔직했더라면, 내가 그 사람을 만나볼 수 있게 도와줬더라면 좋았겠지. 어쨌거나 그 사람은 내 친아버지잖아. 그는 나를 보고 싶어 했지만, 아빠가 허락하지 않았고 이제 기회는 영영 떠났어. 게다가 나는 내 이복형제들도 모르고 살았어. 안톤이 세상을 떠나지 않았다면 여전히 그 사람들의 존재도 몰랐겠지. 그 모든 걸 생각하면 나는 아빠를 쉽게 용서할 수가 없어."

울음이 터져 나왔다. 나를 위해서라면 뭐든 할 거라고 믿었던 사람이 내가 가장 큰 선물이라고 여기는 것을 박탈했다는 데에서 오는 괴로움을 떨쳐낼 수 없었다. 아빠에 대한 신뢰, 생물학적 아버지의 사랑 같은 것들 말이다. 그리고 처음으로 아빠가 가지고 있는 상처를 마주했다. 그건 육체가 아닌 영혼에 남은 아픔이었다. 어릴 적 자신의 어머니에게서 버림받아 생긴 깊은 멍울은 아빠를 나약하게 만들었다. 게다가 엄마 역시 아빠를 떠나려 하지 않았던가. 아빠의 시선으로 바라본 사랑은 뒤틀리고 파괴되어 너덜너덜하게 잔해만 남아있는 것이나 다름없었다.

아빠는 근심 가득한 눈으로 나를 보았다.

"제발, 우리 딸. 울지 마. 네가 울면 내 가슴이 찢어져."

나는 고개를 들고 눈물을 훔쳐냈다.

"왜 그랬어?"

내게 모든 진실을 숨긴 아빠가 미웠다. 비겁한 아빠를 마구 비난하고 싶었다. 하지만 다른 한편으로는 아빠가 너무 불쌍했다. 파괴된 사랑이 주는 고통을 너무 일찍 알아서, 그게 두려워서 자기 삶에 사랑을 허락하지 않았던 아빠가 가여웠다. 아빠는 소유욕이 강하고 의심과 질투심이 많은 사람이었다.

"미안해. 그렇게 하면 안 된다는 건 알았지만 네가 알게 되면 무슨 일이 벌어질지 몰라서 겁이 났어. 그리고 지금도 너를 잃게 될 것 같아서 두려워."

아빠가 말했다. 그의 눈에 담긴 체념과 절망의 빛을 본 나는 억지로 손을 뻗어 아빠의 손을 잡았다. 아빠 같은 사람이 되고 싶지는 않았다. 용서할 수 없는 영혼을 가진 사람. 사랑을 믿지 못하는 사람. 사랑을 의심하는 사람. 아빠의 좋은 면만을 보고 싶었다. 아빠가 나를 아낀다는 것을, 이번만큼은 아빠가 내 행복을 본인의 행복보다 우선시한다는 것을 간절히 믿고 싶었다.

"나는 내가 이렇게 오래 살 줄 몰랐어."

흐느끼느라 아빠의 목소리는 볼품없이 갈라졌다.

"짐이 되는 게 싫었어. 언젠가는 네 엄마와 네가 나한테서 자유로워질 거라고 생각했지. 당연히 나는 먼저 죽을 거고, 그 이후로는 네가 안톤을 만날 수 있을 테니까. 처음부터 그렇게 예상했지. 너와 맞이하는 하루하루는 새로웠고, 그래서 축복이었어. 불편한 내 삶을 핑계 삼아 너의 행복을 빼앗은 거야. 다 내 잘못이야. 너무 오래 끌었어. 이렇게 오래 살 줄 알았더라면 다른 결정을 했을 거야."

"아빠, 제발 그런 식으로 말하지 마. 나는 늘 아빠가 오래 살기를 바랐어."

나는 맞잡은 우리의 손을 내려다보았다. 지금껏 나를 속였다는 배신감과 분노라는 감정 틈으로 어떻게든 아빠를 이해하려 했다. 두려웠던 것들을 고해성사하는 아빠의 말에 마음 한구석에서 용서하고 싶은 마음이 싹트기 시작했다. 폭우가 쏟아지기 전 하늘을 올려다보게 만드는 한두 방울의 비처럼 아주 조금씩.

"내가 이기적이었어."

아빠는 인정했다.

"나도 알아. 시간을 돌릴 수 있으면 좋겠어. 그럴 수만 있다면 나는 너한테 이탈리아에 가서 네가 어디에서 왔는지 알아보라고 할 거야. 네 마음이 닿는 곳에 가서 마음이 닿는 일을 하라고 할 거야. 맹세코 지금 너에게 바라는 건 그게 다야. 나랑 떨어져 지낸다고 해도 네가 행복했으면 좋겠어. 네가 더 이상 나를 사랑하지 않는다면 나는 견디지 못할 것 같아."

나는 몸을 구부려 아빠의 손등에 입을 맞추었다.

"나는 언제나 아빠를 사랑해. 나한테 늘 좋은 아빠였으니까."

"이것만 빼고는."

내가 고갯짓을 해 보였다.

"그래. 이것만 빼고는."

완전한 용서는 쉽지 않으리라. 그 정도는 알고 있었다. 노력이 필요하겠지만 아빠를 원망하고 미워하며 살아가는 것보다는 훨씬 나은 선택이었다. 내 남은 삶에 더 이상 분노가 자리하지 않았으면 좋겠다. 그저 아침에 일어나서 일출을 바라보는 기쁨을 느끼고 싶었다. 나를 길러준 아빠, 사랑으로 나를 채워준 아빠에게 고마움을 느끼고 싶었다.

우리는 잠시 아무 말도 없이 앉아있었다. 정적은 마음을 가라앉게 만드는 힘이 있었다. 나는 두 아버지에 대해 알게 된 모든 사실을 찬찬히 곱씹었다.

"궁금한 게 있어."

나는 마지막으로 괴어있던 눈물을 닦으며 말했다.

"안톤이 엄마랑 한 약속은 어떻게 안 거야? 그 사람이 나한테까지 비밀을 지킬 거라는 걸 어떻게 알았어? 엄마가 아빠한테 말해준 거야?"

"아니. 사고 이후에 우리는 안톤을 언급한 적이 없어. 마치 그런 일은 없었던 것처럼, 그런 사람은 존재하지 않았던 것처럼. 네 엄마는 토스카나 얘기도, 그에 관한 얘기도 하지 않았지."

아빠가 대답했다.

"이해가 안 돼. 그렇다면 아빠는 어떻게 알았어?"

아빠는 질문에 대답해야 할지 말지 고민하는 듯 잠시 말을 멈추었다.

"네가 아기였을 때 야간 간병인에게 부탁했어. 네 엄마의 책상을 뒤져서 토스카나에서 온 편지가 있는지 확인해 달라고. 간병인은 네 엄마가 안톤에게 반쯤 쓴 편지를 찾아줬어."

나는 필사적으로 이해하고 싶었다.

"엄마랑 얘기해 보려고 하지 않고?"

"네 엄마가 속내를 털어놓을까 봐 무서웠어. 내가 판도라의 상자를 열게 되는 건 아닌지 겁이 났어. 아마 네 엄마는 사실대로 말했을 거야. 안톤을 사랑하고, 그와 함께하고 싶다고. 그럼 나는 그녀를 보내줄 수밖에 없었겠지."

아빠가 대답했다. 그 순간, 나는 이 무겁게 지켜왔던 비밀이 부모님의 사이를 어떻게 만들었는지 알게 됐다. 아빠의 사고 이후, 부모님은 마음을 깊게 공유한 적이 없었던 것이다. 엄마와 아빠는 서로를 끊임없이 부정하고 모든 걸 숨겼다.

전부 밝혀진 지금, 나는 어떤 상황에 놓일까? 나는 일어나서 방 안을 서성였다.

"이제 어떻게 할 생각이야?"

아빠는 불안한 기색으로 나를 바라보며 묻고는 침대의 버튼을 눌러 몸을 조금 더 일으켰다.

"잘 모르겠어. 어마어마한 유산을 받게 된 것도, 이복형제들이 있다는 것도, 런던에 사는 다른 친척이 있다는 것도 최근에 막 알게 됐잖아. 아직 머리가 복잡해."

내가 대답했다. 그때 도티가 문간에서 모습을 드러냈다. 그녀는 미키마우스가 그려진 머그잔을 들고 티백에 달린 끈을 위아래로 흔들었다.

"자, 피오나, 이제 비밀을 털어놓을 시간이야. 전부 듣고 싶어. 피카딜리 서커스에서 여왕을 본 거야? 아니면 해러즈 백화점에서 윌리엄 왕자와 케이트를 봤니?"

나는 아빠를 한 번 바라보고 도티의 질문에 답했다.

"아니요. 저 사실 런던이 아니라 이탈리아에 갔었어요."

"이탈리아?"

그녀는 어리둥절한 표정을 지었다.

"런던에서 회의가 있다고 들었는데."

나는 그녀에게 걸어갔다.

"말하자면 길어요. 들어와서 같이 앉아요. 다 이야기할게요. 그렇지, 아빠?"

아빠는 고개를 끄덕였고 그녀는 안으로 들어왔다.

다음날 나는 아침 일찍 일어났다. 아빠는 컴퓨터 앞에 앉아 인터넷 검색을 하고 있었다. 도티는 집에 갔고 부엌에는 제리가 있었다.

"좋은 아침이에요."

나는 여전히 잠옷과 슬리퍼 차림으로 인사하면서 창문 옆 소파에 앉았다.

"좋은 아침."

아빠는 전동 의자의 방향을 내 쪽으로 틀면서 대답했다.

"뭐를 좀 검색하고 있었어."

"어떤 거?"

"토스카나 와이너리, 그중에서도 마우리치오 와이너리."

그 이야기를 꺼내는 게 아빠한테는 얼마나 커다란 의미인지, 나는 알고 있었다. 지금까지 아빠는 나쁜 기억을 떠올리게 하는 이탈리아의 이미지를 어떻게든 피해왔으니까.

"그리고?"

"내 딸이 이제 아주 부유한 여성이 된 것 같구나."

나는 고개를 뒤로 젖히고 천장을 올려다보았다.

"맞아. 아직도 믿어지지 않아. 여기 돌아와서 보니 더 그래. 꼭 꿈을 꾸는 것 같아."

아빠는 버튼을 눌러 더 가까이 왔다.

"꿈이 아니란다. 너는 아주 성공한 사업가의 딸이야."

"그럴지도 모르지."

나는 아빠와 시선을 맞추며 대답했다.

"동시에 모든 역경을 이기고 살아남은, 강하고 용감한 사람의 딸이기도 하잖아."

잠시 웃은 아빠는 고개를 저었다.

"내가 살아남은 건 이기적이었기 때문이야."

"어떤 점에서는 그럴지도 모르지만 그게 다는 아니야. 아빠가 나를 볼 때만큼은 하나도 이기적이지 않았어. 내 존재가 아빠한테 일어난 최고의 기적인 것처럼 나를 대했잖아. 아빠는 내가 특별한 아이라고, 사랑받는 아이라고 느끼게 해줬어. 내가 기억하고 싶은 건 그거야."

"너는 특별한 아이였고 여전히 특별해. 내가 한 짓을 용서해 줄 수 있다면……."

아빠가 대답했다.

"아빠, 그만해. 당연히 나는 아빠를 용서할 거야. 인생은 누구에게나 고달프고 복잡해. 구불구불한 도로를 달리는 것과 같아서 누구도 앞길을 볼 수 없어. 아빠는 그걸 누구보다 잘 알고 있잖아. 끔찍한 트라우마를 겪었으니까. 사람은 누구나 실수를 해. 엄마도 완벽한 사람은 아니었어. 아빠도 알다시피 엄마가 밟아온 삶에 많은 흔적이 남았잖아."

"그래. 하지만 네 엄마가 나한테 너라는 선물을 주었지."

"나한테는 아빠라는 선물을 주었고."

그 순간, 나는 안톤을 만나지 못했다는 후회와 좌절을 떨쳐내고 내 인생의 지난날을 받아들일 방법을 찾아내야겠다고 다짐했다. 이것이 내 앞에 펼쳐진 현실이다. '했더라면 좋았을걸' 하는 후회와 영원히 씨름한다 한들 득이 될 것은 없지 않은가?

모든 삶은 '했더라면 좋았을걸' 싶은 것으로 가득하다. 우리가 할 수 있는 최선은 과거와 현재를 최대한 활용하는 것이다.

적어도 나는 엄마의 삶, 그 진실을 알게 되었다. 그리고 이제 더 이상 아빠에게 거짓말하지 않아도 된다. 그 자체만으로도 엄청난 안정감이 들었다. 비밀을 알게 됐다는 무게감과 그 비밀을 혼자 알고 있다는 죄책감이 사라지자, 몸이 가뿐하게 느껴졌다.

창문을 통해 쏟아지는 아침 햇살을 받으며 아빠와 나는 서로를 바라보았다. 아빠도 마음이 가벼워졌을 것이다. 마음속에 오래 담아두었던 진실을 자유롭게 풀어주었으니.

"물려받은 유산으로 뭘 할 생각이야?"

아빠가 물었다. 나는 잠깐 생각했다.

"글쎄, 먼저 이 말을 해야 할 것 같은데. 실은 와이너리 매각 제안을 받았었어. 액수가 엄청났어. 실제로 고민하기도 했었고. 그쪽에서 제시한 금액이 9천만 유로였거든."

나는 여전히 믿어지지 않는 액수에 고개를 흔들었다.

"피오나······."

"알아. 아직도 그 액수가 가늠이 안 돼. 어쩌면 그냥 팔아버리는 게 가장 쉬웠을 거야. 그럼 그걸 가지고 집에 돌아와서 아빠랑 지낼 수 있잖아. 상상 이상으로 많은 돈이니까. 이것보다 훨씬 큰 집도 사고 차 할부금도 갚고······."

나는 목덜미를 문질렀다.

"그런데 아빠, 나 그곳에 있는 게 정말 좋았어. 말로 표현하기 어려울 정도로 좋았어. 내가 이런 이야기를 해도 아빠가 상처받지 않았으면 좋겠는데, 나한테 토스카나의 피가 흐르는 것 같아. 그곳의 사람들, 그 사람들의 생활 방식, 모든 게 좋았거든. 포도밭에 대해서, 와인 제조 과정에 대해서 배우는 것도 좋았고, 물론 마시는 것도 좋았지."

나는 아빠에게 겸연쩍은 미소를 지어 보였다.

"그리고 이복언니 슬로운한테 아이가 둘이 있어. 그 아이들이랑도 더 친해지고 싶어. 와이너리를 팔지 않으면 운영하는 법을 배워서……."

나는 아빠를 마주 보면서 솔직하게 말했다.

"이탈리아로 가서 멋진 삶을 살아보고 싶어."

아빠는 나를 뚫어지게 처다보았다. 나는 알고 있었다. 지금 내가 말하고 있는 게 아빠의 가장 커다란 악몽이자 두려움이라는 것을. 엄마가 안톤에게로 가고, 나도 떠나서 결국 아빠가 혼자 남겨지는 것 말이다.

나는 창밖을 내다보았다. 바람이 불어와 마당에 있는 어린 야자수를 흔들었다. 내 앞에 놓인 미래는 종잡을 수 없는 바람의 세기와 방향만큼 불확실했다. 내 삶의 모든 걸 파괴하는 바람은 싫다. 몸을 실으면 인생의 길잡이처럼 어디로든 나를 인도해 줄 바람을 원했다. 아빠와 내가 올라타도 편안하게 이끌어 줄 그런 바람을.

나는 다시 아빠를 바라보았다. 확실하지 못한 내 마음이 아빠에게도 전해졌을 것이다. 아빠는 확신에 찬 모습으로 조이스틱 버튼을 눌러 내 쪽으로 왔다.

"그럼 그렇게 해. 이탈리아에 가서 아주 멋진 와인을 만들어. 내 걱정은 하지 말고. 네가 거기서 행복하다면 나는 여기서도 잘 지낼 거야. 전화할 거지?"

나는 아주 높은 곳에서 떨어졌다가 튕겨 오른 풍선처럼 가볍고 묘한 기분을 느끼며 아빠를 바라보았다.

"당연하지."

그 순간 나는 새로운 미래를 향해 뛰어들며 대답했다.

"집에 자주 올 거야. 내가 거기 있어도 아빠가 최고의 보살핌을 받을 수 있게 할 거고. 도티는…… 도티는 늘 헌신적이고 아빠를 아끼잖아."

"나도 그녀를 아껴."

나는 항상 그래왔던 것처럼 아빠에게 마음이 누그러졌다.

"아니면 나랑 같이 가자. 집이 정말 커. 그리고……."

내가 제안했다.

"아니. 나는 그곳에 돌아가고 싶지 않아."

아빠는 딱 잘라 말했다. 물론 그를 이해한다.

나는 소파에서 일어나 한숨을 내쉬며 아빠의 손을 잡았다.

"내가 아빠를 떠난다고 생각하지 마. 나는 여전히 아빠 딸이고 평생 아빠를 사랑할 거야. 하지만 이 일은 해야만 해. 나는 그곳으로, 더 넓은 세상으로 나가야만 해. 가서 내 능력이 어디까지인지 알아내고 싶어."

"나도 네가 그러기를 바라."

아빠의 눈에 눈물이 그렁그렁했다. 아빠는 떨리는 목소리로 말했다.

"네가 아주 많이 보고 싶을 거고 아주 자랑스러울 거야."

아빠의 이마에 입을 맞추고 껴안았다. 나는 눈물을 닦아내고 새로운 시작을 준비했다.

피오나

1년 후. 토스카나

마리아가 스튜디오로 나를 찾아왔다. 나는 붓을 쥐고 한때 안톤의 소유였던 이젤 앞에 서있었다. 그가 화려한 해바라기 들판과 양귀비밭, 토스카나 포도밭의 석양을 그리기 위해 들고 다녔던 이젤이었다. 아직 야외에서 그림을 그리는 것을 한번도 시도하지는 않았지만, 나는 '절대'라는 말을 입 밖으로 꺼내지 않는 편이 좋다는 진리를 깨달아 가는 중이다. 언젠가는 토스카나를 그리기 위해 밖으로 모험을 떠날지도 모른다.

지금은 아버지의 캔버스가 가득 찬 상자들로 둘러싸인 나만의 스튜디오를 갖게 되어 너무나 기뻤다. 또한 엄마처럼 나도 사업에 소질이 있다는 것을 몸소 체감하고 있었다. 최근 진행하고 있는 프로젝트 중 하나인 미술품 경매는 아버지의 그림을 전시하는 동시에, 마우리치오 와인의 인지도를 높일 수 있는 기회가 될 것이다. 그 경매로 얻은 수익금은 몬테풀치아노의 지역 병원에 기부할 생각이다.

하지만 오늘 내 관심사는 이 캔버스였다. 구름으로 뒤덮인 하늘에서 창을 통해 들어오는 흐릿한 빛이 앞에 있는 캔버스를 비추고 있었다.

"어떻게 되어가고 있어?"

마리아가 들어오면서 물었다.

"한번 보세요."

마리아는 내 그림을 좋아하는 것 같았다. 그래서 그녀에게 작업 중인 작품을 보여주는 건 부끄럽지 않았다. 마리아의 호의적인 반응은 내 자신감과 창의력의 연료가 되어주기도 했다.

"진도를 많이 안 나가서 아직은 볼 게 없지만요."

내가 덧붙였다. 그녀는 내 옆에 서서 거의 비어있다시피 한 캔버스를 바라보았다.

"이제 막 시작했나 보네."

"네. 아직 스케치 단계예요. 음, 상상해 보세요. 여기요."

나는 캔버스의 중앙 부분을 가리켰다.

"이 자리에 일몰의 모습, 노을 색을 넣을 생각이에요."

"아주 아름답게 완성될 거야. 장담해. 도대체 이런 건 어떻게 하는 건지. 네가 완성한 그림을 보면 늘 놀라워."

그녀가 말했다.

"시행착오를 거듭하는 거죠."

나는 웃으며 대답했다. 마리아는 창문 밖, 바람에 흔들리는 커다란 나무를 응시했다.

"무슨 일이에요?"

나는 캔버스 위에 목탄으로 그은 선의 각도를 확인하며 물었다. 마리아는 창틀에 걸터앉았다.

"방금 슬로운이 전화했어. 그 얘기 하려고 왔지."

마음이 설렜다. 지난 1년 동안 슬로운과 나는 많이 가까워졌다. 그녀는 자주 전화를 걸어와 앨런과의 이혼 이야기를 하기도, 때로는 편부모로서 겪는 어려움을 토로하기도 했다. 나는 자식이 없었지만 조카들의 일이었기에 신이 나서 들어주었다. 그 모든 걸 감내하는 슬로운의 인내심과 강인함에 공감하기도, 감탄하기도 했다.

"뭐 때문에요?"

내가 물었다. 평소라면 핸드폰으로 직접 전화를 걸었을 텐데 왜 빌라로 전화한 건지 궁금했다. 정확히 1년 전 오늘, 안톤은 세상을 떠났다. 그러니 그의 기일과 관련이 있으리라.

"슬로운은 너를 놀라게 만들 생각인 것 같은데. 나는 누구보다 입이 가벼운 사람이라고 슬로운에게 솔직하게 말했지."

나는 웃음을 터뜨렸다. 그때 주머니 안에 있던 핸드폰이 울려 깜짝 놀랐다. 나는 재빨리 전화를 받았다.

"여보세요?"

"여보세요. 나야. 내가 맞혀볼게. 지금 옆에 마리아 있지?"

슬로운의 말에 나는 다시 웃음을 터뜨렸다.

"언니는 마리아를 너무 잘 알아."

나는 마리아에게 윙크하고 이젤 주변을 거닐었다.

"마리아가 벌써 발설한 거야? 그 깜짝 뉴스?"

슬로운이 물었다.

"음....... 어느 정도는...... 맞아."

수화기 너머로 풍선껌이 더 있냐고 묻는 에번의 목소리가 들렸다. 아마도 클로이에게 묻는 것일 테다. 슬로운은 잠깐 멈추었다가 다시 말했다.

"좋아. 얘기해 줄게. 지금 우리 LAX 공항이야. 야간 비행기로 내일 피렌체에 도착해."

나는 손을 가슴에 얹고 지그시 눌렀다.

"너무 좋은데. 당장이라도 보고 싶어."

"나도 그래."

그녀는 잠깐 말을 멈추더니 에번과 클로이에게 가방을 잘 지켜보라고 말했다.

"늦은 아침에 도착할 거야. 먼저 산소에 갔다가 마리아에게 찾아달라고 부탁했던 옛날 사진들을 보면 되겠다."

"좋은 생각이야."

"시기도 딱 좋아. 애들 런던 학교가 시작하기 전이니까."

슬로운이 덧붙였다.

"애들 신났어?"

"그런 것 같아. 조금 긴장하는 것 같기도 한데 아마 좋아하게 될 거야. 이미 근처에 사는 친구들도 생겼거든. 나도 그 집으로 이

사할 수 있어서 기뻐. 이삿짐은 다음 주 화요일에 도착할 거야."

"앨런은 좀 어때? 언니가 진짜로 떠난다는 사실을 어떻게 받아들이고 있어?"

내가 물었다. 슬로운은 잠깐 말이 없었다.

"아직도 로스앤젤레스에서 지내면 안 되냐고, 나를 설득하고 있어. 심지어 지금 사는 집을 나한테 준다고까지 하더라? 마치 그게 대단한 양보인 것처럼. 내가 감지덕지해서 머리라도 조아릴 줄 알았나 봐. 그 와중에도 소개팅 앱 깔았던데? 세상에. 상상이 가? 피오나, 이제 그놈이랑은 완전히 끝이야. 그깟 집은 물론이고 그가 온갖 더러운 방법으로 벌어들인 지저분한 돈도 신경 끌 생각이야. 빨리 내일 밤이 왔으면 좋겠다. 와인이랑 접시 가득한 파스타를 먹으면서 전부 얘기해 줄게. 어때?"

"너무 좋지."

나는 잠깐 말을 멈추었다가 물었다.

"코너는? 최근에 연락했어?"

"아니. 엄마 말로는 요리 프로그램 프로듀서랑 데이트한다던데. 부디 그 여자분이 무사하기를."

나는 껄껄 웃었다. 내 웃음소리를 듣던 슬로운이 뻔하다는 듯한 어투로 이야기했다.

"장담하는데 헤어지면 나한테 연락할 거야. 늘 그랬거든."

내 예상도 별다르지 않을 것 같기에 고개를 끄덕이며 수긍하는 소리를 냈다.

"내일 공항으로 데리러 갈까? 아니면 마르코를 보낼까?"

"그건 걱정할 필요 없어. 마리아가 벌써 마르코에게 얘기했
거든. 잠깐만……."

그녀는 말을 멈추었다.

"가야겠다. 탑승하라고 안내 방송 나오는 것 같아. 곧 봐."

"그래. 조심해서 와."

❧

그날 저녁 식사 후 밤늦게 스튜디오로 돌아와 샹들리에 스위
치를 켰다. 그리고 안톤의 캔버스가 들어있는 커다란 나무 상자
에 다가갔다. 캔버스 하나를 조심스럽게 꺼내 들고 눈앞에 펼쳐
진 아름다운 작품을 감상했다. 풍경화였지만 내 마음의 눈은 풍
경 너머의 세상을 보고 있었다. 안톤이 바라보았던 세상 만물의
아름다움과 그가 경험했던 비범한 사랑이 보였다.

기품 있는 붓놀림과 훌륭하게 조합된 색에 감탄하면서, 문득
그와 내가 연결되는 있다는 느낌이 들었다. 처음 느껴보는 기
분이었다. 내 아버지. 와인 제조자이자 화가였던 사람. 그뿐 아
니라 그를 사랑했던 엄마를, 이곳을 사랑했던 엄마를, 포도밭과
토스카나 사람들을 향한 엄마의 열정을 이해할 수 있었다. 그림
속에서 나는 수년 후의 미래를 보았다. 사람들과 포도나무를 가
지치기하고, 흙을 연구하고, 수확 계획을 세우는 나의 미래. 그
순간 알았다. 소중한 것을 지키기 위해 내 남은 삶을 기꺼이 바
치리라는 것을.

이제 나는 과거가 아닌 앞을 보며 새롭게 나아갈 것이다. 이미 나는 엄마를 향한 안톤의 사랑을 기리는, 특별한 블렌딩 와인을 만들기 시작했다. 지금까지는 축하받지 못했던, 감히 기념하지 못했던 둘의 애틋한 사랑. 그 와인의 라벨은 내가 직접 그릴 생각이다.

그동안 나는 되도록 후회 없는 삶을 살려고 애썼다. 그렇지만 이제는 후회도 내 삶의 일부라는 사실을 받아들이기 시작했다. 나는 한낱 인간일 뿐이니까. 아무리 애쓴다 한들 후회라는 감정에서 자유롭기는 어려울 것이다. 다만 그 감정에 매몰되지 않기로, 그 감정에 지배당하지 않기로 다짐했다. 나는 대체로 내 삶이 흘러가는 과정을 받아들여 왔다. 그러니, 내가 가지고 있는 용서라는 미덕과 후회라는 감정까지도 나의 인간성이라 여기며 받아들일 수 있을 것이다. 매일 아침, 내가 받은 축복을 마음속으로 되새기면서.

나는 미소를 지으며 캔버스를 말아 다시 상자에 넣은 다음, 이젤에서 하던 작업으로 돌아왔다. 눈을 가늘게 뜨고 고개를 한쪽으로 기울인 채 스케치의 모양과 비율을 가늠해 보았다. 머릿속에서 스케치는 이미 색깔 옷을 입고 있었다. 파랑, 노랑, 주황색이 들어간 석양. 명도와 채도가 다른 여러 흰색을 섞은 구름. 은색으로 빛나는 비행기 날개. 천국이 존재한다면 그런 모습이지 않을까?

그곳에는 무수한 가능성이 있다. 나는 이것이 아름다운 작품이 되리라는 것을 믿어 의심치 않았다.

그 여름으로 데려다줘

초판 1쇄 인쇄 2024년 7월 30일
초판 1쇄 발행 2024년 8월 7일

지은이 줄리안 맥클린
옮긴이 한지희
펴낸이 김문식 최민석
총괄 임승규
책임편집 백승민
기획편집 이혜미 조연수 김지은 김민혜
　　　　　명지은 신지은 박지원
마케팅 조아라
디자인 배현정

펴낸곳 (주)해피북스투유
출판등록 2016년 12월 12일 제2016-000343호
주소 서울시 성북구 종암로 63, 5층 (종암동)
전화 02)336-1203
팩스 02)336-1209